KB195486

죽어서 되돌아간 마법학교 생활을, 옛 연인과 프롤로그부터

※단, 호감도는 0

3

무츠하나에이코 ILLUST. 아이카유기리

Contents

eorino mahougakkouseikatuwo moto koibitoto puroro-gukara

character

빈센트 탄자인

아마네셀 왕국 시류 공작 가문의 적남.
온화하고 빼어난 외모의 소유자이며 근면한 완벽 그 자체이지만 가까이하기 힘든 분위기를 풍긴다.

올리아나 에르샤

최근 잘나가는 상인의 딸. 소통능력이 뛰어나서 문제를 쉽게 해결한다. 공부는 잘 못하지만 열심히 노력한다.

미겔 페르베일라

백작 가문의 장남으로 빈센트의 소꿉친구. 정이 많고 어디로 튈지 모르는 성격. 늘 사탕을 물고 있다.

야나 노바 마하틴

에테 카리마 왕국의 왕녀. 올리아나의 친구. 그녀의 아름다움에서 비롯된 '사막의 별'이라는 별명이 있다.

아즈라크 자레나

야나의 호위. 두 살 연상이나 특례로 야나와 같은 학년에 재학 중. 늘 야나를 최우선으로 생각한다.

하이데마리 랜드하임

입이 험한 여장부이지만 남을 잘 돌봐준다. 2반에서 3등에 드는 성적 우수자. 남작의 딸.

에다 길레센

키가 작은 말괄량이로 2반의 사고뭉치. 과학자의 딸.

콘스탄체 베르츠

빼어난 몸매의 소유자. 하지만 연애 이야기로 머릿속이 가득해서 언동이 유감스러운 2반 학생. 기사의 딸로 신체능력이 뛰어나다.

카이 펠러

신경질적이고 세상을 삐딱하게 바라본다. 2반에서 자주 성적우수자로 뽑힌다. 무역상의 아들.

루시안 코르테스

2반의 분위기 메이커. 둔한 면이 있어서 모태 솔로로 유명하다. 지방 영주의 아들.

Story

휴게실에서 쓰러진 뒤 눈을 뜨자 네 살 때로 돌아간 빈센트는

세 번째 인생을 시작했다.

빈센트는 용목의 수수께끼를 조사하며 마법학교에 입학할 날만을 기다린다.

그러나 올리아나는 두 번째 인생의 기억이 전혀 없었다.

실의에 빠져 있던 와중에 어느 날 올리아나가 빈센트에게 도움을 요청한다.

그 전까지는 접점이 없었던 두 사람은 급속도로 사이가 가까워졌다.

처음에는 어색했지만 2반 애들과 미겔을 포함해 '친구'로서 거리를 좁혀 간다.

빈센트는 두 번째 인생의 올리아나가 빈센트에게 그러했듯

그녀를 구하기 위해 고군분투한다.

또한 하인츠를 도우며 용목 조사를 계속한다.

한편, 올리아나는 빈센트에게 끌리면서도

그가 마음에 둔 사람이 다른 동급생이라고 착각해 괴로워한다.

야나는 그런 올리아나에게

"네 마음은 너만의 것이니까 그 연심을 소중히 해."라고 따뜻하게 전한다.

이렇게 서로 짝사랑하는 채 어긋나기만 하는 두 사람이었으나…….

23장 별의 추락

시간이 몹시 천천히 흐르는 느낌이었다.

커다란 벽이 야나 위로 쓰러졌다.

"야나 님!"

충격과 동시에 야나는 커다란 몸에 안겼다. 강한 팔이 야나의 몸을 조여 왔다.

이 팔 안에서라면 괜찮다고. 안도와 기쁨에 몸을 맡기며.

'아아…… 죽는다면 지금이 좋겠어.'

야나는 새까만 시야에 갇힌 채 그렇게 생각했다.

——몇 분 전, 마법약학 자습실에서 야나는 눈살을 찌푸렸다.

"이런 깨작깨작 해야 하는 작업은 별로 안 좋아해."

올리아나가 일정하게 자르라고 지시한 재료는 야나 앞에 놓인 도마 위에서 차마 똑바로 볼 수 없을 정도로 처참한 형태가 되어 있었다.

도마 위를 본 올리아나는 히죽 웃으며 야나 옆에 있는 아즈라크를 올려다봤다.

"여기서부터 똑같은 크기가 되도록 자를 수 있겠어?"

"노력해 보지."

야나의 손에 공손하게 자기 손을 얹은 아즈라크가 거기에서 칼을 떼어냈다. 야나는 자기가 이 이상의 성과를 낼 수 없을 것이라 체념하고 아즈라크에게 선뜻 칼을 건넸다.

아즈라크가 능숙한 손짓으로 칼을 움직였다. 채 몇 분이 지나지 않아 야나가 엉망진창으로 잘랐던 하룻밤 동안 말린 거대한 거머리가 균일한 크기로 다듬어졌다.

"아즈라크는 요리도 잘하겠네."

"야나 님을 신변을 돌보기 위한 것이라면 어느 정도는 할 수 있게 몸에 익혔지."

같은 조인 콘스탄체가 감탄하며 말하자, 아즈라크가 입꼬리를 올렸다.

라겐 마법학교에 입학하기 전, 아즈라크와의 결혼을 거절한 야나는 이내 시련을 받기 위한 준비를 시작했다. 아즈라크에게 이길 만한 사람이 자기 나라에 없었기에 야나 스스로 도전자를 찾아 모국을 떠나는 건 필연적이었다.

경호의 측면도 고려하여 라겐 마법학교에 입학하는 것이 결정되자, 아즈라크는 호위뿐만 아니라 시종으로서 해야 할 일도 배우기 시작했다. 입학한 뒤에 성별에 따라 기숙사가 나뉜다고 알기 전까지 두 사람은 같은 방에서 함께 생활할 셈이었기 때문이다. 어릴 적에는 심부름꾼으로 하렘에서 생활한 아즈라크는 금방 자잘한 업무들을 익혔다.

"자기 나라에서 무척이나 인기가 많았을 게 분명하네요."

콘스탄체는 연애에는 관심이 많지만 어딘가 둔한 면이 있다. 아즈라크가 인기가 많은 건 자기 나라에서만 해당되는 이야기가 아니었다. 상급생은 물론이고 하급생도 곧잘 말을 건다거나 야나가 모르는 데에서 같은 반 애가 사랑의 증표로 반딧불이를 주는 등 늘 아즈라크를 가만히 놔두지 않곤 했다.

아즈라크는 콘스탄체가 한 말을 부정하지 않았다. 두툼한 손가락으로 칼을 쥔 채 말없이 손을 움직이는 척하며 한 귀로 듣고 흘리고 있었다.

재미없어. 야나는 자기 손의 냄새를 맡았다. 하룻밤 동안 말린 거대 거머리는 뭐라 콕 짚어 말하기 어려운 냄새를 야나의 가련한 손에 남겼다.

"손 닦고 올게."

"거머리라 끈적이지. 다녀와."

손을 흔드는 올리아나를 뒤로하고 물을 쓸 수 있는 개수대로 흐느적흐느적 걸어갔다. 야나는 다소 지쳐있었다.

야나에게는 질투할 자격이 없다. 뭐니 뭐니 해도 아즈라크와의 결혼을 박차고 아즈라크가 벌써 5년 동안이나 봉사하게 했으니까.

아즈라크의 마음은 그 어떤 여자애에게도 향하지 않음을 야나는 알고 있었다. 그렇다고 해도 기분이 좋을 리는 없었고, 설상가상으로 자기 어머니도 떠올리는 바람에 뛰어넘을 수 없는 거대한 존재에 짓이겨지듯 자신감을 잃은 것이다.

개수대의 수도꼭지를 비틀어 물을 틀었다.

"이걸 써 보면 되잖아."

"너, 진짜 그만해라!"

야나가 꼼꼼히 손을 닦고 있는데 다른 조 남자애가 떠들며 다가왔다. 야나는 수도꼭지를 돌려 물을 잠갔다. 만약 저 애들과 부딪히기라도 한다면 중심을 잃을 게 뻔했기 때문이다.

개수대에서 떨어지려고 하는 야나를 피하려던 건지 남자아이는 갑자기 균형을 잃었다. 그 바람에 야나 옆에 있던 선반에 심하게 부딪혔다.

비커나 철제 소형 냄비, 마법 약 같은 것들이 올라간 선반이 흔들렸다.

선반이 흔들리자 놀란 다른 학생이 약초를 달이던 냄비를 향해 휘두르려던 지팡이 끝을 선반에 향하고 말았다. 지팡이에서 솟아나간 마법이 하필이면 선반에 놓인 마법 도구에 걸리고 말았다. 마법진이 발동한 마법 도구가 선반에서 격렬하게 날뛰기 시작했다. 그리고 굉음을 내며 한순간에 유리 시험관과 비커가 산산이 깨졌다.

그대로 균형을 잃은 선반이 쓰러졌다. 그리고 선반에서 깨진 유리나 도자기 파편이 야나 위로 쏟아져 내렸다.

"야나 님!"

——쾅. ——쨍그랑.

귀에 거슬리는 굉음과 비명 소리가 교실에 울려 퍼졌다,

어느 틈에 야나 곁에 와 있었는지, 아즈라크가 몸을 던져 야나를 감쌌다.

야나는 사고가 나기 직전에 아즈라크 품 안에 안겼다. 이토록 다급한 아즈라크의 목소리를 들은 건 정말 오랜만이었다.

몸을 단단히 죄는 아즈라크의 몸을 타고 야나의 뺨에 뜨뜻한 액체가 흘러내렸다. 뺨을 따라 흐르는 그 감각에 온몸에 소름이 돋았다. 무거운 선반과 선반에서 날아든 파편을 모두 자기 등으로 막은 아즈라크는 얼굴에서 피를 흘리며 야나를 내려다보았다.

"다친 곳은 없으신가요?"

'지금 날 걱정할 때가 아니잖아!'

야나는 소리치고 싶은 충동을 억눌렀다. 혹시라도 아즈라크가 머리를 부딪혀서 일시적으로 귀가 잘 안 들리는 상태라 하더라도 귀에 피가 고여 있다 하더라도 무조건 아즈라크가 알아들을 수 있을 만큼 선명한 목소리로 또렷하게 답했다.

"없어."

아즈라크가 살짝 턱을 빼며 고개를 끄덕였다. 금방이라도 끊어져 버릴 듯한 실처럼 팽팽한 긴장감을 내포한 얼굴에 안도감이 퍼졌다.

――토독토독.

마법 약을 뒤집어쓴 아즈라크의 머리와 로브에서 액체가 방울방울 떨어졌다. 바닥에는 약병에서 쏟아진 약과 아즈라크의 피가 뒤섞여 선홍색 물웅덩이가 생겼다. 그 위에 마력이 다한 마법 도구가 널브러져 있었다. 아즈라크의 등의 통증이 어떨지는, 항상 이렇게 아즈라크에게 지켜지기만 하는 야나로서는 상상도 할 수가 없었다.

"고마워. 네 덕분이야."

야나가 할 수 있는 최대한 영광스러운 말을 전했다. 자그마한 야나의 목소리는 아즈라크에게만 들렸을 것이다. 그 정도로 교실은 소란스러웠다.

"모두 이곳에서 비켜! 베르츠! 코르테스! 너희도다!"

하인츠 선생님이 지팡이를 휘두르며 소리쳤다. 콘스탄체와 루시안은 하인츠 선생님의 지시를 무시하고 유리 파편이 흩어진 지면을 달렸다. 아즈라크의 등 위로 쓰러진 선반을 세우려는 것이다. 두 사람은 선반에 손을 얹었지만 젖은 바닥이라 발을 단단히 고정하고 버티지 못하겠는지 발이 몇 번이나 미끄러졌다.

학생들 틈을 비집고 달려온 하인츠 선생님이 마법 종이를 선반에 붙였다. 하인츠 선생님이 지팡이를 휘둘러 마력을 불어넣자마자 선반은 가벼워졌다.

아즈라크는 갓 태어난 아기 새를 둥지로 되돌리듯 조심스럽게 꽉 조였던 팔을 풀었다. 야나가 무사한 것을 확인한 뒤, 유리 파편 한 조각이라도 야나에게 떨어지지 않게 주의하며 선반을 밀어 제자리에 세웠다.

등에는 크고 작은 수많은 상처가 생기고 거대한 선반에 짓눌려 있었으면서도 아즈라크는 무엇보다 야나를 우선시했다.

"자레나 말고 또 다친 녀석 있냐?"

"다리가 조금 베인 것 같아요."

"저도요."

"너희들도 나중에 보건실로 와! 자레나, 가자."

하인츠 선생님은 여기저기로 흩어진 유리 조각을 마법으로 완전히 정리한 뒤, 피투성이가 된 아즈라크를 당겨 복도로 나갔다. 물론 야나도 그 뒤를 따랐다.

"야나 님은 돌아가세요."

"싫어."

1초라도 더 빨리 아즈라크를 치료해 주고 싶어서 야나는 강하게 딱 잘라 말했다. 이 문제로 더 왈가왈부한다면 야나가 용서하지 않을 것임을 아즈라크는 명확히 이해한 것이리라. 야나를 자습실로 돌려보내기를 관두고 자기 옆을 걷게 했다.

마법약학 시설은 자습실에서 멀리 떨어진 곳에 있다. 야나는 왜 이런 장소에 지어놨냐고 설립자에게 불만을 실컷 쏟아내고 싶은 심정이었다. 아즈라크는 스스로 걸을 수 있긴 했지만, 그 모습은 처참했다. 로브 등판은 무참히 찢겼고 그 틈으로 보이는 구릿빛 피부는 피 칠갑이었다. 아즈라크가 지나간 곳은 피가 얼룩져 길을 만들었다.

아즈라크 옆을 걸으며 야나는 이를 악물고 표정을 다듬으며 눈물을 참았다.

다친 아즈라크의 몸에 커다란 이변이 일어난 것은 보건실까지 얼마 안 남았을 때였다.

"읏!"

피를 뚝뚝 흘리면서도 신음소리 한 번 내지 않고 걷던 아즈라크가 갑자기 복도에 주저앉아 몸을 웅크렸다. 앞장서 걷던 하인츠 선생님과 옆에서 걷던 야나가 깜짝 놀라 몸을 움츠렸다.

"윽…… 크윽, 흐읏!"

"이봐, 자레나!"

하인츠 선생님이 놀란 표정으로 달려갔다. 야나는 웅크린 아즈라크의 몸에 손을 얹었다. 아즈라크의 몸이 작게 떨렸다. 아즈라크가 통증 때문에 목소리를 높이는 모습은 지금까지 살면서 한 번도 본 적 없는 정말 처음 보는 것이었다.

"아즈라크, 아즈라크!"

말로 형용할 수 없는 불안이 야나를 엄습했다.

'아즈라크를 잃을지도 몰라.'

핏기가 사라지고 호흡이 가팔라졌다. 야나는 느껴본 적 없는 공포를 처음으로 경험했다.

"잠깐, 아즈라크. 괜찮은 거야……?"

"사이러스 선생님을 불러올까?"

나중에 온 경상만 입은 아이들이 아즈라크를 들여다보려 했다. 야나는 재빨리 로브를 벗어 웅크린 아즈라크 위로 덮어 줬다. 그 행동이 만약 안 좋게 비친다 해도 상관없었다.

아즈라크는 에테 카리마 왕국의 전사다.

전사가 약해진 모습은 누구에게도 보여선 안 된다.

"너희들은 먼저 가라!"

절박하게 말하는 하인츠 선생님의 목소리를 듣고 반 아이들은 순순히 따랐다. 계속 신경이 쓰여 어쩔 줄 몰라 하는 듯했지만 다들 곧장 보건실로 향했다.

"들것을 가져올게. 마하틴은 여기서 계속 말을 걸고 있어."

아즈라크가 의식을 잃지 않게 하려는 것임을 깨닫고 야나는 고개를 끄덕였다.

아즈라크는 로브 아래에서 눈을 크게 뜨고 폭포수 같은 땀을 흘리고 있었다.

마법 왕국 아마네셀에서도 마법으로 불가능한 것이 있다.

그것은 바로 사람이나 물건을 띄우는 것이다. 하늘을 날아도 된다고 허락된 것은 날개를 가진 것의 특권이다. 인간은 용도를 지나는 마력을 이용해 날개를 가진 것의 은혜를 받을 뿐이다.

'이렇게 힘들어 보이는데……. 아즈라크를 마법으로 띄울 수 있으면 좋을 텐데.'

자기 때문에 다친 아즈라크에게 눈물만큼은 절대로 보여서는 안 된다. 야나는 온몸에 힘을 줬다.

그때 이변을 눈치챘다.

야나가 덮어 준 로브 아래에서 아즈라크가 사라진 것이다.

아니, 사라진 것처럼 보였다. 야나의 로브로 미처 다 숨길 수 없었던 아즈라크의 거대한 몸이 없어졌기 때문이다.

"아즈, 라크?"

떨리는 손끝으로 야나는 로브를 잡아 조심스럽게 당겼다.

"앗!"

그리고 비명을 삼켰다.

∴ ∵ ∴ ∵

'역시 그때 안 죽길 다행이야.'

야나는 온몸을 떨며 고작 몇십 분 전에 자기가 했던 생각을 번복했다.

"크읍…… 하아……."

늘 의연했던 모습은 완전 사라지고 없었다. 입을 가리고 튀어나오려는 비명을 참으려 했지만 도저히 제어할 수 없었다.

"귀여워……. 너무 귀여워……."

귀엽다는 말 이외의 어휘는 다 잊어버린 야나 앞에서 아즈라크는 뾰로통한 모습을 하고 있었다.

'이런 표정을 몇 년 만에 보는 걸까.'

언제나 철저하게 스스로를 다스리며 호위라는 사명에 걸맞게 행동하려는 아즈라크의 흔치 않은 귀한 표정을 보고 야나는 다시금 전율했다.

"야나 님. 그 말씀, 이 아즈라크는 이제 충분히 들었습니다."

"너, 그 목소리……!"

평소보다도 훨씬 높은 목소리가 아즈라크의 입에서 튀어나왔다. 기뻐하는 야나를 본 아즈라크는 입을 꾹 다물었다.

"정말 오랜만이야……. 아아, 너무 귀여워……. 맞아. 이런 목소리였지. 귀여워……. 놀라워……. 너 이러면…… 진짜 너무 귀엽잖아……."

야나가 말을 더 하면 할수록 아즈라크의 표정은 점점 경직되었다. 그런 표정마저 귀여웠다. 야나가 손을 뻗었다. 아즈라크는 미동도 하지 않고 야나의 손끝을 얌전히 기다리고 받아들였다,

가늘고 기다란 야나의 손가락이 아즈라크의 뺨에 닿았다.

풋풋한 피부에서 말캉한 감각이 전해졌다.

“꺄! 귀여워!”

아즈라크의 작은 양 볼을 양손으로 잡고 야나는 희열에 전율했다.

다른 사람이 들어오지 못하게 얘기를 끝내 놓은 보건실 침대 위에 오도카니 앉은 사람은 아즈라크였다. 납득할 수 없다는 표정을 하고 야나가 원하는 대로 마음껏 휘둘리고 있었다.

원래 키의 반 정도가 되어 버린 아즈라크는 침대에 앉은 상태로는 바닥에 발도 닿지 않았다. 보건실에서 빌린 가장 작은 사이즈의 교복을 입긴 했지만 바지 밑단이 크게 남아돌았다. 로브는 밑단을 짧게 줄인 야나 것을 입혀도 펑퍼짐했다.

대량의 마법 약과 마법을 한 몸에 뒤집어쓴 아즈라크의 몸이 작아진 것이다.

복도에서 고통스러운 듯 몸을 웅크린 건 몸이 급격히 축소하며 동반된 격렬한 통증을 견딜 수 없었기 때문이었다. 야나가 로브를 걷었을 때, 아즈라크는 이미 작아진 몸으로 웅크리고 있었다.

학교 보건 교사인 사이러스가 대략 여섯 살 정도겠다고 진단

했다.

급격히 몸이 작아지면서 등의 상처가 회복된 듯했다. 이것은 현재 의학으로도 마법약학으로도 설명 불가능한 사례라서 조그마해진 아즈라크는 한동안 사이러스와 하인츠의 질문 공세를 받았다.

평소에는 이지적이고 온화한 사이러스, 평소에는 만사를 귀찮아하는 냉정한 하인츠가 마치 소년처럼 눈을 반짝이는 모습은 옆에서 지켜보기 무서웠다. 광기와도 같은 기쁨에 휩싸인 두 사람으로부터 아즈라크를 보호하려고 야나는 자그마한 아즈라크를 안고 보건실 침대에 자리를 잡은 뒤 농성 태세에 들어갔다.

그리고 현재, 그 두 사람은 보건실을 떠나고 없었다. 제정신으로 돌아온 하인츠는 수업에 복귀했고, 사이러스는 아즈라크에게 필요한 물건을 챙기러 갔다.

"야나! 올리아나야. 들어가도 돼?"

"응. 괜찮아."

노크 소리가 울린 뒤 문이 열렸다. 보건실에 들어온 올리아나 뒤로 빈센트와 미겔도 따라 들어왔다. 항상 생각하지만 당당히 저 두 사람을 이끌고 다니다니, 야나는 올리아나도 담이 보통이 아니다 싶었다.

침대를 둘러 친 커튼 틈으로 야나는 얼굴만 내밀어 손짓했다.

"야나! 아즈라크는 괜찮아?!"

올리아나는 눈에 눈물이 그렁그렁했다. 수업이 끝나자마자 서둘러 아즈라크의 상태를 보러 왔으리라.
"괜찮아. 보는 대로야."
야나는 커튼 안쪽으로 세 사람을 들였다. 빈센트와 미겔도 보건실까지 오는 길에 자초지종을 들었는지 비통한 표정으로 커튼 안쪽으로 들어왔다.
"어? 어? 누구야? 뭐지?"
침대 위에 앙증맞게 앉은 아즈라크를 보고 올리아나는 눈을 깜빡였다.
"에르샤, 내가 아즈라크야."
"어어……? 내가 아는 아즈라크랑은 조금 얼굴이 다른 것 같은데……."
마치 맹수에게 다가가는 것처럼 올리아나는 조심스럽게 아즈라크에게 다가갔다.
"뭐야. 이런 아즈라크는 처음 봐. 와, 엄청난데."
미겔이 매우 가까운 거리에서 작은 아즈라크를 유심히 들여다봤다. 올리아나도 미겔을 따라 작은 아즈라크를 가까이에서 관찰하기 시작했다.
"크게 다쳤다고 들었어. 다친 데는 어때?"
역시 차기 공작이라고 해야 할까. 아즈라크를 보고 확연히 동요하는 기색이 떠오르긴 했지만 빈센트는 금방 평정을 되찾았다.
"몸이 줄어들었을 때 회복되었다고 해."
야나의 설명을 듣고 빈센트는 미간에 힘을 줬다. 단순히 아즈라크가 쾌차했다고 기뻐할 수만은 없었던 모양이다.

"어려진 데다가 치료 효과까지 있다고? 그거 대단하잖아."

가벼운 투로 말했지만 아즈라크에게서 차마 시선을 떼지 못하는 걸 보면 아마 미겔도 꽤나 놀란 것 같았다.

"하인츠 선생님도 알아? 무척 놀라지 않았어?"

"그냥 놀란 정도가 아니었어. 그대로 두면 아즈라크의 배를 갈라서 약을 특정 지으려고 할 것 같아서 이렇게 침대에 숨은 거야."

"하인츠 선생님이 그렇게 됐다니 조금 재밌긴 하다……. 아니, 일단 상처가 나아서 정말 다행이다. 다들 엄청 걱정했어."

올리아나가 걱정스러운 눈빛으로 아즈라크를 바라봤다. 아즈라크는 훗, 하고 숨을 내쉬듯이 웃었다.

"미안하다."

"이렇게 조그만 꼬마한테 '미안하다' 는 소리를 듣다니 진짜 신선해……."

입가를 손으로 가린 올리아나가 흥미가 가득한 눈으로 아즈라크를 바라봤다.

그런 올리아나 옆에서 빈센트가 착잡한 표정으로 말했다.

"자레나, 미안해. 내가 만들고 있었던 마법 도구가 사고를 유발했다고 들었어."

머리를 숙이는 빈센트를 보며 야나는 그제야 빈센트가 굳이 보건실까지 찾아온 이유를 깨달았다. 어디선가 아즈라크의 상태를 듣고 그 원인을 파악한 듯했다. 선반에 놓여 있던 것이 때때로 올리아나가 밭에서 빈센트를 도와 만들던 마법 도구의 테스트 버전이었던 모양이다. 하인츠가 감독하는 활동이라고 들었으니 하인츠가 관리하는 선반에 들어있었나 보다.

"야나 님이 무사했으니 사죄할 필요 없어."

빈센트는 곤란한 듯 웃었다. 야나는 아즈라크의 볼을 꽉 잡아당겼다.

"아즈라크. 너를 걱정해서 머리를 숙이는 학우한테 지금 이런 태도를 보이면 안 되지."

자그마한 아즈라크는 커다란 아즈라크보다도 훨씬 건드리기 쉬웠고, 무슨 말이든 하기 쉬웠다. 커다란 아즈라크에게는 그래 봬도 조심해서 행동하고 있었음을 깨달았다.

"나는 무사해. 그리고 탄자인 잘못도 아니다."

"그런 말까지 하게 만들었네."

"그런 말을 하게 만든 건 야나지만 말이지."

올리아나가 밝게 말하자 빈센트의 표정이 멋쩍은 미소에서 진심 어린 미소로 바뀌었다. 아즈라크도 웃었다.

"올리아나, 페르베일라, 탄자인. 일부러 찾아와 줘서 고마워. 이제 교실로 가도록 해."

슬슬 쉬는 시간이 끝날 터였다. 야나가 일단 아즈라크 일은 비밀로 해 달라고 해서 세 사람은 고개를 끄덕였다.

"나는 다음 시간에도 보건실에 있을게. 선생님께도 말 좀 전해 줘."

올리아나가 끄덕였다. 그때 아즈라크가 급히 입을 열었다.

“야나 님도 함께 가세요.”

“이렇게 작은 너를 두고 내가 갈 수 있을 리 없잖아.”

“몸이 작아졌다고 해도 그 내면은 변하지 않았습니다.”

욱한 게 그대로 드러난 표정이었다. 아즈라크는 금방 표정을 다잡았지만 이미 늦었다. 아마도 어려진 그 육체에 동화된 것이리라. 야나는 이런 식으로 감정을 드러내는 아즈라크를 보는 게 행복해서 참지 못하고 표정을 누그러뜨렸다.

“너는 내 것인걸. 책임을 지는 것이 주인의 의무. 너를 지키려고 하는 내 행동에 넌 참견해선 안 돼.”

야나가 아즈라크의 머리를 쓰다듬었다. 열아홉 살 아즈라크의 머리카락보다도 훨씬 부드러운 검은 머리카락. 머리를 쓰다듬는 것이 굴욕적이었는지 큰 충격을 받은 꼬마 아즈라크에게선 표정이라 할 만한 것이 싹 사라지고 없었다.

그런 야나와 아즈라크를 올리아나가 흐뭇하게 바라보고 있었지만, 결국 빈센트에게 재촉당해 교실로 돌아갔다. 세 사람과 바통 터치를 하듯이 사이러스가 보건실로 돌아왔다.

“하인츠 선생님이나 다른 선생님 말에 따르면 여러 종류의 약이나 제조 중인 약의 연기, 마법이 복잡하게 뒤얽혀 발현된 효능인 것 같다. 나도 이 학교에서 보건 교사 일을 한 지 20년째지만 유아화한 학생이라니…… 아니, 미안하다. 단어 선택을 잘못했어. 몸이 줄어든 학생 같은 건 처음 봤어.”

아즈라크의 째려보는 시선을 느끼고 사이러스가 고쳐 말했다.

"회춘하는 약이라고 부를 만한 것이 우연의 일치로 만들어진 모양이야. 아니, 이건 기적이다! 한 사람의 마법사로서 정말 흥미로워. 이따가 다른 선생님도 상황을 보러 오고 싶어 하는 것 같은데……."

"이제 그만 하세요, 선생님. 전 아즈라크가 구경거리가 되게 할 생각 없어요."

또다시 흥분하기 시작한 사이러스에게 야나는 똑똑히 의사를 전했다. 사이러스는 정신을 차리고 미안하다는 듯 얼굴을 긁적였다.

"물론 조용히 넘어갈 거야. 하지만 어쩔 수 없이 우리 교사들 도움이 있어야 아즈라크가 일상생활을 하고 원래 몸으로 돌아갈 수 있으니까 말이다."

"협조해 주셔서 감사합니다. 하지만 아즈라크의 신변의 안전은 보장해 주셔야 해요."

야나는 왕녀로 태어나 자랐다. 얼마나 불합리하고 정의롭지 못한 일이라 하더라도 그것을 요구하려고 할 때는 상대방이 받아들이게 만드는 데 주저하지 않는다.

"아무쪼록 너른 이해 부탁드립니다."

"안심하렴. 학교는 언제, 어느 때나 학생의 안전을 최우선으로 생각한단다."

위압적인 야나의 태도에 사이러스는 쓴웃음을 지었다. 그리고 야나도 아즈라크도 어디까지나 이곳에선 학생임을 강조하며 학교에서는 누구든 대등하다는 점을 명확히 짚고 넘어갔다.

"사이러스 선생님……."

야나가 그 공평하고 고결한 태도에 감동하자, 사이러스는 눈을 반짝 빛냈다.

"그렇지만 조금은 실험에 협조해 주면……."

"사이러스 선생님."

"아니 나도 알아……. 젠장……. 왜 약을 뒤집어쓴 게 내가 아닌 거야……. 아니 최소한 그게 하인츠 선생이기라도 했으면 재현할 수 있는 실마리는 잡았을지도 모르는데……!"

눈물 맺힌 얼굴로 불평을 중얼거리기 시작한 사이러스를 보고, 야나는 안심하며 어깨의 힘을 뺐다.

회춘하는 약. 하루아침에 재현하는 건 불가능하다 해도 그런 케이스가 만약 에테 카리마 왕국에서 발견됐다면 마치 사막이 물바다라도 된 것처럼 엄청난 소동이 일어날 게 틀림없었다. 가문끼리 싸우고 그 과정에서 몇몇 혈족은 사라질지도 모른다.

그런 엄청난 발견을 하고도 눈앞에 있는 교사의 눈동자 속에는 단순한 호기심만이 떠올랐다.

라겐 마법학교 교사들은 놀라울 정도로 지식에 눈이 먼 사람뿐이다. 그리고 학생을 아끼는 장년층 교사로 가득한 이 학교를 야나는 언제부터인가 진심으로 신뢰했다.

"일단은 어떤 재료와 마법이 섞였는지 확인하고 해제약을 특정하는 것부터 시작하자. 자레나. 약을 얼마나 섭취했는지 기억나니?"

"코와 입은 금방 막고 다물었기 때문에 거의 안 들이마신 것 같은데 눈은 마지막까지 뜨고 있었어요."

머리에서부터 약품을 뒤집어쓴 아즈라크는 얼굴 전체가 약제로 젖어 있었다. 일부러 먹으려 하지 않아도 자연스럽게 체내로 들어갔을 것이다. 하지만 아즈라크는 순간적으로 숨을 멈추고 코로 약이 흡입되는 걸 막는 것까지는 했지만, 이마를 따라 흐른 약제로부터 눈을 보호하기 위해 눈꺼풀을 닫는 데까지는 판단이 미치지 못했다.

야나는 그 이유를 알았다.

그때, 약품 선반을 등에 지고 있던 아즈라크의 눈앞에 야나가 있었기 때문이다.

"그 정도라면 해제약도 소량으로 충분하겠군. 일단 발명할 수 있을지가 문제지만 말이다."

"자연스럽게 마법 약의 약효가 떨어지거나 하지는 않을까요? 독은 잘 듣지 않는 몸으로 만들어 놨습니다."

"어떨지 모르겠네. 마법이랑 독은 다르니까 말이다. 그리고 독이 잘 듣지 않는 몸이라는 점도 지금으로서는 확실하지 않은 부분이야. 몸이 어려지면서 네 상처도 다 나았어. 어쩌면 그런 독에 대한 내성도 사라졌을지도 몰라."

"성가시게 됐네요……."

아즈라크는 아주 난처하다는 듯 자기 몸을 바라봤다. 뜻대로 되지 않는 자기 몸이 싫어진 듯한 표정을 지었다.

"해제약이 만들어지려면 대략 어느 정도 기간이 걸릴지 알 수 없을까요?"

"하인츠 선생님의 노력 여하에 달렸지만 빨라도 한 달. 늦으면 반년은 걸리겠지."

"반년."

아즈라크는 망연자실했다.

"회춘하는 약을 재현하기란 아마 실질적으로 불가능하겠지만 해제약 정도라면……."

사이러스의 말을 끊듯이 아즈라크는 침대에서 뛰어 내려와 침대 옆에 세워져 있던 빗자루를 손에 쥐었다. 사건이 일어나기 조금 전에 사이러스가 청소라도 했나 보다.

"아즈라크?"

자그만 아즈라크가 작은 팔을 쭉 뻗어 빗자루 손잡이에 맞닿게 댔다. 그리고 주먹을 쥐었다 폈다 하면서 손끝까지의 길이를 빗자루로 계측했다.

아무 말 없이 자기 발, 목, 등에 이어 빗자루를 이용해 자기 몸의 길이를 재기 시작했다. 그리고 비교를 다 끝내고는 작은 손으로 빗자루를 빙글빙글 돌렸다. 아즈라크의 팔에 휘감겨 돌아가던 빗자루는 금세 목 뒤나 발 위에 자유자재로 올라갔다.

거의 곡예사 수준이다. 하지만 아즈라크는 야나를 웃게 하려고 이런 행동을 한 것이 아니었다.

"너 지금 뭐 하는 거야?"

날카로운 기운을 발산하며 야나는 아즈라크에게 물었다.

"무기를 대체해야만 합니다. 이 몸에 조금이라도 더 익숙해져야만 합니다. 제가 작아진 때를 기회로 보는 무리가 차고 넘칠 테니까요."

지금은 야나가 망연할 차례였다.

"시련은 받지 않게 할 거야."

"시련은 언제, 어느 때에도 거부할 수 없다는 것이 철칙입니다."

야나가 큰 소리를 내려 했을 때 보건실 창문이 열렸다.

"그 건 말입니다만."

창문의 커튼을 손으로 젖히며 한 학생이 얼굴을 내밀었다. 야나는 황급히 아즈라크를 숨겨주려 했다. 하지만 몸이 작아졌다 한들 아즈라크는 절대로 자기 앞에 야나를 세울 수 없었다.

"야나 님, 안심하세요. 풀(草)입니다."

아즈라크가 작은 목소리로 말했다. 야나는 안심하고 힘을 풀었다.

에테 카리마 왕국에서 '풀'이라 불리는 공작원이 정상적인 입학 절차를 밟아 재학 중이라는 이야기는 야나도 설명을 들어 이미 알고 있었다. 그들은 학생 사이에 섞여 비밀리에 야나를 지키고 있었다.

"꼭 말씀드려야 할 것이 있습니다. 잠시 실례하겠습니다."

그렇게 말하고 창틀에 손과 발을 걸친 풀에게 보건교사 사이러스가 말했다.

"야야. 내 앞에서 이렇게 당당하게…… 들어오려면 제대로 문으로 들어와."

"에이, 사이러스 선생님. 이번만 용서해 주세요. 다음에 또 세탁한 붕대 감는 거 도와드릴게요."

"어쩔 수 없네."

아무래도 풀은 사이러스와 꽤 교류가 있었나 보다. 공작원으로서 다양한 장소에 드나들어야만 하므로 인맥을 넓힌 것이리라. 풀은 어려움 없이 창문으로 들어와서 야나 앞에 무릎을 꿇었다. 그 모습에서 미루어 보아 이제부터 라겐 마법학교의 학생이 아닌 에테 카리마 왕국의 공작원으로서 발언하려는 것임을 알 수 있었다.

"처음 뵙습니다. 사막의 별, 아름다운 공주, 오아시스의 빛이여. 긴급한 사태에 발언을 허락해 주시……."

"허락해. 말해 봐."

"저는 싱이라고 하옵니다. 아즈라크에게 이상이 생겼음을 확인했으니 주인의 명령에 따라 제가 임시로 시련의 지휘를 맡겠습니다."

야나는 모호한 표정을 짓고 다음에 다시 만났을 때 기억 못 할 것처럼 아주 평범한 생김새인 싱을 바라봤다.

"시련을 중단할 필요가 있습니다."

"시련은 무슨 일이 있어도 받아들여야 한다고 정해져 있단 말이다."

아즈라크가 가는 성대에서 나오는 어린 목소리와는 대조적인 말을 내뱉었다.

"네. 하지만 라겐 마법학교에 협조를 요청한 시점에 우리 나라는 학교와 맹약을 맺었습니다. '학생에게 심각한 사태가 발생한 경우, 라겐 마법학교는 일시적으로 시련의 중단을 요청하고 에테 카리마 왕국은 그것을 승낙한다.' 는 약속입니다."

"나는 학생이긴 하지만 거기에 포함되지 않아."

"포함됩니다. 하기야 억지로 포함시키는 것이긴 하지만요."

아즈라크가 태연하게 말하는 싱을 날카롭게 노려봤다.

"허억!"

싱은 비명소리를 내며 어깨를 움츠리고 사이러스의 뒤로 숨었다. 이렇게 귀여운 얼굴이 째려보는데 뭐가 무섭다는 건지. 참 호들갑스러운 남자다.

"나는 시련을 중단하지 않겠다."

초조함이 묻어나는 목소리로 아즈라크가 말했다. 당장에라도 싱에게 달려들 것 같은 아즈라크의 어깨를 야나가 양손으로 잡았다. 천천히 잡아당기고 착하지, 착하지 하며 머리를 쓰다듬었다.

"아즈라크. 네가 늘 나를 위해 노력하는 건 잘 알아. 이런 사태가 돼서 혼란스럽겠지만 지금은 일단 쉬어가자. 너를 위해서가 아니야. 나를 위해서야. 너도 이해해 줄 거지?"

야나는 알고 있다. 이렇게 말하면 아즈라크는 무슨 일이 있어도 야나를 따르리라는 것을.

아즈라크도 싱의 판단과 야나의 결정에 따라야 한다는 것은 알고 있었다. 조금은 설교 같은 말을 하게 될지도 모르겠지만 최종적으로는 의견을 굽혀줄 것이다.

'아즈라크를 사람들 앞에 내보이는 것도 이런 작은 몸으로 싸우게 하는 것도 안 될 일이야.'

아즈라크는 등 뒤에서 자기를 끌어안은 야나를 고개를 돌려 올려다봤다.

"이 아즈라크를 버리겠다는 말씀이십니까?"

아즈라크가 야나를 노려봤다. 그 눈동자가 흔들리는 것을 보고 야나의 심장이 철렁했다.

'어째서 그런 눈을…….'

마치 하면 안 되는 말을 한 것처럼 아즈라크가 상처 입은 눈으로 야나를 바라봤다.

"그럴 리가 없잖아. 너는 언제나 내게 가장 소중한 아즈라크인걸."

야나가 황급히 아즈라크의 머리를 토닥이자 조그만 아즈라크가 눈을 깜빡이며 상처 입은 마음을 억눌렀다.

그리고 목소리를 쥐어짜듯 "야나 님 의견에 따르겠습니다." 하고 답했다.

∴ ∵ ∴ ∵

시련은 다음 방학까지 일시적으로 중단하기로 결정됐다.

방학이 끝날 때까지 어떻게든 아즈라크를 원래 몸으로 되돌려야만 했다. 학교 학생들에게는 아즈라크는 부상을 치료하기 위해 마을에 있는 병원에 입원한 것으로 전해졌다. 아즈라크가 커다란 선반에 짓눌리고 그 위로 대량의 유리병이 쏟아진 장면을 목격한 아이들은 모두 아즈라크의 쾌유를 기원했다.
병문안을 하러 가고 싶다고 말하는 학생들의 마음을 거절하는 것도 걱정시키는 것도 견디기 힘들었지만, 야나는 평소의 유연한 태도로 반 친구들을 대했다.

"아즈. 얌전히 잘 지냈어?"
어릴 적에 부르던 이름을 다시 입에 올리는 게 몇 년 만인지. 별의 반짝임처럼 부드러운 목소리가 바람을 타고 흘러갔다.
가지런히 놓인 화분 가까이에 쪼그려 앉아 작은 손을 흙투성이로 만든 아즈라크가 원망 섞인 지친 얼굴로 돌아봤다.
"야나 님. 애 취급하는 건 그만해 달라고 말씀드렸습니다만."
"미안해. 그때가 그리워져서."
'이런 얼굴을 보는 것도 정말 오랜만이야.'
이런 식으로 다시 본심을 보여준 것이 작아진 몸에 동화되어서인지 아니면 호위라는 직무에 얽매이지 않아서인지 야나는 알 수 없었다.
그저 가다듬지 않은 아즈라크의 얼굴이 반가워서 야나는 마냥 웃음이 나왔다.
아즈라크가 어린애 모습인 채 원래대로 돌아오지 못한 지 6일이 지났다.
그동안 아즈라크는 남자기숙사에서 머무를 수 없으니 사정을 아는 하인츠가 관리하는 온실에서 지내게 되었다.

하인츠도 따로 개인 교무실이 있지만 워낙 대충대충 하는 성격인 탓에 온실에서 밤을 자주 새우는 것 같았다. 아즈라크는 하인츠의 잡무를 대신하며 해제약 개발을 돕고 있었다.

물론 그렇게 곁에서 떨어져 있으니 야나의 호위를 담당할 수 있을 리 없었다.

본디 용의 이름 아래에 모두가 평등하다는 입장인 라겐 마법학교는 비록 아마네셀 왕국의 왕족이라 할지라도 호위를 수행하는 것은 허용하지 않았다. 물론 기부금 특례는 있었지만, 아즈라크는 어디까지나 한 명의 학생으로서 야나 곁에 있었을 뿐이다. 그래서 야나에게 대대적으로 호위를 붙일 수는 없었다. 싱처럼 풀이 어디선가 야나를 지켜볼지는 모르지만, 어지간한 일이 아니고서는 야나 앞에 모습을 드러내지 않을 것이었다.

"오늘은 뭘 했어?"

"화분을 옮겨 심고 싹을 솎아내고 있습니다."

야나의 질문에 아즈라크가 대답했다. 어느 정도 자랐을 무렵부터 잠자는 시간 이외에는 항상 아즈라크와 함께였던 야나에게 아즈라크의 하루를 파악하지 못한다는 건 이상한 느낌이었다.

아즈라크가 분갈이 작업을 재개했다. 지금 아즈라크는 야나의 호위가 아니다. 야나가 옆에 있어도 손을 움직인다는 건 새로운 직무, 즉 하인츠의 조수 역할을 우선하겠다는 뜻이리라.

작은 손에 작은 손톱이 달려 있다. 야나의 반 크기 정도밖에 안 되는 손톱이 그저 귀엽고 사랑스러워서 어쩔 줄 몰랐다. 흙으로 더러워진 손이나 손톱을 하나하나 깨끗이 닦아 주고 싶은 심정이었다.

'어렸을 땐 늘 손을 잡고 다녔는데. 그러고 보니 언제부터 손을 잡고 다니기 시작했더라.'

왕녀로서 정신없는 나날을 보내곤 하던 야나는 어릴 적 기억이 애매했다. 하지만 아즈라크가 어렸을 때부터 한 마리 매처럼 부드럽고 아름다웠던 것만큼은 선명하게 기억한다.

어린 아즈라크를 보고 있으면 야나는 자기도 동심으로 돌아간 듯한 기분이 들어 마음이 마냥 들떴다.

'이렇게 작은데도 아즈라크는 언제나 나보다도 컸어.'

크고 든든하고 늘 야나를 지켜줬던 아즈라크. 그런 아즈라크가 실은 이렇게 작았다니. 야나는 이제야 처음으로 깨달았다.

"야나 님. 괜찮으세요?"

무덤덤한 목소리였지만 표정에 살짝 불안이 스쳤다. 여섯 살의 아즈라크는 열아홉 살의 아즈라크보다도 훨씬 표정을 감추는 게 서툰 모양이다.

"네가 귀여워서 바라보고 있었어."

"야나 님은 어째서 그렇게 고집스러우신지."

애 취급 하지 말라고 한 부탁을 들어주지 않는 야나를 보며 아즈라크는 한숨을 쉬었다.

야나가 고집스러운 건 분명하다.

좋아하는 사람과의 혼담을 거절할 정도니까.

아즈라크가 자리에서 일어났다. 아동용 옷은 사이러스가 마련했다. 소박하지만 사이즈가 잘 맞는 옷이다. 아즈라크가 허리를 굽히고 몸을 굽힌 자기와 비슷할 정도로 커다란 화분에 손을 얹었다.

"기다려. 너, 그걸 옮길 셈이야?"

"물론입니다."

"내가 할게."

소매를 걷어붙이는 야나를 보자 아즈라크의 얼굴에 경악하는 기색이 번졌다.

"기다려 주세요, 야나 님. 그런 농담은……."

"지금 농담이라고 했어? 그렇게 작은 아즈가 들게 할 수는 없잖아."

"주제넘은 말을 했습니다. 부디 야나 님의 아즈라크를 믿어 주세요."

"물론 믿지. 하지만 지금의 너한테 들게 할 수는 없어."

야나가 화분을 안으려 하자, 아즈라크는 순식간에 혈안이 되어 화분과 야나 사이에 비집고 들어갔다.

"부디 침착하시길. 절대로 야나 님이 드시게 할 수는 없습니다."

"너도 꽤 고집스럽다니까."

질렸다는 표정으로 말하는 야나를 보고 더는 막을 수 없겠다고 깨달았는지, 아즈라크는 앳된 얼굴에 결의를 드러냈다.

"야나 님. 손을 거둬 주신다면 이 한 몸 오늘만큼은 야나 님께서 자유롭게 이용해 주세요. 부디 야나 님께서 바라시는 대로."

어려졌다고 해도 역시 아즈라크였다. 야나를 다루는 방법을 이 세상 누구보다도 제대로 터득한 남자인 것이다.

"바라는 대로?"

"네. 바라시는 대로."

"손을 잡고 조몰락거려도 돼?"

"네."

"귀도 만지작거려도 돼?"

"물론입니다."

"무릎에 앉히고 안아줘도 돼?"

"원하신다면."

떨떠름한 표정으로 아즈라크가 고개를 끄덕였다. 야나도 마지못해 물러났다,

애 취급을 그렇게나 싫어하는데도 조건으로 내세우면서까지 야나에게 몸 쓰는 일만큼은 시키기 싫다고 한다면, 야나는 아즈라크의 주인으로서 호위의 그 의사를 존중할 의무가 있다.

'절대로 무릎에 앉히는 것 때문에 넘어간 게 아니야.'

"일단 일이 정리될 때까지 다른 곳에서 쉬고 계세요."

"넌 어딜 가도 열심히 하네."

언젠가 아즈라크는 야나의 곁을 떠난다.

그날이 하루라도 1초라도 더 먼 일이었으면 좋겠지만, 평생 아즈라크를 옆에 묶어두고 지낼 수는 없는 노릇이다.

야나와 헤어진 아즈라크는 자기 나라에 홀로 돌아가도 이렇

게 잘 살아가리라.

'나랑은 다르게 말이지.'

그렇게 생각하니 야나의 마음은 훌쩍이며 울었다.

석양빛이 쏟아져 내리는 온실에서 죽은 물고기처럼 일말의 생기조차 없는 눈을 한 아즈라크가 야나에게 안겨 있었다. 반대로 아즈라크를 무릎에 앉힌 야나는 기쁨에 젖어 있었다. 웃느라 힘이 풀린 뺨을 아즈라크의 머리에 대고 비비적거렸다. 부드러운 검은 머리카락이 뺨을 간질일 때마다 사랑스럽다는 생각이 온몸에 퍼졌다.

"야나 님…… 아직인가요."

"아직이야."

조그만 아즈라크를 꽉 끌어안았다. 열아홉 살의 아즈라크는 여기저기가 다 근육 덩어리라서 손톱만큼도 귀여운 곳을 찾아볼 수 없었지만, 지금의 아즈라크는 귀여움만이 가득했다. 귀여워 참을 수가 없어서 야나는 아즈라크를 끌어안은 채로 아즈라크의 뺨에 제 뺨을 맞댔다.

"야나 님. 해가 떨어지기 전에는 돌아가겠다고 저와 약속해 주세요."

"네가 오늘이라면 원하는 만큼 자길 만져도 좋다고 얘기했잖아. 그런데 한심하다고 생각 안 해?"

"야나 님의 신변의 위험이 줄어든다면 전 세상에서 가장 한심한 남자가 되어도 상관없습니다."

앳된 얼굴에 안 어울리는 달관한 표정이었다. 몸 크기는 바뀌었다고 해도 항상 아즈라크만 여유로운 이 관계성은 변하지 않았다.

"앞으로 늦어지실 것 같을 때는 반드시 탄자인이나 페르베일라와 동행해 주세요."

"말하는 게 올리아나 같네."

오늘 혼자서 식물 온실에 가려고 했을 때, 올리아나에게서도 미겔이나 빈센트를 데리고 가면 어떠냐는 말을 들었다. 미겔은 볼일이 있다고 거절했지만, 빈센트는 아즈라크가 이렇게 된 것에 책임을 느껴서인지 온실까지 동행하기를 권유했다.

하지만 정기 시험이 끝났다고는 해도 빈센트는 항상 바빠 보였다. 그런 사람을 그저 동행인으로 이용하는 건 썩 내키지 않았다. 그리고 개인적으로는 그렇게 친하다고도 할 수 없었다. 야나는 어색한 분위기를 견디고 싶지 않아서 정중하게 거절했다.

"야나 님이 이 세상 그 무엇보다도 소중하니까요."

야나가 그저 단순히 아즈라크를 흠모하던 그때 그 변성기가 오기 전의 높은 목소리.

'그렇다면 왜 네 마음을 차지하는 건 내가 아닌 거야.'

야나는 가슴이 아파서 아즈라크를 안은 손에 힘을 줬다.

아즈라크가 거짓말을 했다고 생각하지 않는다. 아즈라크는 진심을 털어놓았다.

'그저 날 사랑하지 않을 뿐이야.'

아즈라크는 분명 사랑 이외의 모든 것을 야나에게 바치고 있다. 애정도 충성심도 비호하겠다는 마음도. 그거면 충분하다고 만족한다고 말하며 웃을 수 있을 때 놓아줘야만 한다.

감상(感傷)에 빠지지 않기 위해 야나가 말했다.

"지금이 내가 살면서 가장 행복한 순간이야."

야나가 행복하다고 단언하자, 아즈라크는 움찔했다.

"정말 귀여워. 아즈라크. 계속 내 곁에 있어 줘."

평소라면 오직 숨기고만 있는 연정을 여섯 살 아즈라크에게는 드러내도 괜찮을 것 같은 기분이었다.

야나가 아즈라크에게 더 체중을 실었다.

"귀여워. 귀엽다고. 정말로."

'좋아해'를 '귀여워'라는 말로 대신해서 몇 번이고 아즈라크에게 전했다. 아즈라크는 그저 가만히 제 몸에 기대어 압박하는 야나를 받아주었다.

∴ ∵ ∴ ∵

"야나, 오랜만이야. 잘 지냈니?"

폭풍이 불어 닥친 건 아즈라크의 몸이 작아진 지 13일 뒤의 일이었다.

"면회를 원하는 분이 와 계시니 아즈라크와 함께 오도록."

그렇게 교사 윌튼에게 불려 나간 야나는 다른 사람 눈에 띄지 않게 노력하며 면회실로 향했다. 도중엔 작은 아즈라크를 숨겨주며 이동하느라 무모한 짓도 했지만 야나치고는 꽤 순조롭게 면회실에 도착했다.

하지만 야나가 숨겨주고 지켜주고 야나의 손을 잡고 따라가야 했던 아즈라크의 표정은 심드렁했다.

몸을 숙이고 기척을 죽인 채 혼자 면회실에 가는 편이 더 빠르겠다고 생각하는 듯한 얼굴이었다. 야나는 아즈라크의 미간에 잡힌 주름을 손가락으로 한 번 만지고 면회실 문을 열었다.

"야나, 오랜만이야. 잘 지냈니?"

그리고 면회실에서 기다리던 인물을 보자 눈이 휘둥그레져서 아즈라크를 면회실 안에 끌어 들이고 황급히 문을 닫았다.

"오, 오라버니?! 어쩐 일로 여기에……!"

"네가 위험에 처했는데 이 오라버니가 한달음에 달려오지 않을 리가 없지?"

품위 있게 몸을 젖혀 면회실의 소파에 기대어 앉으며 답한 건 야나의 여덟 째 오라버니, 에테 카리마 왕국 제8 왕자 신라였다.

"정말이지. 얼마나 다사다난하게 지내길래 4년 동안 한 번도 얼굴을 비치러 오지 않는 박정한 누이가 된 거냐?"

야나와 똑같은 보랏빛 머리카락을 한 갈래로 느슨하게 묶어 내린 신라는 섬세하고 신경질적인 소녀 같은 외모의 소유자였다. 실제로는 섬세하지도 신경질적이지도 않았지만 말이다. 예고도 없이 이런 데까지 온다거나 호랑이를 몇 마리나 키우는 등 독특한 면이 있다. 야나는 그런 특이한 오라버니를 어릴 때부터 잘 따랐다.

"올리아나에 탄자인. 게다가 페르베일라까지……."

신라의 앞자리에는 올리아나, 빈센트, 미겔이 있었다. 세 사람이 앉은 소파 뒤쪽으로는 평범한 남자가 서 있었다. 얼굴은 잘 기억나지 않았지만 아마 싱일 것이다. 다음에 또 만날 즈음에는 잊어버릴 법한 평범한 얼굴. 소름 끼칠 만큼 풀에 적합한 특성의 소유자라 할 수 있다.

소파에 몸을 걸치고 빈센트는 멋쩍게 웃었다.

"남매끼리 보내야 할 시간에 미안하다."

"야나네 오라버니가 교문 근처에서…… 그, 좀 어슬렁거리고 계셨어. 그대로 계시다가는 수위 아저씨께 잡힐 것 같아서……."

올리아나의 말을 듣고 야나는 이마를 짚을 뻔했다. 한 나라의 왕자가 어슬렁거리다가 학교 수위한테 잡힐 뻔하다니. 문제도 보통 문제가 아니다.

"어떻게 봐도 마하틴의 혈연이다 싶어서 말을 걸 수밖에 없었어."

"페르베일라까지 그렇게……. 고마워. 수고했어."

야나가 눈썹을 축 늘어뜨리고 웃으니 세 사람은 괜찮다는 듯이 싱긋 미소 지어 답했다.

야나는 어이가 없다는 표정으로 신라를 바라봤다. 에테 카리마 왕국 제8 왕자가 공식적으로 방문하려고 하면 일이 커진다. 신라는 그런 절차를 거치고 싶지 않았을 것이다. 얼굴과 이름을 아는 정도일 뿐인 다른 오라버니라면 몰라도 신라의 성격이라면 야나는 잘 파악하고 있다.

"저들에겐 많은 도움을 받았어. 네 평소의 생활 태도 같은 얘기도 들었고 말이지."

친구들 앞에서 가족에게 자기 얘기를 한다는 것은 무척 부끄러운 일이다. 야나는 애매한 표정을 지으며 신라를 바라봤다.

"아즈라크도…… 으음……. 보고를 받긴 했지만…… 참 귀여워졌구나. 여기로 와 봐."

신라가 자기 옆의 빈자리를 손바닥으로 두드렸다. 야나의 뒤에서 무릎을 꿇고 머리를 조아리던 아즈라크가 얼굴을 들었다. 아즈라크는 짧은 팔다리를 움직여 신라 옆에 가서 앉았다.

"이런 너를 또 한 번 보게 될 날이 오리라고는 생각 못했는데. 얼굴 좀 제대로 보자."

신라는 아즈라크의 볼에 손을 얹고 진지하게 어려진 아즈라크를 바라봤다. 야나는 반대편 소파가 아니라 아즈라크 옆에 꾸역꾸역 앉았다.

혹여 대역을 내세웠을 가능성을 고려했는지 신라는 아즈라크를 찬찬히 관찰한 뒤에야 아즈라크의 얼굴에서 손을 뗐다.

"정말로 아즈라크네."

"그렇습니다, 신라 님."

아즈라크가 무표정으로 대답했다. 그 표정과 목소리에서 확신을 얻은 신라는 입꼬리를 끌어올렸다.

신라와 아즈라크는 젖형제였다. 신라는 야나도 모르는 아즈라크의 얼굴을 알고 있었다.

“역시 마법 대국 아마네셀. 이런 게 통용된다면 에테 카리마는 불로불사를 원하는 망자로 넘쳐날 터인데.”

에테 카리마 왕국의 근본은 ‘욕(欲)’이다. 누구보다도 강하게 누구보다도 자긍심 높게 누구보다도 아름답게 존재하기를 바라는 마음은 이 대륙에서 가장 강하리라. 워낙 돈이 많은 나라다 보니 대게 욕구는 돈으로 해결할 수 있었다.

‘4년 동안 한 번도 얼굴을 보러 온 적 없는 오라버니가 왜 여기에 온 거지? 혹시 약의 효능을 직접 확인하러……?’

오라버니 역시 에테 카리마 왕국의 왕자다. 오라버니는 신뢰하지만 야나가 곁에 없던 4년 동안 오라버니가 예전 그대로라고 단언할 수는 없었다. 마법 약을 손에 넣기 위해 과격하게 손쓰려 한다면 야나는 맞설 방법이 없다. 아즈라크에게 위험이 닥치는 것만큼은 어떻게 해서든 피하고 싶었다.

“오라버니. 이 약은 기적적으로 생긴 거예요. 재현은 불가능하다고…….”

“안심해라. 퓰의 보고는 전부 내가 들었으니까 왕궁의 어중이떠중이들은 약에 관해 전혀 몰라. 나는 마법 지식이 없으니 아즈라크를 고쳐줄 수도 없지만.”

신라는 아즈라크에게서 야나로 시선을 옮기고 어이없다는 표정을 지었다.

“야나. 말해 두지만 나는 이 약에 관심이 없다. 마법은 수상쩍고 약이라는 걸 싫어해.”

야나의 표정이 유난히 비장했던 모양이다. 신라는 자애로운 목소리로 말했다.

"그러니 그렇게 걱정스러운 얼굴 할 필요 없어."

"오라버니……."

신라는 자기를 내세워서 혹여 생길 나라의 혼란을 회피하려 한 듯했다. 신라로서도 마법 약 이야기가 공공연하게 퍼지는 건 위험했다. 그래서 비밀스럽게 처리하고 싶었을 것이다.

야나가 안도하니, 신라는 싱긋 미소 지었다.

"그것보다도 난 네게 직접 이 건에 관해 듣고 싶었는데 말이지."

안심하는 것도 잠시. 보고의 의무를 게을리했다고 받아들여 유학을 강제 종료시킬지도 모른다. 신라는 그만큼 쉽게 일을 해치우는 남자였다.

"오라버니. 야나는 오리버니께 미움받을까 봐 두려워서 펜을 들 수가 없었어요."

"야나는 오라버니를 정말 좋아하니까 말이지. 그렇군. 그건 어쩔 수 없지. 하지만."

갑자기 기분이 좋아진 신라는 아즈라크의 뺨을 손바닥으로 톡톡 때렸다.

"그래. 역시 시련은 중지하자."

강제 귀환이라니 말도 안 된다. 너무나도 갑작스럽고 냉혹한 신라의 결정에 야나는 놀라서 입을 다물지 못했다.

"무슨 말씀을 하시는 거예요?"

어떻게든 목소리를 쥐어짰지만 들어주기 힘들 정도로 갈라졌다. 올리아나는 걱정스러워서 야나를 쳐다봤지만 야나에겐 마주 볼 여유도 없었다.

"아즈라크, 넌 잘 알겠지?"

아즈라크는 시선이 자신을 향하자마자 고개를 숙였다. 그 반응으로 신라의 결정이 갑작스러운 것이 아님을 짐작할 수 있었다.

『이 아즈라크를 버리겠다는 말씀이십니까?』

야나가 시련을 중단하겠다고 승낙했을 때 아즈라크는 드물게도 그 결정에 저항했다. 야나는 아즈라크가 호위에서 물러나는 건 일시적인 일이라고만 여겼기에 시련을 중단하는 데 찬성했던 것이다.

하지만 아즈라크는 자신이 떨어져 있는 동안 시련이 중단될 수도 있음을 알고 있었으리라.

"시련을 중지하면 어떻게 되는 거야."

떨리는 목소리로 묻는 야나에게 신라가 송곳니를 감춘 호랑이 같은 얼굴로 웃었다.

"딱히 어떻게 되진 않아. 넌 우리 나라로 돌아가고 귀국하면 원래 약혼자와 짝을 이룰 뿐이지."

전후 사정을 모르는 빈센트와 미겔이 살짝 놀란 표정을 지었다. 올리아나는 초조함을 감추지 못하는 얼굴로 야나와 아즈라크를 번갈아 봤다.

'원래 약혼자.'

야나는 바로 옆에 앉은 아즈라크에게 눈을 돌렸다. 아즈라크는 야나 쪽으로는 조금도 눈길을 주지 않았다. 그 작은 몸이 온 힘을 다해 거절하는 것처럼 보였기에 야나는 목소리를 냈다.

"그게 싫어서 이런 장소까지…… 시련까지 시작한 것을 오라버니는 알고 계시잖아요?!"

"그럼 지금 당장 다른 남자랑 결혼해서 아즈라크를 해방시키면 된다."

조용하지만 위압적인 목소리로 신라가 말했다. 야나와 무척이나 닮은 칠흑 같은 눈동자가 야나를 관통했다.

"그때는 이 신라가 책임을 지고 네 손이 두 번 다시 닿지 않을 곳으로 아즈라크를 멀리 데리고 떠나겠다."

"농담이시죠……?"

"내가 농담하러 이런 데까지 왔을 리가 없잖니."

야나는 온몸을 떨며 눈앞에 있는 작은 몸에 매달렸다.

어머니를 사랑하는 아즈라크와 결혼할 수는 없다.

아즈라크 곁에 어머니가 있는 것도 보고 싶지 않다.

하지만…… 아즈라크와 두 번 다시 만날 수 없게 된다니, 그걸 견딜 수 있을 리가 없다.

"싫어, 절대로 싫어. 싫어, 안 돼."

작은 아즈라크의 가슴팍에 손을 둘러 몸을 꽉 끌어안았다. 곤란하다는 듯이 작은 손바닥이 야나의 팔을 토닥였다.

"야나 님."

"넌 앞으로도 계속 나랑 함께 있어 주는 게 아니었어?"

야나는 슬픔을 참아내지 못한 얼굴을 아즈라크의 머리에 묻어 숨겼다. 아즈라크는 아무런 말도 할 수 없게 되어 다시 야나의 손을 토닥였다.

"아즈라크, 너한테도 책임이 있어. 정말이지…… 그래서 편지에 손이 닳도록 썼거늘. 이런 응석받이한테는 그냥 적당한 남자를 하나 찾아줘서 빨리 시련을 끝내라고 말이다."

"신라 님!"

오라버니의 비정한 말에 야나는 순간적으로 슬픔도 사그라들었다.

대신에 여태껏 느껴본 적 없는 분노로 온몸의 피가 끓어오르는 기분이었다.

야나에게 있어 시련은 자신의 인생보다도 훨씬 소중한 연정을 내건, 단 하나의 클라이맥스였다.

모든 결투가 무서웠다.

언제 아즈라크가 질지 몰라 항상 불안했다.

하지만 그걸 헤쳐 나가지 못하면 자신은 절대로 아즈라크와 떨어지지 못할 것 같아서 시련을 받아들였다. 그런데…….

『그러니까 편지에 손이 닳도록 썼거늘. 이런 응석받이한테는 그냥 적당한 남자를 하나 찾아줘서 빨리 시련을 끝내라고 말이다.』

아즈라크와 신라가 그런 얘기를 주고받았다니, 야나는 전혀 몰랐다.

어릴 적부터 신라는 그 많은 여동생 중에서도 야나를 특히나

예뻐했다고 생각했다. 다소 특이한 구석이 있지만, 신라와는 잘 지냈다. 이번 마법 약에 관해서도 오라버니를 신뢰하는 마음이 더 컸다.

하지만 그 속내에서는 동생이 맞서는 시련 따위 어찌 되든 상관없다고 여겼던 것이다.

에테 카리마 왕국의 모든 남자는 여자를 남자의 소유물로 여긴다.

이렇게 야나가 마음을 죽이고 애쓰는 것도 그저 단순히 어린애, 그것도 여자의 오기라고 치부한 것이다. 손톱만큼의 가치도 없는, 어차피 전부 남자가 저 높은 곳에 앉아 조종할 뿐인 유희라며 얕잡아 볼 뿐이었다.

"좋은 도전자를 찾을 때까지 기다려 달라는 네 말을 믿고 기다렸거늘. 이렇게 시련을 길게 하는 왕녀는 전례가 없다."

"신라 님. 부디 제발 야나 님의 기분을 헤아려 주십시오."

——티잉. 야나의 마음을 다잡고 있던 가느다란 끈이 그때 끊겼다.

『좋은 도전자를 찾을 때까지 기다려 달라는 네 말을 믿고.』

아즈라크는 오라버니의 말에 따를 셈인 것이다. 야나의 기분 따위 무시하고 자기네가 허락할 만한 남자가 나타나면 일부러 져서…… 야나를 넘겨줄 셈인 것이었다.

'결국…… 아즈라크도 에테 카리마의 남자였네.'

야나는 아즈라크에게서 팔을 떼고 일어났다. 그리고 태연하게 오라버니를 내려다봤다.

"오라버니……."
"왜 그러니?"
여유가 넘치는 오라버니의 얼굴이 태어나서 처음으로 원망스럽게 보였다.
야나는 소파에서 떨어졌다. 그리고 눈앞에서 다른 집안의 소동을 본의 아니게 지켜보게 되어 불편한 듯 앉아있는 올리아나 쪽으로 옮겨갔다.
놀란 올리아나 앞을 지나 빨간 머리를 한 남자의 팔을 잡았다.
"어?!"
강제로 소파에서 일으켜 세워진 미겔이 경악했다.
"오라버니. 전 이 남자를 사랑합니다."
"네?"
아즈라크와 키가 똑같은 미겔이 야나를 내려다봤다. 그 눈은 커질 대로 커져서 미겔이 얼마나 진심으로 경악했는지 고스란히 전해졌다.
"그러니 오라버니와 아즈라크의 바람대로 이 남자에게 시련을 받겠습니다."
그러면 만족하시겠죠.
야나는 싸늘한 목소리로 말했다.
완전히 분노가 폭발했다.
야나의 기분을 업신여기고 모든 것을 자기들끼리 정하려고 하는 에테 카리마 왕국의 남자에게 도저히 분노를 참을 수 없었다.

"……."

"……."

신라와 아즈라크가 말없이 야나를 바라봤다.

신라가 경악한 것은 일이 자기가 생각한 방향으로 흘러가지 않았다는 점에서 비롯된 오만한 놀람이었다.

아즈라크는 미겔과 야나가 친구 이상의 관계가 아님을 알고 있었을 것이다. 야나의 거짓말에 분노가 서린 시선을 보냈다.

"야나. 넌 이렇게 겉으로는 침착한 척 행동하지만 기분파에 예민한 부분은 어릴 때부터 변하지를 않는구나. 널 잘 아는 이 오라버니가 말하지. 적당히 하고 얌전히……."

"받아들이죠."

신라가 어이가 없어 야나를 꾸짖으려 하자, 작은 아즈라크가 소파에서 내려와 일어섰다. 깃털처럼 가볍게 지면으로 뛰어내렸다. 그 움직임을 보고 다시 한번 아즈라크의 몸이 얼마나 작은지 실감했다.

"어어? 아니 진짜로?"

아즈라크가 승낙하자 가장 놀란 건 미겔이었다. 갑작스럽게 발탁되자 늘 태연한 미겔이 드물게 당황했다.

그 표정을 보아하니 상황은 제대로 파악한 듯했다. 눈앞에서 어떠한 설명도 없이 남매끼리 자기네 마음대로 싸우기 시작한 것뿐인데. 역시 두뇌 회전이 빠른 남자다.

"알았다. 아즈라크가 그럴 셈이라면 막지 않겠어. 대신 이것이 마지막 시련이야. 도전자가 지면 넌 우리 나라로 돌아와 아즈라크와 결혼한다."

"그런 일이 가능할 리 없잖아요? 저는 사랑하는 사람과 결혼하겠어요. 오라버니와 아즈라크가 바라는 대로."

야나가 분노하고 있음이 느껴졌을 것이다. 신라의 꼿꼿했던 눈동자가 흐려졌다.

"야, 야나. 너 혹시 진심으로 네 오라버니한테 화난 건 아니지……?"

"어머 이상하네요. 오라버니도 참. 제가 화날 만한 행동이라도 하셨나요?"

"야나, 야나? 야나야……?"

야나는 가녀린 목소리로 이름을 부르는 신라를 무시했다. 신라는 흘끗 봐도 알 수 있을 정도로 시무룩한 표정을 지은 채 큰 충격을 받았다.

한마디 대답도 없이 야나는 미겔을 면회실 구석에 데려갔다.

"아무리 그래도 이건 좀 갑작스러운데."

벽에 등을 기대어 선 미겔이 어이없다는 듯 웃으며 말했다. 야나는 양손을 맞대고 작은 소리로 미겔에게 사과했다.

"그저 여기에 있었을 뿐인데 이렇게 말려들게 해서 정말로 미안해. 네가 시련에서 이겨도 날 아내로 맞이할 권리가 생기는 것뿐이고 그걸 포기하는 것도 당연히 가능해. 그때는 내가 가능한 선에서 최대한 보답할게."

진지하게 사과하는 야나를 보며 미겔은 팔짱을 끼고 "음…… 이런 전개는 예상 못했네." 하고 중얼거렸다.

“그럼 알려줘. 왜 이런 행동을 한 거야? 마하틴은…….”
미겔은 말끝을 흐리고 아즈라크가 있는 쪽을 바라봤다. 야나는 뒤돌아보지 않았다.
아즈라크가 어떤 표정을 짓고 있어도 괴로울 것 같았다. 게다가 만약 이쪽을 전혀 보지 않고 일말의 흥미도 없다면 더욱 괴로울 뿐이다.
“좋아하잖아?”
미겔은 소리를 죽이며 야나의 귓가에 입을 가져가 작은 목소리로 물었다.
야나는 눈물이 나올 것 같아 양손을 꽉 쥐었다.
“응, 맞아. 그러니까 결혼하고 싶지 않은 거야.”
미겔은 받아들이지 못하겠지. 그렇게 생각했는데 미겔은 “그렇군.” 하고 중얼거렸다. 미겔이 야나의 머리에 손을 얹고 머리를 마구 헝클어뜨렸다.
“그래, 알았어.”
평소와 다름없는 가벼운 말투로 받아들여 준 미겔에게 야나는 안도하며 고맙다고 마음을 전했다.
“나는 사랑을 하는 여자애의 편이거든.”
미겔이 웃으며 다시 야나의 머리를 헝클어뜨렸다.
“야나 님.”
가만히 머리를 헝클어뜨리는 미겔의 손길을 받고 있었던 야나는 깜짝 놀라 몸을 움츠렸다. 작은 몸에서 나오는 어린 목소리를 듣고 이렇게 큰 공포를 느끼리라고는 생각해 본 적도 없었다.

'뒤돌아보기 무서워.'

하지만 돌아볼 수밖에 없어서 야나는 천천히 목을 돌려 아즈라크를 바라봤다.

"왜 그래."

"드릴 말씀이 있습니다."

"난 없어."

야나는 미겔에게서 떨어져 테이블과 소파 쪽으로 가기 시작했다. 신라는 면회실 밖으로 나갈 수 없고, 이 작은 아즈라크를 다른 학생의 눈에 띄는 장소로 데리고 갈 수도 없다. 필연적으로 마지막 결투는 이곳에서 치르는 것으로 정해졌다.

소파를 밀려는 야나를 저지하고 미겔과 빈센트가 솔선해서 가구를 옮겼다. 할 일이 없어진 야나는 돌연 아즈라크에게 팔을 잡혀 막무가내로 면회실 구석으로 끌려갔다.

"시련 중단에 관해서는 제가 신라 님께 잘 말씀드려 볼게요. 화풀이는 그만하세요."

"잘 말해 보지 않아도 괜찮아. 당신네가 계획한 대로 오늘 끝을 내면 돼."

아즈라크의 얼굴을 바라볼 수 없었다. 어찌해도 빈정대는 식으로밖에 말이 나오지 않았다.

'평소라면 더 잘 감추었을 텐데…….'

"페르베일라를…… 사랑한다니, 진심이 아니잖아요?"

"진심이야. 네게 말하지 않았을 뿐이지."

"그런 거짓말이 저에게 통할 것이라 생각하셨습니까."

헉 하고 숨을 삼킬 정도로 강한 말투에 야나는 조심스럽게 아즈라크를 봤다. 어린 아즈라크는 병아리처럼 귀여웠지만 지금은 터무니없이 크고 무섭게만 느껴졌다.

"지, 진짜야. 페르베일라를…… 미겔을 사랑해."

눈을 들여다보며 얘기하지 못하고 시선을 피하며 말했다. 야나의 팔을 잡은 아즈라크의 손이 단단하게 굳었다.

"사절단은 괜찮으신가요? 히드란지아 백작가에 들어가면 여기저기 돌아다니는 생활 같은 건 못할 텐데요."

"네 아내가 돼서 에테 카리마로 돌아가는 것보다는 나아."

모든 것이 엉망진창이었다.

이런 방법으로 이긴다고 해도 아무런 의미가 없다. 미겔은 자기 실력으로 아즈라크에게 이기는 것이 아니다.

'아즈라크가 어쩔 수 없이 날 놓아주는 게 아니야.'

그렇다고는 해도 아버지와 아즈라크에게 사랑받는 어머니 옆에서 아즈라크의 아내가 된다는 우스운 미래 따위는 무슨 일이 있어도 사양하고 싶었다. 상상하는 것만으로도 소름이 돋았다.

"당신은 제게 이기라고 말씀하셨습니다."

"지려고 한 건 너였잖아."

먼저 신뢰를 무너뜨린 건 아즈라크였다. 야나는 가슴이 찢어질 것 같은 아픔을 견디는 자기 몸을 꽉 끌어안았다가 작은 아즈라크를 마주했다.

'이런 작은 몸에 무리가 가게 할 수도 없지.'

어차피 질 셈이었다. 굳이 말할 필요는 없었지만 야나는 입을 열었다.

"난 미겔을 좋아해. 넌 알아주는 거지?"

몰래 져 주라고 아즈라크에게 말했다.

태연하게 말하려고 했지만 실패했다. 표정이 잔뜩 찌푸려지고 울면서 웃는 것처럼 일그러졌다.

아즈라크는 말로 표현하기 어려운 표정을 짓는가 싶더니 대답도 하지 않고 야나를 등진 채 떠났다.

∴ ∵ ∴ ∵

어릴 적에 팔을 잃을 뻔한 적이 있다.

에테 카리마 왕국에서는 많은 것을 힘이 지배한다. 그리고 아즈라크는 그 힘을 지니지 않았다.

왕자들과 함께 자란 아즈라크는 악의가 소용돌이치는 하렘에서 시기하는 존재였다.

자레나 가문은 오래전부터 왕을 모시는 핏줄이기는 했지만 왕자들과 대등하게 대화할 정도는 아니었다. 하지만 젖형제인 제8 왕자 신라는 아즈라크를 진짜 형제 혹은 가장 가까운 친구처럼 대했다. 그렇다 보니 어릴 적 아즈라크에게는 사용인으로서의 자각이 싹트지 않아서 주변에서 꽤나 괴롭히고 있었다.

아직 일곱 살이었던 아즈라크는 쉽게 덫에 걸렸다.

물건을 훔쳤다는 말도 안 되는 죄를 뒤집어쓴 것이다.

분실물은 신라와 신라의 어머니가 지내는 방의 커튼 태슬이었다.

태슬이 사라지기 직전에 방에 드나들었던 아즈라크를 누군가가 절도범이라고 매도했다. 아즈라크는 하렘의 관리인인 환관의 지시로 간단히 하렘 광장까지 끌려갔다.

늘 아즈라크 옆에 있었던 신라는 자기 어머니와 함께 왕의 부름을 받고 왕궁에 가서 없었다. 아즈라크를 두둔하는 신라와 신라 어머니의 부재를 틈타 다른 사용인들이 아즈라크를 모함하려고 한 것이다.

"용서해 주세요. 아직 어린아이입니다. 만약 잘못이 있다면 제 잘못입니다. 제발 용서해 주세요."

신라의 유모인 아즈라크의 어머니는 땅에 머리를 조아리며 저지르지도 않은 아들의 죄를 사죄했다.

절도는 중죄다. 따라서 얼굴에 인두로 낙인을 찍어 평생 사라지지 않는 죄를 짊어지게 된다.

하지만 왕족의 소유물을 훔쳤다면 그 벌이 화상을 입히는 정도로 끝날 리가 없었다. 훔친 게 고작 태슬 하나라고 하더라도.

땅에 넘어져 누운 아즈라크를 관리인이 짓밟았다. 아즈라크의 가느다란 팔은 다른 환관들이 짓눌렀다.

관리인이 허리에 찬 칼집에서 번뜩이는 칼날이 뽑혀 나왔다. 아즈라크의 번뜩이는 눈에서는 끊임없이 눈물이 흘러나왔다. 목이 메도록 외쳤던 "하지 않았어요."라는 말을 다시 한번 외쳤다.

고개를 저으며 관리인을 올려다봤다. 무죄를 외치는 아즈라크의 눈앞에서 굵게 굴곡진 칼날이 번쩍 올라갔다. 서슬 퍼렇게 빛나는 칼날에 태양 빛이 반사됐고 아즈라크의 눈에 그 빛이 스쳤다.

그때였다.

"너희들이 찾는 게 이거야?"

방울이 울리는 것 같은 가볍고 아름다운 목소리가 흥분이 소용돌이치는 광장에 울려 퍼졌다.

딸그락——. 태슬에 달린 구슬끼리 부딪쳐 어딘가 섬뜩한 소리가 울렸다.

"아즈가 한 짓이 아니야. 제대로 조사하지도 않고 말이야. 왕께 일러바칠까 보다."

다섯 살인 야나가 천진난만하게 웃으니 아즈라크를 둘러싸던 어른들이 갑자기 물러섰다. 썰물이 빠져나가듯 아즈라크 주변에 있던 사람들이 사라졌다.

공포 때문에 흘린 식은땀과 소변으로 온몸이 젖은 아즈라크에게 야나가 손을 내밀었다.

"아즈. 어서 이리 와."

아즈라크는 힘이 들어가지 않는 무릎을 어떻게든 세워 야나 옆으로 달려갔다. 야나는 아즈라크가 더러워졌는데도 아랑곳하지 않고 비틀거리는 아즈라크를 껴안았다.

그리고 아즈라크의 손을 꼭 잡고 그대로 자기 방에 데려갔다.

——그 뒤, 야나가 가져온 태슬은 자기 방에 달려있던 것임을 알게 되었다. 하인을 시켜 훔치게 한 신라의 방에 있던 태슬은 끝까지 찾아내지 못했다.

야나가 가져온 태슬을 신라가 "내 방에 있던 거잖아."라고 우겼다는 사실도 다른 사람들 입으로 들었다. 그리고 야나 방의 태슬은 야나가 장난치다가 잃어버렸다는 이유로 새로 사서 달았다. 만약 야나가 가져왔던 태슬이 신라 방에 있던 것이 아님을 알았다고 하더라도 야나를 거스를 사람은 없었을 것이다.

그만큼 야나와 그 이외의 사람 사이에는 힘의 차이가 있었다.

"네가 무서울 땐 내가 있어. 앞으로도 계속 함께야."

야나가 내민 손이었다.

그 손에 매달린 건 아즈라크였다.

아즈라크가 매달린 손을 야나는 쭉 놓지 않았다. 하렘에서는 흔한 이야기다. 아마 지금은 그렇게 어렸을 적 이야기 따위 야나는 기억하지 못하리라.

하지만 아즈라크는 절대로 잊을 리가 없었다.

분했다.

『하지 않았어요.』

왕의 딸이라는 것만으로 같은 말을 해도 그 무게가 달라진다.

어떤 사람도 이길 수 있는 힘을 갖고 싶었다.

일개 사용인일 뿐인 아즈라크에게는 무력을 얻는 것 말고는 달리 선택할 길이 없었다. 다행히 해를 거듭할수록 체격은 건장해졌다. 신라의 연줄로 스승님도 만나 아즈라크는 눈에 띄게 성장했다.

여덟 살이 되어 하렘에서 생가로 거처를 옮겼을 때도 신라와 야나의 놀이 상대로 왕궁에 드나드는 것이 허락되었다. 그리고 그 뒤에 야나의 호위로 발탁됐다.

알기 쉬운 힘을 갖고 싶었다.

'그렇게 작은 손에 보호받지 않아도 되는 힘을.'

야나를 지킬 수 있는 힘을 갖고 싶었다.

'이끌리는 것이 아니라 함께 걸어 나갈 수 있는 힘을.'

그리고 야나와 아즈라크는 누구보다도 가까운 사이가 되었다. 아즈라크를 곁에 두자마자 말 잘 듣는 왕녀가 된 야나는 점점 고집을 부릴 때가 줄었다. 원하는 것을 말하지 않고 좋아하는 것도 말하지 않는 야나였지만, 유일하게 아즈라크와 맞잡은 손만큼은 내려놓지 않았다.

아즈라크는 어떠한 간섭도 허용되지 않을 정도로 서로가 서로에게 특별한 존재라고 생각했다.

그렇기에——.

「야나, 너를 아즈라크와 결혼시키려고 한다.」

「어머나, 아버님. 그것만은 절대로 싫습니다.」

그 말을 들었을 때, 세상이 뒤흔들린 줄 알았다.

자신이 안고 있었던 것이 신분에 맞지 않는 연정이었음을 뒤늦게 깨달았다.

하지만 결혼을 거절당한 뒤에도 야나가 주는 신뢰는 변하지 않았다.

그리고 야나는 아즈라크의 손 역시 놓지 않았다.

시련의 호위로서 누구보다도 가까운 곳에서 야나를 지킬 권리를 허락받았다.

'그렇다면 이번에야말로 내가 야나 님을 지키자.'

자기의 연정 따위 내던져 버려질 가치의 존재라는 건 이미 진작에 알고 있었다.

∴ ∵ ∴ ∵

"관례에 따라 이번에도 제가 입회인을 맡겠습니다."

면회실의 테이블이나 소파를 옮겼을 뿐인 좁은 입회장에서 싱의 목소리가 울려 퍼졌다. 방금 한 말을 듣자 하니 지금까지의 입회인도 싱이었나 보다. 싱의 얼굴은 너무 평범해서 몇 번을 봐도 기억할 수 없다 보니 매번 다른 학생으로 보였다.

면회실 문 앞에는 소파를 놓아서 아무도 안에 들어오지 못하게 됐다. 지금쯤이면 면회 시간이 지났다며 누군가 재촉하러 올 것 같았기 때문이다.

하지만 아무래도 에테 카리마 왕국의 왕자에게 '빨리 돌아가' 라고 말하는 역할을 떠맡겠다는 교사는 없었는지 아직까지 면회실 문은 누가 노크하는 소리도 없이 조용한 채 닫혀있을 뿐이었다.

“내면은 자레나라고 해도 역시 어린애를 때려잡고 싶진 않네…….”
옆에 선 미겔이 몰래 야나 귀에 속삭였다. 야나는 등을 꼿꼿이 펴고 미겔의 귀에 속삭여 답했다.
“괜찮아. 조금 전에 오라버니랑 아즈라크가 하는 말을 들었잖아? 진지하게 맞서지 않아도 아즈라크가 보기 좋게 져 줄 거야.”
아즈라크는 열 살에 이미 에테 카리마 왕국의 주요 무술을 완벽히 전수 받았다. 그렇기에 지금까지는 각 학생의 기량에 맞춰 능숙하게 적당히 봐주곤 했다. 그렇다고는 해도 개중에는 드물지만 무술을 즐기는 사람도 있었고, 그런 사람이 도전했을 때 야나는 몹시 불안했다.
‘아즈라크는 언제 져 줄지만 계속 생각했던 것 같지만.’
분노로 얼버무리지 않으면 당장에라도 울음을 터뜨릴 것만 같았다.
하지만 그런 자신을 용서할 수는 없다.
야나는 이 시련에 각오를 다지고 도전한 것이다.
종자의 배신은 전적으로 주인의 부덕이 원인이다.
야나는 미겔을 올려다보며 목소리에 힘을 실어 말했다.
“꼭 이겨 줘.”
“보상을 기대하겠습니다. 공주님.”
싱에게서 면회실의 청소도구함에 들어있던 빗자루를 미겔이, 자루가 긴 대걸레를 아즈라크가 받아들었다. 체격에 따른 공격 범위 차이를 배려한 무기였다.

"최종 시련이 대결레라니."

신라가 가볍게 말했지만, 야나는 신라를 흘낏 쳐다보지도 않았다.

야나 옆에 선 올리아나가 말없이 몸을 기댔다. 깜짝 놀란 야나가 올리아나를 보니, 올리아나는 정면을 향한 채 야나의 손을 잡았다.

그대로 올리아나의 가느다란 손가락이 야나의 손가락에 얽혔다. 조심스럽게 다가온 손가락을 야나도 조심스럽게 잡았다. 두 사람의 손가락은 마치 하나가 되고 싶은 것처럼 포개어져 서로를 꽉 움켜쥐었다.

야나도 앞을 바라봤다. 미겔과 아즈라크가 서로 바라보고 있었다. 원래는 미겔과 같은 키였지만 지금은 그 키의 반 정도밖에 안 되는 아즈라크를 보자 야나는 순간적으로 무릎이 후들거렸다.

'저렇게 작은 아즈라크를 싸우게 하려 하다니.'

아니다. 싸우는 척일 뿐이다. 야나는 자기에게 이 결투는 금방 끝날 것이라면서 타일렀다.

아즈라크는 계속 자신이 질 상대를 찾고 있었다.

역사가 있는 히드란지아 백작가의 적남인 데다 4년 동안 특별반에 있었고 잘생긴 외모임에도 시끄러운 여자 소문도 없는 우정이 두터운 남자 미겔이라면── 아즈라크가 야나의 결혼 상대에게 얼마나 높은 기준을 요구한다 해도 통과하리라.

'아즈라크가 지지 않을 이유가 없어.'

좋은 기회다. 오늘은 아즈라크가 온 힘을 다해 결투에 임하지 않아도 진다. 줄곧 야나를 등 떠밀어서 보낼 사람을 찾고 있었으니 언제가 됐든 이날은 기필코 와야만 했다.

'그날을 각오를 다지고 맞이했다는 행운에 감사하자.'

야나는 손가락에 힘을 줬다. 이제 손가락 사이에 빈 공간은 없었지만 올리아나 역시 더욱 야나에게 가까이 다가가려고 하듯이 손바닥을 맞댔다.

'괜찮아. 난 웃을 수 있어.'

야나는 턱을 꼿꼿이 들고 앞을 바라봤다.

싱의 손이 올라갔다. 미겔과 아즈라크는 서로 거리를 두고 무기를 든 채 준비 자세를 취했다.

그리고 싱의 팔이 내려갔다.

바로 그 순간, 미겔의 몸이 붕 떴다.

아즈라크가 대걸레 자루를 땅에 닿을락 말락 하게 밀어 넣고 회전시키며 미겔의 다리를 걸어 올린 것이다. 커다란 미겔의 몸이 넘어졌다. 간신히 낙법 자세는 취했지만 그때 이미 아즈라크는 대걸레 자루를 미겔의 목에 들이밀고 있었다.

이 장소가 단번에 착 가라앉았다.

결투가 시작되고 몇 초도 안 되어 승패가 결정됐다.

시합을 지켜보려던 야나의 입이 떡 벌어졌다. 목에 무기가 들이 밀어진 미겔과 미겔 목에 무기를 들이민 조그만 아즈라크를 계속 바라봤지만 현재 상황을 잘 이해할 수 없었다.

"승자…… 아즈라크 자레나."

지겨울 만큼 수도 없이 들었던 말이다. 하지만 이제 두 번 다시는 들을 일이 없는 말이라고 생각했다.

아즈라크가 미겔 위에서 물러나며 손을 내밀었다. 하지만 아무래도 자기 키의 반절밖에 안 되는 아즈라크의 손을 잡는 건 망설여졌는지 미겔은 혼자서 힘겹게 일어섰다.

그리고 야나를 돌아본 미겔은 미안하다는 듯이 웃었다.

"그게, 미안. 순식간에 당했네."

"어……어어?"

야나는 지금까지 이렇게 일방적으로 결투를 치른 아즈라크는 한 번도 본 적 없었다.

어떤 학생이 와도 시련의 도전자인 그들에게 경의를 표했다. 그런데 설마 아즈라크가 이렇게 눈으로 좇을 수 없는 속도로 철저하게 도전자를 때려눕힐 줄은 꿈에도 몰랐다.

"너, 너, 분명 지려던 게……."

"모든 게 다 바보같이 느껴졌습니다."

아즈라크는 대걸레를 던지고 야나에게 걸어오기 시작했다.

야나는 매달리듯 올리아나의 손을 잡았……지만, 올리아나는 손을 휙 빼 버렸다. 설마 이런 순간에 친구한테 버림받으리라고는 생각지 못한 야나가 충격을 받고 올리아나를 쳐다봤다.

올리아나는 야나의 눈을 바라보며 마치 마음을 다잡으라고 말하는 듯이 묵직하게 고개를 한 번 끄덕였다.

올리아나의 태도에 당황한 야나는 아즈라크에게로 눈을 돌렸다. 조금 전보다도 훨씬 가까이에 있었다. 마음이 조급해질 수록 지금 이 사태에 어떻게 대처해야 할지 몰라 눈앞이 막막해졌다.

'왜 아즈라크는 이렇게 되돌릴 수 없는 짓을 한 거지.'

에테 카리마 왕국에서 왕자인 오라버니 앞에서 맹세한 약속은 절대적이다. 야나는 떨리는 손을 입가로 가져갔다.

"너는 계속 져도 괜찮을 만한 사람을 기다렸잖아?!"

"야나 님께서 계속 이기라고 한 이상, 제가 질 리가 없죠."

똑바로 부딪혀 오는 말을 채 이해하기도 전에 소름이 돋았다. 기쁜 마음이 온몸을 내달렸다.

"제가 이겼습니다. 야나 님…… 당신은 나랑 결혼하는 거야."

아즈라크가 처음으로 자신에게 거친 말투로 말했다.

그렇기에 직무에 얽매이지 않은 채 나온 아즈라크의 진심임이 뼈저리게 느껴졌다.

"하지만, 그치만 결혼이라니 할 수 있을 리가 없잖아! 너는 우리 어머니를 좋아하잖아?!"

가슴에서 피가 터져 나올 것 같은 심정으로 외쳤지만 아즈라크 눈동자에는 매서운 빛이 짙어졌다.

"그런, 어린애 상상만도 못한 실없는 소리를 늘어놓으면서까지 이 아즈라크의 곁을 떠나고 싶다고 말씀하시는 겁니까!"

마치 찰싹 때리는 것 같은 분노가 서린 목소리였다.

아즈라크가 자기에게 목소리를 높인 적 따위는 인생에서 단 한 번도 없었던 야나가 눈이 휘둥그레져 몸이 굳었다.

"그럼 절 버리시면 됩니다."

야나를 노려보는 아즈라크가 어린아이치고는 낮은 목소리로 말했다.

"저 따위는 필요 없다고 이 아즈라크에게 말하십시오."

작은 아즈라크가 얼굴을 일그러뜨리며 한 걸음씩 다가왔다.

"말해! 싫다고, 얼굴도 보고 싶지 않다고!"

처음 들어보는 아즈라크의 명령에 야나는 몸을 떨었다. 목언저리에 당장에라도 오열할 것 같은 감정이 걸려서 말이 나오려는 것을 방해했다.

"마, 말할 수 없어……. 말할 수 없어."

말할 수 있을 리가 없었다.

미겔을 사랑한다고 말해도, 아즈라크와는 결혼하지 않을 거라고 말해도, 아즈라크를 싫어한다니…… 그런 살면서 가장 할 리 없는 말을 뱉을 수 있을 리가 없었다.

야나의 까만 눈동자에서 눈물이 넘쳐흘렀다.

아즈라크는 마지막으로 거리를 좁히더니 야나를 감싸안아서 야나의 얼굴을 숨겼다. 하지만 작은 아즈라크는 야나의 눈물을 전부 숨길 수 없었다.

"뭐, 뭐가 어떻게 됐단 거야. 아즈라크, 왜? 도대체 왜……?"

"어떻게 된 건지는 내가 묻고 싶어. 이 아즈라크를 의심한 데다가 나랑 결혼할 바에는 확연하게 아무 관심도 없는 남자를 사랑한다는 말까지 들어야 했던 내 입장도 생각해 줘."

게다가 자기를 빼앗아 달라는 듯한 얼굴까지 했다.

아즈라크가 귓가에 속삭인 말을 듣고 야나는 얼굴을 새빨갛게 물들인 채 입만 열었다 닫기를 반복했다. 그러면서도 도대체 무슨 말을 하는 거냐며 이중적으로 생각했다.

"그, 그치만, 그치만 나랑 결혼하면 어머니를 얻을 가능성은 사라질 텐데!"

"또 그런……."

"아니면…… 사위로서라도 괜찮으니까 우리 어머니 곁에 있고 싶다는 거야?"

"설마 야나 님. 진심으로 하시는 말씀입니까?"

야나의 말은 처음부터 들으려고도 하지 않던 아즈라크였지만 점점 말이 격해지는 야나에게서 불온한 분위기를 느꼈는지 망연해서 팔을 놓았다. 아즈라크는 입고 있던 아동용 재킷을 벗어 야나의 머리에 덮고 눈물에 젖은 뺨을 잡았다.

계속 오열하는 야나의 얼굴을 보고 진심을 느꼈으리라. 엄청난 속도로 목을 휙 돌렸다.

아즈라크 시선 끝에 있던 건 올리아나였다.

방 한쪽 구석에서 야나와 아즈라크를 지켜보던 올리아나는 아즈라크가 돌아보자 깜짝 놀라서 몸을 움찔했지만 어색하게나마 고개를 끄덕였다.

"저도 그, 그렇게 알고 있었습니다만……."

"……."

"……."

머리를 한 대 맞은 것 같은 아즈라크와 올리아나가 서로 바라만 보며 아무 말 없이 있으니 신라가 헛기침했다.

"아즈라크. 지금은 일시적으로 호위 임무를 잊어라. 무슨 일이 있어도 내가 용서하지."

"넓은 온정에 깊이 감사드립니다."

아즈라크는 다시 야나 쪽으로 몸을 돌리고 가뿐히 야나를 들어 올렸다.

"어……?"

갑작스러운 상황에 눈물이 쏙 들어갔다. 손발이 흐느적거렸다. 이렇게나 작은 몸임에도 아즈라크는 안정감 있게 야나를 어깨에 둘러멨다.

어깨 위에서 어리둥절한 채로 있는 야나를 안고 아즈라크는 신라를 쳐다봤다.

"신라 님. 조금 전에 하신 말씀, 나중에 무효라고는 안 하시겠죠?"

"물론이다. 시련에서 이긴 아즈라크에게 내 귀여운 야나를 시집보내겠다. 왕께서도 이런 헛짓거리는 빨리 끝내라고 말씀하신 터다."

신라가 한 말에 야나는 경악했다. 모든 건 그저 오라버니가 혼자서 내린 처사인 줄 알았지, 왕께서도 벌써 승낙했으리라고는 생각하지 못한 것이다.

아즈라크의 작은 어깨에 얹혀 방심하고 있는 야나에게 신라가 얄미운 미소를 지었다.

"이제 그만 적당히 마음을 확실히 해. 네 감정은 하렘뿐만 아니라 왕궁에서도 다 알고 있단 말이다. 아즈라크가 왜 강해진 의미를 너만은 소홀히 하면 안 되지."

"어……?"

'왕궁에서도 다 알고 있다.'는 신라의 폭탄 발언에 야나는 입을 다물지 못했다. 이제 두 번 다시는 왕궁으로 돌아가고 싶지 않았다.

"그럼 이만."

아즈라크는 그렇게 말하며 인사를 끝내고 야나를 짊어진 채 면회실을 걸어갔다. 왕자의 어전을 떠나는 인사치고는 너무 가벼웠다. 에테 카리마 왕국에서 이런 무례는 첫날밤에 신부를 안고 침실로 향하는 신랑 정도만 용서받을 수 있었다.

"야, 너, 아즈라크."

"잠시 잠자코 있어 주겠어?"

"기다려."

"미래의 반려자가 하는 말도 조금은 들어주면 좋겠어."

그렇게 말하고 아즈라크는 왜인지 창문을 열었다. 그리고 창가에 손을 얹고 몸을 내밀었다.

'설마.'

야나의 등줄기를 타고 오한이 내달렸다.

나쁜 예감은 들어맞았고 아즈라크는 가만히 있으라고 말한 뒤 야나를 안고 2층 창문에서 폴짝 뛰어내렸다.

"히끅…… 읍, 으으……."

"야나 님."

"흑…… 으……으윽……."

"야나 님."

"윽…… 히끅…… 으윽……."

"야나 님. 이제 괜찮아요."

"으, 으윽, 으으윽……. 너, 너 진짜…… 용서하지 않을 거야……."

"네. 전부 제가 잘못했습니다. 그러니 야나 님, 제발 눈물을 그치세요."

2층에서 뛰어내린 뒤, 사람들 눈을 피해 식물 온실까지 달려온 아즈라크의 목에 야나는 꼭 매달렸다. 하늘을 날며 느낀 부유감 때문에 야나는 온몸의 힘이 풀려 버렸다. 야나가 너무 심하게 우는 바람에 처음에는 야나를 어깨에 둘러멨지만 이제는 야나가 옆으로 매달리는 꼴이 되어 아즈라크는 야나에게 목을 졸리면서 식물 온실까지 달려갔다.

식물 온실의 한편에서 야나는 벤치에 걸터앉은 작은 아즈라크의 무릎 위에 앉아 흐느끼고 있었다. 아즈라크는 계속 작은 손으로 야나의 떨리는 등을 어루만졌다.

"그렇게까지 무서워하실 줄은 몰랐어요."

"2층 창문에서 뛰어내렸는데 울지 않는 여자애가 있다면 지금 당장 여기에 데려와 봐!"

그렇게 말하면서도 야나는 아즈라크의 목에서 손을 뗄 수 없었다. 너무 힘이 강하게 들어간 탓에 손가락이 저릴 정도였다.

"너는, 오늘 너는! 하나부터 열까지…… 뭐 하는 건데! 도대체 뭐 하는 거냐고!"

오늘 있었던 일련의 사건을 떠올리니 두려움과 함께 온갖 감정이 북받쳐 올라 야나의 눈에서는 다시 눈물이 흐르기 시작했다.

"야나 님."

하염없이 흐르는 야나의 눈물을 작은 손이 쉴 새 없이 훔쳤다.

"왜 이렇게 된 거야……! 싫어. 난 싫어. 너랑은 결혼 안 할 거야."

"야나 님."

히끅거리며 오열하는 중간중간에 아즈라크를 보니 한 번도 본 적 없을 만큼 곤란한 듯한 표정을 짓고 있었다.

"야나 님."

"어머니를 사랑하는 네 옆에서, 네 아내로 있어야 한다니, 그런 건 절대로……."

"야나!"

야나가 흠칫하며 움츠러들었다.

아즈라크가 이런 식으로 말을 가로막은 적도 언성을 높여 호통친 적도…… '님' 이라는 말없이 자기를 부른 적도 이제까지 단 한 번도 없었다.

그 정도로 지금 야나와 아즈라크의 관계는 변한 것이다.

그리고 변하게 한 건 아즈라크였다.

조금 전까지만 해도 곤란한 듯 처져 있었던 아즈라크의 눈썹이 다부지게 올라가 있었다.

"내가 하는 얘기를 들어 줄 거지?"

야나의 눈에서 또다시 눈물이 흘렀다.

그런 야나를 아즈라크는 진지한 표정으로 지긋이 바라봤다.

"저는 지난 4년간 총 158명의 도전자를 때려눕혔습니다."

아즈라크가 야나의 머리카락을 한 움큼 잡아 제 입술로 갖다 댔다. 소중한 보물에 닿는 것처럼 부드럽게 등나무색 머리카락에 입을 맞췄다.

"그 모든 결투로 저는 당신에게 계속 청혼하고 있었어요."

야나는 숨을 삼키고 아즈라크의 진지한 눈동자를 바라봤다.

그 말이 진실이라면 아즈라크는 질 생각 따위는 없었다는 것이 된다.

"저는 왕녀인 당신의 입이 항상 진심만을 말하진 않는다는 걸 압니다. 하지만 어떤 말을 하더라도 당신이 가장 소중하게 여기는 것은 저라고 믿었어요. 그렇기에 전 계속 이겨 왔던 겁니다. 그것만이 제게 남겨진 당신 곁에 있을 수 있는 구실이었으니까."

전혀 예상하지 못한 말이었다. 너무 놀라서 야나는 오열하는 것도 숨을 쉬는 것도 잊었다.

"야나. 내 마음은 어릴 적부터 모조리 당신 것입니다."

야나의 가슴이 환희로 떨렸다.

"저에게 내려와 피어난 이 행운 덕에 제가 얼마나 행복한지 당신도 이제는 어느 정도 알아야 해요. 부디 저와 함께 살아갈

각오를…….”

얼마나 수도 없이 상상했던가. 이룰 수 없는 꿈이라며 몇 번을 울었던가. 도저히 믿을 수 없는 현실에 행복과 절망이 동시에 밀려왔다.

하지만 이렇게 정면에서 똑바로 부딪쳐 오는 아즈라크의 말도 못 믿을 만큼 야나의 짝사랑은 지독하게 꼬여 있었다.

“하지만 그럼 어머니는 뭐였단 말이야.”

“뭐고 자시고 아무것도 아닙니다……. 제가 왕의 비를 흠모할 만큼 실없는 남자로 보입니까?”

“보, 보이는걸.”

그것도 무척 잘 어울렸다며 울기 시작하자 아즈라크는 몹시 난처한 듯이 눈썹이 축 처졌다.

“어째서 그런 착각을 했는지 물어봐도 괜찮을까요?”

“넌 늘 어머니를 발견하면 나를 내버려 두고 달려갔잖아. 닿을락 말락 하면서도 등에 손까지 얹고. 그러면 바보라도 알걸.”

“그렇군요. 정말 바보로군요.”

아즈라크가 고개를 깊이 숙였다.

“지금 일시적으로 사용인의 금기를 범하는 것을 용서해 주세요.”

“용서할게…….”

사실 야나가 용서하고 말 것도 없이 조금 전에 오라버니가 용서하겠다고 했다. 왕자가 한 말은 왕녀의 말에 비할 바 없이 그 무게가 무거웠다. 그걸 잘 알고 있을 텐데도 예의를 갖춰 질문한 아즈라크에게 야나도 예의를 차려 고개를 끄덕였다.

"직접 제 입으로 전하면 안 된다는 걸 알지만 죄송합니다."

아즈라크는 야나의 머리카락을 놔주고 야나의 등을 쓰다듬었다. 그 손길에는 결의와 애정이 서려 있었다.

"그분은 출산 당시 갖가지 불행이 겹쳐 이따금 몸 왼쪽에 마비가 올 때가 있으십니다."

앗, 하는 소리가 흘러나왔다.

야나의 어머니는 아이를 한 명밖에 낳지 않았다. 물론 그 아이가 야나였다.

"그분의 위치에서 주변에 약점을 드러냈다가는 목숨을 빼앗기는 일로 번집니다. 당신의 호위로 제가 임명된 것도 그분을 보조하는 것이 전제였어요."

하렘은 왕의 총애를 받기 위해 다투는 전장이다. 어머니가 몸의 마비를 공공연히 알릴 수 없었던 이유도 야나에게 증세를 말하지 못한 이유도 쉽게 상상할 수 있었다.

어머니는 늘 덜렁대는 사람이라고 생각했다.

아니, 그저 그렇게 생각할 수밖에 없었다. 어머니는 '나도 참 덜렁댄다니까.' 같은 말을 하시며 밝게 웃으셨으니까. 절대로 몸이 불편하다고 딸 앞에서 티 내지 않던 강한 사람이었으니까.

"지금까지 말하지 못한 걸 용서해 주세요."

아즈라크도 어머니도 야나를 배려했던 것이다.

야나가 자기를 낳다가 어머니가 그렇게 되었다고 스스로를 책망할 것임을 알고 계셨던 것이다.

다른 왕비의 아들인 신라가 그런 어머니의 사정까지 알았을 것 같지는 않지만, 무언가 느끼는 바가 있었으리라. 그러니까 조금 전 아즈라크에게 뭐든 용서한다며 허락한 것이다.

"으흑……."

입술을 깨문 야나의 눈망울에서 눈물이 흘러내렸다.

미안함, 사랑스러움, 허탈함, 원통함. 이루 말할 수 없는 감정이 가슴에서 소용돌이쳤다.

아즈라크가 다시 눈물을 흘리기 시작한 눈꼬리를 딱딱하고 까칠까칠한 작은 엄지손가락으로 쓰다듬었다.

"하지만 대체 왜 그런 착각을……."

"그, 그게, 넌 나한테 네 왼손만 허락했으니까……."

"왼손?"

정말로 이해가 안 된다는 듯이 아즈라크가 고개를 갸우뚱했다. 야나는 부끄러워 죽을 것 같은 심정이었지만 힘을 쥐어짜서 말했다.

"항상 나랑은 왼손을 잡았잖아."

얼굴이 새빨개진 야나를 보고 아즈라크는 잠시 굳었다가 큰 한숨을 내쉬었다.

"앞으로도 오른손은 잡지 않을 것입니다. 저는 평생 당신을 지키기 위해 있으니까요."

아즈라크는 오른손잡이다. 그 손을 자유롭게 두지 않으면 유사시에 대응할 수 없다. 아즈라크가 어머니의 왼편을 지킨 것은 그저 어머니의 마비 증상이 왼쪽에 나타났기 때문이었다. 아즈라크는 호위로서 오른손을 쓴 것뿐이다.

"정말이지…… 언제부터 그런 무서운 상상을 하신 거예요."

"어, 언제부터였어도 상관없잖아."

"상관있습니다. 저하고는 절대로 함께하지 않겠다고 눈앞에서 딱 잘라 혼담을 거절했을 때 제가 얼마나 상처받았는지 아십니까?"

"그, 그건, 그러니까! 그러니까……!"

"어째서 제게 한 번도 물어보시지 않으셨던 건가요."

"내가 기분파에 짜증 많은 겁쟁이라 그렇다, 왜!"

야나는 얼굴을 새빨갛게 물들이고 아즈라크에게 얼굴을 보이지 않으려 몸을 숙였다. 야나의 등에 아즈라크가 작은 얼굴을 얹었다.

"이토록 본래 몸으로 돌아가고 싶었던 적이 없습니다."

"왜?"

"내 여자가 내 품 안에 있는데 손도 댈 수 없다니 지옥도 이런 지옥이 없어요."

'내 여자.'

아즈라크가 말할 때마다 야나의 등에 얹은 턱이 흔들렸다. 말의 울림 하나하나에 몸속이 뜨거워졌다.

에테 카리마는 남성이 막강한 권력을 가진 나라다. 하지만 그만큼 자신이 책임지는 것들, 소위 말해 소유물을 소중히 여기는 나라라고도 알려져 있다.

이미 야나는 아즈라크의 주인인 것 이상으로, 아즈라크의 소유물이 된 것이다.

그게 억울하게 느껴졌지만 그 속에 아즈라크의 사랑이 있음을 깨달은 순간 형용할 수 없는 기쁨에 휩싸였다.

"방학 때는 우리 나라로 돌아가 결혼식을 올릴 거고요."

"어, 어?! 뭐라고?"

"당연하죠. 왕께도 왕자께도 허락받았습니다. 그리고…… 제가 몇 년에 걸쳐 구혼했는데요."

아즈라크의 한숨이 야나의 등에 내려앉았다. 야나는 아무 말도 못하고 쑥스러움과 기쁨 때문에 전율하며 계속 얼굴을 감추고 있었다.

∴ ∵ ∴ ∵

아즈라크와 야나가 빠져나간 뒤, 면회실에서는 신라가 올리아나에게 다섯 번째 아내가 되지 않겠냐고 묻는 바람에 빈센트와 미겔이 방패막이가 되어 막아 줬다는 이야기는 그날 밤 올리아나에게서 들었다.

아즈라크와의 새로운 관계를 축복해 주는 올리아나에게 야나는 연신 머리를 조아리며 혈연의 무례한 행동을 사과했다. 그리고 박정하고 의리 없는 여동생이지만 이번에는 면회가 끝나자마자 바로 자기 나라로 돌아간 오라버니에게 편지를 보냈다.

오라버니는 한껏 학교를 뒤집어엎고 떠났지만 야나의 마음도 아즈라크의 마음도 다 알고서 바쁜 와중에 참견하러 온 것임을 깨달았기 때문이다.

아즈라크의 몸이 원래대로 돌아온 건 방학이 시작하고 나서였다. 하인츠가 필사적으로 노력한 끝에 완성한 해제약이 호텔에 도착했다. 결국 그때까지 자연적으로 마법이 풀리지는 않았다.

왕도의 호텔에 머무르던 야나와 아즈라크는 아즈라크의 몸이 돌아오자마자 둘이서 마선로에 올라탔다. 라겐 마법학교에 입학한 뒤로 첫 번째 귀국이었다.

아즈라크의 몸이 아이 때로 돌아갔다는 얘기는 비밀리에 잘 덮은 듯했다. 하지만 오라버니에게서 야나와 아즈라크가 맺어졌다는 얘기를 들은 에테 카리마 왕국 사람들은 하얀 꽃잎을 뿌리며 두 사람을 환영했다.

축복의 꽃이 휘날리는 가운데 야나와 아즈라크는 손을 맞잡고 꽃잎이 깔린 길을 걸어 나갔다.

24장 돌고 도는 밤과 죽은 아침

마선로 역 승강장에 기적소리가 울려 퍼졌다.

라겐 마법학교의 방학이 시작되는 이날, 역은 수많은 학생으로 북새통을 이뤘다. 가족과 거의 1년 만에 재회하는 학생들은 모두 들뜬 기분을 감추지 못한 얼굴이었다. 지방 출신인 학생들이 무거운 짐을 끌며 마선로에 올라탔다.

빈센트도 항상 입고 있는 로브를 벗고 모자를 푹 눌러쓴 채 마선로에 올랐다.

미리 예약을 하지 않아서 여행할 때 항상 앉곤 했던 특별석에는 앉을 수 없었다. 비어있는 일등석 칸의 문을 열고 선반 위에 짐을 올리고 있을 때, 갑자기 등 뒤에서 낯익은 빨간 머리가 다가왔다.

"안녕."

"미겔⋯⋯ 여기서 뭐 하고 있어. 넌 반대 방향이잖아?"

"하하. 네가 할 말은 아니지."

미겔은 웃으며 자기 짐도 선반 위에 올렸다. 빈센트는 미겔에게 반론하지 못하고 떨떠름한 표정으로 의자에 앉았다. 빈센트 본인이야말로 반대 방향 기차에 탄 것이니 말이다.

"날 쫓아온 거야?"

"그렇지. 내가 빈센트를 좀 좋아하는 게 아니잖아?"

"내가 돌아가라고 해도 소용없겠지?"

"역시 날 잘 아는군."

씩 웃는 미겔에게 빈센트는 그 이상 말을 덧붙일 수 없었다. 일등석 칸의 문이 열리고 모르는 학생이 들어왔기 때문이다.

열차 한 칸은 4인석이다. 종업식인 오늘은 모든 칸이 만석일 것이다.

방금 들어온 여학생은 미겔과 빈센트가 함께 탄 것을 알고 눈을 동그랗게 뜬 채 어쩔 줄 몰라서 얼굴까지 붉히며 기뻐했다. 합석해도 된다는 의사를 전한 뒤, 미겔과 빈센트는 창가 자리를 여학생들에게 양보하고 앉아서 목적지까지 흔들리는 마선로에 몸을 맡겼다.

흔들리는 마선로에서 내린 뒤, 마차로 갈아타고 어찌어찌 도착한 곳은 외딴 시골에 있는 한 저택이었다.

정성스럽게 관리된 모습이지만 작고 오래된 민가였다. 가느다란 굴뚝에서 뭉게뭉게 피어오르는 연기로 보아 사람이 살고 있음을 짐작하고, 빈센트는 안심해서 가슴을 쓸어내렸다.

"안까지 따라올 셈이야?"

"괜찮아, 괜찮아. 아무 짓도 안 할 거야."

미겔의 가벼운 대답이 빈센트에겐 거슬렸다.

'아무 짓도 안 한다고? 이럴 때는 보통 '방해 안 할게.' 라고

하지 않나?'

빈센트는 왠지 신경 쓰였지만 그렇다고 그걸 걸고넘어지는 건 이상한 듯해서 아무 말도 하지 않았다.

빈센트는 미겔에게 자신이 삶을 다시 살고 있다고 털어놓지 않았다. 늘 식물 온실에 가는 것도 '하인츠 선생님의 부탁으로 마법 도구를 개발하는 걸 돕고 있다' 고만 말해 놨다. 이렇게 모호하게 설명했는데도 미겔은 4년 동안 늘 옆에 있어 줬다.

'계속 망설였다.'

사실을 말하면 미겔을 이 일에 끌어들이고 만다. 하지만 가장 가까운 친구에게 털어놓을 수 없는 비밀을 계속 품고 있는 것도 괴로웠다.

좋은 기회라고 여기며 이런 때가 아니고서는 쥐어짤 용기도 없는 스스로를 비웃으며 빈센트는 입을 열었다.

"이 안까지 따라올 셈이라면 미리 얘기해 둘 게 있어. 미겔, 내가 하인츠 선생님과 어떤 거래를 맺었다는 건 눈치챘지?"

"뭐, 막연히는."

미겔이 물고 있는 사탕의 막대가 흔들렸다.

"나는 용목을 조사하고 있어. 마법 식물에 박식하신 하인츠 선생님께도 협조를 부탁드렸어. 그 대신에 나는 하인츠 선생님의 연구를 돕는 거야."

"오호."

빈센트는 용기를 쥐어짜서 말했지만, 미겔은 듣는 둥 마는 둥 했다.

"미겔. 난 삶을……."

"그 얘기, 내가 꼭 들어야 해?"

미겔이 눈곱만큼도 흥미가 없다는 표정으로 막대사탕을 잡아 입에서 꺼내더니 중얼거렸다.

"방금 말했지만 난 아무것도 안 할 거야. 빈센트가 사정을 말해도 협조하지 않을 거고. 그래도 나한테 말할래?"

항상 의연한 얼굴에 희미하게 경박스러움이 묻어났다. 미겔을 소중한 친구로 여기고 신뢰하지만, 빈센트는 아직도 미겔을 제대로 파악하지 못한 상태였다.

"넌 언제까지나 적정선 이상을 허락해 주지 않는구나."

협조 따위 하지 않아도 괜찮다. 그저 미겔이 사실을 알아주길 바라는 마음마저 짐이 된다면 빈센트는 물러날 수밖에 없다.

언제나 옆에 있어 주면서도 언제까지고 멀게만 느껴진다. 가까워졌다 싶어서 손을 뻗으면 자취를 감추는 길고양이 같은 소꿉친구의 행동에 빈센트는 한숨을 뱉었다.

∴ ∵ ∴ ∵

"이렇게 외진 곳까지 먼 길 오시느라 수고 많으셨습니다. 연락은 미리 받았습니다. 어서 오세요."

마중 나온 나이 지긋한 여성이 집 안으로 들어오라고 안내했다. 그 가라앉은 표정은 방문객을 환영하는 것처럼 보이지는 않았다.

방이 다섯 개 정도인 듯한 작은 집이었다. 이 집에 사는 건 집 주인과 방금 마중을 나온 사람뿐이라고 들었다. 이 집 주인의 원래 신분을 고려하면 말도 안 되는 냉대였다.

일면식도 없는 라겐 마법학교 학생이 갑자기 찾아가면 의심받을 수도 있으므로 하인츠가 사전에 약속을 잡아주었다. 라겐 마법학교에서 교직을 맡았다는 것은 마법사에게 무엇보다도 확실한 신원보증서가 된다.

하지만 그런 하인츠도 많은 고생 끝에 약속을 잡은 듯했다. 하인츠가 빈센트에게 이곳 주인에 관해 처음 알려준 지 1년도 더 됐다는 걸 감안하면 하인츠가 얼마나 고생했는지 짐작할 수 있었다.

"주인님, 오늘은 제법 젊은 손님께서 오셨답니다."

"시끄럽다. 네 목소리는 머릿속에서 울려."

집주인의 침실 문을 연 사용인은 주인의 고약한 태도가 익숙한 모양이었다. 별 반응 없이 방구석에 있던 의자를 옮긴 뒤, 빈센트와 미겔에게 머리를 숙이고 방에서 나갔다.

"뭐냐. 난 애송이들 숙제의 소재가 되려고 오래 살고 있는 게 아니야."

침대 위에는 고목나무처럼 바짝 마른 남자가 앉아 있었다.

생기 없는 눈은 움푹 팼고 볼은 축 처졌으며 갈색으로 변색된 치아가 언뜻 보였다.

이 사람의 원래 신분을 모르는 근처 주민들은 그를 미치광이라고 불렀다.

"폐하, 찾아뵐 수 있어 영광입니다. 저는 시류 공작 영식, 빈센트 탄자인이라고 합니다. 이 자는 마법학교 친구로……."

"히드란지아 백작 영식, 미겔 페르베일라라고 합니다. 부디 저는 염려치 마시길 바랍니다."

"오늘은 모쪼록 귀하의 말씀을 듣고 싶어 이렇게 찾아뵀습니다."

예의를 차리고 정중히 인사한 두 학생에게 눈길 한 번 주지 않으며 노인은 크게 혀를 찼다.

"애송이한테 할 말 따위는 하나도 없다! 나가!"

"아주 잠시만이라도 괜찮습니다. 모쪼록 넓은 관용을 베풀어주시기를 간곡히 부탁드립니다……. 전 료쿠류(綠龍, 녹용) 공작 각하."

료쿠류라는 이름을 대니 제아무리 미겔이라도 놀라서 조금이나마 눈이 커졌다.

'내 면회 상대가 누군지도 모르면서 잘도 이런 외진 곳까지 따라왔군.'

빈센트는 속으로 웃었다. 그러면서 잘도 사정은 알고 싶지 않다는 소리를 하는 걸 보면, 미겔은 분명 전생에 외로움 잘 타는 고양이였으리라.

전 료쿠류 공작은 수도 없이 여러 번 망언을 뱉었고 그럴 때마다 착란에 빠졌다. 그것이 정신병이라고 판단되어 결국 이런 외딴 시골에 격리된 것이었다.

고귀한 태생 덕에 정신병원에 격리되지 않고 이렇게 저택과 하인을 받아 여생을 보내고 있었다.

"내가 누군지 아는 거냐? 잠깐, 시류라고?"

미치광이라고 멸시받으며 오랜 세월 세상과 격리되어 지낸 전 료쿠류 공작은 고요한 눈으로 빈센트를 바라봤다.

"그렇다면 자네도 봤단 말인가?"

'친구가 죽는 모습을.'

갈라진 목소리는 제대로 문장을 완성하지 못할 정도로 작았다. 하지만 빈센트는 이미 다른 누군가에게서 눈앞의 전 료쿠류 공작이 계속 외쳤던 말이 무엇인지 들었다.

등을 쭉 편 빈센트 옆에서, 미겔은 그저 조용히 전 료쿠류 공작을 바라봤다.

"친구가 아니라 사랑하는 여성이 죽었습니다. 그리고 저도."

"그렇군."

그 음색에는 이제 빈센트를 향한 불신은 사라져 있었다. 전 료쿠류 공작은 계속 선 채로 있던 빈센트와 미겔을 올려다보더니 앉으라고 말했다. 두 사람은 순순히 의자에 걸터앉았다.

눈앞에는 오랜 세월 인격체로 존중받지 못한 노인이 아니라 하치류의 한 사람으로서 살아온 노년의 남성이 앉아 있었다.

"호기심에 얘기를 듣고 싶어 하는 사람이 많아. 하지만 같은 일을 당한 사람을 보는 건 네가 두 번째다."

전 료쿠류 공작의 과거는 사교계에서 터부시되었다.

강한 영향력을 가진 하치류 중 한 사람이 정신병에 걸렸다는 사실은 젊은 세대는 그 누구도 몰랐다. 어쩌면 세대를 떠나서

이 사실을 전혀 모르는 귀족이 대부분일지도 모른다.
하지만 비밀이란 건 새어나가기 마련이다. 학자나 기자가 어디서 전 료쿠류 공작이 말한 용목 이야기를 듣고 생각 없이 말을 뱉어서 공작이 상처받았음은 몇 마디 안 되는 말만 듣고도 알 수 있었다.
"두 번째라는 말씀은……?"
"이번 인생이 아닌 다른 때를 살았던 사람…… 죽어서 되돌아온 사람의 수다."
'죽어서 되돌아온.' 빈센트는 입술을 움직였다.
"첫 번째는 친구를 잃고 헤매는 내게 길을 열어 준 사람이었어. 그 사람도 하치류 중 하나였지. 그 사람은 『용의 심판』을 이겨냈어."
"『용의 심판』이라는 건, 그 신화 말씀이신가요?"
아마네셀 왕국에 전해져 내려오는 신화에 『용의 심판』이라는 이야기가 있다.
용목을 상처 입혀 용의 화를 산 남녀에게 용이 고난을 내리는 이야기다. 남자와 여자, 두 사람은 힘을 합쳐 고난을 뛰어넘고 사랑을 확인하여 용에게 인정받는다.
용목을 조사했을 때 물론 신화 내용도 건드릴 수밖에 없었다. 하지만 신화는 신화일 뿐이라고만 생각한 빈센트를 전 료쿠류 공작이 똑바로 들여다봤다.
"그렇지. 책에는 함께 죽는 연인을 가리켜 두 사람이라고만 적혀 있지만…… 사실은 세 사람이다. 용목은 셋을 죽여."

빈센트의 몸에 소름이 돋았다.

빈센트는 지금까지 자기와 올리아나만이 이 끝이 없는 나날에 갇혀 있다고 여겼다.

"나도 그 이전의 하치류 중 한 명도 세 번째 사람이었다. 하치류 중 한 사람이 담당하는 역할은 용. 즉, '심판자' 야."

"제가 용의 대리인이라는 말씀이신가요? 신화에 따르면 연인들을 심판하는 입장이라는……?"

"그렇다."

"하지만 저는…… 항상 제 연인과 함께 죽었습니다. 이전 삶의 기억이 남아 있는 것도 저였다가 제 연인이었다가 해서 정해져 있지 않고……."

"이상한 일이야. 기본적으로 기억이 남아 있는 건 하치류의 심판자 역할 뿐. 하기야, 나도 용에게 직접 들은 얘기는 아니니까 얼마나 신빙성이 있는지는 모르겠지만 말이다."

전례가 적은 데다가 이 얘기를 하면 미친 자라며 멸시받기 때문에 기록에도 거의 남아 있지 않았다. 빈센트와 하인츠가 연구와 조사에 난항을 겪는 것도 신빙성 있는 자료가 매우 부족한 까닭이었다.

빈센트 옆에 앉아 있던 미겔이 일어났다.

그리고 문 쪽으로 가자 조금 전에 봤던 사용인이 쟁반을 가져온 채 꼼짝도 못하고 그저 서 있었다. 다들 진지한 얘기를 하고 있어서 방에 들어가는 걸 망설였으리라.

눈치 빠른 미겔이 쟁반을 받아 들어서 전 료쿠류 공작과 빈센트에게 컵을 건넸다.

"탄자인. 자네는 몇 번 죽었나."

"제 연인 일까지 포함하면 두 번입니다."

"그렇다면 아직도 앞으로 다섯 번이 남았다."

"다섯 번?"

"여덟 용의 심장 수만큼 심판을 되돌릴 수 있어. 하지만 여덟 번 죽으면 그다음은 없지."

아마네셀 왕국은 여덟 마리 용이 지키고 있다.

빈센트에게 컵을 건네던 미겔의 손에 힘이 들어가는 바람에 사이드테이블에 내려놓으려던 컵과 잔 받침이 딸그락거리는 소리를 냈다.

"내 친구와 그 연인은 죽었고……. 나는 두 번 다시 새로 시작할 수 없었다."

괴로워하며 말을 이어나가는 전 료쿠류 공작을 보자, 빈센트의 가슴이 괴롭게 죄어 왔다.

"인생을 다시 시작하려면 세 사람의 목숨이 필요한 줄 알았다. 하지만 너와 얘기를 나누고 생각이 바뀌었네. 너는 용을 따라 심판하는 역할과 남자 역할을 함께 맡았는지도 몰라."

"그렇군요……."

"남자 역할이라면 괜찮겠지만 조심해야 할 거야. 심판자 역할은 '용의 심판'에 개입하면 아니 된다. 나는 그걸 깨닫지 못하고 실패했다."

두 번째 인생에서도 세 번째 인생에서도 자기와 올리아나 이

외에 이전 인생의 기억이 있는 듯한 사람은 없었다. 세 번째 사람이 있으리라는 가능성도 빈센트는 전혀 고려해 본 적이 없었다.

'그리고 분명 두 번째 인생에서 올리아나도…….'

빈센트는 미겔이 따른 차를 들어 입에 머금었다. 스스로도 깨닫지 못했을 정도로 입안이 바싹 말라 있었다.

전 료쿠류 공작의 얘기가 일단락됐다고 여기고 빈센트는 천천히 입을 열었다.

"항상 면회를 거부하셨다고 들었습니다. 그런데 어째서 이렇게 자세히 제게 알려주시는 거죠?"

"말하지 않았느냐. 내게 길을 알려주는 사람이 있었다고."

앉아 있느라 지쳤는지 전 료쿠류 공작이 빈센트에게 양해를 구하고 천천히 침대에 몸을 눕혔다.

"용의 변덕에 휘둘려 내 벗도 벗이 사랑한 자도 몇 번이고 내 눈앞에서 죽었다. 그들을 구할 방법을 결국 끝까지 찾지 못했지. 이렇게 죽어도 아쉬울 것 없는 내가 계속 살아있는 데 의미가 있다면 누군가가 사랑하는 친구와 그의 연인을 살리는 데 도움을 주는 것이겠다 싶어 지금까지 살아왔다."

주인이 누웠다고 깨달은 사용인이 기척을 죽이고 방으로 들어왔다. 사이드 테이블에 놓인 컵을 제자리에 옮기고 구겨져 있던 담요를 공작의 가슴팍까지 끌어올렸다.

창문으로 새어 들어오는 부드러운 빛을 받은 전 료쿠류 공작은 눈을 감고 온화하게 말했다.

"내가 염치없이 이렇게 뻔뻔스럽게 살아남은 건 바로 오늘 이날을 위해서였다고 가슴을 펴고 말할 수 있게 됐어. 죽기 전에 이런 기회를 준 네게는 감사하는 마음밖에 없구나."

말이 끝나기가 무섭게 전 료쿠류 공작은 실이 끊긴 것처럼 잠들었다. 사용인이 머리를 숙였다.

"너른 양해 부탁드립니다. 누군가와 이렇게 긴 대화를 나누신 게 정말 오랜만이라……."

"아닙니다. 저야말로 전 공작님의 몸 상태도 생각 못하고 긴 시간 실례했습니다. 죄송합니다. 전 료쿠류 공작 각하께는 감사드릴 따름입니다. 꼭 그렇게 전해 주시기 바랍니다. 다음에 다시 인사드리러 찾아뵙겠습니다."

빈센트는 자리에서 일어나 다시 짧게 인사하고 집을 나섰다. 미겔도 그 뒤를 졸졸 따라 나왔다.

집 앞에 대기시켜 놓았던 마차에 올랐고, 사용인은 마차가 더 이상 안 보일 때까지 계속 허리를 숙이고 있었다.

시골길은 포장 같은 건 되어있지 않아서 말이 달리는 박자에 따라 마차가 덜컹거렸다. 흔들리는 마차 안에서 빈센트는 정면에 앉은 미겔을 바라봤다.

"재밌었어?"

"으음……. 졸려서 제대로 듣지도 못했어."

아무래도 못 들은 척 하고 싶은 모양이었다. 앞서 말한 대로 귀찮은 일은 피하고 싶은 것이리라. 빈센트는 천천히 고개를 끄덕였다.

“그래. 마을에 도착할 때까지 좀 자.”

“고마워~.”

미겔은 고맙다고 말하고 작은 마차 안에서 재주 좋게 몸을 숙여 잠잘 자세를 취했다.

빈센트는 사탕을 입에 문 채로 그러면 위험하다며 사탕의 막대를 잡고 미겔의 입에서 꺼냈다.

미겔은 불만스러운 듯 인상을 쓰고 빈센트를 쳐다봤지만 다시 눈을 감았고 얼마 안 가 잠잘 때의 숨소리를 내기 시작했다.

사탕을 든 빈센트는 창밖을 바라봤다.

‘용의 심판. 하치류 중 한 사람인 용의 대리인. 여덟 번의 기회.’

그리고…… 세 번째 사람.

‘정말 내가 두 가지 역할을 맡은 건가. 만약 세 번째 사람이 있다고 치면…….’

“그건 누구지?”

빈센트가 쥔 막대사탕이 창문으로 내리쬐는 햇볕을 반사해 반짝 빛났다.

25장 사랑도 아니고 애정도 아니야

'빈센트를 좋아하기 전에는 빨리 개학했으면 좋겠다고 생각하는 날이 올 거라고는 상상도 못했지.'

이번 방학에 올리아나는 빈센트가 보고 싶어서 가만히 있을 수가 없었다.

3개월 동안 한 번도 빈센트를 보지 못한 것이다.

방학 중에는 학우가 초대한 파티에 전부 참석했지만 빈센트와 얼굴을 마주친 적은 없었다. 파티 회장에 들어서서 샴페인을 마시며 초대받은 사람들을 둘러보고 몇 번이나 한숨을 내쉬었는지 모른다.

'우연을 가장해도 한 번도 만나지 못하다니…….'

올리아나의 가문은 빈센트와 같은 행사에 참석할 수 없다.

사교계에도 데뷔하지 않은 올리아나가 참석할 수 있는 행사는 가족이 모이는 파티 정도였다. 그런 행사에 빈센트를 초대할 수 있는 학우가 있었다면 3학년 때 빈센트가 올리아나에게 말을 걸었다고 온 학교가 떠들썩했을 리도 없다.

깊게 생각할 필요도 없이 당연한 일이었다. 하지만 조금이라도 빈센트가 올 가능성이 있다면 올리아나는 그것을 놓치고 싶지 않았다.

그러고 보면 빈센트가 편하게 말을 거는 바람에 학교 전체가 발칵 뒤집혔던 것도 벌써 꽤 오래된 일처럼 느껴졌다.

'그때 빈센트가 포기하지 않아서 정말 다행이야…….'

당시에는 빈센트와 이렇게 친해질 줄도 이렇게 좋아할 줄도 몰랐다. 사는 세상이 다르다며 밀어내기만 했던 올리아나를 빈센트는 계속 쫓아왔다. 친구가 됐으면 좋겠다고 솔직하게 호소했다.

매년 생일에 올리아나 앞으로 오는 들꽃 꽃다발에 딸린 카드는 꽃다발과 함께 창가에 장식했다.

올해도 온다면 선물을 보낸 사람을 찾으려고 했지만, 그 장본인의 정체를 확실히 알게 되는 것이 싫어서 결국 관뒀다.

저 카드에 적힌 '생일 축하해.'라는 글자마저 빈센트의 필체와 비슷해 보이기 시작하다니. 사랑 같은 건 도저히 이해할 수가 없다.

∴ ∵ ∴ ∵

"어머머머. 저기 아즈라크 님?"

마지막 학년인 5학년의 방학이 끝나서 아마네셀 왕국으로 돌아온 야나와 오랜만에 만난 올리아나는 라겐 마법학교 정문을 빠져나가자마자 있는 광장에서 놀란 나머지 얼굴이 굳고 말았다.

두 사람은 학교 건물 쪽에서 사복을 입은 채 걷고 있었다. 무사히 원래 몸으로 돌아온 아즈라크가 평소처럼 두 사람 몫의 짐을 들고 있었다.

그건 그렇다 치자. 이미 익숙한 광경이니까.

하지만 올리아나는 이번에 처음으로 아즈라크가 야나 옆에서 걷는 것을 본 것이다.

"왜 그래, 에르샤."

평소라면 무조건 야나보다 한걸음 뒤에서 걷던 아즈라크가 당연한 것처럼 야나 옆을 걸으며 올리아나에게 다가왔다.

"왜, 왠지……. 응?!"

'왜, 왠지 거리가 완전 가까워.'

가깝다기보다도 뭐랄까, 거리랄 게 없었다.

야나의 오른편에 아즈라크의 왼편이 딱 붙어 있었다. 야나의 허리에 아즈라크가 손을 둘러서 올리아나는 그 적나라한 모습을 차마 직시할 수도 없었다.

이제까지의 두 사람과는 압도적으로 거리감이 달랐다.

광장에서 잠깐 수다를 즐기던 다른 학생도 웅성거리며 이쪽을 보고 있었다.

야나와 아즈라크는 라겐 마법학교에서 유명인이었다.

타국에서 온 왕족에 유학생인데다가 말도 안 되는 미인이며 시련의 보상이었다.

눈에 띄지 않는 게 불가능했다.

신입생을 빼고 거의 재학생 대부분이 아는 두 사람의 관계가 변했음을 이보다 더 명확히 보여주는 것은 없었다. 둘 사이에 감도는 달콤한 분위기에서 야나의 시련이 아무도 상상 못한 식으로 끝났다고 다들 눈치챘을 것이다.

올리아나가 야나를 보니, 야나는 미소 짓고 있었다. 쑥스러워하며 웃는 것처럼 너무나도 귀여운 표정이었다.

'그 표정은 뭔데? 그런 표정은 처음 봤다고. 어, 뭐야. 뭔데 그 얼굴은. 대체 뭐냐고.'

충격을 받은 올리아나에게 야나가 수줍게 입을 열었다.

"지금 선생님께 보고하러 가는 중이었어."

"보, 보고……? 보고라니, 무슨 보고……?"

선생님한테까지 꼭 해야 할 보고라니, 보통 일이 아닐 것이다. 올리아나가 긴장해서 마른침을 삼키자 목구멍에서 꿀꺽 소리가 났다.

"결……."

"결?"

"결혼했어."

'지금 결혼했다……고 한 건가? 결혼했다고?'

귀를 쫑긋 세우고 올리아나와 야나의 얘기를 엿듣던 주변 학생들이 갑자기 술렁이기 시작했다. 갑자기 애들 몇 명이 달려 나가기 시작하는 것이 올리아나의 시야 끄트머리에서 보였다. 그 애들은 분명 전서구처럼 라겐 마법학교를 종횡무진 누비며 이 경사스러운 소식을 퍼뜨릴 것이다.

올리아나는 야나와 아즈라크를 번갈아 봤다.

말을 더듬으면서도 결혼 보고를 끝마친 야나를 내려다보는 아즈라크의 표정에는 애정이 듬뿍 묻어났다.

아즈라크는 평소에도 웃지 않는 건 아니었지만, 어딘가 만들어낸 듯한 공허한 미소를 유지할 뿐이었다. 그런 아즈라크가 말도 안 되게 부드럽고 자연스러운 진심이 담긴 미소를 짓고 있었다.

아즈라크의 두꺼운 팔이 능숙하게 야나의 몸을 자기 쪽으로 끌어당겼다.

'으아아아…… 완전히 자기 여자라고 티 내고 있어……. 아니, 그리고 아즈라크의 이런 얼굴도 완전 처음 보는데!'

올리아나는 너무 충격을 받은 나머지 다리가 후들거렸다.

"결혼한 신부, 아내? 마나님?"

"올리아나……."

야나는 얼굴을 새빨갛게 물들이고 양손으로 얼굴을 가렸다. 늘 꼿꼿하게 정면을 바라보면서도 사랑과 관련된 일에는 도망치기 바쁘고 소심하기만 했던 야나는 역시 아직도 이 사태에 적응하지 못한 모양이었다.

'아니, 전개가 너무 빠른 거 아니야?'

재학 중에도 약혼하는 귀족 자제가 있다는 건 알았다. 부끄러워해도 당황하는 기색이 없는 걸 보면 에테 카리마 왕국에서는 그게 보통일지도 모른다.

야나의 사랑을 알던 올리아나는 시련의 결과를 알고 진심으로 마음을 놓았다.

갑자기 나타난 야나의 오라버니나 조그만 아즈라크와 미겔의 결투처럼 경악할 만한 일이 많이 있었지만 잘 마무리 되었다. 아니, 분명 그 종잡을 수 없는 야나의 오라버니가 어떻게든 그렇게 되게 만든 것이다. 두 사람을 생각하자 올리아나는 진심으로 기뻤다.

야나가 원래 몸으로 돌아간 아즈라크와 시련의 결과를 보고하러 귀국했다는 편지를 받았을 때, 진심으로 둘을 축복했다.

그랬는데…….

"결혼 축하합니다."

생각했던 것보다도 훨씬 낮은 목소리가 나왔다.

하지만 그것이 올리아나가 놀라서라고 여겼는지 야나는 미소를 유지한 채 고개를 끄덕였다.

"고마워. 올리아나한테는 무슨 일이 있어도 직접 전하고 싶었어. 말해서 다행이야."

올리아나의 가슴이 찡하고 저렸다. 아즈라크를 힐끔 보니 아즈라크도 미소 짓고 있었다.

"에르샤. 늘 야나의 버팀목이 되어줘서 고마워."

부부가 된 두 사람 사이에서 지난 3개월 동안 많은 대화가 오갔을 것이다. 그 와중에 올리아나가 야나의 연애 상담을 해 준 것을 아즈라크도 알았는지도 모른다.

남편으로서 아내의 버팀목이 되어 준 친구에게 감사 인사를 하는 건 이상할 게 전혀 없는 일이었다.

하지만 올리아나는 울컥했다.

무척 울컥하고 말았다.

야나를 마중하러 나왔으면서 올리아나는 야나를 두고 혼자 달렸다.

"빈센트, 빈센트 빈센트!"

이름을 연달아 부른 뒤 태클을 걸고 팔을 잡아당기고 도주한 끝에 올리아나는 빈센트와 학교 건물의 그늘진 곳에 쭈그려 앉았다.

거친 숨소리가 끊이지를 않았다. 체력이 늘지 않는 올리아나 옆에서 빈센트는 여유로워 보였다.

"무슨 일 있었어?"

야나와 아즈라크에게서 도망치다가 우연히 빈센트를 발견했고 정신을 차렸을 때는 이미 빈센트에게 매달려 있었다. 갑자기 올리나가 매달렸는데도 빈센트는 곤란해하지도 화를 내지도 않고 그저 침착하게 모든 걸 받아줬다.

올리아나가 체력의 한계에 부딪혀 도피처에서 쭈그려 앉자, 손수건으로 땀을 닦아 주기까지 했다.

"미안해……. 이렇게 갑자기……."

"괜찮아. 나한테 응석 부리러 온 거잖아?"

올리아나는 의아하다는 표정으로 빈센트를 바라봤다.

'응석 부리러? 나 지금 빈센트한테 응석 부리는 거야?'

그 말 그대로임을 깨닫자 얼굴이 새빨갛게 달아올랐다.

빈센트가 땀을 닦아 주는 것도 이제야 깨닫고 허둥지둥 고개를 숙이고 손을 저었다.

"미안! 이러려던 게 아닌데! 아니, 이러려던 게 아니라고 해서 괜찮은 건 아니지만, 아니지! 오히려 더 나쁜가! 아니야, 잠깐. 미안."

"미안해하지 마. 나도 네게 응석 부린 적이 몇 번이나 있는걸. 이번엔 내가 받아줄 차례일 뿐이야."

부드러운 빈센트의 목소리를 듣고 올리아나는 얼굴을 들었다. 빈센트가 또다시 올리아나의 얼굴에 손수건을 댔다.

"오히려 기뻐. 옆에 미겔도 있었지만 나를 선택해 줘서."

라겐 마법학교에 돌아온 빈센트 옆에 마찬가지로 자기 영지에서 돌아온 미겔이 걷고 있었다. 올리아나는 방금 듣기 전까지 그런 줄 전혀 몰랐다. 그만큼 빈센트밖에 안 보였던 것이다.

"으, 으악!"

야나와 아즈라크가 결혼했다는 얘기에 충격을 받고, 오랜만에 빈센트를 만나서 기쁜 마음을 진정시킬 수 없었다고는 하지만 억누르려던 사랑이 완전히 흘러나온 것이다.

어쩔 줄 모르는 올리아나를 보며 빈센트가 풋, 하고 웃었다. 빈센트가 여유로운 반면에 올리아나는 더욱 마음의 여유가 사라졌다.

"그래서 무슨 일이야?"

부드럽게 묻는 빈센트에게 이끌려 올리아나는 입을 열었다.

"야나랑 아즈라크가……."

"그래. 그 두 사람. 무사히 결혼했다는 것 같던데."

"어?! 나도 조금 전에 들었는데 빈센트는 어떻게 아는 거야?!"
"입장상 그런 이야기는 어떻게 해도 귀에 들어오거든."
빈센트는 멋쩍게 웃었다. 올리아나보다 먼저 야나의 입에서 소식을 들은 게 아니라고 야나를 변명해 주는 듯했다.
아니, 분명 변명한 거다. 올리아나는 자기가 부끄러워져서 양손으로 볼을 감쌌다.
"질투해서 미안해……. 아, 그렇구나. 그런 거구나. 이게 질투하는 거구나……."
올리아나는 손에 더 힘을 주고 자기 볼을 눌렀다.
"난 야나가 아즈라크를 좋아한다고 알고 있었어."
"그렇구나."
빈센트는 올리아나와 함께 면회실에서 야나의 마지막 시련을 지켜봤다.
어쩌다 보니 마지막 도전자로 발탁된 미겔을 보며 빈센트도 올리아나처럼 조마조마하고 심장이 두근거렸을 것이다. 그저 야나의 화풀이에 말려들었을 뿐인 미겔은 창문으로 도망친 아즈라크와 야나를 보며 턱이 빠질 만큼 많이 웃었다.
두 사람이 창문 밖으로 사라진 뒤에는 에테 카리마 특유의 농담인지 신라 왕자의 다섯 번째 부인이 되지 않겠냐고 권유받기도 하고, 그걸 미겔과 빈센트가 상냥한 미소로 차단하면서도 화기애애한 분위기 속에서 소파와 테이블을 원래 위치로 옮겼다. 그렇게 불평할 거리가 전혀 없는 대단원의 막이 내려갔다.

"시련의 결과는 진심으로 축하했는데……."

"그래?"

"근데 봐. 그때 아즈라크는 조그맸잖아?"

"그랬지."

"그래서 그런가. 뭐라고 할까 전혀 현실미가 없었다고 할까……. 그냥 축하한다는 마음밖에 안 들었거든. 근데 커다란 아즈라크가…… 야나 옆에 있으니까 왠지 대단해서……. 거기다 야나도 너무 행복해 보이잖아. 그 둘의 행복을 축하해야만 하는데 야나랑 아즈라크는 이제 연인…… 아, 그게 아니라 부부구나 싶어서……. 그런 두 사람을 보고 있자니 나는 뭔가……."

무척 서운했다.

자기가 말해 놓고 스스로에게 질려 버렸다.

빈센트는 깊은 한숨을 내쉬는 올리아나 옆에 앉아서 건물 벽에 등을 기댄 채 하늘을 올려다봤다.

"어쩔 수 없는 거 아닐까?"

"응?"

"올리아나는 내가 보기에도 마하틴이랑 정말 친했으니까. 그렇게 서로를 필요로 했던 거니까 서운하게 느끼는 것도 당연해."

이런 자기가 부정당해도 귀찮게 받아들여져도 어쩔 수 없다고 여겼던 올리아나는, 빈센트가 너무나도 당연하다는 듯이 긍정해 주자 잠깐 어안이 벙벙했다.

“정말 그렇게 생각해……?”

“그래.”

“진짜, 정말로?”

“난 너한테는 최대한 거짓말을 안 하려고 해.”

진심 어린 말투에 거짓은 없어 보여서 올리아나는 갑자기 확 핀 얼굴을 빛냈다.

“그렇구나……. 빈센트가 그렇게 말해 줘서 무척 안심했어.”

“내가 제대로 네 응석을 받아줬을까?”

“응. 완벽하게 받아줬어.”

빈센트가 그럼 다행이라고 말하고 올리아나의 머리를 쓰다듬었다.

‘어……. 이 상은 뭐지…….’

지금까지의 빈센트라면 경솔하게 여자의 신체에 접촉하는 행동은 안 했을 것이다. 방학 전에 머리를 쓰다듬거나 무릎베개를 해 주거나 하며 신체 접촉이 있었던 탓에 거리가 가까워진 것일까.

‘이것도 응석의 일환인가……?’

그렇다고 한다면 꽤나 적정 수준을 벗어난 상이었다.

머리를 쓰다듬어 준 건 솔직히 기뻤다. 하지만 더욱 긴장됐다. 빈센트가 밑도 끝도 없이 이런 행동을 하는 사람이 아닌 걸 알고 있었다. 그렇기에 쓰다듬어 주는 그 따스한 손길에 어떤 뜻이 담겼는지 기대하게 된다.

‘빈센트한테는 좋아하는 사람이 있는 걸 아는데.’

머리와 심장이 빠르게 식었다. 침착한 이성을 되찾은 올리아나는 순진한 척 웃었다.

"그럼 빈센트도 미겔한테 연인이 생기면 서운하겠네."

"뭐?"

정말로 놀랐다는 표정을 짓는 빈센트를 보고 올리아나는 고개를 갸우뚱했다.

"나는 남자니까 그런 감정이 들지는 않을 것 같은데?"

"그렇게 사이가 좋은데도?"

"내가 그러는 건 아무래도 기분 나빠."

남자애들끼리는 그런가 보다. 올리아나는 그렇구나, 하며 고개를 끄덕였다.

"올리아나는…… 마하틴과 자레나가 함께하게 된 게 서운하면서도 기쁘지?"

"응."

올리아나는 힘차게 고개를 끄덕였다. 질투하는 비열한 자신과는 별개로 온 마음을 다해 두 사람을 진심으로 축복하는 자신도 분명히 있었다.

"그럼 너희는 괜찮을 거야."

빈센트가 부드럽게 미소 지으며 말했다. 아무런 근거도 없지만 빈센트가 그렇게 말해 주는 것만으로도 깊이 안심됐다. 따뜻하고 부드러운 무언가에 둘러싸인 것처럼 몸에서 힘이 빠져나가는 감각이 올리아나를 덮쳤다.

이 부드럽고 따뜻한 빈센트의 미소를 더 보고 있다가는 눈물이 나올 것 같았다.

올리아나는 서둘러 자리에서 일어났다.

"얘기 들어 줘서 고마워! 이만 야나한테 가 볼게."

"그래. 힘내."

"응!"

올리아나가 한 발짝 내디뎠을 때, 빈센트가 올리아나의 이름을 부르며 불러 세웠다.

"응?"

"마하틴이랑 이야기가 정리되고 나면 나한테 잠깐 시간을 내줄 수 있어?"

앉아있었던 빈센트가 일어나며 말했다. 예의 이야기가 되면 말이 많은 빈센트치고는 흔치 않게 바지 주머니에 손을 찔러 넣은 채 서 있다.

"응? 알았어."

올리아나는 살짝 고개를 갸우뚱했다가 힘차게 끄덕이고 빈센트에게 손을 흔들었다.

"야나!"

야나와 아즈라크는 식당에 있었다. 홀가분한 걸 보면 가져온 짐은 정리를 끝낸 모양이었다. 두 사람 다 익숙한 교복과 로브를 걸쳤다.

야나는 달려오는 올리아나를 보고 자리에서 일어났다. 급하게 달려온 야나가 올리아나를 꼭 끌어안았다.

"아까는 놀랐어."

올리아나가 갑자기 도망가는 바람에 야나를 불안하게 했나 보다. 올리아나는 그에 답하듯 야나를 안으며 자리에 앉은 채 이쪽을 보는 아즈라크에게 말했다.

"야나, 있잖아. 아즈라크랑 잠깐 얘기해도 괜찮을까?"

"그래. 물론이지."

묻고 싶은 게 무척 쌓여있을 텐데도 야나는 웃는 얼굴로 올리아나에게서 떨어졌다. 올리아나는 가만히 아즈라크를 바라봤다. 아즈라크는 자리에서 일어나 밖에 나가는 게 좋겠냐고 물었다.

올리아나는 가볍게 고개를 끄덕이고 둘이서 식당 밖으로 나갔다.

"……."

단둘이 되어 아즈라크를 마주해도 올리아나는 쉽게 입을 열 수가 없었다. 말해야 한다는 생각에 마음만 조급해져서는 제대로 말이 나오지 않았다.

"에르샤."

"네엡."

아즈라크가 기다리다 지쳤는지 올리아나의 이름을 불렀다. 어느새 고개를 숙이고 있던 올리아나는 긴장하며 얼굴을 들었다.

"네게 사과하게 해 줘."

고개를 숙이고 올리아나를 내려다본 아즈라크가 조용히 입을 열었다.
"아까 있었던 일은 에르샤를 불쾌하게 하려고 한 게 아니야."
『에르샤. 늘 야나의 버팀목이 되어줘서 고마워.』
올리아나가 도망치게 된 결정적 계기였던 아즈라크의 대사가 떠올랐다.
사과를 받으니 억울함과 부끄러움, 미안함이 뒤섞였다. 뭐라고 말하면 좋을지 망설이다가 얼굴을 살짝 일그러뜨리고 서투른 미소를 지었다.
"나도 그래. 아즈라크가 이렇게 신경 쓰게 하려던 건 아니야. 결혼했다고 듣고…… 이제 야나는 아즈라크의 여자가 됐다고 이해했는데."
"그런 뜻으로 사과한 게 아니야."
아즈라크가 이런 식으로 올리아나의 말을 끊은 건 아마 이번이 처음일 것이다.
지금까지 아즈라크는 야나의 시종 입장을 고수했다. 결혼하고 그 마음이 변했는지 아니면 어지간히 방금 한 말을 정정하고 싶었는지는 모르지만 아무튼 올리아나는 가만히 얘기를 들었다.
"이 말을 할 생각은 없었어. 네가 불쾌하지 않았으면 좋겠는데…… 나는 에르샤를 동지처럼 여기고 있었어."
"동지?"
아즈라크의 남성미 넘치고 늠름한 얼굴에 멋쩍은 미소가 떠올랐다.

"함께 야나를 지키는 사람으로서 널 신뢰했어. 제멋대로 그렇게 여겨서 미안하다."

야나를 지키는 아즈라크는 올리아나는 친근하게 여겼다.

하지만 본업으로 아즈라크가 하는 것에 비하면 발끝에도 못 미치는 애들 장난 같은 수준의 호위였다. 곁에 있으면서 얘기를 듣고 서로 위로하며 버팀목이 되어 주는…… 그런 소꿉장난 같은 야나와의 관계를 아즈라크가 인정했을 줄은 몰랐다.

올리아나의 마음에 봄이 온 것처럼 포근해졌다.

"고마워. 그건…… 정말 큰 영광이야."

"그러니까 보고하고 싶었어. 나에게도 네게 고맙다고 말할 기회를 줘."

항상 여유가 넘치는 아즈라크답지 않은 조금 쑥스러운 듯한 표정이었다.

올리아나는 용기를 내서 마음속에 솟아난 작은 의문을 입 밖으로 꺼냈다.

"아즈라크. 혹시 나를 친구라고 여기는 거야?"

"에르샤가 허락한다면."

올리아나는 웃었다. 아즈라크도 웃었다. 분명 두 사람 다 지금까지 서로에게 보였던 미소 중에 가장 서투른 미소를 지었을 것이다.

"친구라면 어쩔 수 없지. 야나랑 결혼하는 걸 허락할게."

"그건 기쁜 일이네."

아즈라크가 평소의 여유 넘치는 미소를 띠었다. 올리아나는 웃으며 말했다.

"친구라면 내 부탁도 들어줄 거지?"

"말해 봐."

"가끔은 나한테도 야나를 넘겨줘."

"그러면 난 그때부터 매일 밤 참아야 하는데도 그래야 하나?"

노골적인 표현을 듣고 올리아나는 로브 소매로 아즈라크를 확 때렸다.

'겨, 결혼했으니까 그런 상황도 있겠다 싶었지만, 그래도 그런 말은 하면 안 되지! 그런 말은 하지 말라고!'

아즈라크가 얼굴이 새빨간 올리아나를 여유롭게 바라봤다.

"꼭 야나를 받아야겠다고 지금 정했어."

"에테 카리마 남자의 질투가 얼마나 강한지 알아?"

"안 물러날 거야. 난 친구니까."

올리아나가 노려보자, 아즈라크는 웃음소리를 배에서부터 끌어 올려 웃었다. 처음 들어보는 아즈라크의 웃음소리를 듣고 올리아나는 어안이 벙벙했다.

'아즈라크도 소리 내서 웃는구나…….'

그야 사람이니까 당연함에도 올리아나는 그런 생각을 해 본 적이 없었다. 지금까지 아즈라크는 철저하게 '호위'의 면모 이외의 모습을 올리아나에게 보이지 않았다. 이런 식으로 아즈라크가 자기 감정을 드러낸 적은 어쩌면 지금까지 단 한 번도 없었을지 모른다.

"난감한 친구네."

아즈라크가 말과는 상반되는 왠지 기뻐하는 듯한 말투로 말했다. 올리아나는 만족하며 야나에게 가려고 했다.

"에르샤."

등 뒤에서 불러 세우는 소리에 올리아나는 아즈라크를 돌아봤다.

"야나에게 에르샤 같은 친구가 있다는 게 자랑스러워."

최고의 칭찬을 듣고 올리아나는 입술을 꾹 깨물며 기쁨을 억눌렀다.

"야나!"

올리아나는 조금 전과는 완전히 달라진 밝은 목소리로 야나를 불렀다.

식당에서 기다리던 야나는 올리아나를 보고 안심한 듯 미소를 보였다.

"비밀 얘기는 잘했어?"

"그거 질투야? 지금 질투한 거야?"

올리아나는 야나의 가느다란 팔에 팔짱을 끼고 몸을 기댔다. 뒤따라 들어온 아즈라크가 두 여자애의 장난을 평소와 같은 얼굴로 지켜봤다.

"나도 질투 정도는 해."

"누구한테?"

"당연히 아즈라크한테지."

올리아나가 능청스럽게 말하는 야나에게 꽉 매달렸다.

'이게 거짓말이어도 좋아.'

야나는 지금 올리아나를 우선시했다.

그것이 사실임에는 변함이 없다.

'그리고 내가 야나를 계속 좋아하리란 것도 변함없을 거야.'

"야나."

"왜?"

"결혼 축하해."

진심 어린 마음이 흘러넘쳐 자연스럽게 말이 새어 나왔다.

동시에 야나의 칠흑 같은 눈동자에서 눈물이 흘러내렸다.

올리아나는 깜짝 놀라서 야나의 팔에서 떨어지려 했다. 하지만 야나의 가느다란 손가락이 다소곳이 올리아나의 손을 잡았다. 손끝에 담긴 희미한 힘이 떨어지지 말라고 말하는 것 같아서 올리아나는 다시 야나에게 매달렸다.

"아즈라크한테는…… 가끔 내가 야나를 독차지할 수 있게 해 달라고 부탁했어."

"어머나…… 후훗."

"안 된다고 했지만 내가 우겼어."

"후훗."

"우겨서 이겼어!"

"후후후."

야나가 올리아나에게 매달려 울면서 웃었다. 무척 행복해 보이는 미소로, 올리아나의 마음마저 채워지는 미소였다.

아즈라크 쪽을 보니 아즈라크도 진심으로 행복하게 야나가 사랑스러워서 어쩔 줄 모르겠다는 얼굴로 야나를 바라보고 있었다.

'아아, 뭐야.'

이런 얼굴이 보고 싶어서 허락했구나. 그런 생각이 들자, 야나를 더 웃게 해야겠다 싶어서 올리아나는 야나를 더 꽉 끌어안았다.

26장 작전명 H · L

"올리아나. 시험공부 하려고? 내가 도와줄까?"

"안녕, 에르샤. 자리 맡아 놨으니까 여기 앉아."

"저, 있지. 다음 열매날에 같이 시가지로 외출하지 않을래?"

올리아나는 무표정한 얼굴로 남자애들을 둘러봤다.

자기 인생에서 제일 인기가 집중된 시기인데도 올리아나의 마음은 그저 허무할 뿐이었다.

∴ ∵ ∴ ∵

"그래. 이제 곧 무도회지."

딱 그 한마디로 설명이 되는 현상일 뿐이었다. 올리아나는 따뜻한 홍차가 담긴 찻잔을 양손으로 쥐고 고개를 끄덕였다.

현재 장소는 여자기숙사의 휴게실. 하이데마리, 야나와 함께 소파 한쪽에 진을 치고 있었다. 최근에는 이런 장소가 아니면 당최 대화도 못할 지경이었다.

"빈센트는 전혀 못 보고, 남자애들은 영문을 모르겠지만 계속 말을 걸어오고, 끊임없이 선물이 들어오고, 빈센트랑 만나지도 못하고, 여자기숙사에서 학교 건물로 가는 길에도 남자 애들이 데리러 오고, 이동수업 때도 엄청 참견하러 오고, 도망가다 보면 수업시간에 늦고, 수업을 들으려고 하면 양옆에 남자애들이 앉고, 빈센트도 못 보고, 휴게실에 한 발짝이라도 들이면 또 몰려오고……!"

"신경 쓰지 마."

"고생이네……."

"어차피 이미 페어를 짠 야나랑 하이데마리는 이해 못할 고생이잖아!"

올리아나가 우는소리를 했다.

겨울이 가면 라겐 마법학교의 최대 행사, 무도회가 열린다.

봄의 중간 달(4월)에 열리는 무도회는 최고학년인 5학년을 위한 행사다. 5학년이 초대하면 하급생도 참석할 수는 있다……만은, 남녀가 페어로 참석하는 것이 의무다.

이 무도회는 마법사 대부분이 처음 참가하는 본격적인 무도회다. 그래서 다들 기합을 넣고 무도회에 임한다. 보통 남자애가 페어가 될 여자애에게 바라는 조건은 애교가 있고, 적당히 귀엽고, 머리가 비었고, 꼼꼼히 몸단장할 수 있을 재력이 있고, 장래에 자기 결혼에 방해가 되지 않을 것 같은 그럭저럭 적당한 여자애일 것이다.

그리고 올리아나는 그 조건을 전부 충족시키는 사람이었다.

그걸 바탕으로 성적통지서를 받았다면 전부 A+라고 적혀 있었을 것이다.

" '제일 만만한 여자, 더 베스트 오브 라겐' 으로 뽑히다니 참 영광이기도 하지."

"이 홍차에 누가 브랜디 넣은 거 아냐?"

하이데마리가 휴게실을 둘러보며 말을 걸었지만 누구도 올리아나 근처에는 가려고 하지 않았다. 올리아나가 완전히 돌아버리기 직전임을 알았기 때문이다.

"지금까지 다들 친한 친구라고 생각했는데…… 진짜 다시는 사람을 못 믿을 것 같아."

올리아나는 시큰둥한 얼굴로 홍차를 홀짝였다. 올리아나에게 다가와 떠받들려고 하는 남자애들의 속셈이 뻔히 보이니까 인기가 많아도 들뜨기는커녕 마음이 싸늘하게 식었다.

방학이 끝나고 열흘째, 올리아나는 이제 일상생활에 지장이 생기고 있었다.

"이제는 착한 아이인 올리아나도 슬슬 화나서 돌아버려요. 근데 화내도 용서받을 수 있어."

"그중에는 진심인 남자애도 있을 거라는 생각은 안 해?"

"있을 리가 없잖아! 보면 알거든요. 아무도 저를 보는 게 아니거든요. 에르샤라는 가문 이름밖에 안 보거든요."

옆에 나란히 서도 부끄럽지 않을 정도의 외모를 가진 졸부의 딸. 남자애들이 자기를 치장하기에 딱 좋은 장식이라고 여긴다는 사실에 밑바닥에서부터 분노가 일었다.

쉽게 넘어오리라고 여겼던 올리아나가 전혀 흔들리지 않아서인지 '나라면 가능하지 않을까' 하고 착각하는 남자애들 사이에서 일종의 힘겨루기를 하듯 변질된 것도 있었다.

올리아나는 평소라면 온 힘을 다해 자기를 거절할만한 외모 반듯하고 집안이 좋은 남자들에게 인기가 넘쳤다.

"연애 경험이 0에 수렴하는 주제에 잘난 척하시는군요."

"그런 하이데마리도 좋아하는 사람이랑 사귀는 건 이번이 처음이잖아!"

방학 전에 다 같이 만든 고구마 파운드케이크. 하이데마리가 새빨개진 얼굴로 케이크를 준 사람은 뜻밖에도 카이 펠러였다.

게다가 놀랍게도 그날부터 두 사람은 바로 사귀기 시작했다고 한다.

올리아나를 포함해 카이, 하이데마리와 친했던 사람 모두가 두 사람이 그렇게 됐을 줄은 전혀 몰라서 모두가 깜짝 놀랐다. 심지어 콘스탄체는 "나한테는 연인이 안 생기는데!"라고 울음을 터뜨리기까지 했다.

"어, 어떻게 내가 좋아하는 사람이랑 사귀어본 적 없다고 아는 거야!"

"그런 건 예전 남자 친구들과 지금 남자 친구를 대하는 태도가 다른 걸 보면 바로 알 수 있거든."

지금까지 하이데마리는 남자 친구가 세 명 있었다. 기본적으로 상대방은 연상으로, 어떤 식으로 사귀었는지는 모르지만 연인에게 건조한 태도를 보였다.

하지만 카이와 사귀기 시작하자마자 카이가 말만 걸어도 아무 말 못하고 입을 꾹 닫곤 하는 것이었다. 그 하이데마리가 말이다!

"시끄러워. 쳐다보지 마."

"아무 말도 안 했는데요."

"얼굴 자체가 시끄러워."

"야나~ 흑흑, 랜드하임 댁 따님이 제게 얼굴이 시끄럽대요."

"에이. 시끄러운 건 얼굴만이 아니라고 잘 말했어야지."

"힝……. 마하틴 댁 따님이 괴롭혀요……."

남자 친구가 있는 자와 남편이 있는 자 사이에 낀 올리아나가 흐느껴 울었다.

야나는 방학 동안 자레나 가문에 시집을 가서 왕녀의 신분을 내려놓고 아즈라크 가문의 성을 갖게 되었다. 하지만 재학 중에는 지금까지 그랬듯 야나 노바 마하틴이란 이름을 계속 쓰는 것 같았다.

올리아나가 남자들에게 둘러싸인다는 것은 야나도 마찬가지라는 뜻이다. 아즈라크는 이 현상을 너그럽게 받아들이지 못했다.

지금까지의 호위라는 입장과 다르게 남편이 된 아즈라크는 독점욕이 대단히 강했다.

올리아나는 의식적으로 기숙사 밖에서 야나와 함께하는 시간을 줄이려고 했지만 야나에게도 아즈라크에게도 혼나고 말았다. 결과적으로 아즈라크가 째려보고 있는 덕에 올리아나가 원치 않는데도 교실 밖으로 끌려 나갈 걱정은 없어졌다.

이제는 아주 오래전 일 같지만 아빠의 제자인 리스티드에게 스토킹 비슷한 걸 당했던 올리아나는 욕망을 드러내는 남자가 불편하다는 인식이 생겼다. 그래서 아즈라크가 곁에 있어주는 게 솔직히 무척 든든했다.

'그렇다고는 해도……. 이렇게 계속 의지할 수는 없는데.'

어떻게든 해결해야겠다 싶었지만 그 아즈라크의 눈총을 받으면서도 악행을 계속하는 집단에 대항할 수단이 떠오르지 않아서 고민이 가득한 나날을 보내고 있었다.

"하이데마리. 연애 경험이 많은 네가 실제 경험에 근거해서 올리아나한테 여러 가지를 알려줘."

"읔……."

"맞아, 맞아."

"아니 지금은 내 얘기를 하자는 게 아니잖아."

올리아나가 날카로운 눈빛으로 도망치려는 하이데마리를 쏘아봤다. 그리고 헛기침하며 청중의 이목을 집중시켰다.

"연애 경험이 없다고 말은 했지만 저, 저도 조, 좋아하는 사람 정도는 있는데요."

올리아나는 쑥스러움을 다 떨쳐내지 못하고 조금 말을 더듬긴 했지만 큰맘 먹고 고백했다.

그러자 하이데마리가 "그렇지~." 하고 고개를 끄덕였다.

"맞다. 탄자인도 엄청 고생하는 것 같던데."

"그 사람이 비, 빈센트라고는 하지 않았는데?!"

콕 집어 빈센트의 얘기가 나오자 올리아나는 호들갑스럽게 흠칫했다.

"엄청 고생한다니, 무슨 일 있대?"

"어?! 야나도 날 무시하는 거야?!"

"아무래도 있지. 우리 반의 바보도 포함해서 남녀가 결탁한 것 같거든."

"결탁?"

"이제는 탄자인 주변에 다가가는 게 문제가 아니고, 얼굴도 못 볼 정도로 여자애들 틈에 파묻혔대."

하이데마리가 얼굴을 찡그리며 말했다. 올리아나는 조금 전에 받았던 충격도 잊고 "헉!" 하고 외쳤다. 여자애들 사이에 파묻힌 빈센트라니. 쉽게 상상이 가는 만큼, 한편으로는 공포 그 자체였다.

"진짜 문제는 남는 시간에 거의 춤 연습에 나가나 보더라고."

"춤?"

"그, 탄자인이 주도한 댄스 레슨 있잖아?"

올리아나는 고개를 살짝 끄덕였다. 무도회를 대비한 댄스 레슨이라면 빈센트를 위해 올리아나도 분주하게 뛰어다녔던 기억이 있다.

"거기에 올리아나를 쫓아다니는 남자애들이 레슨에 나가지 않아서 여자애들만 넘치게 된 거야. 게다가 무도회 날이 정말 얼마 안 남았으니까 매일 레슨받고 싶다고 하면서…… 탄자인이 기획한 거니까 부탁한다며 여자애들이 억지를 부렸대."

"뭐? 그럼 빈센트가 나서서 여자애들의 댄스 레슨을 상대해 주는 거야?!"

"그런 것 같아."

올리아나는 어안이 벙벙했다. 그런 부러운 일이 다 있다니. 실제로 빈센트 탄자인을 연습용 더미로 이용할 용기가 있는지 없는지는 둘째 치고 올리아나도 할 수만 있다면 꼭 부탁하고 싶었다.

여자애들이 빈센트의 손을 잡고 몸을 맞대고 춤을 췄을 거라고 상상하면 괜한 억울함과 질투심이 들어서 마음이 엉망진창이 될 것 같았다. 하지만 올리아나에게 질투할 권리는 없었다. 그럴 권리가 있는 자는 샤론 비젤 뿐일 것이다.

올리아나는 질투심을 억누르며 하이데마리에게 물었다.

"빈센트는 그 여자애들의 억지를 순순히 들어주는 거야?"

"들어주는 것 같던데. 그러고 보니 탄자인은 관심 있는 것 외에는 꽤나 심드렁한 이미지였는데…… 왜 그러는 거지?"

'정말로 왜 그럴까?'

올리아나가 아는 빈센트라면 적당한 이유를 붙여서라도 거절할 것이다. 그런 장면을 몇 번이나 봤다. 여자애들이 하는 말을 묻지도 따지지도 않고 들어주다니, 빈센트답지 않았다.

'비, 비젤이 얽혔을까…….'

빈센트는 만사에 우선순위를 정해 놓는 사람이다. 그런 빈센트가 얌전히 남의 말의 들어줄 정도라면 빈센트에게 있어 꽤나 우선순위가 높은 사람이 얽혔을 것이었다.

"그것도 그렇지만……. 그렇게 곤란한 상황이라면 나한테 말해 주지."

올리아나는 샤론처럼 빈센트의 마음의 버팀목이 되지는 못하더라도 저번에 그랬듯이 뭔가 도움을 줄 수 있었을 것이다. 빈센트의 기획서대로 윌튼과 담판을 본 것도 올리아나였으니까 말이다.

"아니, 그러니까 너랑 탄자인을 떼어놓으려고 상황이 이렇게 된 거라고."

"뭐?"

이야기에 감을 못 잡는 올리아나에게 하이데마리가 양손의 엄지를 세웠다. 그리고 두 엄지를 붙였다가 떼어놓는 제스처를 취했다.

"누가 봐도 너희 둘이 서로에게 제일 유력한 파트너 후보잖아. 그러니까 탄자인을 꼬시려는 여자애들하고, 올리아나를 꼬시려는 남자애들의 이해관계가 일치했다는 얘기라고."

"에엥?"

올리아나는 찻잔을 테이블 위에 내려놨다. 그대로 들고 있다가는 다 흘려버릴 것 같았기 때문이다.

"파트너라고? 빈센트랑? 난 제안을 받지도 않았고 그런 생각은 해 본 적도 없는데?!"

"왜 안 해. 너는 생각해야지."

"아니 그게……."

'빈센트는 비젤을 좋아하고.'

그 마음을 아는 올리아나가 빈센트에게 제안할 수 있을 리 없다.

"어? 그럼 빈센트는 아직도 누구랑 페어를 짤지 안 정해진 거야?"

"당연하지. 그러니까 이런 교착상태가 이어지는 거잖아. 다들 올리아나든 탄자인이든 누구 하나라도 페어가 정해지면 남은 사람은 자기가 차지해야겠다고 생각하는 거라고."

'아직 빈센트가 비젤한테 페어가 되자고 요청을 안 했어?'

같은 반인 샤론과도 말을 못 나눌 정도로 여자애들에게 둘러싸였다는 말인가. 그렇다면 요즘 올리아나가 빈센트와 전혀 얘기를 나눌 틈이 없었던 것도 당연하다.

올곧고 청렴하고 마치 고고한 저 하늘의 달 같은 빈센트. 최근에는 꽤나 인간미가 생긴 빈센트에게서 다른 학생들은 빈틈을 감지했을 것이다. 소위 말하는 '갭이 미쳤다' 라는 얘기다.

그리고 그 달이 지상으로 내려오는 마지막 기회를 절대로 놓칠 수 없으니 살기마저 내뿜는 것이었다.

"그래서 빈센트랑 이렇게 만나지 못하는 건가……!"

학교에 있을 때 멀리서 살짝 빈센트를 본 적은 있다.

하지만 2반과 특별반은 기본적으로 행동반경이 다르기 때문에 일부러 만나려고 하지 않는 이상 서로 쉽게 만날 수 없다. 이동수업 같은 때 운 좋게 마주쳐서 인사를 하려고 해도 둘 다 누군가가 말을 건다든지 하는 이유로 아무튼 타이밍이 잘 안 맞았다.

무도회 전에는 다들 들떠있다 보니 학교 분위기가 평소와 달라진다. 하루 종일 주변을 맴도는 남자애들에게 진절머리가 나서 쓸쓸해하면서도 그 위화감은 눈치채지 못했다.

"하아. 중요한 걸 이렇게 바보 취급당하는 건 정말 성미에 안 맞아."

"음. 이대로 두는 것도 좀 그렇지."

야나는 우아하게 미소 지었고 하이데마리는 얼굴을 찌푸렸다. 어느 쪽도 적으로 돌리고 싶지 않은 유형이다.

하이데마리는 컵을 잔 받침 위에 올려놓은 뒤 일어났다. 그 우아한 몸짓을 보자면 역시 남작가의 영애라고 부를 만하다.

"잘 먹었어. 난 이제 가 볼게. 늦게까지 함께해 줘서 고마워."

"출구까지 데려다줄게."

"응."

올리아나도 일어나서 쪼르르 쫓아갔다. 나선형 계단을 몇 단 내려가자 올라아나가 사는 여자기숙사 입구에 다다랐다.

하이데마리가 문을 열었다. 밖은 완연히 어두워졌고 날숨은 하얗게 입김이 되었다. 열린 문틈으로 차가운 공기가 들어와서 올리아나는 실내복의 목덜미를 잡아당겨 꽉 조였다.

"올리아나."

"응?"

하이데마리가 얼굴을 반쯤 숨긴 올리아나를 노려봤다.

"나한테 맡겨."

"음, 네."

대장부 같은 하이데마리의 말에 올리아나는 얼떨결에 고개를 끄덕였다. 하이데마리는 "그럼 이만!" 하고 한 손을 들어 보이고 떠났다. 하이데마리가 사는 기숙사까지는 몇 초만 걸으면 도착할 거리였다.

"우리 앞에선 저렇게 남성미 넘치는데 말이야."

"그치?"

언제 왔는지 야나가 올리아나의 허리에 매달리며 어깨에 턱을 얹었다. 하이데마리의 뒷모습을 보며 두 사람이 함께 배웅했다.

"하지만 야나도 그렇잖아. 그렇게 도도한 태도로 아즈라크를 부려먹었으면서."

올리아나가 짓궂게 말하자, 야나는 얼굴이 새빨개져서 올리아나의 어깨에 자기 얼굴을 묻었다.

"나, 난…… 내가 만지는 건 익숙한데 아즈라크가 먼저 나한테 닿은 적은 전에 없었단 말이야……."

'귀엽다. 방금 가슴이 두근거렸어. 이 모습은 절대로 아즈라크한테 안 보여줘야지.'

팔을 뒤로 돌려 올리아나가 야나를 꽉 끌어안았다. 야나도 올리아나를 안아줬다.

'다들 누군가의 앞에서만은 소녀가 되는구나.'

∴ ∵ ∴ ∵

빈센트와 말도 못 섞은 지 3주가 지났다.

'빈센트가 보고 싶어…….'

그 마음만 날이 갈수록 깊어졌다. 같은 학교에서 생활하는데도 전혀 만날 수 없었다. 거의 방학의 연장선이 되고 있었다. 언제 어딜 가든 누군가가 방해를 했다. 올리아나의 스트레스가 최고조에 이르렀다.

매일 도착하는 어이없는 선물을 보며 올리아나는 땅이 꺼질 것 같은 한숨을 내쉬었다.

아침이 되면 기숙사 문밖에는 올리아나의 취향과 거리가 멀고 반갑지도 않으며 허세만 잔뜩 들어간 선물이 쌓였다. 그것을 매일 아침 휴게실에서 분류하는 것이 요즘 올리아나의 일과였다.

바보 같은 남자애들 사이에서 누가 올리아나의 파트너가 될까 하는 내기까지 시작된 듯했다. 이제 올리아나가 적당히 좋으니까 초대하는 건지, 올리아나를 구실로 자기들끼리 놀고 싶은 건지 알 수 없게 된 지 오래다. 아마 둘 다겠지.

올리아나에게 오는 선물도 처음에는 스톨이나 책처럼 무난한 것들이었지만, 이젠 선물을 주는 목적도 알 수 없는 짚으로 짠 신발이나 뱀의 허물 같은 것까지 받을 때도 있었다. 일용품은 기숙사에 기부하고, 누가 갖고 싶어 하는 물건은 같은 기숙사 아이에게 나눠준다. 뱀 허물을 기쁘게 받는 애도 있는 걸 보면 취향을 저격하는 물건은 사람마다 각기 다른가 보다. 이젠 어지간히 그런 당사자들끼리 페어가 됐으면 좋겠다 싶었다.

"올리아나, 저거 내가 가질게~."

"그래."
"이건?"
"괜찮아~."
"저것도 내가 가져야지."
"아, 미안! 그건 내 거야!"
물건 대부분을 나눠준 휴게실에서 올리아나는 황급히 한 아이에게서 꽃다발을 돌려받았다.
그건 야생화 꽃다발이었다.
매일 받는 꽃다발은 꽃다발이라고 불러도 괜찮을까 싶을 만큼 작았다. 한 손에 쉽게 들어오는 가련한 그 꽃다발은 항상 기다란 풀로 꽉 묶여 있었다.
요 며칠간 매일 받은 이 꽃다발만이 거칠어진 올리아나의 마음을 달랬다.
"기숙사에 아직 화병이 남아 있으려나."
"이제 안 남았다고 들은 것 같은데. 우리 방에 있는 작은 병 쓸래?"
"그래도 돼? 고마워."
올리아나는 같은 기숙사를 쓰는 그 아이의 방까지 빌리러 가서 병에 물을 담고 꽃을 꽂았다. 올리아나가 그렇게 화병을 들고 방으로 돌아가자, 야나가 어이없다는 표정을 지었다.
"또 늘었어? 이제 놓을 데도 없잖아."
"미안해. 방해되지 않게 잘 둘게."
항상 요가를 하는 야나는 방바닥에 물건을 내려놓는 걸 싫어한다. 어떻게든 창가에 자리를 마련해 햇빛이 드는 장소에 작은 화병을 놓았다. 야나와 올리아나의 방은 이미 꽃병으로 가득했다. 그 꽃병에는 전부 들꽃이 꽂혀 있었다.

화병에 장식된 들꽃을 살며시 만져 보는 올리아나를 야나가 바라봤다.

"그 이름 없는 너의 숭배자가 실은 누군지 아는 거 아니야?"

"어?"

올리아나는 놀라서 야나를 바라봤다. 야나는 올리아나 바로 옆에 딱 붙어서 올리아나의 얼굴을 가만히 들여다봤다.

"올리아나가 그런 표정을 짓게 하는 건 늘 그 한 사람뿐이야."

얼굴이 빨개진 걸 스스로도 느껴서 올리아나는 입술을 꾹 깨물었다.

'사실 그러면 좋겠다고는 바라.'

하지만 확신이 없었다. 그리고 화려한 꽃다발이 아닌 이런 소박한 꽃을 선물하는 의미가 뭔지 몰랐다.

그리고 애초에 들꽃 꽃다발을 처음 받기 시작한 건 그 사람과 알게 되기 전으로, 아직 입학도 하기 전이었다.

'분명 꽃집에 부탁해서 만든 게 아니고 한 송이 한 송이 손수 딴 거야. 그리고 꽃의 색 조합이나 꽃다발의 밸런스를 잡는 법 같은 것도 전보다 훨씬 능숙해졌어.'

이 꽃다발을 보내는 사람은 생일에 꽃다발을 보내는 사람과 동일인물이라고 확신했다. 매년 받으면 화병에 장식해 매일같이 바라봤다. 그러니 올리아나가 착각할 리가 없었다.

'아니야. 그 아이는 아니야.'

올리아나는 벌써 수도 없이 그렇게 스스로 되뇌었지만 이렇게 진심을 담은 선물을 줄 만한 사람을 오직 한 명밖에 떠올릴 수 없었다.

"괜찮겠어? 이대로도?"

야나가 묻고 싶은 게 뭔지 이미 다 안다.

'야나는 이 사랑을 죽이지 않아도 괜찮다고 말해줬어.'

기뻤다.

아직 그 아이를…… 빈센트를 좋아해도 괜찮다는 사실에 안도했다. 이 마음이 자연스럽게 남김없이 사라질 때까지 소중히 간직하자고 생각했다.

'하지만 아무리 기다려도 이 사랑은 사라지지 않았어.'

빈센트를 더 잘 알게 될 때마다 그 마음은 부풀기만 할 뿐이었다. 빈센트가 보내는 시선 하나하나에 설레고 기대하고 바보처럼 생일 축하 카드에서 빈센트의 흔적을 찾곤 했다.

'그럼 이미 답은 나온 거야.'

올리아나는 깨물고 있던 입술의 입꼬리를 확 당겼다. 그리고 몸을 기대던 야나의 어깨를 잡았다.

"야나. 난 빈센트를 만나고 싶어!"

∴ ∵ ∴ ∵

'올리아나를 볼 수가 없어.'

빈센트는 날이 갈수록 초췌해지고 있었다.

기숙사 방의 작은 사이드 테이블에 교과서를 펼쳐놓고 정기 시험을 위해 공부하고 있지만, 그 눈은 퀭했다.

요즘 주변이 너무 소란스러워서 자습실에 들르기도 쉽지 않았다.

무슨 일이 있었는지는 모르겠지만 방학이 끝나고부터 빈센트는 매일 지옥 같은 나날을 보냈다. 두 번째 삶과는 다른 주변의 반응이 정말 곤혹스러웠다.

애초에 모든 일의 발단은 여자애들의 댄스 레슨 관련 상담을 받아준 것이었다. 그때부터 빈센트의 주변은 소란스럽기 그지없었다. 하지만 댄스 레슨만큼은 소홀히 하고 싶지 않았다.

댄스 레슨은 원래 두 번째 삶에서 올리아나가 도맡아서 진행한 일이었다.

올리아나의 손길이 닿았던 댄스 레슨을 그리며 세 번째 삶에서도 올리아나가 원했을 일을 이루어냈다. 빈센트에게 댄스 레슨은 두 번째 삶에서도 이 세 번째 삶에서도 올리아나와 함께하는 공동작업이라고 할 수 있었다.

올리아나가 하고 싶어 했던 것을, 올리아나에게서 이어받은 것을, 올리아나와 함께 일구어낸 것을…… 빈센트가 소홀히 할 수는 없었다.

빈센트는 대거 빠져나간 남자애들의 빈자리를 메우려고 동분서주했다.

그러는 동안에도 어딜 가든 여자애들이 따라와서 빈센트를 둘러쌌다. 다소 매몰차게 떨쳐내도 여자애들은 패거리로 몰려다녀서 그런지 신경 쓰지 않았다. 신체적으로 구속되지는 않았다고 해도, 이런저런 이유를 붙여가며 누군가가 시도 때도 없이 옆에 붙어서 간섭하고 참견하는 생활은 빈센트를 초췌해지게 했다.

아무리 찾아다녀도 댄스 레슨에 참여하길 원하는 남자애들은 모이지 않았다. 결국, 빈센트는 남성 역할을 혼자서 도맡아야만 했다. 두 번째 인생에서는 다들 '빈센트와는 춤출 수 없다' 든지 뭔지 하는 이유로 저항감을 갖고 있었는데. 사람이 바뀌면 대응도 바뀌는 건지 빈센트는 레슨 기간 내내 여기저기서 자기가 갖겠다고 서로 잡아당기는 인형과도 같은 존재였다.

빈센트와 온종일 함께 지내는 학생 대표 미겔도 레슨에 참여했다. 나날이 초췌해져 가는 빈센트를 못 보겠다 싶었을 것이다. 빈센트와 함께 댄스 연습의 상대 역할을 맡아주었다.

마법 도구의 개발은 중단됐다고 하더라도 댄스 레슨의 현재 상황에 대한 대응, 쉬는 시간에 종종 부탁받는 불필요한 급무, 오기로 발악하는 정기 시험을 위한 공부. 게다가 '용의 심판' 에 관해서도 생각할 것이 많은데 그건 끄집어낼 시간도 여유도 없었다.

'이제 한계야. 보고 싶어. 올리아나의 무릎베개라도 하지 않으면 나는 봄의 중간 달 17일까지 갈 것도 없이 죽고 말 거야.'

자기 주변이 너무나도 소란스러운 탓에 조금 진정될 때까지 올리아나에게 다가가는 건 자제하려고 신경을 썼지만, 너무 오랫동안 못 만나다 보니 더는 참을 수 없었다.

방학이 끝나고 야나와 나눈 얘기를 듣고 시간을 내줄 수 있냐고 말한 건 빈센트였지만, 전혀 시간을 못 내고 있었다.

'올리아나는 쓸쓸해할까.'

쓸쓸해할 거라고 자만하고 싶었다.

쉬는 시간이나 휴식 중에 휴게실로 만나러 가는 건 언제나 빈센트였다. 지금까지 한 번도 올리아나가 먼저 용건 없이 다가온 적은 없었다.

그것이 둘의 좁힐 수 없는 감정의 차이임을 빈센트는 알고 있었다.

하지만 최근에는 만나면 웃어주고 친밀한 접촉도 늘어났다. 마음의 거리가 확연히 줄어들었다고 여기는 건 빈센트만이 아닐 것이다.

'아아…… 이제 자야지. 내일도 일찍 일어나야 해.'

창밖에 빛나는 별을 바라보며 빈센트는 펜을 내려놓았다. 유리창에 이마를 붙이고 창문에 기댔다.

요즘 빈센트는 아침 일찍부터 일어나 지친 몸을 이끌고 몰래 숲에 간다. 아직 해가 떠오르지 않은 시간에만 빈센트가 자유롭게 움직일 수 있었기 때문이다.

자연히 피어난 꽃을 따서 작은 부케를 만들고 올리아나가 사는 여자기숙사까지 가져간다. 현관 앞에 놓고 오는 꽃다발이 매일 사라지는 걸 보면 누군가가 여자기숙사 안에 넣어주는 모양이었다.

만날 수 없는 대신에 하다못해 자기가 딴 꽃을 올리아나 곁에 두고 싶었다.

원래는 올리아나가 두 번째 인생을 기억한다는 전제하에 선물하기 시작한 생일 꽃다발.

매년 산더미처럼 선물을 받는 올리아나가 빈센트가 만든 조촐한 꽃다발을 신경 쓰리라고는 생각하지 않는다.

하지만 한 번 보내기 시작하니 멈출 수 없었다.

꽃다발을 보내는 걸 포기하면 마치 자기의 마음까지도 끊긴 것처럼 느껴질까 봐 자신을 포함한 그 누구도, 하늘에서 지켜보는 용신도 그렇게 생각하길 원치 않았다.

빈센트는 아버지에게 여기저기 끌려다니느라 올리아나를 만나러 갈 자유가 없었던 방학 동안에 편지를 쓰곤 했다. 올리아나의 생일에 쓴 편지는 아직도 전하지 못한 채 계속 바지 주머니 속에 처박힌 상태였다.

"으음, 빈센트. 아직도 안 자?"

침대 커튼을 열고 미겔이 빈센트를 내다봤다. 평소처럼 말하는 걸 보면 미겔도 아직 안 자고 있었던 모양이다.

"그래, 이제 잘 거야."

"오케이. 난 화장실 간다."

미겔이 잠옷 아래로 손을 넣고 배를 긁으며 침대에서 내려왔다. 부스스한 긴 머리가 흔들거렸다. 미겔은 비틀거리며 방에서 나갔다.

빈센트가 다시 공부하고 있었더니, 미겔이 화장실에서 돌아왔다. 그리고 펼쳐놓은 교과서를 들여다봤다.

"들어봐. 방금 복도에서 타키를 만났어."

"타키를?"

이런 시간까지 깨어있다니 의외였다. 타키도 정기 시험을 위해 공부하나.

"우리 방에 오려고 했던 모양이던데."

"왜지?"

데릭 타키는 소박하고 배려심 있는 같은 반 학생이다. 올해 기숙사 감독생을 맡은 타키를 신뢰하긴 하지만, 개인적으로 서로의 방을 왕래할 정도로 친하지는 않았다.

"그래서 생각났는데 나, 파트너 정했다."

"어떻게 지금 맥락에서 파트너가 떠오르는 거지? 뭐, 그건 둘째 치고 누구로 정했어?"

빈센트는 아직 올리아나를 초대하지 못해서 조금 초조함과 질투가 섞인 목소리가 튀어나오고 말았다.

"베르츠."

"베르츠 기사단장의……? 콘스탄체 베르츠?"

"응응."

올리아나의 친구인 콘스탄체보다도 아마네셀 왕국의 기사단 단장을 맡은 베르츠의 이름이 먼저 떠오르는 것은 귀족이자 이 나이 때 남자애라면 어쩔 수 없는 일이었다. 아마네셀 왕국의 남자들은 모두 지팡이보다 먼저, 한 번쯤은 검을 동경

하는 것이다.

그의 딸인 콘스탄체는 한 번 보면 잊을 수 없는 인물이다.

검과도 같이 꼿꼿하게 선 자세와 아름다운 용모. 늘씬한 장신인 콘스탄체는 남자가 보기에 이상적이라 할 수 있는 몸매여서 종종 남자애들 사이에서 질 낮은 대화의 화제가 되기도 했……지만 얘기를 나누기 전과 후의 평가가 극명하게 바뀌었다.

콘스탄체는 정열적이고 열광적인 연애 신봉자였다.

"괜찮겠어……?"

"뭐가? 파트너가 된 것뿐이고 뭐 한 번 자고 버리겠다. 그런 건 아니니까. 칼 맞을 일은 없어."

미겔이 웃었다. 적나라한 표현에 빈센트가 눈살을 찌푸리자 미겔은 어깨를 들썩였다.

"그쪽도 키가 큰 사람을 찾았고. 나도 파트너가 그런 장신이면 춤추기 편하거든."

콘스탄체는 여학생 중에 미겔과 가장 눈높이가 가까운 사람이었다. 키가 170cm는 족히 넘을 것이었다.

"그렇군. 잘됐네."

"그치. 빈센트는 초대했어?"

그 대상을 언급하지 않는 미겔을 보며 쓴웃음을 지었다.

빈센트는 교과서를 덮었다. 지금부터 공부에 집중할 수 없을 것 같았기 때문이다.

'올리아나를 만나지 못하니까 초대하고 싶어도 할 수가 있

어야지.'

속으로 혼잣말을 중얼거렸지만 그건 그저 변명일 뿐임을 스스로가 가장 잘 알았다.

'그저 난 두려워하는 것뿐이야.'

올리아나와 처음 접점이 생겼을 때와 비교하면 올리아나의 마음속 빈센트에 대한 평가는 훨씬 좋아졌을 게 틀림없었다. 일고의 여지쯤은 있을 만도 했다.

데이트도 했다. 어긋날 때도 있었지만 화해했다. 머리를 쓰다듬은 적도 있었고, 무릎베개도 해 줬다. 2반 남자애들과 비교해도 자기가 올리아나와 가장 가까운 사이인 게 느껴졌다.

하지만 빈센트는 그보다 한 걸음 내디딜 수 없었다.

뭐만 하면 올리아나에게 '친구니까' 라는 소리를 듣기 때문이었다.

그 말을 들을 때마다 깊이 있는 교류가 허락되었다는 안도감과 커다란 실망감이 동시에 빈센트를 덮쳤다.

제아무리 올리아나라 하더라도 머리를 쓰다듬거나 무릎베개를 해 주거나…… 그런 친밀한 거리감에서 나오는 행동을 말 그대로 '친구' 로서 접촉한다고 여길 리는 없었다.

누가 봐도 빈센트와 올리아나의 거리는 '그냥 친구' 보다 가까웠다.

하지만 '친구이기도 하고 예의상 이 정도 접촉은 허용' 되겠다고 여기는지, 아니면 '친구니까 오늘은 아슬아슬한 선까지 허락' 하는 것인지 재보는 중이다.

“빨리 제안해야 할걸. 올리아나, 인기가 장난이 아니야.”
“뭐……?”
“요즘 만난 적 없잖아. 그거 올리아나를 노리는 남자애들이 방해하고 있어서 그런 거라던데.”
“뭐라고?”
“댄스 레슨에서 남자애들이 대거 빠져나갔잖아. 걔네들이 다 올리아나한테 가 있는 거야.”
빈센트는 아찔했다. 전에도 정기 시험 때문에 올리아나와 2주 정도 못 만난 시기는 있었다. 이번에는 공교롭게도 시험과 무도회가 겹친 탓에 이렇게 만나지 못하는 것이라고만 여겼던 자신의 얄팍함 때문에 현기증이 났다.
“그러니까 올리아나가 지금 나랑 똑같은 상황에 부닥쳐있다는 거야?”
그 말은 즉, 올리아나의 주변에도 항상 남자가 있다는 말이었다.
자기가 아닌 누군가가.
맹렬한 분노가 빈센트의 가슴을 타오르게 했다.
‘혹시 내가 이렇게 주저하는 사이에 올리아나가 다른 사람을 파트너로 정한다면?’
절대로 일어나지 않는다고는 단언할 수 없었다. 두 번째 인생의 올리아나는 그렇게나 빈센트에게 좋아한다고 말했으면서도 빈센트와 페어가 되기를 깔끔히 단념하고 데릭에게 권유하려 했다.

명치 아래가 따끔거리며 아파 왔다.

아직 겨울의 중간(1월) 달이니까 괜찮다며 마음을 놓고 있었다. 빈센트는 주먹을 굳게 쥐고 진지한 얼굴로 창밖을 바라봤다.

『씨앗날 방과 후에 무슨 일이 있어도 꼭 휴게실에 갈게. 거기서 기다려 줘.』

두 번째 삶에서 빈센트는 느긋하게 손을 놓고 있었다.

그 결과는 굳이 떠올리려고 하지 않아도 잘 기억한다.

"내일 어떻게 해서든 올리아나를 만나러 가겠어."

'아슬아슬한 선까지 허락' 하는 쪽이라 하더라도 상관없다.

누군가에게 빼앗길 바에야 차일 각오로라도 권유하러 가야 했다.

"할 마음이 생겨서 다행이다. 실은 아까 타키가 편지를 맡겼거든."

미겔이 봉투 하나를 보여줬다.

거기에는 여자의 필체로 [H · L]이라고 적혀 있었다.

∴ ∵ ∴ ∵

"알겠나? 각자 자기 위치 재확인하고. 타키의 움직임에 따라서 작전 H · L을 시작한다."

학교 건물 뒤에 쪼그리고 앉은 에다가 모자를 눌러쓰며 소설 속 탐정처럼 말했다.

주변에 모여 있는 얼굴들은 어이없다는 표정을 짓나 싶었더니 의외로 즐거워 보였고, 에다와 똑같이 쪼그리고 앉아 작전 회의에 몰입했다. 심각한 표정도 지으며 이렇다느니 저렇다드니 얘기하며 미간에 주름을 잡았다.

현재 점심식사 후 쉬는 시간에 모인 인물은 하이데마리, 루시안, 카이, 야나, 아즈라크. 그리고 추가로 특별반 마리나 를르와 양과 데릭 타키 군도 있었다.

'특별반 남자기숙사 감독생이 그 에다를 길들였다는 게 사실이었다니…….'

왠지 눈앞의 광경을 믿을 수 없어 올리아나는 데릭을 뚫어지게 쳐다봤다. 데릭과 올리아나는 직접적인 인연은 없었지만 얼마 전부터 에다가 조금씩 데릭 얘기를 하는 걸 들었다.

에다는 왈가닥이라고 불릴 만큼 과격하고 직진하는 여자애였다. 딱히 남자에 관심도 없고, 하이데마리와 콘스탄체와 놀 뿐이었는데 어느새 남자 친구가 생긴 것이다. 하이데마리며 에다며 남자 친구가 생기기 전에 살짝 이쪽에 언질이라도 주면 좋았을 텐데.

올리아나가 쳐다보는 걸 눈치챘는지 데릭이 올리아나에게 미소 짓고 고개를 숙였다.

'차, 착한 애잖아……! 완전 착한 애야……!'

이렇게 갑작스럽고 연유도 알 수 없는 사단에 스스로 말려들었을뿐더러 붙임성도 좋다니. 얼마나 대단한 사람인가 싶어 압도당했다. 이런 착한 사람이 에다의 남자 친구라니 혹시 지구가 멸망할 전조일지도 모른다.

마리나 쪽을 보자, 마리나는 올리아나에게 조심스럽게 미소 지었다. 마리나는 그 루시안한테 정이 떨어지지 않은 채 아직도 친구 관계를 유지해 주는 여신의 이름이다.

'저, 타키. 틀르와. 정말 괜찮아……? 물론 나 때문이긴 하지만 에다나 루시안이 억지로 끌어들인 건 아닌지…….'

조심스럽게 물으니 두 사람은 잠시 어리둥절했다가 웃으며 고개를 저었다.

"에다의 부탁이기도 하고 내가 도움이 될 수 있다면야 좋지!"

"재밌어 보이는 일을 꾸미고 있길래 내가 먼저 말해서 한 팀에 끼워 준 거야."

"너희들은 착해…… 정말 착한 애들이야……!"

이런 양기 가득한 아이들을 오랜만에 본 올리아나는 눈부셔서 눈을 가늘게 떴다. 역시 특별반 애들이다. 교양이라는 건 사람을 사람답게 만든다. 2반 학생인 올리아나나 그들은 가질 수 없는 특성인 것이다.

"고마워. 제발 오래오래 에다랑 루시안을 잘 부탁해……!"

"야야, 이상한 소리 하지 마!"

거의 눈물을 쏟을 것처럼 말하는 올리아나를 보고 루시안은 적잖이 당황한 눈치였다.

"오래오래 잘 부탁한다는데, 데릭?"

"오래오래 잘 부탁해, 에다."

"사이좋은 사람들은 딴 데 가서 꽁냥거리고!"

한마디 참견하지 않고는 못 견디겠다 싶었던 루시안이 에다와 데릭한테 깐죽대자, 마리나가 루시안을 지긋이 쳐다봤다.

"우리는 아직 사이좋은 사람 같지 않은가?"

"엥…… 아니, 그건, 그게……."

쭈뼛대는 루시안의 등짝을 당장에라도 걷어차려고 했던 에다를 데릭이 됐다며 말렸다. 이 남자, 제법 하는데. 왈가닥을 제어하는 데릭에게 2반 애들 모두가 존경의 시선을 보냈다.

"데릭이 좋은 사람인 건 당연하지. 조건이 좋으니까 사귀고 있는걸."

"야, 에다! 미안해, 이 바보가……!"

올리아나가 당황해서 데릭에게 사과하자 데릭은 선한 미소를 띠었다.

"괜찮아. 나도 본인한테 들었거든."

"뭐?!"

그런 예의 없는 말을 했는데도 사귀고 있다니, 두 사람은 당최 어떤 식으로 교제하는 건지. 어안이 벙벙해진 올리아나 옆에서 하이데마리가 헛기침을 했다. 아무래도 딴 길로 샌 얘기를 본론으로 되돌리려는 것 같았다.

"작전을 다시 한번 되짚어 줄게. 타키랑 클르와가 교실에서 페르베일라랑 탄자인을 에워싼 여자애들 무리에 침입. 클르와는 특별반 여자애들의 주의를 끌고, 그동안 타키가 어색하지 않은 이유를 대서 탄자인을 교실 밖으로 데리고 나와. 여자애들이 따라 나오면 카이랑 루시안이 첫 번째로 그 애들 발을 묶는 거야. 그러지 못할 경우엔 에다랑 나, 하이데마리가 요격한다."

하이데마리가 빠릿빠릿한 표정으로 말했다. 남의 여자 친구인데도 반할 것만 같았다.

"두 사람한테는 사전에 편지로 알려줬으니까 어느 정도는 계획대로 진행될 거야. 그렇다고 해도 상대측이 계획을 눈치채면 방해할 테니 그때그때 임기응변으로 대처해 줘. 마지막엔 탄자인을 목적지까지 데려간다는 목표로 함께하자!"

"넵, 형님!"

"하다못해 누님이라고 해라."

하이데마리가 얼굴을 잔뜩 찡그리고 루시안에게 말했다. 조금 떨어진 곳에 앉아 있었던 카이가 마치 악우를 보는 듯한 시선으로 하이데마리를 바라봤다. 이 두 사람은 사귀고 있어도 친구들 앞에서는 그다지 이전과 거리감이 다르지 않았다.

기숙사 휴게실에서 얘기를 나눴던 그날 밤, 하이데마리가 자기한테 맡기라고 말했던 건 아마도 이 작전 얘기였나 보다. 그때부터 계속 빈센트와 올리아나를 만나게 할 작전을 고민했을 것이다.

어떻게 해서든 빈센트를 만나고 싶었던 올리아나는 몇 번인가 만나러 가려고 했지만, 예외 없이 실패로 끝났다. 빈센트에게 아예 가까이 갈 수 없는 상황을 직접 눈으로 목격하고 정말로 자기의 행동이 타의로 제한되고 있음을 재확인했다.

실제로 이렇게 친구들과 다 함께 모이기도 꽤 힘들었다.

지금 이 자리에 없는 콘스탄체는 올리아나 대신에 면회실에 가 있었다. 올리아나의 대역을 맡은 것이다.

어딜 가든 따라오는 남자애들이 학교 안에서 유일하게 제멋대로 따라 들어올 수 없는 장소. 그건 면회실이었다. 면회실 바로 앞까지 졸졸 따라온 남자애들을 떼어내고 혼자서 면회실 안에 들어온 올리아나는 그 안에서 기다리던 인물을 덥석 끌어안았다.

다소 어려운 부탁이지만 면회 신청을 요청한 건 올리아나가 태어났을 때부터 돌봐줬던 에르샤 저택의 메이드장이었다. 메이드장에게는 편지로 간략하게 사정을 설명했기에 짧게 인사를 마치고 올리아나는 창문을 열었다.

창문을 여는 소리를 신호로 위층에 있던 콘스탄체가 밧줄을 타고 내려왔다. 연애에 지대한 관심을 가졌다보니 늘 머릿속이 꽃밭인 콘스탄체였지만, 이럴 때는 정말 든든하다. 큰 키에 늘씬한 몸과 강한 근육을 가진 콘스탄체는 어릴 적부터 기사인 아버지의 교육방침에 따라 검술을 배워서 운동신경이 탁월했다.

미인이고 장신에 가슴이 큰 콘스탄체가 괴도 같은 모습으로 2층 창문에 침입했다.

복도에서 엿들으려고 귀를 기울이던 남자애들이 수상하게 여기지 않게 메이드장과 콘스탄체는 면회실에서 잡담을 나누기 시작했다.

그리고 올리아나는 콘스탄체가 3층에 매단 밧줄을 타고 착지해 살금살금 숨어 가며 친구들이 기다리는 장소로 갔던 것이다.

"야나랑 아즈라크는?"

"목적지인 동관 입구에서 꽁냥거리는 역할. 꽁냥거리는 두 사람을 밀칠 수 있는 정신 나간 사람은 아마 현재의 라겐에는 없을걸."

하이데마리가 자신 있게 말하자, 야나의 얼굴이 붉게 물들었다. 옆에 서 있던 아즈라크가 빨개진 야나의 뺨에 손을 가져가더니 쓰다듬었다.

"그만~! 그만, 그만! 자연스럽게 애정 행각 하지 마."

순식간에 완성된 달콤한 분위기를 하이데마리가 황급히 깨부쉈다.

"그래서 올리아나. 탄자인을 데려갈 장소는 동관이면 되는 거지?"

하이데마리가 밀회 장소 후보는 없냐고 물었을 때 올리아나는 여러 곳을 떠올렸다.

항상 친구들이 다 같이 모이는 휴게실, 식물 온실, 약초밭, 교문 앞, 남자기숙사 뒤, 4층의 빈 교실. 학교 곳곳에 빈센트와의 추억이 있었다.

그중에 올리아나가 정한 곳은 동관 끝에 있는 작은 휴게실이었다. 보기 드물게 지쳤다고 투덜거렸던 빈센트에게 무릎베개를 해 줬던 장소였다. 그곳이라면 인적도 드물고 잠깐만이라면 단둘이 있을 수 있으리라.

“응. 거기까지 데리고 가기만 하면 빈센트는 알아줄 거라고 생각해.”

“알았어. 그럼 올리아나는 야나, 아즈라크랑 먼저 가고 있어. 겨우 빠져나온 거니까 모쪼록 들키지 않게 조심해.”

작전 멤버가 올리아나를 보고 고개를 끄덕였다. 올리아나도 힘차게 고개를 끄덕이고 주먹을 쥐었다.

“다들 고마워! 잘 부탁해!”

27장 "그래. 그렇다고!"

——끼익.

삐걱거리며 문이 열리는 소리가 울리자 소파에 몸을 깊숙이 파묻고 앉아 있던 올리아나는 얼굴을 들었다. 문을 연 빈센트는 올리아나를 발견하고 살짝 웃더니 먼지 냄새가 나는 휴게실로 몸을 밀고 들어와 바로 문을 닫아 버렸다.

철컥하는 소리와 함께 문이 닫혔다. 문이 열려있는 동안에는 웅성거리는 사람 목소리가 들렸지만, 문을 닫으니 이제 들리지 않았다.

순간적으로 공간은 침묵에 잠겼다.

이 순간이 무척이나 사랑스러웠다.

두 사람은 그저 서로를 바라보며 잠깐 동안 아무 말도 할 수 없었다. 감회가 새로워 그저 서로를 바라볼 뿐이었다.

'빈센트다…….'

만나게 되면 무슨 말을 할까. 기다리는 동안 계속 생각했지만 얼굴을 보고 나니 뭔가 따뜻한 것이 밀려와 한마디 말도 되지 못하고 삼켜졌다.

먼저 입을 연 건 빈센트였다. 코로 숨을 쉬며 계속 부드러운 미소를 띠었다.

"엄청난 도주극이었네. 무대 배우라도 된 기분이었어."

"다들 무척 심혈을 기울였으니까."

"올리아나 주변에는 좋은 친구만 있는 것 같아."

"이제는 빈센트의 친구이기도 해."

얘기하며 다가오는 빈센트를 보며 올리아나의 심장 박동이 고조됐다. 오랜만에 얘기해서 그런지 평소보다 훨씬 더 긴장됐다.

"갑자기 이렇게 불러 나와서 놀라진 않았어?"

"왜?"

'내가 '보고 싶다' 고 말한 거나 마찬가지였으니까.'

지금까지는 자습실이나 도서실에 가면 빈센트를 만날 수 있었고 밭에 얼굴을 비추면 함께 실험할 동료로 끼워 줬다.

하지만 다른 이유를 붙이지 않고 빈센트를 만나러 간 적도 보고 싶다고 전한 적도 없었다. 올리아나에게는 그게 허락될지 자신이 없었기 때문이다.

싫지는 않았을까. 바쁠 텐데 화난 건 아닐까.

'그리고…… 이러는 거, 거의 고백하는 거나 마찬가지잖아.'

너무 부끄러워서 속이 뒤집힐 것 같았다.

하지만 그걸 어떻게 받아들이든 간에 아무튼 빈센트를 보고 싶었다.

"기쁜 게 당연하잖아."

입을 꾹 다문 올리아나의 눈앞에 어느새 빈센트가 바짝 다가

와 있었다. 깜짝 놀라서 고개를 들었다.

빈센트의 양팔이 올리아나의 몸을 둘렀다. 시더우드 향기가 올리아나를 감쌌다.

"보고 싶었어."

쥐어짜는 듯한 갈라지는 목소리가 귀를 간지럽혔다. 올리아나의 얼굴 바로 옆에 빈센트의 머리가 있었다. 올리아나의 어깨에 빈센트가 얼굴을 묻고 있었다.

이렇게 빈센트가 올리아나를 끌어안은 건, 둘이 함께 시가지에 나갔을 때 이후로 처음이었다. 하지만 그때와는 밀착한 정도가 완전히 달랐다.

올리아나의 심장이 쿵쾅거리며 울렸다.

'얼굴이 뜨거워. 숨이 막혀. 어떡해. 좋은 향기가 나잖아.'

아무 생각도 할 수 없었다. 그래서 몸이 움직이는 대로 올리아나도 답하듯이 빈센트를 안았다.

손끝이 살짝 빈센트의 등에 닿았다. 로브의 바스락거리는 촉감이 손끝에 닿은 순간, 빈센트는 더욱 강하게 올리아나의 몸을 꽉 끌어안았다. 몸이 붕 뜰만큼 강한 힘이었다. 등이 뒤로 젖혀지며 까치발로 간신히 선 올리아나의 목덜미에 빈센트가 응석 부리듯이 코끝을 댔다.

뺨에 빈센트의 머리카락이 닿았다. 간지럽고 사랑스러운 감각. 심장이 엄청난 속도로 뛰어서 아플 지경이었다.

눈앞이 어질어질해질 것만 같은 행복감에 잠겼을 때 빈센트가 몸속 깊은 곳에서부터 울림이 전해지는 한숨을 내쉬었다.

"미안. 못 참았어."

빈센트가 천천히 팔의 힘을 뺐다. 빈센트가 몸을 떼려 한다고 깨닫자 올리아나는 한순간 저도 모르게 빈센트의 로브를 붙잡았다.

빈센트가 움직임을 멈췄다. 길게 5초 정도 멈췄다가 한 번 더 몸속 깊은 곳에서 끌어올린 한숨을 내쉬고 올리아나의 팔을 잡아 천천히 자기 로브에서 떼어냈다.

빈센트는 올리아나의 손을 쥐고 제 입가로 가져갔다. 그리고 올리아나의 손끝에 살며시 빈센트가 입술을 얹었다. 이제 와서는 낡아빠진, 신사가 예의를 차리는 인사를 본뜬 행동이었다. 하지만 신사가 숙녀에게 하는 그런 인사와는 내뱉는 숨의 열기가 전혀 달랐다.

"하고 싶은 얘기가 있어. 그 약속, 기억해?"

빈센트의 시선이 올리아나를 관통했다.

평소의 침착한 빈센트와는 다르게 이글거리며 불타는 듯한 눈빛에 올리아나는 한순간 숨 쉬는 것도 잊고 말았다.

"뭐, 였지?"

"젠장. 이럴 줄 알았어."

평소와는 전혀 다른 태도를 보이는 빈센트가 도저히 주체할 수 없을 정도로 여유가 없어 보여서 올리아나의 심장이 요동쳤다.

"네가 잊었겠구나 싶었어. 마하틴 얘기를 했을 때, 시간을 달라고 말했잖아."

『마하틴이랑 이야기가 정리되고 나면 나한테 잠깐 시간을 내줄 수 있어?』

올리아나는 "앗." 하고 작게 중얼거렸다. 올리아나가 기억해 낸 걸 눈치챘는지 빈센트는 어이가 없다는 표정을 지었다.

"기억하고 있었어……."

"그렇게 쉽게 까먹고 말이야. 나는 1초도 잊은 적이 없는데."

"1초 정도는 잊었을 거면서."

"잊은 적 없어."

열받았는지 울컥한 빈센트가 올리아나의 손끝을 더 꼭 쥐었다. 손이 잡혀 있는 상태라는 것을 새삼 깨달은 올리아나의 얼굴이 빨갛게 물들었다.

"아, 우리 앉지 않을래?"

올리아나가 부끄러운 마음을 떨쳐버리려고 소파에 앉기를 권하자, 빈센트는 긴 소파에 걸터앉았다. 올리아나는 아직 손을 잡은 채 조금 망설인 끝에 빈센트 옆에 앉았다. 그러자 곧바로 빈센트가 올리아나의 무릎에 머리를 얹었다.

"비, 빈센트?"

"지치면 또 해 준다고 했잖아. 난 지금 사상 최고로 지쳤어."

분명 전에 이 휴게실에서, 이 긴 소파에서 무릎베개를 해 주며 그런 말을 한 기억이 있다. 게다가 빈센트가 심각하게 지쳤다는 것도 알았다. 올리아나는 빈센트에게 붙잡히지 않은 손으로 살며시 빈센트의 머리를 쓰다듬었다. 빈센트의 눈이 가늘어졌다.

"이대로 있다가는 또 잠들 거야. 뭐라도 말을 걸어 줘."

빈센트는 미간을 찌푸리며 졸음을 깨워 달라고 재촉했다.

올리아나는 조금 전에 머릿속에서 사라졌던 '빈센트를 만나면 얘기하려 했던 항목'을 기억의 한구석에서 억지로 끄집어냈다.

"이제 제법 오래되긴 했지만…… 빈센트는 방학동안 뭐 하고 지냈어?"

"올리아나를 생각했어."

"오호~ 그랬구나~. 오, 고마워."

"너무 가벼운 거 아니야……?"

졸려서 찡그렸던 얼굴 표정이 풀리고 어안이 벙벙하다는 식으로 말한 빈센트의 코를 올리아나가 손가락으로 꽉 꼬집었다.

'가볍게 말하지 않으면 흘려들을 수 없단 말이야.'

늘 동요하는 건 자신뿐이었다. 바보 같은 농담은 하지 말아 줬음 좋겠다. 올리아나는 이미 조금 전에 빈센트가 끌어안았던 것과 지금 이 무릎베개를 해 주는 것만으로도 한계일 만큼 벅차니까 말이다.

"그래서 뭐 했어?"

코가 꼬집힌 빈센트는 믿을 수 없다는 눈빛으로 올리아나를 바라봤다. 태어나서 코를 꼬집힌 건 처음이라는 듯한 표정이었다. 괜히 웃겨서 웃는 올리아나를 보며 빈센트는 불만스러운 표정으로 입을 열었다.

"작년에 왕도에서 내 마음대로 지냈으니까 올해는 아버지를 따라 여기저기를 돌아다녔어. 너는?"

"그냥 친구가 초대해 준 파티 같은 데에 갔고, 그거 말고는 집에서 뒹굴거리면서 지냈지, 아마."

"생일에는?"

가슴이 철렁 내려앉아서 한순간 말문이 막혔다.

"별다른 건 없었어. 평소랑, 똑같았어."

올리아나의 착각일지도 모른다. 하지만 꽃다발에 관해 묻고 싶었다.

어떻게 물어볼까 망설이는 올리아나를 눈치채지 못하고 빈센트가 웃었다.

"올해는 파자마 파티 안 했구나."

"파자마 파티?"

『첫 번째 인생에서 넌 나만 빼놓고, 지금 이 멤버로 파자마 파티를 했거든.』

『뭐, 첫 번째 인생의 올리아나가 매정해서 죄송해요…….』

『정말이야.』

여름밤에 별이 가득한 밤하늘을 올려다보며 나눴던 대화를 떠올리고 올리아나는 키득거렸다.

"빈센트만 쏙 빼고 했다던 그때 그거?"

"맞아."

"내 생일에 했었구나. 근데 말은 그렇게 하면서 내가 진짜로 초대해도 오지 않을 거잖아?"

학교에서는 학우로서 친하게 지내 주지만 방학 동안의 빈센트는 철저히 시류 공작가의 적남이다. 작년에 오페라 극장에서 공작가 후계자인 빈센트를 만났을 때, 빈센트는 올리아나에게 무심한 태도로 대했다. 그런 빈센트에게 초대장을 보낼 용기는 당연히 없는 것이다.

"아니. 너한테서 초대장이 도착한다면 뭐가 됐든 다 제쳐두고 갔을걸."

"그럼 내년에는 새 파자마를 준비할 테니까 꼭 오는 거다."

거짓말은 안 하려고 한댔지만 그런 빈센트도 농담은 하는 것이다. 그러니까 이렇게 답하는 게 제일이라고 생각해서 올리아나는 잔잔히 가라앉은 마음으로 말했다.

'어차피 내년에는 이미…….'

얼굴도 볼 수 없을 것이다. 분명 이름조차 부를 수 없는 곳에 있을 것이다.

이렇게 무릎베개를 해 줬다간 말도 안 되는 관계가 될 것이다.

오직 이 라겐 마법학교에서만 허락되는 빈센트와의 연결고리가 올리아나에겐 전부였다. 학교를 졸업하고 나면 두 사람은 공작가 적남과 그냥 상인의 딸일 뿐인 것이다. 만에 하나 사교장에서 마주친다면 무시하고 지나치지는 않겠지만, 파자마 파티 초대장을 들고 찾아갈 만한 처지가 아닌 것은 불 보듯 뻔한 일이다.

"그래, 꼭."

다정한 목소리가 올리아나의 감상에 스며들었다.

올리아나는 자기가 다른 생각에 빠졌다는 것을 들키지 않으려고 빈센트의 머리를 계속 쓰다듬었다. 올리아나의 손길 속에서 빈센트는 몸의 힘을 뺐다.

"그냥 5교시는 빼먹자."

"우등생인 빈센트한테서 수업을 빼먹자는 말을 듣는 날이 다 오다니……."

"우등생이고 싶은 생각 없어. 필요한 것들을 한 것뿐이야. 하지만 이렇게 너한테 닿으니까 한계였다는 걸 제대로 깨달은 거야."

빈센트가 다시 한숨을 뱉었다. 조금 전까지 쉬던 한숨과는 약간 다르게 이 한숨에는 초조함이 묻어났다.

"댄스 레슨 일은 도와주지 못해서 미안해."

"네 잘못이 아니야."

빈센트는 남자 쪽 인원이 부족해진 이유를 알까. 알면 올리아나 때문에 열받아 하지는 않을까.

'아주 조금이라도 질투하거나 하지는 않을까.'

올리아나는 했다. 엄청 질투했다. 자기가 곁에 없을 때 다른 여자애들이 빈센트 가까이에 있다고 생각하면 참을 수 없을 만큼 열받았다.

"왜 그렇게까지 하는 거야?"

"뭐를?"

"물론 빈센트가 많이 노력한 기획이긴 하지만…… 지금까지는 거절했잖아."

여자애들 무리가 지팡이 건으로 조언을 구하고 싶다 했을 때도 자습실에서 공부를 도와 달라며 재촉했을 때도 빈센트는 항상 매정하게 거절했다. 하지만 이번에는 순순히 여자애들의 요구를 들어주었다.

"이것만은 무슨 일이 있어도 꼭 이뤄내고 싶었어. 너도 도와줬고……. 처음 발안한 것도 나였으니까 소중히 하고 싶었어."

올리아나의 무릎에 안긴 채로 먼 과거를 그리워하며 애타는 듯한 눈빛으로 말하는 빈센트를 보며 올리아나는 참지 못하고 물었다.

"비, 비젤이랑 함께 짠 기획이었어?"

"뭐?"

빈센트가 몸을 일으켜 세웠다. 갑작스러운 움직임에 올리아나는 제대로 반응도 할 수 없었다. 빈센트의 머리를 쓰다듬던 손이 잡혔고 서로의 코가 맞닿을 만큼 얼굴이 가까이 끌어당겨져서 놀라 숨을 멈췄다.

"아니. 샤론이 아니야. 왜 여기서 샤론이 나오는 거지? 이번엔 뭐야. 샤론이랑은 근래엔 개인적으로 만난 적도 없어……. 혹시 샤론한테 뭔가 부당한 짓이라도 당한 거야?"

올리아나는 다급히 고개를 저었다. 올리아나도 그 데이트했던 날 밤 이후로 샤론을 만난 적이 없었다.

고개를 저은 것만으로는 부족했는지, 빈센트는 올리아나의 눈에서 시선을 떼지 않았다. 빈센트가 뿜는 압박감에 짓눌려 올리아나는 쭈뼛거리며 입을 열었다.

"그치만…… 빈센트가 그렇게 노력하는 건, 좋아하는 사람을 위해서가 아닐까 해서."

"그래서?"

"그래서? 그래서…… 그러니까, 그…… 내가 말해도 되는 거야?"

"그래."

어디 말할 수 있으면 해 보라는 식으로 위협하는 말투에 올리아나는 망설이면서도 말을 이어나갔다.

"빈센트가 좋아하는 사람은, 비젤이잖아?"

"뭐어?"

빈센트의 보랏빛 눈동자가 휘둥그레지고 떨렸다.

"너는, 그럼, 넌 내가, 허……!"

올리아나의 손목을 잡은 빈센트의 손에 힘이 들어갔다. 올리아나는 광기마저 감도는 빈센트를 놀라서 바라봤다.

"좋아하는 사람이 따로 있는데 이런 행동을 아무한테나 한다고 생각한 거야?!"

"그야…… 친구니까."

올리아나의 손목을 잡은 빈센트의 손에서 힘이 풀렸다. 망연자실한 빈센트의 얼굴이 창백해졌다.

"너 제정신이야? 설마, 진짜로 '친구니까' 괜찮다고 생각했다고……?"

빈센트는 괴로운 듯 얼굴을 찌푸리더니 소파에서 일어났다.

"그렇게 경박스러운 남자로 보였다니…… 네겐 아무것도 전해지지 않았구나."

바지 주머니에서 꾸깃꾸깃한 편지를 꺼낸 빈센트가 그것을 거칠게 올리아나의 손바닥에 올렸다.

"어? 잠깐……."

"난 간다. 그건 구워 먹든 삶아 먹든, 네 마음대로 해."

"어? 빈센트?!"

빈센트는 뒤돌아보지도 않고 휴게실에서 나갔다. 올리아나가 불러 세우는 소리가 작은 휴게실에 공허하게 울렸다.

갑작스러운 전개에 당황해서 머리가 상황을 쫓아가지 못했다. 하지만 샤론 얘기에 빈센트가 화났다는 것만은 알았다.

올리아나가 착각해서 빈센트가 화났다는 사실도.

'그치만, 잠깐만. 기다려…… 하지만, 그러면.'

이건 안 된다.

올리아나는 자기가 소중하다.

자신의 행복을 좇게 된다.

어찌 됐든 빈센트가 하는 행동의 의미를 자기 기준으로 받아들이게 된다.

반은 강제적으로 빈센트에게 떠밀려서 받은 편지를 봤다. 봉투의 네 모서리는 둥글게 구겨지고 종이엔 많은 주름이 잡혀 있었다. 마치 계속 주머니 속에 숨겨놓은 것처럼 주름투성이였다. 그렇게나 꼼꼼한 빈센트답지 않은 편지였다.

떨리는 손으로 봉투를 열었다.

편지지에서는 은은하게 시더우드 향기가 났다.

「올리아나에게.

잘 지내니?
난 널 보지 못해 쓸쓸한 나날을 보내고 있어.
너무 패기 없는 나를 더는 못 보겠다 싶었는지
주방장이 오늘 아침에 레몬 머핀을 내줬어.
어릴 적에 좋아하던 걸 언제까지고
남들이 기억하는 건 부끄러운 일이야.

올리아나, 생일 축하해.

넌 올해에도 떠들썩하게 축하받고 있을까.
그곳에 내가 없다는 게 조금 쓸쓸해.
열일곱 살 올리아나가 누구보다도 행복한 여자아이가 되길 기원해.」

올리아나는 편지를 읽고 봉투 속에 편지지를 넣어야 하는 것도 까먹고 달리기 시작했다.
매년 받았던 필체와 똑같은 '생일 축하해.' 라는 글자가 편지에 적혀 있었다.
작년에 빈센트는 편지를 쓴 기억을 '사소한 것' 이라고 했다.

『그날 아침에 머핀 위에 레몬이 올라갔다는 걸 썼어. 어떻게 해도 너무 사소하게만 느껴져서 마지막까지 쓸까 말까 고민하다가…… 결국 쓰기로 했거든. 쓰면…… 기뻐할까 싶어서. 그 아이가 기뻐하는 얼굴을 떠올리면서 썼어.』

'어떡해. 어쩌지…… 어쩌면.'

혹시 빈센트가 좋아하는 사람이 정말로 샤론이 아니라면.

'난 어쩌면 이제 레몬이 세상에서 제일 좋아하는 음식이 될지도 몰라.'

빈센트는 생각보다도 훨씬 가까이에 있었다.

동관 입구에 몰린 인파 때문에 꼼짝 못하던 것이다.

"탄자인! 어쩌다 이런 곳에……."

"저기 큰 소리 좀 내지 말아 줄래?"

"무도회까지 단 하루라도 낭비하고 싶지 않아요!"

"아직 오늘 레슨이……."

"아 진짜, 알겠어. 알았으니까 좀 조용히 해 줘!"

"역시 2반에 있었군요!"

"모처럼 아름다운 얼굴이 그렇게 아깝게 말이야."

"진짜 화가 나요. 말도 못하는 원숭이 따위는 끊어내도 괜찮다는 거죠?"

야나와 아즈라크. 그 외에도 하이데마리와 친구들, 면회실에 있었을 콘스탄체까지 보였다.

사람들의 발을 묶는 데 실패한 친구들이 이곳을 최후의 보루로 삼아 사람들을 막고 있었으리라.

"으악! 그 손에 든 불순한 물건은 휙 던져 버려요! 휙!"
"진짜 조용히 좀 해요! 여기서 멈췄다간 여자의 수치예요!"
"좋아! 왔다! 가세해!"
"너도 우물쭈물하지 마! 야, 보고만 있지 말고 도우라고!"
"뭘 어떻게 도우면……."
"어머 정말, 어수선하기도 하지."
"탄자인, 빨리 이쪽으로 와!"
"이게 무슨 소란이야?"
"흐음…… 탄자인이 관련된 것 같긴 한데."
"앞이 안 보이잖아!"
"오늘은 제 댄스를 봐준다고 약속하셔서 왔어요."
"탄자인은 약속을 어기거나 하지 않죠?"
설탕에 몰려드는 개미 떼처럼 많은 학생이 빈센트를 덮쳤다.
빈센트를 쫓아온 여자애들에게 무슨 소란인지 들은 다른 학생도 모여들어 주변이 혼돈으로 가득한 공간이 되고 말았다.
"빈센트!"
더 참지 못하고 이름을 불렀다.
올리아나가 쫓아왔다고 깨달은 빈센트는 도망가려는 듯이 등을 돌렸다. 그리고 자신을 에워싸던 학생들을 헤집고 억지로 인파를 뚫고 나갔다.
"꺅!"
"탄자인……?!"
"읽었어!"

올리아나가 부르니 빈센트가 움직임을 멈췄다. 절호의 기회라고 생각한 여자애들이 빈센트의 로브를 잡아당겨 그의 의식을 자기에게로 돌리려, 애써 빈센트에게 말을 걸었다.

"탄자인, 오늘 레슨은 실제로 음악에 맞춰서……."

"연주자도 불렀어요. 3학년 학생인데 실력은 일류라……."

"올리아나, 어디 갔던 거야!"

"넌 정말 내가 없으면……."

올리아나의 주변에도 면회실 앞에서 떨쳐내고 왔던 남자애들이 달려와서 모여들기 시작했다. 어떻게 말을 걸어도 올리아나의 귀에는 전혀 들어오지 않았다.

몇 미터 앞에 있는 빈센트만 눈에 들어왔다.

"저, 저기 이거!"

멈춰 선 빈센트의 등을 향해 큰 소리로 말했다.

떨리는 손으로 편지를 꼭 쥐었다. 목소리도 비참할 만큼 떨리고 있었다.

"내가 엄청 착각할 것 같은데!"

얼굴이 뜨거웠다. 숨을 쉴 수가 없었다.

눈앞이 아른거려 눈물이 쏟아질 것 같았다.

흥분감에 목이 뜨거워져 말이 잘 나오지 않았다.

멈춰 서 있던 빈센트가 획 돌아섰다.

올리아나만을 똑바로 바라보며 화난 얼굴로 이쪽으로 걸어오기 시작했다.

한 번도 짜증을 드러내지 않았던 빈센트의 열받은 얼굴에 주변에 몰려있던 아이들은 당황해서 겁먹은 듯 거리를 벌렸다.

"왜, 착각이라고 생각하는 거야."

빈센트가 한 걸음씩 올리아나에게 다가왔다.

이렇게나 사람이 가득한데 빈센트의 목소리는 똑바로 올리아나에게 닿았다.

울분이 서린 나직한 목소리가 올리아나를 매몰차게 꾸짖었다.

올리아나는 떨리는 입술을 열었다.

"그치만, 그치만……그치만!"

"내가 특별히 다정하게 대하는 사람이 누군지 넌 정말로 몰라?!"

항상 빈센트가 좋아하는 사람은 샤론이라고만 생각했다.

그래서 생각해 본 적도 없었다.

"그치만 이러면 네가 나를 좋아한다고 말하는 것 같잖아!"

"그래. 그렇다고!"

빈센트가 언성을 높였다.

빈센트가 이렇게 소리를 높인 건 처음이었다.

그런데도 행복해서 쓰러져버릴 것 같은 기쁨이 올리아나를 덮쳤다.

"꺄~!"

이 공간이 순식간에 들끓어 오르듯 타올랐다.

휘파람 소리도 울렸다.

주변에 있던 아이들의 비명소리가 울렸다. 여자애들은 흐느끼고 올리아나를 쫓아온 남자애들은 낙담해 한탄을 흘렸다.

상황이 흥미로워 지켜보던 구경꾼들은 환호성을 지르며 빈센트와 올리아나에게 달려왔다.

학생들이 내는 소리에 놀란 새가 나무에서 날아올랐다. 새파란 하늘에 새 몇 마리가 날개를 펼치고 넓게 흩어졌다. 흐르는 바람을 타고 나뭇잎이 흩날렸다.

기쁨도 잠시, 넋 나간 올리아나의 팔을 강인한 손이 잡았다.

그리고 그대로 올리아나를 끌어당기며, 빈센트는 달렸다.

여지까지 도와준 친구들이 흥분한 아이들을 막으며 길을 만들었다.

로퍼 바닥이 마구 튀었다. 로브가 휘날렸다. 밀크티색 머리카락이 둥실둥실 흔들렸다. 커다란 보폭으로 달리는 박자에 맞춰 눈꼬리를 타고 흘러내린 물방울이 햇빛을 받아 빛났다.

도망치는 두 사람의 등 뒤로 계속해서 함성이 들려왔다.

어떻게 달렸는지 올리아나는 전혀 기억이 없었다.

그저 빈센트가 손을 잡아 이끄는 대로 달려온 올리아나는 다리가 풀려 넘어질 뻔했다. 하지만 바로 알아챈 빈센트가 올리아나의 팔을 잡아 넘어지지 않게 막았다.

"괜찮아?"

"으, 응."

전신을 휘감은 고양감에 다리가 붕 떠 있는 느낌이었다. 힘이 잘 들어가지 않았다.

빈센트는 올리아나의 손을 이끌고 이번에는 천천히 걷기 시

작했다. 빈센트가 쥔 손은 떨쳐내려면 충분히 놓을 수 있을 정도로 약한 힘이 들어가 있었다. 그것이 신뢰의 증표처럼 느껴져 올리아나는 꼭 손을 맞잡았다.

빈센트가 계속 걸음을 옮겼다. 숲에서는 걸음을 내디딜 때마다 낙엽이 스쳤다. 올리아나는 그 망설임 없는 발걸음을 보고 이제야 어디로 가고 있는지 깨달았다.

빈센트가 향한 곳은 용목이었다.

올려다봐도 그 끝이 보이지 않을 만큼 컸다. 하늘을 향해 뻗은 구불구불한 가지 틈으로 잿빛 하늘이 보였다.

용목의 두꺼운 뿌리에 빈센트가 걸터앉았다. 올리아나도 빈센트가 재촉해서 옆에 앉았다.

"이런 데까지 데려와서 미안해."

"아니야. 근데 왜 용목에 온 거야?"

"다른 건물로 가면 또 발이 묶이겠다 싶어서 자연스럽게……. 5교시는 정말로 빼먹게 되겠네."

멋쩍은 듯 웃는 빈센트에게 올리아나도 웃어 보였다. 그 미소가 어색하다 한들 어쩔 수 없었다.

'하지만 이 빈센트는 '날 좋아하는 빈센트' 야.'

지금까지 늘 '샤론을 좋아하는 빈센트' 라고만 생각했다. 마음속으로 이 이상 가까워지면 안 된다고 벽을 쳤다.

얼마나 함께해도 얼마나 다정하게 대해도 자신의 사랑을 '친구니까' 라는 주문으로 숨기느라 필사적이었기에, 빈센트의 마음을 헤아릴 여유 따위는 전혀 없었다.

하지만 지금은 이렇게 맞잡은 손을, 올리아나를 자기 옆에 앉히려 하는 것을, 전부 올리아나를 좋아하기 때문에 빈센트의 마음이 원해서 하는 행동임을 알게 된 것이다.

'친구여서가 아니야.'

몽글몽글한 행복감에 못 이겨 올리아나는 무릎을 끌어안고 얼굴을 묻었다.

'어떡해……. 이러면 나 죽을지도 몰라.'

"답을 받고 싶은데."

"응?"

"내가 저런 데서 고백하게 만들었지. 네가 답을 줄 때까지 안 놓아줄 거야."

맞잡았던 손을 더 꽉 잡혔다. 그때야 올리아나는 자기 마음을 전하지 않았음을 깨달았다.

"앗…… 미안해."

당황하며 얼굴을 들어 빈센트 쪽을 바라보니 빈센트는 괴롭게 일그러진 얼굴로 올리아나를 바라봤다.

"잘 생각해 봤으면 좋겠어."

"어?"

"너는 네 남자인 친구 모두한테 이런 거리감을 허락하는 게 아니잖아? 이렇게 쉽게 다른 남자랑 손을 잡거나 하지 않지. 그렇지?"

"으, 응."

"나 말고 다른 사람한테 무릎베개를 해 준 적은? 머리를 쓰다듬은 적은?"

"없어."

"그럴 거야. 그래, 다시 한번 생각하는 거야. 넌 그저 깨닫지 못한 것뿐이고 어쩌면 조금은 나를 좋아하는 걸지도 몰……."

"좋아해."

필사적으로 점점 더 격양된 채 말하는 빈센트의 눈을 바라보며 올리아나는 진지하게 말했다.

"좋아해. 빈센트를. 계속 좋아했어."

빈센트가 눈을 가늘게 떴다.

아름다운 보라색 눈동자에서 눈물이 흘러내렸다.

거의 경악하듯이 놀란 올리아나의 시선을 느꼈는지, 빈센트는 손가락으로 눈물을 훔쳤다. 그리고 젖은 손끝을 보며 어안이 벙벙했다.

자신이 울었다는 것도 깨닫지 못했으리라. 눈물을 보고 다시 한번 올리아나를 본 빈센트의 입술이 떨렸다.

올리아나와 맞잡은 손에 강하게 힘이 들어갔다.

빈센트가 몸을 숙였다. 어깨를 들썩이며 손으로 입가를 틀어막고 숨을 죽이고 오열했다.

올리아나는 무심코 빈센트를 끌어안았다. 빈센트의 목에 팔을 두르고 등에 볼을 문댔다.

"빈센트, 정말 좋아해."

"응."

그렇게 말해야만 한다고 생각했지만 팔 안에 있는 빈센트가 떨며 흐느꼈다. 마치 얻어맞은 것처럼 빈센트가 다시 눈물을 떨어뜨렸다.

"말하지 않는 편이 좋았을까?"

올리아나가 불안해져서 물어보자, 빈센트는 격렬하게 고개를 저었다. 극심한 오열이 멈추지 않아서 말이 잘 안 나오는 것 같았다. 빈센트는 얼굴을 들어 올리아나의 양 뺨을 감싸안았다.

"여기에 있었어."

흐느끼는 중간중간에 빈센트가 중얼거렸다.

"아아. 올리아나. 너는 항상 여기에 있었던 거구나."

빈센트는 눈물 젖은 얼굴로 올리아나를 바라보면서 미소 지었다.

28장 어서 와. 그리고 다녀왔어.

"빈센트, 정말 좋아해."

그 말을 들은 순간 빈센트는 행복감에 삼켜진 듯한 처음 느끼는 심정을 맛봤다.

두 번째 삶의 빈센트는 뛰어넘을 수 없는 벽으로 빈스를 라이벌로 여겼다. 빈스를 자신과는 전혀 다른 인생을 산 별개의 인물이라고도 여겼다.

그랬기에 세 번째 삶에서 올리아나와 접할 때 자신이 어느 쪽 올리아나를 보는 건지 잘 모르겠던 때도 있었다.

올리아나를 사랑스럽다고 여기는 마음이 어느 쪽의 올리아나를 향한 건지 몰라서 울고 싶을 때도 있었다.

'하지만 늘 올리아나는 여기에 있었어.'

『빈센트, 정말 좋아해.』

눈앞에 있는 올리아나에게서는 처음 듣는 말이었지만 똑같았다.

두 번 다시 만날 수 없으리라 여겼던 그 시절의 올리아나와 온전히 똑같은 울림이었다.

만난 순서가 달랐다.

함께 보낸 시간이 달랐다.
헤쳐 온 일도 달랐다.
하지만 빈스는 빈센트였고, 올리아나는 올리아나였다.
그런 당연한 걸 알기까지 이렇게 긴 시간이 걸리고 말았다.
"올리아나."
"응."
볼품없이 떨리는 다 갈라지는 목소리로 그렇게 부르자, 올리아나는 바로 대답했다.
"널 좋아해."
거의 토해내는 숨소리에 지나지 않는 희미한 말을 올리아나는 똑똑히 귀에 담았다. 올리아나의 하늘색 눈동자에 눈물로 된 막이 드리웠다.
"어느 때의 너도, 어떤 너도 사랑스러워. 예쁘고, 소중해서, 너한테 잘해주고 싶어서, 어떡해야 할지 모르겠어."
"나도 빈센트를 좋아해."
빈센트는 눈꺼풀을 감고 북받쳐 오르는 마음을 참았다.
한때 빈센트는 올리아나에게 좋아한다고 하지 말라고 한 적이 있다. 그때 이후로 올리아나가 그 말을 한 적은 한 번도 없었다.
그래서 빈센트는 몰랐다.
진심으로 좋아하는 사람이 '좋아해.' 라고 말해주는 것이 이렇게나 행복한 것임을, 지금까지 계속 모르고 있었다.
'언젠가 네가 허락해 준다면. 내가 아는 너와의 추억을 네가

들어주면 좋겠어. 네가 어떤 식으로 날 구하려고 했고 사랑해 줬는지…… 지금의 네가 꼭 알아주면 좋겠어.'

빈센트는 소원을 빌듯 마음속으로 중얼거린 뒤 살며시 올리아나의 뺨에 얹었던 손을 뗐다.

조금 냉정을 되찾고 보니 부끄러워졌다. 둘이 함께 쑥스러운 미소를 지었다. 그 순간 올리아나는 손에 들고 있던 편지가 생각났는지, 편지를 꼭 쥐었다.

"생일 때랑 기숙사에 있을 때 꽃다발을 보낸 사람은 역시 빈센트였구나."

"알고 있었어?"

"그러면 좋겠다 싶었을 뿐이야."

올리아나가 쑥스러워하며 웃었다. 어떤 표정도 귀여워서 빈센트는 눈을 가늘게 뜨고 바라봤다.

"그게 내가 할 수 있는 너를 위한 최선의 성의였어."

"기뻤어. 십 년 동안이나 고마워. 수많은 생일선물을 받아도 그 꽃다발만 기다렸거든."

"기뻐해 줘서 나도 기뻐."

자연스럽게 손을 맞잡았다.

맞잡은 두 사람의 손 사이에 생긴 어색한 틈이 사랑스러웠다.

"어떻게 십 년도 더 전부터 꽃다발을 준 거야?"

"당연히 너한테 선물하고 싶었으니까 그랬던 거지."

"그치만 십 년 전에 우리는 알지도 못했잖아."

"난 널 알고 있었어. 훨씬 전부터."

어떻게 전해야 하나 고민하다 그렇게만 말하자, 올리아나는 동그랗게 뜬 눈동자를 빈센트에게 향했다.

"그럼 혹시, 한 번 떨어지게 된, 귀엽고 귀여워서 어쩔 줄을 모르겠는 동갑내기 여자애가, 나야?"

빈센트가 움찔했다. 얼굴이 새빨갛게 물들었다.

"그……! 그게 뭐야!"

"맞았지."

빈센트의 반응을 보자 올리아나의 뺨도 붉은빛으로 물들었다. 양손으로 얼굴을 누르며 "꺄아!" 하고 작게 비명을 지르고 올리아나는 새빨개진 얼굴로 빈센트를 노려봤다.

"빈센트가 알려줬어. 만난 지 얼마 안 됐을 때."

"그런 걸 언제까지 기억하려는 거야!"

"기억하는 게 당연하지. 그래서 네가 비젤을 좋아한다 싶었고……."

"왜 그런 두서도 없는 잡담을 기억하는 거야. 그때는 딱히 나를 좋아하지도 않았잖아?"

만난 지 얼마 안 됐고 의식하지도 않는 남자애가 짝사랑하는 사람 따위 금방 잊을 거라고 여겼던 빈센트를 보며 올리아나는 고개를 갸웃했다.

"그러고 보니 그렇네. 왜지."

올리아나가 입술에 힘을 꽉 주고 고민했다. 빈센트가 검지로 입꼬리를 찌르자, 올리아나는 입을 열었다.

"안 깨물었어."

말 잘 듣는 강아지처럼 입을 보여주는 올리아나의 머리를 한 번 쓰다듬었다. 만족스러운 듯 미소로 얼굴을 밝힌 올리아나가 "응?" 하고 고개를 까딱했다.

"그럼 전에 말한 레몬 머핀 이야기가 적힌 편지도 혹시 나한테 썼던 거야?"

"왜 그렇게 생각해……?"

"왜냐면 그거 좋아하는 사람한테 썼던 편지잖아?"

빈센트는 모든 게 다 들통난 사태에 정신을 차리지 못하고 한 손으로 새빨개진 얼굴을 가렸다.

"왜 그런 것까지 아는 거야."

"그런 건 표정을 보면 알지."

"내가 그렇게까지 뻔히 보이는 표정을 지어……?"

전혀 자각하지 못했던 것이 쏟아져 나오니, 더욱 붉어지는 얼굴을 억누를 수가 없었다.

"그럼 언제부터 날 좋아했던 거야?"

"그건……."

빈센트는 말문이 막혔다.

'이전 인생에서부터 같은 소리를 할 수 있을 리 없어.'

자신이 죽는 날을 알려준다는 건 미친 짓이다. 빈센트가 말하곤 했던 되돌아간 인생 이야기를 믿으면 믿을수록 올리아나는 불안해할 것이다.

'아직 봄의 중간 달 17일을 무사히 넘길 때까지는 이대로 농담이라고 생각해주는 편이 나아.'

"——꼭 얘기할게. 조금만 기다려 줘."

갑자기 진지해진 빈센트의 음색에 올리아나가 당황했다.

"어려우면 괜찮아."

"네가 들어준다면 난 얘기하고 싶어."

"알았어."

올리아나는 수긍했다.

"조금만이라는 건 얼마나?"

"봄의 중간 달 17일에는 꼭."

"날짜까지 말하네."

"말해두는 편이 좋지 않을까 싶어서."

"응. 알았어……."

올리아나는 애매한 대답을 하고 달콤한 눈빛으로 빈센트를 올려다봤다.

"있잖아."

"왜."

빈센트는 귀엽다고 생각하며 올리아나를 내려봤다.

"연인, 이라고 해도 되는 거지?"

"그렇지."

연인. 그 단어가 무척이나 감회가 새로웠다. 빈센트는 두 번째 인생의 올리아나를 마음속에선 연인으로 대했지만, 명실상부 연인이 된 것은 이번이 처음이었다.

"에헤헤…… 바람피우지 마."

"내가 그럴 리가 없잖아."

"그거 알아? 2반의 상식으로는 팔짱을 끼는 것도 바람이야."

빈센트는 깜짝 놀랐다. 팔짱을 끼는 건 여성을 에스코트할 때의 너무나도 일상적인 행동이었기 때문에 바람피우는 행동으로 분류된다고는 생각해 본 적 없었기 때문이다.

"조심할게. 그것 말고 또 안 되는 건 없어?"

"외출할 때 누군가 따라 나와 배웅해 주는 것도 바람. 나한테 말고 다른 사람에게 편한 말투로 얘기하는 것도 바람. 다정하게 대하는 것도 바람. 여지를 주는 것도 바람. 웃는 얼굴을 보이는 것도 바람. 댄스 레슨에서 상대해 주는 것도 바람. 오늘처럼 여자애들한테 둘러싸일 때는 '나는 올리아나를 좋아하니까 물러나 주세요.' 라고 말하지 않으면 바람."

"그게 진짜로 2반의 상식인 거야?"

"내 마음을 알아두면 손해는 안 될 테니까."

"네 말이 맞아."

빈센트는 부드럽게 미소 지었다. 이렇게 오랜 시간을 올리아나와 함께 있었으면서 연인이 된 뒤의 일을 얘기한 건 이번이 처음이었다.

"올리아나."

"왜?"

"그렇게 네가 불안할 일이 생기면 바로 말해 줘. 응석 부려도 돼. 널 지지해줄 수 있다는 사실이 난 무엇보다도 기뻐."

올리아나는 새빨개진 얼굴로 소리 없는 비명을 질렀다.

"뭐야. 대단해, 빈센트. 여자 킬러잖아……."

"또 그렇게 엄청난 단어를……. 내가 널 꼬셔도 이제 아무 문제 없잖아?"

"하아아…… 빈센트. 인격이 달라졌잖아!"

"너도 내게 아무 거리낌 없이 다 말하게 됐잖아. 난 그것도 기뻐."

계속해서 감정이 벅차올라서 신음하는 올리아나의 허리를 끌어안고 어깨를 기댔다. 얼굴이 붉게 달아올라, 올리아나는 천천히 고개를 들었다. 생각보다도 훨씬 가까이에 빈센트의 얼굴이 있었던 탓인지 올리아나는 눈을 질끈 감고 시선을 피했다.

"올리아나, 키스할게."

이것도 미리 말하고 하는 편이 나을 것 같아 선언하자, 애써 감았던 올리아나의 눈이 다시 떠지고 몸도 여리게 떨렸다.

"왜, 왜 말하는 거야……."

'귀여워.'

역시 말하는 게 옳았다고 생각하며 빈센트는 올리아나에게 얼굴을 가까이했다.

입술이 맞닿았다.

포개진 부분에서부터 짜릿한 저림이 퍼져나갔다. 가슴을 가득 채우는 충족감에 다시 눈물이 나올 것만 같았다.

맞닿았던 입술은 두 사람이 긴장한 탓에 굳어 있었다. 한 번 입술을 떼어냈지만 그 감각이 너무 서운해서 곧장 다시 한번 입을 맞췄다. 조금 전보다도 따뜻하고 뭉클하게 부드러워진 입술의 감촉이 기뻐서 빈센트는 올리아나의 뺨에 손을 가져다 댔다.

'달콤해.'

부드러워진 입술 사이로 올리아나의 타액이 번졌다.

다시 한번 입술을 뗐다가 각도를 바꿔 입술을 부딪쳤다. 그리고 끝내려고 생각했지만 도저히 그만둘 수가 없어서 그 뒤로 같은 행동을 세 번 반복했다.

'사랑스러워…….'

입술을 떨어뜨리고 초점이 맞는 거리까지 얼굴을 떼어냈다. 올리아나는 눈이 살짝 붉게 물들고 눈물 때문에 촉촉해진 채 황홀한 눈빛으로 빈센트를 바라봤다.

'이걸로 마지막이야.'

참지 못하고 다시 한번 입을 맞췄다.

'부드러워…… 사랑스러워…….'

약간 축축해진 입술에 자극이 내달렸다.

빈센트가 눈을 뜨니 올리아나는 눈을 감고 있었다.

'눈을 떠 주면 좋을 텐데.'

가까이에서 바라보고 싶었고, 가까이에서 자기를 봐 주길 바랐다.

'지금이라면 내가 얼마나 올리아나를 좋아하는지 눈을 보는 것만으로도 다 전해질 텐데.'

올리아나가 빈센트로 하여금 얼마나 자기를 좋아하게 만들었는지 뼈저리게 알아주면 좋을 텐데.

마지막으로 하려고 마음먹었지만 역시 끝내지 못하고 입술을 문질렀다 떼어내며 그대로 다섯 번을 더 키스했다.
입술이 떨어진 틈을 타 올리아나가 옅은 호흡 사이로 입을 열었다.
"나, 나는……."
"그래."
"잘은 모르겠지만, 아무래도 이건, 첫 키스로는, 그다지 일반적이지 않은 것 같아."
"나도 그렇게 생각해."
마지막으로 한 번 더 입을 맞추고 빈센트는 올리아나를 풀어줬다. 올리아나는 나른하게 힘이 빠져 빈센트에게 기대었다. 대답할 기력도 안 남은 것 같았다.
올리아나의 부드러운 머리카락에 손가락을 넣어 쓸어내리며 빈센트는 "하나 맞춰볼까?" 하고 물었다.
"뭘?"
"넌 내가 『그래.』라고 하는 걸 좋아하지?"
올리아나가 벌떡 몸을 일으켰다.
그리고 안 그래도 빨간 얼굴이 더욱 새빨개져서는 그걸 어떻게 알았냐며 떨리는 목소리로 말했다.
"하핫…… 아하핫, 하하!"
그러는 얼굴이 너무나도 사랑스러워서 빈센트는 소리 높여 웃었다.

'아아, 올리아나.'

——어서 와. 그리고.

'다녀왔어.'

29장 홍차와 사랑과 꽃다발

교내를 걷기만 해도, 그저 복도를 지나가기만 해도, 교실에 들어갔을 뿐인데도 사람들이 웅성거리는 것이 느껴졌다.

등 뒤에서 끊임없이 수군거리는 말소리가 따라다녔다. 올리아나는 입을 꽉 다물고 2반 교실로 걸음을 옮겼다.

"올리아나~ 드디어 왔구나."

책상 위에 다리를 꼬고 앉아 마피아 보스처럼 히죽 웃고 있는 하이데마리, 그 옆에 참모처럼 몰려든 친구들을 보고 올리아나는 얼굴을 찌푸렸다.

"올리아나."

늠름하고 청아한 목소리는 크지 않아도 귀에 바로 들어왔다.

어제까지 만나지 못했던 것이 마치 거짓이었던 것처럼 그곳에 있는 게 당연하다는 듯한 표정으로 빈센트가 2반 교실에 얼굴을 내밀었다. 또 한 번 교실과 복도에서 큰 웅성거림이 일었다.

어제 빈센트와 올리아나는 연인이 되었다.

그 소식은 순식간에 라겐 마법학교 전체로 퍼져나갔다. 과거에 빈센트와 친해지기 시작했을 때보다도 더 큰 소동이었다. 2반 교실로 돌아왔을 때, 입구에는 이미 다른 반 학생이 가득 몰려와 있었고 지난 몇 시간 동안 "네가 그 빈센트 탄자인의……."라는 소리를 들으며 몇 번이나 지목됐는지 셀 수 없을 정도였다.

교실에서 기다려 준 친구들에게 어제 작전에 대한 감사 인사와 갑작스럽게 빈센트와 사귀게 되었다는 소식을 전했다. 그러자 "전혀 갑작스럽지 않고, 오히려 이제야 사귀나 하는 느낌인데."라며 태연한 눈빛으로 반응이 돌아왔다. 올리아나에게는 청천벽력 같은 일이었지만, 주변 사람은 그간 답답해서 애태웠다는 걸 이번에 처음 알게 되었다.

주로 수업 외의 일, 예를 들어 같은 반 애들의 호기심 어린 시선이나 친구들의 가차 없는 질문 공세에 시달려 거의 한계에 이르렀던 올리아나는 빈센트를 보고 얼굴이 화사하게 밝아졌다.

"빈센트!"

힘차게 일어나, 계단식인 교실의 단차를 따라 내려갔다.

빈센트는 생글생글 웃는 얼굴로 달려오는 올리아나를 보고 얼굴을 한 손으로 가렸다. 그리고 교실 문에 도착한 올리아나의 머리를 툭툭 쓰다듬었다.

"왜 그래?"

"아니, 아무것도 아니야."

그렇게 말한 빈센트는 올리아나의 머리를 계속 쓰다듬었다. 올리아나는 영문을 몰랐지만, 일단 머리를 내밀고 있기로 했다.

얌전히 머리를 내밀고 있으니, 빈센트는 계속 올리아나의 머리를 쓰다듬었다. 올리아나는 다음 수업도 이 교실에서 진행하니까 별문제가 없지만, 빈센트는 괜찮은지 불안한 마음에 고개를 들었다.

"내가 신경 쓰여서 와 준 거야?"

"그래. 그런것도 있지만 초대하러 왔어. 점심 함께 먹지 않을래?"

"허억."

생각지도 못하게 비명을 지른 올리아나를 향해 빈센트는 눈썹을 치켜세웠다.

"왜 그래."

"초대받았어……."

"내가 초대했으니까 당연하지…… 그만해. 이런 걸로 부끄러워하지 마."

"허어억……."

얼굴을 붉히는 올리아나에게 동화되어 빈센트의 뺨도 붉게 물들었다. 눈을 감고 양쪽 뺨에 손을 얹고 열을 식히려는 올리아나에게 빈센트는 대답을 요구했다.

"그래서 어떡할 거야."

"가겠습니다."

"알았어. 점심시간에 미겔이랑 같이 데리러 갈게."

"오, 알겠습니다."

'미겔도 함께 먹는구나.'

아주 조금 낙담하며 크게 안심했다. 미겔도 함께라면 평소처럼 빈센트를 대할 수 있을 것이다. 게다가 빈센트를 못 보고 지낸 기간 동안 미겔도 전혀 볼 수 없어서 미겔도 보고 싶었다.

"그러고 보니 댄스 레슨 같은 건 이제 괜찮아?"

여러 가지 방해가 있기는 했지만 애초에 빈센트 자체가 무척 바쁜 몸이었다. 시험공부와 쌍벽을 이룰 만큼 빈센트의 개인적인 시간 대부분을 차지한 댄스 레슨은 무도회까지 계속 이어질 예정이었다.

"연습시간을 원래대로 되돌렸어. 게다가 남자애들도 돌아올 테니까 걱정할 필요 없어."

"그렇구나. 빈센트가 열심히 해 왔으니까 잘됐으면 좋겠다."

올리아나가 말하자 빈센트는 벌레라도 씹은 듯한 표정을 지었다.

"왜 그래?"

"너한테 그런 소릴 들으면 댄스 레슨 따위 이제 어떻게 되든 상관없다고 말 못 하잖아."

"뭐? 당연히 그런 말 하면 안 되지!"

"맞아. 그렇지."

자기 말을 부정한 꼴이 되었는데도, 빈센트는 어째서인지 행복한 듯 웃었다.

"아. 댄스 레슨도 그렇고 시험공부만으로도 바쁠 텐데……. 데리러 온다고 했지만 그냥 식당에서 만나는 것도 정말……."

뒤이어 괜찮아, 라고 말하려다가 올리아나는 말을 멈췄다.

조금 전까지 기쁘게 웃던 빈센트가 삐진 듯한 표정으로 째려봤기 때문이다.

"넌 생각보다 매정해."

그 말이 '조금이라도 더 함께 있고 싶어.' 로 들리는 걸 보면 분명 올리아나의 머리가 이상해지기 시작한 것이리라.

"기다리겠습니다……."

"그래. 그럼, 난 가 볼게."

"응, 이따 봐."

빈센트는 고개를 끄덕이고 왔던 길을 되돌아갔다.

한동안 빈센트의 뒷모습을 멍하니 바라보던 올리아나가 자리로 돌아가기 위해 뒤를 돌았다. 문득 시선이 느껴지는 쪽을 바라보자, 올리아나와 빈센트의 대화에 귀를 기울이던 반 애들이 뜨거운 눈빛으로 올리아나를 주시하고 있었다.

당황한 올리아나는 빨갛게 달아오른 얼굴을 감추며 슬금슬금 자리로 이동했다.

자리에 돌아왔을 때, 옆자리에 앉아 있던 야나의 새까만 눈동자와 눈이 마주쳤다.

야나에게는 어젯밤에 이미 빈센트와 연인이 됐다고 전했다.

야나는 양팔을 번쩍 들며 기뻐하고는 올리아나에게서 한시도 떨어지려 하지 않았다. 화장실까지 따라올 기세여서 방에서 기다리게 하려고 무척 설득해야만 했다.

밤에는 물론 한 침대에서 함께 잠들었다. 별빛처럼 부드러운 마법 등을 켜고 서로 닿은 어깨의 온기를 느꼈다. 어젯밤에는 넘쳐흐를 것 같은 행복을 듬뿍 느꼈다.

"주변이 익숙해질 때까지 참는 거야."

"선배님의 말씀, 깊이 새기겠습니다."

얼마 전 비슷한 일을 당한 야나의 고마운 충고에 올리아나는 감사를 전했다.

"드디어 사귄다며? 축하해, 올리아나."

올리아나는 완벽한 미소와 음색으로 얘기하는 미겔을 뚫어지게 바라봤다.

미겔이다. 분명히 미겔이다.

미겔은 언제나 여유로운 태도를 잃지 않고 항상 미소를 띠었다. 오늘도 특별히 이상한 점은 없다.

하지만 점심시간이 되어 빈센트와 함께 2반에 찾아온 미겔을 보자, 왠지 모르게 올리아나의 마음속에 말로 표현할 수 없는 위화감이 일었다.

"식당까지 같이 가자. 오늘은 올리아나가 좋아하는 면 요리가 있대."

올리아나는 밝게 말하는 미겔 앞으로 가서 미겔을 마주 보고 섰다. 앞이 막힌 미겔이 "응?" 하고 고개를 갸웃했다.

"미겔, 오늘 피크닉 가자."

"어, 면 요리는 아무래도 못 가져갈 것 같은데."

"빈센트, 오늘 점심은 밖에서 먹어도 괜찮아?"

"상관없어."

빈센트는 부탁한다는 눈빛으로 올리아나를 보고 있었다. 그 눈빛을 본 올리아나는 오늘 빈센트가 식사에 초대한 이유를 거의 이해할 것 같았다.

"좋아! 점심은 식당에서 바구니를 받아서 밖에서 셋이 함께 먹자!"

올리아나는 손뼉을 치고, 미겔과 빈센트를 이끌고 식당으로 향했다.

잔디 위에 손수건을 깔고 앉아 식당에서 받아온 바구니를 열었다. 밖에서 식사하는 학생을 위해 식당에서는 점심을 외부로 가져갈 수 있게 해 주었다.

"미겔은 토마토를 좋아하지. 토마토가 들어간 샌드위치도 있어."

"차는 내가 따라 줄게."

"미겔, 치킨 먹을래?"

"뼈 있는 게 좋아? 순살이 좋아?"

"잠깐만. 대체 뭐 하는 거야."

미겔이 양손을 내밀며 멈추라는 신호를 보냈다. 미겔 앞으로만 음식이 가득 담긴 접시와 차가 준비되었다.

"나를 왜 그렇게 신경 쓰고 있는 거야?"

올리아나는 수상쩍은 시선을 마주하고 눈을 깜빡였다. 빈센트 쪽을 바라보자, 시선을 피하고 있었다. 아무래도 빈센트는 이런 걸 잘 못하나 보다.

"미겔이 늘 신경 써 주니까 보답하고 싶어져서."

"너희는 이제 막 사귀기 시작한 거니까 내가 신경 쓰는 건 어쩔 수 없지 않아? 그것보다 난 식당에서 따로 앉아서 밥을 먹으려고 했는데."

올리아나는 그 낌새를 알아채고 피크닉을 가자고 청한 것이다. 이 태도를 보면 2반에 함께 온 것도 분명 빈센트가 억지로 데려온 것이리라.

"허세 부리기는. 섭섭해할 거면서."

올리아나가 강하게 말하자, 미겔의 완벽한 미소가 무너졌다.

올리아나는 야나와 아즈라크의 결혼 소식을 들었을 때 위로받으려고 빈센트를 찾아갔을 정도로 쓸쓸해서 어쩔 줄을 몰랐다.

야나는 올리아나와 빈센트가 사귀기 시작했다고 전하니 올리아나에게서 한시도 떨어지지 않으려고 했을 정도로 섭섭해했다.

그리고 올리아나도 야나도 각자 쓸쓸함을 느낄 뿐이었다.

그렇다면 빈센트, 올리아나와 함께 셋이서 있는 게 좋다고 늘 거리낌 없이 얘기했던 미겔이라면 꽤나 쓸쓸할 게 틀림없었다.

'하지만 미겔은 아마 쓸쓸하다고 하지 않을 거야.'

올리아나에게 있어서 미겔은 이성이지만 친구였다. 빈센트와 미겔에게 오해받고 싶지 않다면 필요 이상으로 친밀한 행동은 하지 말아야 한다.

하지만 미겔의 쓸쓸함을 채울 수 있는 것은 올리아나와 빈센트밖에 없다고 생각해서 빈센트는 오늘 올리아나를 점심에 초대하러 온 것이었다.

단둘만의 피크닉이 아닌데도 불만이 없을 만큼, 미겔의 웃는 얼굴의 위화감은 올리아나에게 있어서도 큰일이었다.

“숨기지 않아도 괜찮잖아. 나랑 미겔 사이잖아.”

“우리가 어떤 사이였지?”

“아주 친한 친구. 자.”

올리아나는 치킨을 앞으로 내밀었다. 미겔은 오늘 처음으로 불만족스러운 얼굴을 보였다. 꼭 오늘만 그런 게 아니라 어쩌면 미겔을 알게 된 뒤로 이런 얼굴은 처음 봤는지도 모른다.

“올리아나. 꼭 미겔한테 직접 떠 먹여 줘야겠다면 그건 내가 할게.”

“잠깐만. 그렇다고 내가 빈센트가 먹여주는 걸 아~ 하고 받아먹고 싶지는 않은데.”

두 남자는 마지못해 각자 접시에 닭 날개를 올렸다. 올리아나는 손에 들고 있던 치킨을 자기 입으로 옮겼다.

“근데 대체 왜 사귀기 시작하고 바로 다음 날 셋이서 점심을 먹는 거야. 오늘 정도는 보통 둘이서 먹지 않아?”

“그러니까. 그런 특별한 날에 미겔을 선택한 여자 친구를 용서해 주는 사람은 빈센트 정도고, 그런 특별한 날에 미겔을 데려온 남자 친구의 행동을 기뻐하는 여자 친구도 올리아나 정도일걸.”

미겔의 얼굴이 한순간 삐진 것처럼 일그러졌다. 이 남자, 너무 완벽한 가면을 쓴 탓에 분명 쓸쓸해하는 방법도 까먹은 것이리라.

"나는 앞으로 빈센트와 꽁냥거리겠지만 미겔이랑 셋이 함께 왁자지껄하게 놀기도 할 겁니다. 상인의 딸이라 욕심이 많거든요."

이제 막 사귀기 시작한 빈센트 때문에 들떠있긴 하지만 곁에 있는 사람이 이런 식으로 삐졌다면 차분해지기도 하는 것이다.

그렇게 선언하듯이 얘기하자, 미겔은 빈센트를 봤다.

"꽁냥거린다는데, 빈센트."

"올리아나……."

"하지! 당연히 해야지! 염원했던 건데! 엄청 꽁냥거릴 건데!"

"염원했대."

"미겔……."

미겔이 한마디 던질 때마다, 빈센트는 한쪽 눈썹을 끌어올렸다. 귀찮아하는 것 같으면서도 미겔이 조금은 컨디션을 되찾는 것에 안도하는 듯 평소처럼 차갑게 내치지는 않았다.

그 분위기를 다 눈치챘는지 미겔이 큰 소리를 냈다.

"으악! 진짜!"

소리를 지름과 동시에 미겔이 잔디 위로 벌렁 드러누웠다. 그리고 잿빛하늘 아래 숨으려는 듯이 두 손으로 얼굴을 가렸다.

"진짜 왜 그러냐고. 드디어 너희가 사귀게 됐으니까 둘이서 시간을 보내면 되잖아. 내가 함께하는 건 그 전까지만이라고 다 알고 있었거든. 그 이상은 안 바랐다고."

미겔의 표정은 보이지 않았다. 그렇지만 길을 잃은 어린아이 같은, 당장에라도 울 것 같은 목소리로 말하니까 올리아나는 가만히 보고만 있을 수 없었다.

"그러니까 그 이상을 원해도 된다는 얘기야."

"나는 너랑 거의 매일 하루종일 같이 다니잖아. 옆에서 그렇게 떨떠름한 얼굴을 하는데 신경 안 쓸 수가 있어야지."

빈센트가 말하자 미겔은 얼굴을 가렸던 두 손을 떼고 올리아나를 쳐다봤다.

"알았어. 그럼 올리아나, 무도회는 나랑 같이 가자."

"뭐?!"

빈센트가 눈을 부릅뜨고 미겔을 내려다봤다. 그러고 보니 아직 빈센트와 무도회 페어 이야기는 안 한 상태였다.

올리아나는 팔짱을 끼고 고개를 갸웃했다.

"으음……."

"올리아나. 왜 고민을 해."

"미겔이 좀, 엄청 귀여웠어……."

살짝 삐쳐있는 미겔이 반격한다고 꺼낸 말이 무도회의 페어 얘기였다. 귀엽지 않을 수가 없다.

"빈센트도 귀엽게 부탁해 보면 어때. 어쩌면 함께 가 줄지도 모르잖아."

히죽거리며 얘기하는 미겔에게 빈센트는 싸늘한 시선을 보냈다. 올리아나는 잔뜩 기대하는 얼굴로 빈센트를 보았다. 평생 한 번 볼까 말까 하는 빈센트가 귀엽게 부탁하는 모습을 볼 기회를 절대로 놓치고 싶지 않았다.

올리아나가 눈을 반짝이며 바라보고 있다고 깨달은 빈센트는 일그러진 얼굴로 말했다.

"안 할 거야……."

"어? 그래도 괜찮아? 올리아나가 나랑 같이 갈지도 모르는데?"

"괜찮아? 올리아나가 어쩌면 미겔이랑 가 버릴지도 몰라! 빈센트, 그래도 괜찮겠어?!"

이쯤 되면 이 장단에 맞춰줄 수밖에 없다. 올리아나는 마음속으로 불끈 쥔 주먹을 마구 흔들어댔다.

빈센트는 신난 두 사람을 보며 어쩔 수 없다는 듯 한숨을 내쉰 뒤 올리아나를 보고 씩 웃었다.

"올리아나. 드레스는 무슨 색이야?"

올리아나는 말을 잇지 못했다. 기대에 차 마음속으로 주먹을 흔들고 있던 올리아나는 맥없이 자리를 떠나려 했다.

"……."

"올리아나."

"묵비권을 행사하겠습니다……."

"지금부터 드레스를 새로 준비하면 무도회 때까지 맞출 수 있을까?"

"……."

"그럼 그렇겠네. 미겔의 눈동자와 같은 잿빛 드레스를 맞추는 거겠지?"

"어, 어, 어떻게, 왜 알고 있는 거야……?!"

올리아나는 소리를 질렀다. 얼굴은 굳이 만져보지 않아도 알 정도로 뜨거웠다.

"글쎄, 왜일까."

"이건 거짓말이야. 싫다. 너무 창피해. 아니, 그치만 아직 페어로 권유받지도 못했는데. 아직 같이 간다는 얘기도 없었는데 색도 다 골라놓고……. 잠깐. 그래도 보라색이라고 할 만큼 선명하진 않아. 박박 우기면 핑크색으로도 보일 정도로……!"

올리아나가 무도회를 위해 준비한 드레스는 보랏빛이 도는 핑크색 드레스였다.

재단사가 가져온 수많은 원단 사이에 가장 눈에 들어온 그 색깔 원단에서 올리아나는 눈을 뗄 수가 없었다. 빈센트의 눈동자 색과 똑 닮았다고 할 수는 없었지만 굳이 보라색이지 않냐고 따지지 않으면 핑크색이라고 밀어붙일 수 있을 정도의 색감이었다.

그러니까 올리아나는 그만 선택하고 만 것이다.

어차피 함께 무도회에 갈 수 없다면 몰래 빈센트의 색으로 몸을 휘감고 가자. 그렇게 생각한 것이다.

"으아아아……!"

"아하하핫!"

부끄러움에 몸부림치는 올리아나를 보며 누워서 뒹굴거리던 미겔이 큰 소리로 웃었다. 올리아나는 잔디를 확 잡아 뜯어 미겔의 얼굴을 향해 던졌다. 팔랑거리며 짧은 풀이 미겔의 얼굴에 명중했다.
"으악! 너무해!"
"미겔, 파트너 해고야!"
곧 울 것 같은 눈으로 화내는 올리아나를 보고, 미겔은 다시 한번 소리를 높여 웃었다.
올리아나가 미겔을 더 웃겨주기 위해 간지럽히려고 하자 빈센트가 올리아나의 양손을 잡아서 멈춰 세웠다.
"그건 하면 안 되는 영역이야."
"네엡……."
얼굴에 살짝 미소를 띠고 남자라는 게 확 느껴지는 목소리를 낸 빈센트에게 전율한 올리아나는 순순히 그 말에 따라 손을 내렸다. 그걸 본 미겔이 잔디에 엎드려 배를 움켜쥐었다.
올리아나와 빈센트는 웃음을 멈추지 않는 미겔을 잠시 가만히 내버려 뒀다. 바구니에서 샌드위치를 집어 각자의 접시 위에 올리고 있을 때, 불쑥 말소리가 났다.
"놓치고 싶지 않네."
미겔을 쳐다보니 아직도 지면에 엎드린 채였다.
"겨우 여기까지 왔어. 그리고 분명 이게 마지막……."
너무 웃어서인지 팔 안쪽에 얼굴을 파묻고 있던 미겔의 목소리가 살짝 갈라지고 있었다. 올리아나는 손에 든 샌드위치를 바라봤다.
"토마토 샌드위치는 확실히 이걸로 마지막이긴 한데……."

진지하게 말하자, 미겔이 웃으며 벌렁 누웠다. 활짝 핀 얼굴을 한 미겔은 평소보다 훨씬 어려 보였다.

"나한테 줘."

"미겔의 접시에 있는 거 아직 하나도 안 먹었잖아?"

호잇, 하고 반동을 이용해 미겔이 사뿐하게 상체를 일으켜 세웠다. 긴 다리를 세우고 올리아나를 향해 몸을 틀어 접시를 내밀었다.

"전부 다 먹을 거야. 나 줘."

"남기면 안 돼."

"이제 안 남겨."

올리아나는 미겔에게 토마토 샌드위치를 건넸다. 이걸로 미겔의 접시에는 다해서 여섯 개의 샌드위치가 놓였다.

미겔은 꽤나 고생하면서도 샌드위치 여섯 개를 전부 다 먹어치웠다.

"그럼 바구니는 내가 가져갈게."

미겔이 터질 것 같은 배를 문지르며 샌드위치를 담아 온 바구니를 들어 올렸다.

"어. 우리도 갈 거야."

이제 곧 점심시간이 끝난다. 함께 일어나려던 올리아나는 누가 뒤에서 로브를 당기는 느낌이 들었다.

"이번에는 내가 신경 쓸 차례네."

씩 웃는 미겔을 향해, 빈센트가 손을 털었다. 다른 한 손으로는 올리아나의 로브를 붙잡고 있었다.

올리아나가 붙잡힌 로브를 반짝거리는 눈빛으로 쳐다보고는, 미겔을 향해 기분 좋은 미소를 지어 보였다.

"그럼 잘 가! 미겔."

아쉬운 기색이나 일말의 미련도 없이 손을 흔드는 올리아나를 보며 미겔도 피식 웃었다.

"뭐야. 역시 조금 더 있다 갈까?"

"조금 전에 하신 말씀을 기억해 주시죠. 기말시험에 나올지도 모릅니다. 이제 신경 쓰실 차례가 되었습니다."

올리아나가 양손을 흔들자, 미겔은 혀를 차고 입을 삐쭉거리면서도 역시 손을 흔들었다. 올리아나는 멀어지는 미겔의 뒷모습에 인사하고 살며시 빈센트 옆으로 다가갔다.

"에헤헤."

'친구니까.' 라고 변명하지 않아도 용서받을 수 있는 거리에 저도 모르게 입가가 느슨해졌다.

바로 옆에 있는 빈센트를 올려다보니, 따뜻한 표정으로 올리아나를 내려다보고 있었다. 친구일 때는 볼 수 없었던 표정이다.

"그 얼굴을 드디어 내게도 보여줬다!"

얼떨떨해서 그렇게 말하자, 빈센트는 자기 얼굴을 한 손으로 가리고 올리아나의 얼굴을 쓰다듬었다.

"또야……? 내 얼굴이 도대체 어떻다는 거야."

"어? 내가 말해 줘야 해?"

"거울이 없으니 말해주지 않으면 모르잖아."

의아해하는 빈센트를 향해 올리아나는 입술에 힘을 줬다. 그리고 단숨에 말해 버렸다.

"'우와, 나 얘가 너무 좋아.' 라고 하는 듯한 얼굴입니다."

역시 너무 민망하고 부끄러워서 빈센트의 팔에 얼굴을 묻었다. 새빨개진 얼굴을 들키지 않으려고 팔에 이마를 문지르며 얼굴을 감췄다.

그것은 올리아나가 계속 질투하고 부러워했던 것이다.

사랑 때문에 애가 타는 얼굴은 항상 곁에 있는 올리아나가 아닌 다른 곳을 향해 있었다. 올리아나는 빈센트가 좋아하는 사람을 떠올릴 때의 표정을 언제나 곁에서 보고 있었다.

하지만 지금은 그 얼굴이 똑바로 올리아나를 향했다.

올리아나의 머리에 빈센트의 손끝이 살짝 닿았다. 그대로 머리카락의 감각을 즐기는 것처럼 올리아나의 머리를 쓰다듬는다.

"만약 지금 내가 그런 표정을 짓고 있다면 그건 여태껏 항상 너에게 지었던 표정일 거야."

올리아나는 지면을 받치던 손을 움켜쥐었다. 손가락 사이로 잔디와 작은 돌멩이가 비집고 들어왔다.

"이렇게 꼬신다고?"

"사실일 뿐이야."

머리를 쓰다듬던 손가락을 뻗어 올리아나의 볼을 간지럽혔다. 애정이 가득한 간지럽힘에 몸을 비틀자, 빈센트는 그대로 올리아나의 턱을 잡고 얼굴을 내렸다.
마음의 준비를 채 하기 전에 빈센트의 입술이 올리아나의 입술에 내려앉았다. 두근거리는 심장 소리가 들리지 않게 살짝 거리를 둔 채 올리아나는 빈센트의 로브를 꼭 붙잡았다.
끝내 아쉬운 듯이 닿았던 입술이 떨어졌다. 올리아나는 빨개진 얼굴을 감추려고 다시 빈센트의 팔에 얼굴을 묻었다.
"키스라는 거, 원래 이렇게, 숨 멎을 만큼, 하는 거야?"
"하고 싶지 않을 때는 말해 줘. 참을게."
"아. 정말로 이런 거구나……?"
조금 놀라워서 무심코 위를 올려다본 올리아나를 보고, 빈센트의 입가에 미소가 번졌다. 그리고 그대로 다시 한번 입을 맞췄다.
"어, 근데 역시, 아니. 기쁘지만, 열이 날 것 같으니까, 잠깐만 기다……."
빈센트는 올리아나가 기다리라고 말하기 전에 다시 한번 입을 막았다.

∴ ∵ ∴ ∵

팔랑거리며 보랏빛 꽃잎이 흩날렸다.
발걸음이 지나간 자리에 이정표처럼 꽃잎이 흩날리고 있다.

라겐 마법학교의 식당 입구가 술렁였다.

꽃날임에도 점심시간의 식당은 사람들로 북적였다. 사람들의 말소리와 의자를 끄는 소리 등으로 시끌벅적한 식당에서 우아하게 식후의 티타임을 즐기려던 올리아나는 입구 쪽을 바라봤다.

"무슨 소리지?"

"그러게. 무슨 일이지?"

야나도 컵을 내려놓고 입구 쪽을 쳐다봤다. 올리아나와 야나는 둘 다 키가 작아서 사람으로 가득한 식당에서는 멀리까지 내다 볼 수가 없었다.

"아즈라크, 뭔가 보여?"

야나가 묻자, 아즈라크는 일어나 입구 쪽을 확인했다. 그리고 피식 입가에 미소를 띠었다.

익숙하지 않은 아즈라크의 미소를 보고 마음이 두근거리는데, 아즈라크가 이쪽을 향해 시선을 내렸다.

'엥? 왜?'

아즈라크는 고개를 갸웃거리는 올리아나를 보며 의미심장한 미소를 짓더니 식사를 마친 야나와 자기 식기, 홍차 잔을 손에 들고 야나에게 말했다.

"야나, 가자."

"그래."

야나는 무슨 일이 일어나는지 전혀 모르면서도 이럴 때면 아즈라크의 말을 순순히 따르곤 했다.

"어어?! 기다려. 나도 같이 가!"

왜 혼자만 놓고 가려는 것인지. 올리아나는 서둘러 남은 홍차를 마시고 자리에서 일어났다. 그러나 아즈라크는 서두르는 올리아나를 보며 피식 웃더니 등을 돌리고 떠났다.

무슨 일인가 싶어 어안이 벙벙해 가만히 서 있었다. 아즈라크, 야나와 이야기를 나누는 동안 사람들의 웅성거림이 단숨에 커졌다.

올리아나는 웅성거리는 쪽을 향해 대충 고개를 돌렸다.

'말도 안 돼…….'

숨을 삼켰다. 눈이 번쩍 뜨이고 입이 쩍 벌어졌다.

아즈라크와 야나를 쫓고 있을 때가 아니었다. 눈앞에 나타난 인물 때문에 순식간에 머릿속이 그 사람으로 꽉 찼다.

부드러운 금발을 휘날리고 로퍼 굽 소리를 울리며 빈센트가 식당을 활보했다.

비명을 지르던 학생들은 웅성거리며 빈센트에게 길을 열었다.

식당 입구 쪽에도 식당 이용자가 아닌 학생이 여럿 모여 있었다. 빈센트 뒤를 쫓아왔으리라. 학생들의 시선은 빈센트와 빈센트가 안고 있는 물건에 고정되어 있었다.

똑바로 이쪽을 향해 다가오는 빈센트에게서 올리아나는 시선을 뗄 수가 없었다. 빈센트는 올리아나 앞까지 와서 시선을 피하며 "제길." 하고 작은 소리로 투덜거렸다.

"이런 건 내가 특기 분야가 아니야."

올리아나는 빈센트가 이런 것을 누굴 위해 준비했는지 생각하다가 그게 자신임을 확신하고 양손으로 입을 틀어막았다.

“하지만 네가 얼마나 기뻐할지 아니까.”

빈센트가 무릎을 꿇었다. 너무 부끄러워서 올리아나 쪽은 바라보지도 못하겠는지 시선은 계속 피한 채였다. 머리카락 사이로 보이는 귀는 새빨개져 있었다.

그리고 안고 있던 무척 커다란 꽃다발을 올리아나를 향해 내밀었다.

“나랑 춤춰 주지 않을래?”

작게 갈라진 목소리가 올리아나의 귀에 닿았다.

모두가 숨을 참고 지켜보았고 찬물을 끼얹은 듯 식당은 고요했다. 올리아나는 부들거리는 손을 입가에서 떼고 손을 뻗어 꽃다발을 안아 들었다.

“네…….”

그 순간, 탈진할 것 같은 빈센트와는 반대로 지켜보던 학생들은 신나서 떠들기 시작했다. 환희의 노래를 연주하듯 포크와 스푼으로 식기를 때리며 소리를 내기 시작한 학생들에게 식당 관계자가 큰 소리로 주의를 줬다. 지금은 그 소리마저도 올리아나와 빈센트를 축복하는 것처럼 들렸다.

빈센트는 한 번 더 올리아나의 손을 잡고 달려 나갈까 고민했지만 이내 꽃다발을 올리아나에게 전한 뒤, 올리아나의 옆 의자를 당겨 쿵, 소리를 내며 털썩 앉았다.

“오늘은 안 도망쳐도 돼?”

“놀림거리가 될 각오를 하고 왔어.”

뚱한 표정은 기분이 언짢아서가 아니라 부끄러워서인 모양이다.

처음에는 웃는 얼굴만 보였던 빈센트. 언제나 여유가 넘치고 상냥해서 올리아나가 하는 모든 행동을 어른스럽게 다 받아줬다.

하지만 지금 뚱한 얼굴의 빈센트는 좀 더 본연의 모습으로 올리아나를 마주하고 있는 것이다.

올리아나도 의자를 당겨 아까와 같은 자리에 앉았다. 그리고 받은 꽃다발을 찬찬히 들여다보았다. 보라색을 바탕으로 구성된 호화로운 꽃다발이었다.

묵직했다. 빈센트는 일부러 시가지까지 이렇게 커다란 꽃다발을 사러 가서 직접 품에 안고 여기까지 가져온 것이다. 분명 많은 사람의 뜨거운 시선을 받으며 창피했을 것이다. 그것을 모두 견디고 꽃다발을 전하기 위해 올리아나에게 온 빈센트를 생각하니 심장이 꽉 조여 왔다.

올리아나와 빈센트가 페어를 짜는 건 굳이 말하지 않아도 서로 공공연히 아는 사실이었다. 귀엽게 부탁하지 않았어도 빈센트의 파트너가 될 생각으로 가득했다. 올리아나와 면식이 없는 학생들마저도 분명 두 사람이 페어를 짤 것을 다 알고 있었다.

'그런데도 일부러 부탁했어……. 이렇게 창피해할 거면서 꽃다발까지 사 오고.'

빈센트는 그렇게 한 이유를 '네가 얼마나 기뻐할지 아니까'라고 답했다.

올리아나는 꽃다발을 가만히 바라보면서 빈센트를 불렀다.
"왜."
"고마워. 너무너무 기뻐."
지금 얼마나 기쁜지 제대로 알았으면 했다. 마음을 가득 담아 감사 인사를 하자, 빈센트는 허를 찔린 듯한 얼굴을 하고 테이블을 짚은 한쪽 팔로 얼굴을 가렸다.
"빈센트?"
"젠장. 역시 아까 식당에서 나갔어야 했어."
여기선 키스할 수 없잖아.
이어진 말에 또다시 눈물이 날 것 같아진 올리아나는 꽃다발을 안고 빈센트에게 몸을 기댔다.
서로 닿은 부분에서 빈센트의 몸이 굳은 것이 느껴졌다. 올리아나는 꽃다발의 꽃을 바라보면서, 황홀한 듯 중얼거렸다.
"빈센트."
"왜 그래."
"너무 좋아."
빈센트는 테이블 위로 엎드렸다.
그 후, 올리아나가 아무리 말을 걸고 몸을 흔들어도 한참 동안 미동조차 하지 않았다.

∴ ∵ ∴ ∵

빈센트와 올리아나를 괴롭힌 댄스 레슨은 빈센트가 파트너

후보에서 하차한 순간부터 막힘없이 진행되었다.

이미 파트너로 정해진 빈센트와 올리아나에게 더는 관여할 여유가 없었기 때문이다. 아직 페어를 짜지 못한 수많은 사람끼리 파트너를 찾으려고 혈안이 되어있었다.

그런 무도회로 떠들썩한 분위기 속에서 단 한 사람. 주위를 둘러싼 분위기가 다른 남자가 있었다.

그 사람은 바로 빈센트 탄자인이었다.

올리아나는 텅 빈 자습실에서 옆에 앉은 빈센트를 바라봤다.

정기 시험 전에는 언제나 사람들로 붐비는 자습실이지만 무도회 전이어서인지 이용하는 학생은 몇 안 됐다. 특히 무도회를 앞둔 5학년은 한 명도 보이지 않았다.

무도회 전에 파트너를 찾고자 하는 사람, 운 좋게 페어를 짜서 들뜬 사람, 드레스와 몸매 준비에 열중인 사람. 바쁜 이유는 각자 다양했지만 다들 자습실에 발을 들이지 않는 이유로는 충분하다고 자부했다.

그런 상황 속에서 빈센트는 진지하게 공부했다. 오히려 지금까지와 비교할 수 없을 정도로 필사적이었다.

올리아나가 질문하면 싫은 기색 없이 알려 주긴 했지만 질문하기 꺼려질 정도로 날카롭고 예민한 기운을 내뿜고 있었다. 이런 빈센트를 보는 것은 처음이었다.

"빈센트는 왜 그렇게까지 필사적으로 공부하는 거야……?"

올리아나가 슬그머니 비스듬히 마주 앉은 미겔에게 물었다.

"그러게~? 사실 나도 잘 몰라. 뭔가 1학년 때부터 1등을 해야 한다고 열을 올리긴 했지만."

"그렇구나."

그렇다면 지금까지와 조건은 똑같은 것 같았지만 전과 비교해 훨씬 남다른 기백이 담겨 있었다.

올리아나가 옆자리에서 진지하게 펜을 움직이는 빈센트를 바라봤다.

살짝 미간에 진 주름. 영롱한 보랏빛 눈동자. 긴 속눈썹. 굳게 다문 입술. 약간씩 위아래로 움직이는 목울대. 목덜미에 튀어나온 혈관. 펜을 잡은 뼈가 도드라진 손가락.

본래의 목적을 잊고 무심코 멍하게 빈센트를 바라보는 올리아나 쪽으로 어느샌가 빈센트의 시선이 향하고 있었다. 올리아나는 깜짝 놀라서 시선을 어디다 두어야 할지 몰라 허둥댔다.

"왜 그래?"

멋쩍은 듯 웃으며 묻는 빈센트는 이미 대답을 알고 있는 듯 보였다.

"미안……. 뭔가, 뭔가 좀, 이제 숨기지 않아도 된다 싶으니까 참을 수가 없어서."

'친구 사이' 였을 땐 이렇게 뚫어지게 빈센트를 바라볼 수 없었다. 그랬는데 지금은 이렇게 가까이에서 얼마든지 바라볼 수 있는 것이다. 누가 뭐라 해도 올리아나는 빈센트의 여자 친구인 것이다.

"참을 필요 없어."

"……."

역시 올리아나의 대답을 알고 있었던 건지, 빈센트는 여유 넘치는 얼굴로 대답했다. 반면에 올리아나는 부끄러워서 아무 말도 할 수 없었다.

"난 기뻐."

"그렇습니까……!"

다른 말을 더 듣기 전에 이 화제는 여기서 그만 끝을 내야겠다 싶어 올리아나는 필사적으로 대답했다.

정신없이 휘몰아친 공격에 견딜 수 없이 부끄러워져서 책상 위에 엎드렸다.

"난 이제 가 볼게……."

자기들만의 세계에 빠진 두 사람 사이에서 견딜 수 없었던 미겔이 기운이 빠진 모습으로 의자에서 일어났다.

"으악! 기다려, 미겔. 기다려 봐. 우리 둘만 남기고 가지 마."

작은 목소리로 서둘러 붙잡았지만, 미겔은 얘기를 끝내기도 전에 자습실을 빠져나갔다.

유일한 자기편을 잃은 듯한 기분이 들어 미겔의 뒷모습을 바라보고 있으니, 빈센트가 펜 끝으로 주의를 줬다. 올리아나는 울며 겨자 먹기로 교과서로 얼굴을 돌렸다.

교과서에 집중해서 조금 전에 느꼈던 창피함을 잊자는 작전으로 가기로 했다.

그럴듯한 작전에 고개를 끄덕이자, 문득 옆에서 시선이 느껴졌다. 평소 빈센트답지 않은 삐딱한 자세로 앉아 팔꿈치를 책상에 얹고 턱을 괸 손의 손가락으로 입가를 살짝 가린 채 이쪽을 보고 있었다.

"왜?"

갖고 있던 교과서로 입가를 가리고 조용히 물었다. 조금 전까지만 해도 공부에만 집중하던 빈센트는 한쪽 입가를 일그러뜨리고 조금 토라진 듯한 표정으로 올리아나를 바라보고 있었다.

"이제 막 사귀기 시작했는데 공부만 하는 재미없는 남자 친구라고 여기는 거 아니야?"

"뭐? 그런 생각 안 해. 난 빈센트랑 같이 공부하는 거 좋아하는데?"

애초에 지금까지 빈센트와 함께 시간을 보낸 장소는 대부분 자습실이나 도서실이었다. 책과 잉크 냄새가 가득한 교실에는 빈센트를 짝사랑하며 생겨난 추억이 놀랄 만큼 가득했다.

교과서 페이지를 넘기는 빈센트의 손끝도, 올리아나에게 공부를 가르쳐 줄 때의 약간 낮은 톤의 목소리도, 진지하게 공부할 때의 옆얼굴도 모두 올리아나가 좋아하는 것들이었다.

정확히 말하자면 빈센트를 좋아하는 이유에 '공부' 자체는 포함되지 않았지만, 아무튼 솔직한 올리아나의 마음은 전해진 것 같았다. 빈센트는 안심한 듯 숨을 내쉬었다.

"미안해. 시험에서만큼은 무슨 일이 있어도 1등을 차지하고 싶어서."

"뭔가 이유가 있는 거야?"

예전에 둘 사이에서는 물어볼 수 없었던 이유를 묻자, 빈센트는 씁쓸한 표정을 지었다.

"그, 그렇게까지 말하고 싶지 않다면……!"

"아니. 아버지께 한 가지 부탁드린 게 있어. 내가 5년 동안 계속 1등을 차지하면 내가 원하는 걸 이룰 수 있어."

'그렇게 오래전부터? 뭔가 갖고 싶은 게 있었어?'

빈센트는 가만히 올리아나를 바라봤다.

대체 빈센트가 이토록 필사적으로 원하는 게 뭔가 싶어서 올리아나도 침을 꿀꺽 삼키고 빈센트를 바라봤다.

올리아나의 눈빛이 강렬했는지, 빈센트가 시선을 피했다.

"그건, 조금 더 내가 각오를 다진 다음에, 얘기할게."

"각오……? 아, 알았어."

가르쳐 주는데 각오가 필요하다니 대체 무엇일까. 설마 왕위 계승권 같은 건 아니겠지. 그렇게 생각하자 올리아나는 심장이 쿵쾅거렸지만 의외로 가능성 있는 얘기일지도 모른다.

올리아나가 그러고 있으니 빈센트가 가느다란 목소리로 말했다.

"시험이 끝나면 시가지에 나가자. 또…… 네가 하고 싶은 건 무엇이든 하자."

왕위 계승권을 달라고 아빠를 조르는 빈센트 군이 올리아나의 머릿속에서 튕겨 나갔다. 눈을 크게 뜨고 빈센트를 바라봤다. 빈센트는 눈꼬리 쪽이 붉게 물들어서는 조금 째려보는 듯한 눈빛으로 올리아나를 바라봤다.

"연인이니까?"

'친구니까' 그러는 게 아니라는 확신을 원해서 올리아나는 솔직하게 물어봤다.

빈센트는 새빨개진 얼굴로 자기가 졌다는 듯 낮은 목소리로 신음했다.

"연인이니까……."

'미쳤어. 내 남자 친구는 정말 최고야.'

올리아나 얼굴이 확 밝아졌다. 그 얼굴을 보자 손가락으로 가렸던 빈센트의 입가에도 미소가 터졌다.

"뭐든지 괜찮아?"

"그래. 뭔가 하고 싶은 거 있어?"

"있어! 바로 가능한 일이기도 하니까 공부를 다 끝내고 자습실에서 나가면 하게 해 줄래?"

"그래, 당연하지. 그 대신 오늘은 여기까지 힘내자."

지정한 교과서 페이지 수를 본 순간, 올리아나는 정색했다. 최고의 남자 친구가 생겼다 싶었지만 어쩌면 올리아나는 최강의 가정교사를 손에 넣은 걸지도 모른다.

죽을힘을 다해 빈센트가 지시한 공부량을 달성한 올리아나는 둘이서 자습실에서 나온 순간 뒤에서 등에 매달리듯 빈센트를 꽉 끌어안았다. 깜짝 놀란 남자 친구는 잉크병을 바닥에 떨어뜨리고 말았다.

30장 인생 최고의 밤

――봄의 중간 달 13일.

누구나 최종학년을 맞이하는 이날을 꿈꾸며 라겐 마법학교에 입학한다. 휘황찬란한 홀, 엄숙한 음악, 평소와는 다른 모습의 학우.

인생에서 가장 멋있게 꾸민 자기를 인생에서 가장 멋지게 차려입은 파트너가 에스코트 하는 인생에서 가장 멋진 밤……이어야 하는데.

"그럼, 올리아나. 푹 자. 창문은 조금 열어 둘게. 닫으면 안 돼."

"네에……."

올리아나는 새빨간 얼굴로 이불속에 파묻혀 정장을 차려입은 야나에게 손을 흔들었다.

인생 최악의 밤이 시작되었다.

∴ ∵ ∴ ∵

올리아나는 들떠 있었다.

인생에서 처음으로 생긴 최고의 연인과 함께 갈 무도회가 너무나 기대돼서 들뜬 마음을 억누를 수가 없었다.
그러나 설마 이 나이가 돼서 너무 들뜬 탓에 열이 나리라고는 생각도 못 했다.
어젯밤부터 상태가 이상하다 싶었다. 하지만 너무 들뜬 나머지 그냥 그런 느낌이 들 뿐이라며 가볍게 넘겼다. 그 결과, 아침이 되었을 땐 몸을 일으키지도 못하는 상태였다.
아빠가 사랑하는 딸을 위해 마음을 가득 담아 주문한 드레스는 걸쳐 보지도 못했다. 옷걸이에 걸어놓은 드레스는 벽에 핀 꽃처럼 벽에 화려함을 더하는 역할을 맡고 있었다.
다른 누군가에게 옮길 위험은 없어서 올리아나는 보건실에서 자기 방으로 돌아왔다. 무도회 준비로 건물 전체가 떠들썩한 여자기숙사에서 올리아나는 혼자 눈물을 흘리며 조용히 침대에 누워있었다.
'술을 마실 때마다 아빠가 '올리는 어릴 때 신나서 들뜨면 자주 열이 나곤 했었지.' 라고 하긴 했지만…….'
왜 하필이면 이런 날에……. 올리아나를 보는 모든 친구의 눈이 그렇게 말하고 있었다. 물론 올리아나도 같은 생각이었다.
정말로 슬펐지만 똑바로 걸을 수조차 없는 이런 후들거리는 몸으로는 빈센트에게 폐가 될 뿐이다. 올리아나는 고뇌한 뒤에 결단을 내렸다. 무도회에 불참하기로.
올리아나의 현재 상태는 야나가 아침에 빈센트에게 전했다. 그렇게 최고로 예쁘게 몸단장을 하고 평소보다도 더 좋은 향기가 났던 야나는 지금쯤이면 멋진 남편의 에스코트를 받으면서 행복의 한가운데에 빠져 있을 것이다.

'그런데 나는 이불 속이고…….'

손꼽아 기다리던 무도회에 참가하지 못하게 되어서 미안하다고 직접 사과도 할 수 없는 자기에게 여러 감정이 뒤섞여서 또다시 눈물이 쏟아졌다.

감기에 걸린 건 아니라 목도 머리도 아프지는 않았다. 약간의 오한은 몸을 웅크리고 있으면 괜찮아졌다.

아래층에서 무도회에 참석하지 않고 치킨파티를 하는 여자아이들의 목소리가 들려왔다. 즐거운 웃음소리는 지금의 올리아나에게 그저 독일 뿐이었다.

잠들려고 억지로 눈을 꽉 감았다.

'무도회에 가 보고 싶었는데……. 맛있는 식사에 오케스트라에…… 빈센트의 정장 차림…….'

딱 한 번 본 적 있는 빈센트의 정장 차림을 떠올렸다. 오페라극장에서 우연히 만난 빈센트는 정말로 너무 멋있었다.

하지만 오늘의 빈센트는 그날과 비교도 안 될 만큼 멋있을 것이 분명하다. 뭐니 뭐니 해도 오늘의 빈센트는 올리아나의 연인이다. 그리고 올리아나를 위해서 멋있게 차려입었다. 그런 빈센트가 이 세상 누구보다 아름다운 건 당연하지 않겠는가.

'그런데 이렇게 들떠서 열이 나다니…… 어이없어…….'

하다못해 감기였다면 차라리 더 나았을 것이다. 집단생활을 하니까 어쩔 수 없지. 그럴 수도 있는 거지, 뭐. 그렇게 자신을 위로할 수 있었을 것이다. 그런데 너무 들떠서 난 열이었다. 이건 누가 뭐래도 스스로가 문제였다.

"으으으…… 보고 싶어……."

젖은 베개를 끌어안고 있을 때 방 한쪽에서 덜컹거리는 소리가 울렸다. 올리아나는 고개를 들어 두리번거리며 어두컴컴한 방을 둘러보았다.

계속해서 덜컹거리는 소리가 울렸다. 무서워진 올리아나는 이불 속에서 베개를 끌어안았다.

다들 모인 아래층의 휴게실로 내려가야 하나 싶었는데, 살짝 열린 창문 바깥에서 불쑥 손이 들어왔다.

비명을 지를 뻔했다. 올리아나가 숨을 죽이고 지켜보는데 창문이 활짝 열렸다.

'어떡하지? 도둑인가? 어떡하지, 어쩌지!'

벌벌 떨며 질겁하고 있으니 창틀에 한 남자가 올라섰다.

창틀에 걸터앉은 남자는 침대에서 눈을 부릅뜨고 자기를 응시하는 올리아나를 보고 다정하게 웃었다.

"뭐야. 안 자고 있었어?"

"빈센트……?"

빛이라고는 희미하게 들어오는 달빛뿐이어서 선명하게 보이지는 않았지만 그 목소리는 틀림없이 빈센트였다.

베개를 꽉 안던 팔의 힘이 스르르 빠졌다. 쓰러질 것처럼 힘이 빠진 올리아나를 받쳐주려고 빈센트가 황급히 창문에서 내려왔다. 그리고 올리아나의 겨드랑이에 팔을 끼웠다.

시더우드 향기가 났다. 그 향기를 조금 더 들이켜고 싶어서 올리아나는 무의식적으로 빈센트의 팔에 얼굴을 비벼댔다.

"많이 힘들어?"

올리아나의 행동을 몸이 안 좋아서 힘들다는 표현으로 착각한 빈센트에게 천천히 고개를 저어 보였다.

"괜찮아……. 무슨 일이 일어나는 건지 몰라서 무서웠어."

"설마, 마하틴이 내가 온다고 말 안 해 줬어?"

그 설마가 맞다며 올리아나는 고개를 끄덕였다. 야나가 보낸 깜짝 선물도 쓴웃음을 지었다.

"미안해. 나 때문에 무서웠겠네."

"기쁘니까 괜찮아."

올리아나가 미소 짓자, 빈센트는 잠시 움직임을 멈췄다. 그리고 천천히 빈센트에게 기대어 있던 올리아나를 떼어내 침대에 눕혔다.

"잠깐 누워서 기다려."

빈센트가 침대에서 일어나 창가로 걸어가 섰다. 올리아나는 빈센트가 무엇을 하려는 건지 멍하니 바라봤다. 빈센트는 창문에 걸어 아래로 늘어뜨린 밧줄을 끌어당기고 있었다. 잘 보니 침대 기둥에 밧줄이 묶여 있었다. 아마 야나가 미리 손을 써 놓은 모양이다. 그 밧줄을 타고 빈센트는 여기까지 올라온 것이다.

"위험한 행동은 하면 안 돼."

빈센트는 다른 사람이 보지 못하게 밧줄을 숨기고 올리아나에게 돌아왔다. 열 때문에 입안이 말라서 목이 메어 말이 제대로 안 나왔다. 그걸 알아차린 빈센트가 침대 옆에 놓인 물병에서 컵에 물을 따랐다.

"안심해. 위험한 짓은 안 할게. 물 마실 수 있겠어?"

"못 마셔."

"힘내서 마셔 보자. 잘한 사람에게 줄 상도 가져왔어."

상을 준다는 말에 기운을 내서 올리아나는 손을 뻗었다. 빈센트가 웃는 소리가 들렸다.

빈센트는 올리아나의 팔을 잡고 등에 팔을 둘러 몸을 쉽게 일으켜 세우게 도왔다. 그리고 자기 몸에 기대게 당겨서 올리아나의 손에 컵을 넘겨주려 했다.

"빈센트가 먹여 주진 않는 거야?"

"직접 드는 편이 먹기 편하잖아."

"먹기 불편해도 그 편이 더 좋아."

빈센트는 당황하면서도 올리아나의 입가로 컵을 가져갔다. 올리아나가 마시려는 타이밍과 컵을 기울이는 타이밍이 맞지 않아 컵 가장자리에서 물이 흘러 내렸다.

빈센트는 사이드 테이블에 컵을 내려놓고 서둘러 젖은 부분을 자기 로브 소매로 닦았다.

"거봐, 그럴 거라고 했잖아."

"입으로 옮겨줬으면 괜찮았을 텐데."

"그런 건, 몸 상태가 괜찮을 때 말해 주지 않을래?"

속으로 혀를 차며 투덜거리고 이번에는 스스로 컵을 들고 물을 마셨다. 그러는 것만으로도 기운이 빠져 올리아나는 다시 침대에 쓰러지듯 누웠다.

"마셨으니까 상 줘."

"어디 맡겨뒀어?"

빈센트가 침대에 걸터앉았다. 지금 빈센트가 웃고 있음을 목소리로 알 수 있었다. 올리아나는 그 순간 눈시울이 뜨거워졌다.

"빈센트, 만나러 와 줘서, 행복해. 열이 나서 미안해."

"무도회 같은 건 앞으로 언제든지 갈 수 있어."

"빈센트는 그렇겠지만……."

"그렇겠지만?"

열 때문에 본심이 튀어나와서 올리아나는 입을 다물었다. 빈센트는 잠시 침묵한 뒤, 조금 화가 난 목소리로 올리아나가 못 하고 삼킨 말을 재촉했다.

"아마 나한테는, 빈센트랑 함께 무도회에 가는 거, 이번이 마지막일 거란 말이야."

올리아나는 우물쭈물 말했다. 열이 올라서 그런 것이 아니었다. 입 밖으로 꺼내기 힘든 너무 사실이었기 때문이다.

빈센트와 올리아나는 일시적인 연인관계다.

빈센트는 졸업한 뒤 시류 공작가에 걸맞은 가문의 영애와 결혼할 것이다. 올리아나의 손이 닿을 수 없는 사람이 된다는 것은 모두가 아는 공공연한 사실이다.

올리아나는 [제일 적당하게 편한 여자, 더 베스트 오브 라겐]

으로 치자면 누구도 따라올 수 없는 사람이다.

그건 라겐 마법학교 모두가 아는 사실이다. 그래서 다들 호들갑스럽게 올리아나의 뒤에서 수군덕거렸어도 정면에서 올리아나를 비판한 사람은 없었던 것이다.

어차피 졸업하기 전까지만 이어질 관계라고 알고 있기 때문이다.

언젠가 헤어지리란 것쯤은 알았다.

그리고 얼마나 조건이 잘 맞는 사람이라 하더라도 이별을 맞이할 수 있다. 올리아나는 이별이 올 그날까지 영원히 함께할 것이라고 애써 믿으며 서로 사랑하는 것이 연인 사이의 규칙이라고 여겼다.

"마지막이 아니야."

다부진 목소리로 빈센트가 말했다.

"앞으로 몇 번이라도 몇백 번이라도 무도회를 열자."

"응? 개최하는 쪽인 거야?"

"마음에 걸리는 게 그거야?"

빈센트가 웃었다. 이렇게 어딘지 이상한 연인에게도 웃어주는 빈센트의 다정함이 가슴 아팠다.

"고마워."

"농담이라고 생각하는 거지?"

"응?"

농담이 아니면 위로. 그게 아니라면 달리 무엇이란 말인가.

"네가 바라기만 한다면 나도 다 생각해 둔 게 있어. 계속 발악해서 다행이다. 제발 부탁이니까 혼자서 결론을 내진 말아 줘. 열이 내리면 다시 제대로 얘기해 보자."

침대에 누운 채 어리둥절한 올리아나를 보고, 빈센트가 침대 매트에 손을 얹고 체중을 실었다.

갑자기 누워있는 올리아나의 위로 빈센트의 몸이 드리웠다.

올리아나는 숨을 삼켰다.

'뭐, 뭐야, 엄마야. 너무 가까운데. 왜 빈센트가 내 위에.'

심장이 쿵쾅거리며 요동쳤다. 눈앞에 있는 빈센트의 가슴을 보고 있으니 시야가 확 밝아졌다. 올리아나의 머리맡에 놓인 마법 등에 빈센트가 지팡이로 불을 밝힌 것이다.

"불을 켰어. 표정이 안 보이는 상태에서 얘기하긴 힘들어."

"아, 그렇지. 응응."

불을 밝힌 후, 빈센트는 곧장 올리아나의 위에서 물러나며 로브 속에 지팡이를 집어넣었다.

"얼굴이 빨개. 그렇게 열이 심해?"

"심해. 엄청나. 마치 활화산에서 나오는 열기처럼 높은 온도야."

무엇 때문에 얼굴이 빨개졌는지 알아채지 못하게 하려고 올리아나는 열심히 대답했다.

빈센트는 안타까워하는 표정을 짓고, 올리아나의 이마에 손을 갖다 댔다. 차가운 빈센트의 손이 기분 좋아 눈을 가늘게 떴다.

"오지 말았어야 했나 봐."

"말도 안 돼. 그런 말은 농담이라도 하지 마."

올리아나는 빈센트의 손목을 잡아끌어 그 손을 자기 볼에 갖다 댔다.

"와 줘서 정말 행복해. 상을 달라고 했지만 빈센트가 와 준 게 제일 큰 상이니까."

올리아나가 얘기할 때마다 뜨거운 숨이 빈센트의 손등에 닿았다. 빈센트는 몹시 괴로운 표정을 짓고서 올리아나의 이마에 입을 맞췄다.

빈센트가 닿은 부분이 찡하고 저렸다. 사귀기 시작한 뒤로 키스는 여러 번 했지만, 그럴 때마다 매번 눈물이 쏟아질 것 같은 행복한 기분에 휩싸였다.

"손 좀 놔 줄래?"

"싫어."

"정말로 상은 필요 없어?"

올리아나는 마지못해 손을 풀었다. 빈센트가 침대에서 일어섰다.

"거짓말쟁이."

"어째서?"

"놔줬잖아. 근데 상은 안 갖고 있었잖아."

머리에 열이 오른 탓에 바로 감정적이 되었다. 금방이라도 눈물이 쏟아져 내릴 것 같은 올리아나의 볼을 빈센트가 양손으로 감쌌다. 그리고 달래듯이 다정한 손길로 어루만졌다.

"거짓말 같은 거 안 했어. 자 착하지. 잠깐 눈 감고 있어 봐."

“우으으…….”

동물 울음소리 같은 소리를 내는 올리아나의 볼에 촉촉하게 입 맞추고 빈센트는 다시 침대에서 멀어졌다. 올리아나는 침대에 누워 잔뜩 뽀로통한 채 빈센트를 올려다봤다.

“나를 좋아하는 너라면 기쁘게 하는 데 조금 자신이 있거든.”

약간 민망함과 멋쩍음이 뒤섞인 미소를 띠고 빈센트가 로브를 벗었다.

올리아나는 바로 그 순간, 흐느적거리며 침대에서 내려왔다.

빈센트가 깜짝 놀라서 올리아나를 받아주러 달려왔다. 올리아나는 양손으로 빈센트의 옷을 붙잡고 가까스로 상체를 일으켜 빈센트에게 매달렸다.

“비, 비, 빈센트……!”

“알았어, 알았어. 진정해. 안 도망가.”

“우와아아아! 우와아아아! 진짜? 정말로? 정말 안 도망가?”

“안 도망가. 너무 큰 소리 내지 마. 몸에도 안 좋고 내가 여기 있는 것도 들킬지 몰라.”

“비, 빈센트……!”

“알았대도. 알았다니까.”

“너무 멋있어……!”

알았다니까. 또 그렇게 말하며 빈센트는 다시 웃고 올리아나의 등을 토닥였다.

빈센트는 로브 속에 정장을 걸쳤다. 기장이 긴 코트에 볼륨감이 살아 있는 크라바트. 전통적인 귀족적인 옷차림이었다.

잘 보이지는 않았지만 머리도 평소보다 단정하게 정리한 것 같았다. 밧줄을 타고 올라오는 도중에 조금 헝클어진 듯했지만 평소보다 세련된 모습이다.

올리아나는 매달리듯 빈센트에게 달라붙었다. 빈센트는 무게를 실은 올리아나를 지탱했다.

"미쳤어. 빈센트, 진짜 멋있어. 너무 좋아. 진짜 좋아."

"입고 온 보람이 있네."

웃는 빈센트가 너무 멋있어서 정말로 눈물이 나왔다. 올리아나가 진짜 눈물을 흘리기 시작한 걸 알아챘는지, 빈센트가 당황해서 머뭇거렸다.

"왜 그래."

"빈센트가 너무 멋있어서 눈물이 나."

"그게 무슨 바보 같은 소리야……."

'나도 무슨 바보 같은 소리인가 싶어.'

하지만 이렇게 멋있다니.

너무 들떠서 열이 난 바보 같은 연인 때문에 무도회에도 못 가는데 화를 내기는커녕, 규칙을 어기면서까지 여자기숙사에 몰래 들어와서 이렇게 올리아나가 기뻐할 일을 최우선하고 실행했다.

'빈센트는 이렇게나 멋진 연인이 되어주는 사람이구나?'

쭉 좋아했다. 항상 멋진 사람이라고 생각했다.

하지만 빈센트가 이렇게나 연인을 소중하게 대하는 사람일 줄은 몰랐다.

어딘가 자기에게 엄격한 면이 있는 빈센트는 동등한 엄격함을 상대에게도 요구하리라 여겼다. 빈센트의 옆에 서기 위해서라면 항상 같은 방향을 바라봐야 한다고 여겼다.

하지만 빈센트는 올리아나가 넘어져도 발걸음이 꼬여도 기다려 줄 것이다. 올리아나가 바라면 언제든 손 내밀어 줄 것이다. 그렇게 계속 함께 걸어 줄 것이다.

"빈센트……."

"왜 그래."

"나, 역시 싫어……."

"뭐가?"

"빈센트랑, 계속, 함께 있고 시퍼……."

열 때문에 머리가 잘 안 돌아갔다. 어린애처럼 혀 짧은 소리가 나왔다.

얼굴을 잔뜩 일그러뜨리며 우는 올리아나를 보고 빈센트는 숨을 멈췄다. 몇 초 동안 굳어 있던 빈센트가 올리아나를 강하게 껴안았다.

힘이 잘 들어가지 않는 팔로 어떻게든 빈센트를 끌어안자, 빈센트는 올리아나의 귀 뒤쪽, 그리고 목덜미에 입술을 붙였다. 빈센트는 잡아먹을 듯이 입술과 혀로 올리아나를 맛보고 느꼈다,

"계속 함께할 거야. 절대로 널 놓지 않을 거야."

열 때문에 눈물로 촉촉해진 눈동자로 빈센트를 바라보자, 보라색 눈이 이글거리며 타올랐다.

"올리아나."

갈수록 욕망이 짙어지는 눈동자에 올리아나의 살결을 타고 전율이 흘렀고, 배 아래쪽이 저려왔다.

빈센트는 올리아나의 표정을 놓치지 않고 올리아나의 턱을 손가락으로 들어 입술을 포갰다. 깨물고 핥고 빨며 서로 입술을 문질러댔다. 오스스, 짜릿짜릿. 오한이 아닌 다른 떨림이 올리아나의 몸속을 내달렸다.

입을 맞추며 잠옷 자락 아래로 들어온 빈센트의 뼈가 두툼한 긴 손가락이 올리아나의 살결을 쓸었다. 빙글거리며 감촉을 즐기는 듯 움직이던 손끝이 올리아나의 살을 꽉 쥐고 주무르려 하다 움직임을 멈췄다.

"잠깐만. 올리아나는 환자야. 이건 아니야. 안 돼. 잠깐만, 조금만 기다려 줘……. 하아……."

크고 묵직하게 한숨을 내쉰 빈센트가 올리아나의 머리를 제 가슴팍에 끌어안고 뉘였다. "환자, 환자야."

그렇게 올리아나의 귓가에 몇 번이고 낮게 갈라진 목소리로 중얼거렸다.

그때 올리아나는 이미 열 때문에 거의 의식이 없는 상태였다.

그저 계속 행복한 기분으로 가득했을 뿐이다.

이렇게나 다정한 연인이 있다니. 올리아나는 지금 무도회에도 못 갔지만 자기가 세상에서 제일 행복한 사람이라고 생각했다.

31장 봄의 중간 달(4월) 17일

무도회가 끝난 뒤, 학교는 마치 불이 꺼진 난로처럼 다들 의욕을 잃고 있었다.

아쉽게도 올리아나는 참석하지 못했지만, 빈센트 덕분에 최고의 밤을 보냈다. 무도회 다음 날 아침에는 빈센트가 방에 들어오게 도와준 야나에게 한가득 감사 인사를 전했다.

그리고 무도회가 열리고 이틀 뒤인 열매날.

"내일은 절대로 동관 근처에도 가지 말아 줘."

식당에서 시오라멘을 먹는 올리아나에게 빈센트가 오묘한 얼굴로 그 말을 하러 왔다. 그런 빈센트 옆에서 미겔이 사탕막대를 흔들고 있었다.

"아라허."

면을 후루룩 빨아올리며 올리아나가 알았다고 대답하자 빈센트는 노골적으로 안도했다.

"뭐야. 내일이 그 약속한 날이잖아? 뭐야. 거기서 안 들키게 바람이라도 피울 셈은 아니겠지?"

아무렴 그런 데에서 바람피우는 건 싫지, 하고 웃자 빈센트는 미간을 구겼다.

"아니야."

내일은 봄의 중간 달 17일. 즉 빈센트가 올리아나에게 사정을 전부 말해 주겠다고 한 그날이다.

신경 쓰지 않으려고 했지만 신경 쓰여도 어쩔 수 없었다. 올리아나는 요즘 빈센트 생각만 하며 지내기 때문이다. 필연적으로 17일도 너무 신경 쓰여 미칠 것 같았다.

"그럼 내일은 내가 계속 지켜볼게. 그러면 올리아나도 안심할 수 있겠지?"

"미겔이? 고마워. 그치만 미겔도 바람피우면 안 돼."

올리아나가 얘기하자, 미겔은 살짝 손뼉을 마주쳤다.

"아하! 그런 방법이 있었군."

"난 안 피운다고 했어."

빈센트의 이마에 핏대가 불거졌다. 올리아나는 화제를 바꾸기로 했다.

"내일은 언제 만날 수 있어?"

올리아나의 질문이 무슨 뜻인지 금방 알아챈 모양이다. 빈센트는 바로 미안한 듯한 표정을 지었다.

"밤에는 반드시 만나러 갈게. 그 전까지는 미안하지만 시간을 낼 수 없을 것 같아."

"알았어."

올리아나가 그렇게 대답하고 고개를 끄덕이자, 빈센트는 올리아나와 같은 테이블에 앉은 야나에게 고개를 돌렸다.

"마하틴. 올리아나는 이제 겨우 회복했으니까 내일은 최대한 옆에 있어 줬으면 해."

"엥?! 아니, 너무 들떠서 난 열이었는데?! 벌써 열도 다 내렸고 이제 완전 괜찮은데……."

갑작스러운 과보호에 난감해하는 올리아나 앞에서 시오라멘을 이 나라에서 가장 품위 있게 먹던 야나가 포크를 쥔 손을 멈췄다.

"알았어."

"고마워. 미안한데 자레나도 올리아나를 지켜봐 줬으면 해."

"알았다."

텅 빈 미소라멘 그릇을 앞에 두고 앉아있던 아즈라크가 빈센트를 보며 고개를 끄덕였다.

"고마워. 뭔가 이변이 생기면 바로 방으로 데리고 가 줘. 식사 중에 방해해서 미안해. 그럼 이만."

그렇게 말하고 빈센트는 발길을 돌렸다. 올리아나는 황급히 포크를 내려놓고 의자와 사람 사이를 비집고 지나 빈센트를 쫓아갔다.

"빈센트!"

"무슨 일이야?"

올리아나의 라멘이 아직 남아 있는 걸 봤던 빈센트는 놀란 얼굴로 뒤쫓아온 올리아나를 돌아봤다.

"괜찮아?"

빈센트의 로브를 붙잡고 올리아나는 고개를 흔들었다. 빈센트는 의아한 듯 눈썹을 찡그렸다.

"뭐가?"

"뭔가 위태로워 보여."

올리아나는 어떻게 표현해야 할지 모르겠어서 떠오른 생각을 그대로 입 밖에 냈다. 오늘 빈센트는 침착한 척했지만, 지금까지 한 번도 이런 모습을 본 적이 없을 정도로 표정이 딱딱하게 굳어 있었다. 게다가 계속 잠에 들지 못한 것처럼 안색이 안 좋았고 어딘가 초조해 하는 듯했다.

빈센트는 허를 찔린 듯한 표정을 지었지만 금방 미소 지었다. 오늘 처음 본 미소였다.

"괜찮아."

"내가 할 수 있는 건 없어?"

묻고 늘어지려고 하자 빈센트는 부드러운 미소를 띠고 올리아나의 볼을 손등으로 쓰다듬었다.

"웃고 있어 줘."

"응?"

올리아나가 고개를 갸웃했다. 방금 한 말은 무심코 흘러나온 건지 빈센트는 쓴웃음을 지었다.

"실은 네 얼굴을 보러 왔어."

"얼굴?"

"네 얼굴을 보면 난 힘이 나."

'아……. 전에도 이런 말 한 적 있어…….'

『미안해. 한순간……. 아니…… 아무것도 아니야. 네 얼굴을 보니까 기운이 났어. 고마워.』

그때 빈센트는 어찌할 줄을 몰라서 당황하는 표정으로 주저앉아, 석양을 바라보고 있었다. 쓸쓸한 얼굴을 하고 있던 빈센트는 아마 말을 돌리려고 그렇게 얘기했을 것이다.

'하지만 방금 한 말은 분명 진심이야.'

"이런 얼굴이라도 좋다면 언제든 보러 와."

"전에도 그런 말을 들었던 것 같은데……."

"아마 전에도 그렇게 말했을걸."

얘기를 나누며 함께 웃으니 좀 전까지 날카로웠던 빈센트의 분위기가 많이 누그러졌다. 올리아나의 뺨을 어루만지던 빈센트의 손가락이 올리아나의 뺨을 토닥였다.

"기운이 없어지기 전에 충전하러 와. 기다리고 있을게."

"그래."

싱긋 웃으며 얘기하는 올리아나를 보며, 빈센트는 마치 눈부신 무언가를 바라보듯 눈을 가늘게 뜨고 눈에 담기지 않을 속도로 얼굴을 가까이 가까이했다.

식당 한가운데에서 키스를 받은 올리아나는 새빨개진 얼굴로 멀어져 가는 빈센트의 로브를 바라보며 "빈센트가 발전했어……."라고 중얼거렸다.

∴ ∵ ∴ ∵

무도회 날 밤, 자기 팔 안에서 쓰러지듯 잠든 올리아나를 침대에 눕히고 빈센트는 죄책감을 안고 방을 떠났다.

그날 밤 이후로 빈센트는 악착같이 계속 움직였다.

열매날 밤――. 빈센트는 로브 옷자락에 마법 종이와 지팡이를 꽂고 창틀에 손을 얹었다. 미리 준비한 마법 등에 불을 붙여 창밖으로 내밀었다. 그리고 가만히 귀 기울였지만 밖에 있는 누군가가 이쪽을 눈치챈 기색은 없었다. 빠져나가려면 지금이라고 생각하며 빈센트는 창틀에 체중을 실었다.

"오늘은 어디 가는 거야?"

등 뒤에서 들려오는 목소리에 빈센트는 흠칫 몸을 떨었다. 점호를 마친 한밤중. 2인실에서 이런 식으로 말을 걸어올 사람은 단 한 명뿐이다.

"미겔……. 아직 안 자고 있었어?"

틀림없이 이미 잠들었을 거라고 여긴 미겔이 이층침대의 커튼을 열어 이쪽을 보고 있다. 창틀에 다리를 얹은 요상한 모습을 보인 빈센트는 천천히 다리를 내려놓았다.

"어제는 새벽녘이 되어서야 돌아왔으니까. 오늘도 어디 가나 싶어서 자는 척했지."

덫에 걸린 먹이를 바라보는 고양이처럼 만족스러운 표정이었다. 만약 미겔이 정말 고양이였다면 우아하게 꼬리를 흔들고 있었을 것이다.

"알고 있었어?"

"그야, 물론 알지."

'그럴까?'

빈센트가 아는 미겔은 아침에 엄청나게 약하다. 잘 일어나지도 못하고 눈을 뜨고도 한동안은 사람 구실을 못하는 상태로 멍하니 있는다. 매일 아침 빈센트가 미겔을 깨우려고 얼마나 고생하는지는 솔직히 말로 다 표현 못한다.

그런 미겔이기에 더더욱, 일단 잠들기만 하면 빈센트가 있는지 없는지는 전혀 모르고 지나가겠거니 싶었다.

"그래서 어디 가?"

"용목."

미겔이 똑같은 질문을 해서 빈센트는 단념하고 대답했다.

빈센트는 어젯밤에도 잠 안 자고 용목을 감시했다. 혹여 누군가 뒤가 구린 행동이라도 한다 치면 남의 눈에 띄지 않을 한밤중에 움직일 거라고 생각했기 때문이다.

"나도 따라갈래."

미겔이 그렇게 말하고 침대에서 미끄러지듯 내려왔다.

이런 한밤중에 용목에 간다고 말하는 사람에게 이유를 캐묻지 않고 말리지도 않는 룸메이트를 보며 빈센트 쪽이 초조해졌다. 무슨 연유인지도 모르고 아무런 관계도 없는 미겔을 그저 변덕 때문에 말려들게 할 수는 없었다.

"밤이야."

"아무도 지금이 아침이라고는 생각 안 할걸."

"지금은 날도 춥고 내일 수업도 있잖아."

"알지. 그래도 올리아나한테 빈센트가 바람피우지는 않을지 감시해 달라고 부탁받았으니까~."

"안 피운다고 했잖아."

"하핫."

"전 료쿠류 공작께 들었던 얘기와 관련된 일이야. 그래도 따라 올 셈이야?"

『그 얘기, 내가 꼭 들어야 해? 방금 말했지만 난 아무것도 안 할 거야. 빈센트가 사정을 말해도 협조하지 않을 거고. 그래도 나한테 말할래?』

예전에 미겔에게 죽어서 되돌아온 것에 관해 말하려고 했다가 거절당했던 것이 기억 속에 생생하게 남아있었다.

그러니 전 료쿠류 공작의 이름을 대면 미겔은 간단히 물러서리라 생각했다.

하지만.

"응."

'그럼 난 됐어.' 라고 말할 줄 알았던 미겔의 긍정적인 답변에 빈센트는 당황했다.

빈센트는 천천히 입을 열었다. 무슨 심경의 변화냐고 물어보려고 했지만 실제로 빈센트의 입에서 나온 건 정반대의 말이었다.

"그래?"

"춥겠지? 밑에서 따뜻한 물을 받아올게. 따뜻한 물주머니 갖고 갈래?"

"그거 좋네." 갈라진 목소리가 입에서 새어 나왔다.

자기 입에서 새어 나온 목소리는 기분 나쁠 정도로 기쁨을 감추지 못하는 음색이었다.

∴ ∵ ∴ ∵

누군가 접근하면 알 수 있게 방울을 달아놓은 밧줄을 용목 주위의 나무들에 엮어 둘러놨다. 밧줄에는 보기만 해도 현기증이 날 것 같은 복잡한 마법진인 '거울' {鏡(경)}이 그려진 마법 종이를 붙여 놓았다. 물론 수업시간 이외에 규정된 마법을 사용하는 것은 교칙 위반이다. 하지만 한밤중에 기숙사를 빠져나온 데다 학교에서 배우지 않은 복잡한 마법진을 허가 없이 사용한 게 걸리면 어차피 처벌은 피할 수 없다.

그걸 다 알 텐데도 미겔은 나무에 밧줄을 둘러 엮는 빈센트를 도왔다. 빈센트는 누구에게도 들키지 않게 서둘러 밧줄을 묶었다.

밧줄을 다 묶고 빈센트는 적당한 나무뿌리에 걸터앉았다.

"거기서 하룻밤을 지새우려고? 여기에는 야생동물만이 아니라 마법생물도 오는데? 유니콘이 오면 눈 깜짝할 사이에 저세상행이다. 여기까지 와서 그렇게 죽는 건 사양이야."

미겔이 어이가 없다는 듯 어제는 용케 무사히 넘어갔다고 말했다. 마법생물은 좀처럼 모습을 드러내지 않지만 용목을 좋아하기 때문에 혹시 나올지도 모른다. 더욱 조심한다고 해서 나쁠 건 없으리라.

"나도 별로 죽고 싶은 건 아니야."

"그건 그렇겠지. 오, 이 나무가 딱 좋아."

웃차, 하는 소리를 내며 미겔은 나무를 타고 올랐다. 미겔이 고른 나무는 나무 갈래가 넓게 갈라져서 앉기 편할 것 같은 형태였다.

"자, 손 줘 봐."

"네가 여기서 망을 본다면 나는 저쪽을 봐야 하지 않을까."

"뭘 하려는 건지는 몰라도 만약 잠들면 뭐가 밧줄에 걸려도 못 알아챌걸? 얘기라도 하고 있어야 안 자고 버티지."

미겔의 주장은 일리가 있었다.

두 번째로 철야 중인 빈센트는 마지못해 미겔의 손을 잡았다.

"그립네. 너는 늘 이렇게 나를 여기저기로 끌고 다녔었지."

"빈센트는 도서실에 너무 틀어박혀서 곰팡이가 필 것 같았으니까."

미겔이 빈센트의 몸을 끌어 올렸다. 빈센트는 다리를 줄기에 걸고 단숨에 나무에 올랐다. 마지막으로 나무를 타 본 건 이미 오래전 일이었다. 그때도 미겔과 함께였다.

라겐 마법학교에 입학하기 전, 하인츠라는 용목에 관해 상담을 나눌 사람도 없었던 빈센트는 틈만 나면 도서실에서 책을 읽었다. 미겔은 늘 책장 앞에서 책에 파묻힌 빈센트를 찾아와 밖으로 데리고 나가곤 했다.

미겔이 웃으며 권유하면 빈센트는 왠지 거절할 마음이 들지 않아서 함께 밖으로 나가곤 했다.

빈센트가 나무 위에 자리 잡은 미겔 옆에 앉았다. 두 사람 다 평균보다 키가 크다 보니 아무리 몸을 움츠려도 이 좁은 공간에서는 서로 몸이 밀착됐다.

"좁네……."

"나무 위니까."

"좀 더 저쪽으로 붙어 봐."

"이게 최선이라고."

챙겨온 담요를 두 사람이 함께 덮었다. 봄의 중간 달이라고 해도 밤은 아직 추웠다. 숲속은 더더욱 찬 기운으로 가득했다. 연인 같은 거리감에 처음엔 질색했지만 서로의 체온을 나누며 차가워진 몸에 온기가 돌기 시작하니 딱히 불평할 거리가 없어졌다.

나뭇가지 틈으로 용목을 바라봤다. 매서운 숲의 밤공기에 섞여 미겔이 물고 있는 달콤한 사탕의 냄새가 났다.

빼곡한 나무 사이로 달빛이 새어 들어오는 숲속은 새와 벌레의 울음소리, 바람에 나뭇잎이 스치는 소리가 울려 퍼지며 왠지 더욱 고요함을 느끼게 했다. 초조하기만 했던 지난밤에는 느낄 수 없었던 기분이었다.

"졸리면 자도 괜찮아. 방울 소리가 들리면 깨워 줄 테니까."

몸이 따뜻해지자 졸음이 몰려오기 시작한 빈센트를 눈치챘는지 미겔이 말했다. 빈센트는 미겔을 가볍게 노려봤다.

"아까는 자면 안 된다고 했잖아."

"그런데도 졸리다면 어쩔 수 없잖아?"

"그렇게 말해도……."

"혼자가 아니니까 나한테 맡겨도 되잖아."

아무렇지도 않은 듯이 말하는 미겔에게 빈센트는 단도직입적으로 물었다.

"왜 따라온 거야?"

"응?"

"전에 아무것도 안 할 거라고 말한 적 있잖아."

'또 얼버무리고 말려나?'

그런 빈센트의 걱정을 뒤로하고, 미겔은 "으음——." 하고 사탕의 막대를 흔들었다.

"난 지금까지는 정말 아~무것도 하고 싶지 않았거든."

미겔은 빈센트 쪽은 보지 않고 계속 정면만 보며 대답했다.

"근데 올리아나랑 빈센트를 보고 있으니까 하고 싶은 게 있으면 뜻대로 해 봐도 괜찮지 않을까 싶었거든."

"잠깐만……. 설마 지금까지는 하고 싶은 걸 뜻대로 하지 못했다고 말하는 거야?"

빈센트는 어이가 없어서 물었다. 타고난 귀족의 의무는 둘째 치더라도 그 외에는 하고 싶은 것만 하며 지낸 것처럼 보였기 때문이었다.

"지금까지는 하고 싶은 것 중에 하기 싫었던 것도 포함되어 있었다."

난해한 수수께끼라도 푸는 듯한 기분이 들었다.

"늘 생각하지만 너와 나는 그다지 성향이 잘 맞는다고는 못할 것 같아."

일단 대화 방식이 정말 안 맞는다. 빈센트는 한숨을 쉬었다.

"흐~음. 그런데도 이렇게 계속 함께 지내네."
"그러게. 신기할 지경이다."
빈센트도 진지하게 대답했다.
"그런 너라고 해도 원하지 않는 일을 했다고 들으니까 뭐든 도와주고 싶어졌다고."
씁쓸한 표정을 지으며 말하는 빈센트를 보며 미겔이 눈을 동그랗게 떴다.
"어라? 지금 날 꼬시는 거야?"
"난 진지하게 말하는데 그렇게 농담 따먹기나 하려고 하니까 성향이 안 맞는다고 하는 거야!"
눈썹을 치켜올리며 화내는 빈센트의 어깨를 미겔이 끌어안았다.
"화내지 마~. 기뻐서 그런다~."
미겔이 빈센트의 몸을 흔들었다. 손을 떨칠 생각까지는 안 들어서 빈센트는 그저 얼굴만 찡그리고 내 알 바가 아니라고 했다.
한바탕 빈센트를 흔들고 나서야 만족한 듯, 미겔은 빈센트의 머리에 턱을 얹었다.
"올리아나는 좋겠네. 빈센트랑 가족이 될 수 있어서."
"넌 너희 가족한테 불만이라도 있어?"
어릴 때부터 교류해 온 페르베일라 가문에서 가족 사이에 불화가 있다고 느낀 적은 없었지만 누구나 다른 사람에게는 말하지 못하는 비밀이 있는 법이다. 탄자인 가문도 샤론이라는 비밀을 안고 있다.

가족 일로 남모르게 고민했었나 싶어 걱정되는 마음에 미겔에게 묻자, 머리 위에서 미겔의 머리카락이 흔들렸다.

"아니, 엄청 사이가 좋은 편이야."

미겔의 대답과 머리 위에서 턱이 움직이며 쓸리는 감촉이 짜증나서 빈센트는 마침내 미겔을 밀쳐냈다.

"올리아나랑 결혼하는 빈센트도 너무해~."

"그건 그냥 넘어갈 수 없는 말이네."

당황하는 빈센트 옆에서 미겔이 "아." 하고 목소리를 내나 싶더니, 평소와 같은 얼굴로 씩 웃었다.

"정했어. 나, 올리아나랑 빈센트의 딸이랑 결혼할래."

"뭐……?"

생각지도 못한 엉뚱한 발상에 빈센트는 얼떨떨한 표정으로 미겔을 바라봤다.

"그러면 가족이 될 수 있잖아. 좋은 것 같아. 그리고 만약 너희 사이에 여자아이가 많이 태어나면 걔네가 서로 나와 결혼하겠다고 우겨서 양손을 붙잡혀 끌려다니는 거야."

"그런 농담 하지 마. 내가 우리 아이한테 결혼할 대상을 강요하는 일은 없을 거야."

가문을 생각하면 꼭 다른 귀족과 결혼해야 할 의무가 있지만, 빈센트는 몇 년에 걸쳐 올리아나와 결혼하기 위해 악착같이 노력했다. 그런데 자기 아이에게 결혼할 사람을 강요할 수 있을 리가 없다.

"우와……. 걸고넘어질 부분이 엄청 많은데…… 다른 건 지적 안 한다고……?"

미겔은 훌쩍이며 우는 척을 했다. 왠지 무척 바보 취급을 당한 것 같아 열받아서, 빈센트는 미겔에게 몸을 부딪쳤다. 나무 위에서 몸이 짓눌린 미겔은 황급히 두꺼운 가지를 붙잡고 빈센트를 쳐다봤다.

"야, 지금 식겁했거든!?"

"시끄러워."

이 소꿉친구를 상대할 때는 언제나 이런 태도가 된다. 자기가 성격 좋은 미겔에게 어리광을 부리고 있다는 자각이 있는 빈센트는 뚱한 표정으로 물었다.

"아~무것도 하고 싶지 않았다는 건, 과거형이야?"

"아, 진짜……. 어? 아아. 하고 싶은 거라면 아까 생겼어. 빈센트랑 올리아나의 딸이랑 결혼할 거야."

나뭇가지에서 몸을 일으키며 미겔이 대답했다.

"그러면 네가 스스로 꼬시든지. 나는 간섭하지 않을 거야."

"에엥? 꼬셔도 괜찮아? 나이 차이가 심한 데다가 심지어 상대가 나인데?"

"모든 건 당사자끼리의 문제잖아. 말해두겠는데 내 딸의 사람 보는 눈이 낮을 거라고 짐작하지 마."

"알겠어. 알겠어."

미겔은 몇 번이고 고개를 끄덕이며 웃는 얼굴로 말했다. 빈센트는 미간에 주름을 잡은 채 입을 열었다.

"너는 하고 싶은 게 아무것도 없었다고 했지만……."

미겔 쪽은 도저히 볼 수가 없어서 앞만 보며 단숨에 얘기했다.

"어렸을 때도, 라겐 마법학교에 입학하고 나서도 너랑 같이 있는 시간이 나는 꽤 좋았어."

미겔이 아무것도 하고 싶지 않다고 얘기했을 때 빈센트는 약간 섭섭한 기분이 들었다.

'내가 미겔에게…… 구원받고 있었던 순간에도, 미겔은 그저 '하고 싶지 않은 일' 을 했던 것뿐이었을까.'

빈센트에겐 입에 문 사탕처럼 본성을 숨기고 진심을 털어놓지 않은 채 홀로 삼키고 있는 친구가 정말이지 이해하기 어려웠다.

"그렇게 부끄러운 소리를 다 하고 말이야. 올리아나 때문에 면역력이 생겼냐?"

"하아, 진짜 너……."

"아하하하하!"

미겔이 커다란 몸을 들썩이며 웃었다.

"빈센트."

"왜."

저러다 진짜로 나무에서 떨어지는 건 아닌가 긴장하며 쳐다보던 빈센트를 향해 미겔이 빙그레 웃으며 말했다.

"나도 그래. 빈센트랑 같이 있는 시간을 정말 좋아해."

"쳇."

빈센트가 용기 내서 한 말을 똑같이 따라하며 농담할 때와 같은 말투와 목소리로 미겔이 말했다.

'이래서 성향이 안 맞는다고 하는 거라니까.'

빈센트는 부루퉁한 얼굴로 용목을 쳐다봤다. 용목을 바라보는 빈센트의 입가가 살짝 올라간 걸 인정하기는 싫었다.

∴ ∵ ∴ ∵

——봄의 중간 달 17일, 점심시간.

빈센트는 식물 온실에 와 있었다. 4학년 여름에는 아이로 변한 아즈라크를 원래대로 돌리는 해제약을 만드는 것 때문에, 5학년 겨울에는 무도회의 준비 때문에 요 근래 시간을 낼 수 없었던 하인츠와 빈센트는 오랜만에 차분히 대화를 나눌 수 있었다.

"전 료쿠류 공작의 얘기를 요약하자면 이런가."

하인츠가 재떨이에 담배를 비벼 끄며 빈센트에게 말했다.

용목에 연관된 사람은 미치광이 취급을 당하기 때문에 정확한 기록이 남아 있지 않다는 것을 전제로, 용목이 죽이는 것은 두 사람이 아닌 세 사람일 가능성이 높다.

용의 신화에 빗대어 보면 세 사람의 역할은 '용의 심판'을 받는 연인 사이의 남녀 두 명과 남녀가 고난을 이겨냈는지 판단하는 심판 역할인 하치류 중 한 사람. 그 사람에게는 모든 인생의 기억이 남아 있다.

"하지만 예외적으로 너는 첫 번째 인생을 기억하지 못하는 거고."

"전 료쿠류 공작은 제가 연인 역할과 심판 역할, 두 개를 다 맡고 있어서가 아닐까 하고 추측했습니다."

모든 건 가정일 뿐이었지만 그렇게 빗나간 추측인 것 같지는 않았다.

"들은 바에 따르면 '용의 심판'의 내용은 각기 다른 것 같아요. 전 료쿠류 공작 이전에 '용의 심판'을 받은 분은 시련을 이겨냈고 그 이야기를 들은 전 료쿠류 공작은 이겨내지 못한 것 같으니까요."

"그래서 너의 '용의 심판'의 내용은 뭐지?"

마법 등의 유리를 열어 새 담배에 불을 붙이며 하인츠가 날카로운 눈빛으로 빈센트를 쳐다봤다.

"용목을 불태우지 않는 것이라고 생각해요. 저는 두 번이나 같은 장소에서 죽었어요. 첫 번째 인생의 상세한 상황을 두 번째 인생의 올리아나에게 못 들었기 때문에 확실하지는 않지만 이 계절에 비가 내렸다면 휴게실은 추웠을 거예요. 분명 올리아나를 기다리던 저는 그 아이가 늦게 도착했을 때 춥지 않게 난로에 불을 지폈겠죠."

빈스에 관해서는 손바닥을 꿰뚫듯이 파악했다. 당연하다. 빈스 역시 자신이니까.

하인츠는 빈센트의 이야기를 들으며 적은 메모를 천천히 바라보고 허파 깊숙한 곳에서부터 숨을 내쉬었다. 담배 연기가 빈센트의 눈앞에 퍼졌다.

“용목에 연관된 자는 미치광이라고 불렸어. 그건 인생을 다시 살고 있다고 목 놓아 외쳐댔기 때문이라고 생각했지만…… 일곱 번이나 인생을 다시 살고 여덟 번이나 친구를 잃은 슬픔을 견딜 수 없어서 그렇게 된 건지도 모르겠네.”

용목 때문에 죽어서 인생을 다시 살게 되는 것은 일곱 번까지가 최대다.

여덟 번째로 죽으면 연인인 두 사람은 정말로 죽고 심판 역할은 인생을 다시 살 수 없다.

심판 역할은 이야기의 방관자인가?

남녀 두 사람이 사는지 죽는지 몇 번이고 곁에서 지켜봐야 한다.

그리고 남녀가 ‘용의 심판’을 이겨내지 못했을 경우, 홀로 남게 된다.

‘너무나도 잔혹한 사명이다.’

빈센트는 어떠한 상황인 것일까. 연인과 심판. 어느 쪽의 책임이 더 무거운 것일까.

지금까지는 올리아나를 죽게 하지 않는 것에, 자기가 죽지 않겠다는 것에만 필사적이었다. 하지만 만약 올리아나만이 죽고, 자기 혼자만 남는다고 한다면…….

‘안 돼. 견딜 수 없어.’

미간에 깊은 주름을 만들고 눈을 질끈 감은 빈센트에게 하인츠가 말했다.

“용목의 비밀을 아는 사람이 따로 있을 것 같지는 않아. 만약 있다고 하더라도 신의 재앙이 자신에게 닥치는 것을 두려워하지 않고 난로에 용목의 가지를 던져 넣는 게 가능하다고 생각해? 너희를 죽이고 싶다면 그런 짓을 하는 것보다 칼로 목을 베는 편이 훨씬 빨라. 나는 용목이 부러지는 것도 포함해서 '용의 심판' 이라고 생각해."

"저도 같은 생각이에요. 어쨌든 지금으로서는 저희가 죽은 동관 휴게실 난로 안에 나뭇가지는 없어요. 굴뚝 안까지 조사했으니까 틀림없어요. 올리아나에게는 동관에 접근하지 말라고 일러두긴 했지만 만전을 기해서 용목을 넣으려고 하는 인물까지 잡으려고 합니다."

미겔과 밤을 지새우며 지켜봤지만 아침까지 용목 근처에 다가온 인물은 없었다. 3일 내내 거의 잠을 자지 못한 빈센트는 처음으로 수업시간에 졸고 말았다.

"그렇군."

"하인츠 선생님. 전부터 말씀드렸지만 부디 용목의 위험성을 주변에 알리는 걸 도와주세요."

"그 건에 관해서는 아직 네가 원하는 대답을 해 줄 수 없어. 애초에 관계된 당사자를 찾아내기도 어려운데 하치류의 누군가가 얽혀야 '용의 심판' 이 일어난다는 특성 때문에 더더욱 입증하기 어렵거든. 더군다나 용목에 관한 일에 신전이 가만히 있을 리가 없어. 일개 교사가 참견할 수 있는 영역이 아니란 말이다."

아마네셀 왕국에 뿌리를 내린 종교에서는 용신을 모신다.

용신에 나쁜 인상을 심을지도 모르는 일을 공개할 리가 없다.

하인츠의 정론에 빈센트가 가만히 입을 다물었다.

그러자 하인츠는 담배 연기를 내뿜으며 빈센트의 머리를 툭툭 건드렸다. 건드리는 손끝은 초목에 물들어 거친 남자의 것이었다.

"내가 할 수 있는 데까지는 움직일게. 너도 더 훌륭해 져서 내 뒤를 받쳐주는 거다?"

빈센트는 어린애 취급을 하는 하인츠의 손을 뿌리쳤다.

하지만 지금처럼 어른이 자기편이 되어줬다고 안심한 적은 없었다.

평소에는 무기력한 모습 탓에 학생의 신뢰를 받지 못하는 하인츠이지만, 중요한 일에는 분명하게 마주한다.

"네. 졸업한 뒤에는 이리디스 후작 작위를 이어받을 테니 꼭 그렇게 하겠습니다."

물론 용목과 관련된 일 말고도 하인츠의 힘이 되고 싶었다. 누구에게도 상담할 수 없었던 용목에 관해 이렇게까지 진지하게 함께 생각해 줬다. 빈센트에게 있어 하인츠는 틀림없이 은사이자 은인이었다.

"아, 그리고 너희들. 키스 정도는 해 둬라."

"네에?"

가슴에 따뜻한 것이 샘솟고 있었던 빈센트는 갑작스러운 말을 듣고 눈을 크게 떴다.

"오오, 네가 그런 얼굴 하는 건 처음 보네."

무도회가 있어서일까 면도해서 길게 자란 수염이 모두 사라져 깨끗해진 턱을 만지작거리며 하인츠가 웃었다.

"무슨 농담을……."

"농담이겠냐. '용의 심판' 을 받는 사람은 '연인' 이잖아. 용에게 너희가 어떤 관계인지 보여주는 간단한 표시가 될걸."

빈센트는 입가에 손을 댔다.

두 번째 인생에서 빈센트는 자기가 휴게실에 늦게 도착했기 때문에 용목이 타는 것을 막지 못했다고 여겼다.

하지만 만약 '용의 심판' 에 해당하는 전제조건 자체가 성립되지 않는다고 한다면?

'그 무도회 날 밤. 바보 같은 긍지를 우선시하지 않고 만약 올리아나에게 키스했다면…… 올리아나는 살았을까.'

빈센트는 멍하니 담배 연기가 퍼져 올라가는 것을 바라봤다.

"너희한테 이런 짓을 했으니 헛웃음밖에 안 나오지만 일단 용은 자애의 생물이라고 하잖냐. 진실된 사랑인지 뭔지에 약할지도 몰라. 할 수 있는 건 다 해 봐야지. 뭐가 맞고 뭐가 틀린지는 아무도 모르니까 말이야."

"저는 틀려서 이렇게 여기에 있는 거예요."

그렇다. 그것을 인정하기란 억울했다. 주먹을 강하게 쥐었다. 꽉 깨문 어금니가 삐걱거렸다.

'아무것도 틀리지 않고 정답만을 붙잡고 싶어.'

아무리 공부해도 아무리 연구해도 불안해서 견딜 수가 없다.

내일도 틀린다면 빈센트와 올리아나는 또 죽는 것이다.

"지지 마."
하인츠가 빈센트를 똑바로 바라보며 말했다.
"이런 건 마음이 꺾이면 끝나는 거야. 너는 지지 않는다. 나도 있어. 일어서. 할 수 있는 모든 걸 해 온 너 자신을 믿어. 다시 되돌릴 수 있는 기회를 받았잖아."
억지로 죽고 억지로 다시 살게 된 인생이라고만 여겼다.
그렇지만 이것이 인생을 되돌릴 수 있는 기회라고 한다면.
만약 올리아나와 함께 웃을 수 있는 미래를 위한 첫걸음이 된다면.
"네."
빈센트가 대답했다. 조금 전까지와는 다른 생명력이 넘치는 얼굴이었다.
하인츠는 만족한 듯 목을 울리며 웃었다.
"나는 네 나이에 걸맞은 그런 솔직한 점이 아주 좋다고 본다."
"기분 나쁜 말 하지 말아 주세요."
빈센트가 식물에 들러붙는 해충을 보는 듯한 눈으로 하인츠를 쳐다봤다. 하인츠는 신경 안 쓴다는 얼굴로 입에서 담배를 뗐다.
"그나저나 이리디스 후작이라고 하면 시골이지만 그 엄청 큰 영지의 후작인가……. 역시 공작가의 장남이구나. 에르샤도 데려갈 거냐?"
꽤 짧아진 담배를 손에 들고 여느 때와 다를 것 없는 표정으로 하인츠가 말했다.

"올리아나가 도시가 좋다고 한다면 굳이 무리해서 가지는 않을 겁니다. 왕도에 또 다른 저택이 있기도 하고요."

"허. 농담을 진지하게 받아치는 성격이냐?"

"농담하신 거라고 생각하지 않으니까요."

담담하게 대답하는 빈센트를 보며, 하인츠 선생님은 팔꿈치를 걸치고 담배를 손가락으로 누르며 즐거운 듯한 목소리를 냈다.

"뭐냐, 너. 에르샤를 애첩으로 삼기라도 하려고?"

"그럴 리가 없잖아요."

"뭐? 설마 결혼하겠다든가 그런 소리를 하려는 건 아니지?"

아무리 시대가 변했다고 해도 졸업하고 바로 후작 자리를 이어받을 정도 되는 남자에게 결혼의 자유 같은 게 있을 리 만무하다. 하인츠의 속마음을 알아차린 빈센트는 자기가 가져가야 하는 리포트를 정리했다. 당연한 가치관이지만 조금 전까지 진실한 사랑이라든가 얘기했으면서. 그만 웃음이 나올 것 같았다.

빈센트는 어른의 얼굴을 한 하인츠에게 싱긋 미소를 지어 보였다.

"하인츠 선생님. 저는 기본적으로 쓸데없는 짓은 하지 않습니다."

"오호."

"모든 시험에서 계속 1등을 차지하다니 그보다 더 쓸데없는 짓은 없지 않을까요."

용목의 자료를 떨어뜨리지 않기 위해 가죽으로 된 봉투에 단단히 넣고 빈센트가 일어섰다. 하인츠가 피우던 담배에서 담뱃재가 툭 떨어졌다.

"설마 계속 1등을 계속 유지하는 데 뭔가 의미가 있다는 얘기냐?"

"그럼 용목을 확인하러 다녀올게요."

"그래라……."

하인츠는 힘없이 한 손을 들고 팔랑팔랑 흔들었다. 온실을 빠져나오던 빈센트는 걸음을 멈추고 뒤를 돌아보았다.

"그리고 연인의 표시 말입니다만, 과분한 조언에 깊이 감사드립니다."

"아, 그렇습니까요."

빈센트가 식물 온실을 나왔을 무렵 "집착이 무서워……."라고 하는 소리가 담배 연기 속으로 사라졌다.

∴ ∵ ∴ ∵

비는 오후가 지나고부터 내리기 시작했다.

추적추적 내리는 비는 이내 억수같이 쏟아질 것이다. 휴게실의 난로에 용목이 있는지 확인하러 온 빈센트는 창문을 봤다. 벌써 13년도 더 전의 일인데도 세게 천둥이 쳐 이 방이 새하얗게 번쩍였던 것을 지금도 선명하게 기억한다.

"끝났어?"

“그래.”

자신이 한 말은 지키는 미겔이 동관 휴게실의 문을 나서서 빈센트를 기다리고 있었다. 오늘도 수업 사이사이에 몇 번이나 동관에 갔는데 그때마다 미겔이 따라왔다.

“너도 한가하네.”

빈센트가 어이없어하자 미겔이 웃었다. 이 사이로 물고 있는 막대사탕이 보였다. 오렌지 맛 사탕이리라.

“다음에는 어디에 갈 거야?”

“용목에 가 볼까 해.”

이 빗속에서 용목을 꺾으러 갈 멍청이는 없을 테지만, 그건 둘째 치고 애초에 용목을 꺾는 것 자체가 어리석은 짓이다. 빈센트로서는 어리석은 자의 사고방식을 전혀 이해할 수 없다는 얘기다.

“에이. 비 오는데.”

“억지로 따라오지 않아도 돼.”

“그건 안 돼. 올리아나한테 감시보고를 안 할 수도 없고 말이지.”

또 그 농담인가 싶어 빈센트가 싸늘한 눈으로 미겔을 노려봤다. 미겔은 헤실거리며 웃었다.

“올리아나는 지금 뭐 하고 있대?”

“연금술학 교실에서 2반 여자애들하고 과자를 만들 거라고 했어.”

“콘스탄체랑 친구들이지? 그렇다면 확실히 남자 친구가 바람피우는 현장은 못 보고 넘어가겠네."

"뭐야. 진짜 날 꼬시려고 했나 보지? 둔감해서 미안하네."

빈센트는 미겔의 멱살을 잡고 얼굴을 가까이 댔다. 빈센트의 싸늘한 시선에 미겔은 미안하다고 사과했다.

언제까지고 시시한 농담을 계속하는 미겔을 향해 크게 한숨을 몰아쉬고는 미겔의 로브에서 손을 떼었다.

"넌 너무 까칠해."

'까칠해질 수밖에 없거든.'

빈센트에게는 앞으로 몇 시간이 승부처다. 몇 시간 뒤에 빈센트와 올리아나가 죽을지도 모른다.

"네가 하는 농담에는 웃을 수 없어."

"올리아나한테 기운을 받으러 갈래?"

얼굴을 보러 가겠냐는 질문에 빈센트는 고개를 저었다.

"아직은 안 갈 거야."

올리아나는 야나와 아즈라크에게 부탁해 두었다. 야나가 곁에 있다면 필연적으로 아즈라크도 곁에 있을 것이다.

첫 번째와 두 번째의 사망원인이 타살이 아니라 진짜 용목 때문이라면 올리아나에게 직접적인 피해가 일어나지는 않을 것이다. 그래도 이날 올리아나의 곁에 아즈라크가 있어 주어서 빈센트는 크게 안심했다.

동관 입구에 다다랐을 때 기숙사에서 가져온 우산을 펼쳤다. 두 개의 우산이 펼쳐졌을 때, 시야 끄트머리에서 뭔가 움직이는 것이 보였다.

순간적으로 그걸 발견한 것은 빈센트만이 아니었다. 미겔이 한달음에 달려가서 두 사람을 보고 도망쳐 숨은 두 명의 남학생을 붙잡았다.

"아는 사람이야?"

빈센트는 미겔이 내동댕이친 우산을 주워 미겔에게 씌웠다.

"아니, 도망치길래 반사적으로."

미겔은 고개를 저으며 두 사람을 처마가 있는 곳까지 끌고 갔다. 두 남학생은 겁먹은 모습으로 따라왔다.

"죄, 죄송합니다. 도망친 건 아니에요."

"두 분이 계시길래 방해가 되면 안 되겠다 싶어서 순간적으로……."

두 남자애는 본 적 없는 얼굴이었다. 키로 짐작해도 하급생인 듯했다. 두 사람 모두 비에 젖은 탓인지 가엾을 정도로 새파랗게 질린 채 양손으로 가슴팍을 누르고 있었다.

두 남학생은 실습복을 차림이었다. 오늘은 약학 수업이 있었을 것이다. 실습복은 진흙투성이였다.

"무슨 일이야. 왜 그렇게 젖었지? 말하기 힘든 일이라도 있는 거야?"

빈센트의 뇌리에 한 가지 우려가 떠올랐다.

어른이 출입할 수 없는 폐쇄적인 라겐 마법학교에서는 때때로 상급생이 하급생을 과격하게 훈육하는 게 문제될 때가 있었다.

비가 내리는 날 우산을 쓰지 않는 것은 아마네셀 왕국에서 일반적인 일이 아니다. 우산을 빼앗기고 거기에 진흙투성이가 될 만한 몹쓸 짓을 당한 것은 아닌지 걱정된 빈센트는 험상궂은 얼굴로 물었다.

"아, 아니. 그런 일은 없었습니다."

"저희는 아무것도……."

하급생 둘은 주저하며 빈센트와 시선을 안 맞추려 했다.

"그럼 왜 이렇게 젖은 꼴로 흙투성이가 된 거지?"

"그건 부 활동 때문에……."

"부 활동?"

생각지도 못한 답을 듣고 빈센트는 한쪽 눈썹을 치켜올렸다.

라겐 마법학교에는 부 활동이 있다. 빈센트는 두 번째 인생에서도 세 번째에서도 입부하지 않아서 잘 모르지만 승마나 테이블 게임 같은 걸 부 활동으로 즐기는 특별반 학생도 몇 명 있었다.

"이런 빗속에서?"

"연습을 하고 있으면 다른 학생들이 화를 내니까 비 내리는 날에는 아무도 없어서 연습하기 좋다고 선배님들이……."

"멍청아, 말하지 말라니까!"

"미, 미안합니다!"

빈센트는 미겔과 눈을 맞췄다. 미겔은 어깨를 으쓱했다. 미겔 역시 부 활동 내부에서 일어난 일에 참견할 셈은 없는 듯했다.

"그런가. 부 활동이라면 고문 선생님이 계시겠지? 상급생이 무리한 요구를 한다면 제대로 선생님께 상담하도록 해."

"네, 네에."

"감사합니다."

하급생들이 무릎에 손을 얹고 힘차게 고개를 숙였다.

그때, 하급생의 옷 밑에서 무언가가 툭 하고 떨어졌다. 빈센트는 흠칫 놀라 눈을 크게 떴다.

그것은 바로 용목의 가지였다.

마법을 쓰는 사람이라면 그것이 평범한 나뭇가지와 다르다는 것을 알 수 있다.

그 차이를 알려주기 위해서라도 라겐 마법학교는 1학년 때 용목의 가지를 주우러 가는 것이다.

떨어진 용목 가지를 바라보는 빈센트를 보며 하급생들이 숙인 머리를 더욱 낮췄다.

"죄송합니다. 용서해 주세요!"

"용, 용목을 부러뜨렸다는 게 알려지면 부 활동이 없어질 거라고 들어서!"

"설마…… 너희들이 부러뜨린 거야?"

미겔이 좀 전에 둘을 잡았던 손으로 다시 두 사람을 붙잡았다. 옆에서 봐도 알 만큼 강하게 잡고 있었다.

"순서대로 설명하도록."

빈센트는 필사적으로 이성을 유지하려고 노력하며 말했다.

"저, 저희는 마법구(球)부."

"마법구가 뭐지?"

"마법 종이를 붙인 방망이로 공을 날려서 팀으로 점수를 겨루는 구기 게임이야. 가끔 루시안이랑 다른 애들이 안뜰에서 가볍게 하더라."

빈센트의 질문에 미겔이 대답했다.

"부 활동을 하는 장소가 아직 확실하게 안 정해져서 오늘은 활동하는 날이 아니었지만 그래도 저희는 하고 싶어서……."

"숲속 안쪽은 사람이 없을 거라고…… 선배님들이……."

"그런데 비가 내리기 시작하니까 손이 미끄러져서……."

"그래서 공을 던졌다가 부러뜨렸다는 거야? 용목을?"

빈센트는 믿을 수가 없었다.

용목은 마법사에게 부모와 같은 것이다. 그 가지는 지팡이로, 그 나무껍질은 마법진을 그리는 잉크로, 그 나뭇잎은 마법진을 그릴 마법 종이가 된다.

무엇보다 고귀하고 무엇보다 존중해야 할 용에게 사랑받는 나무. 그것이 용목이다.

그 용목이 구기 게임을 하고 싶다는 이유 하나로 부러지다니 너무도 믿기 어려운 이야기였다.

"정말로, 정말로 잘못했습니다."

"빈센트. 지금 그건 아무래도 상관없어."

'상관없을 리가.'

빈센트는 미겔을 노려보려다가 깜짝 놀라 숨을 삼켰다. 미겔이 빈센트만큼이나 진지한 눈으로 하급생들을 보고 있었기 때문이었다.

"그래서 너희는 이 가지를 어떻게 하려고 했어?"

미겔의 질문을 듣고 정신이 퍼뜩 들었다. 그렇다. 중요한 것은 부러뜨린 이유가 아니었다. 부러뜨리고 나서 어떻게 하려고 했는지가 중요하다.

하급생 두 사람은 서로 얼굴을 마주 보았다. 서로 상대가 말하길 기다리는 것이다.

"빨리 말해."

빈센트가 말하자, 두 사람은 크게 움찔거리며 떨었다.

"동, 동관에 있는…… 휴, 휴게실의, 난로에 버리고 오라고……."

동관 휴게실은 숲과 제일 가까웠다. 나무를 숨기려면 숲……이 아니라 장작으로.

주운 용목은 억지로 부러뜨린 탓인지 끝이 상당히 뾰족했다. 용목 주변에 놓아두면 확실히 눈에 띌 것이다. 이게 발견된다면 용목을 인위적으로 부러뜨렸음을 한눈에 알 수 있을 것이다. 마법구부 부원은 범인 후보로 이름이 오를 게 분명했다.

그러니 부 활동을 정지시키지 못하게 증거를 인멸하려고 사람들 출입이 적은 휴게실의 난로에 던져 넣으려 한 것이다.

"이건 내가 맡아두지. 마법구부에는 걸맞은 처분이 있을 것이다."

빈센트가 용목 가지를 주웠다. 묵직함이 느껴졌다. 가지 자체가 두껍기도 했지만 그것 때문만은 아니었다.

용에게 사랑받은 용목을 부러뜨린 죄의 무게, '용의 심판'의 무게, 자신이 살아온 세월의 무게……. 그 모든 것이 이 손에 올라간 것 같았다.

새파랗게 질린 얼굴로 떠는 하급생을 향해 빈센트가 말했다.

"너희가 잘못했지만 너희들만의 잘못은 아니야. 그것만은 알고 있도록."

하급생 두 사람이 울기 시작했다. 그때, 때마침 귀에 익은 목소리가 들려왔다.

"어, 뭐야. 끝난 거야?"

빗속에서 나타난 것은 하인츠였다. 우산을 접고 처마가 있는 곳까지 왔다. 언제나 입고 있는 백의 밑자락이 비에 젖어 있었다. 점심시간에도 얘기를 나눴으면서 걱정이 되어 와 준 것이다. '평소라면 식물 온실 주변에서만 지내면서.' 그런 생각이 들어 빈센트는 마음이 가벼워지는 것을 느꼈다.

"마법구부의 부주의로 용목 가지가 부러졌습니다."

빈센트가 하급생들을 하인츠 앞으로 밀어서 세웠다. 하급생 두 사람은 눈도 마주치지 못할 정도로 겁에 질려 있었다.

"가지는 하인츠 선생님께서 잘 처리해 주세요. 그리고 최소한 마법학교 내의 용목만이라도 대책을 강구하고, 마법구부 학생들에게 연습 장소를 확보해 주시기 바랍니다."

하급생들이 번쩍 고개를 들었다. 빈센트는 살짝 웃었다.

"너희들이 우선해야 할 것은 숨어서 부 활동을 하는 게 아니라 적절한 장소에서, 적절하게 활동할 수 있게 선생님을 설득하는 일이다. 힘내도록 해."

두 사람은 울면서 떨리는 목소리로 감사하다고 대답했다.

"너희들, 용목이 어떤 건지 알고 있냐?"

평소의 무기력한 교사의 얼굴을 벗어던진 진지한 얼굴의 하인츠가 하급생들을 쳐다봤다.

"용목은 아마네셀 왕국에 있는 마력 전부를 짊어지고 있다. 용의 분노를 사면 이 나라 전체에서 마법을 사용할 수 없을지도 몰라."

하급생들은 척 보기에도 떨기 시작했다. 용목을 부러뜨린 것을 단순히 규칙을 어긴 정도로만 여겼으리라.

"너희를 지나치게 책망하려는 게 아니야. 그저 마법사로서, 이 나라에 살고 있는 사람으로서 꼭 지켜야만 하는 규칙이 있다는 걸 기억해 두도록. 지금부터 마법구부와도 얘기를 듣도록 하지. 부원 모두를 교무실로 데려오도록."

"네, 알겠습니다……."

"죄송합니다……."

하급생들은 흐느끼며 대답했다.

빈센트는 하인츠에게 용목 가지를 내밀었다.

"선생님, 이거요."

"그래."

"그럼 잘 부탁드립니다."

"알아, 알아."

빈센트의 손에서 용목의 가지가 넘어갔다. 손에서 묵직한 무게가 사라지자 마음 깊이 고여있던 모든 불안이 사라지는 듯한 감각을 맛봤다.

'끝났다…….'

빈센트는 깊고 큰 한숨을 내쉬었다.

'이걸로 올리아나는 안 죽는 거야. 이걸로 더는…….'

"저기……."

하급생이 오들오들 떨며 안도하던 빈센트에게 조심스럽게 말을 건넸다.

"죄송합니다. 그, 그렇게나 중요한 줄, 모르고……."

"최근에 동관 주변에 학생들이 있으니, 조심하라는 말을 들어서……. 그래서 저희가…… 점심에는, 다른 곳에, 다른 가지 하나를 버리러 갔는데…… 혹시 벌, 벌을 받게 될까요?"

"뭐……?"

'불길한 예감이 든다.'

빈센트는 온몸에 소름이 돋는 것을 느꼈다.

손끝의 감각이 사라져 갔다.

"어디야!"

미겔이 하급생들의 멱살을 잡아 올렸다. 하급생들은 까치발로 서서 부르르 떨며 얘기했다.

"연, 연금술학 교실의, 벽난로……."

눈앞이 새하얗게 물들었다.

어느샌가 천둥소리가 울리기 시작한 것이다.

32장 별똥별에 빌었던 소원

빈센트와 미겔은 우산도 쓰지 않고 전력으로 빗속을 달렸다.

연금술학 교실은 멀었다. 섬뜩하게 울리는 천둥소리는 용의 포효 같았다.

특별 수업 건물에 도착해서 달리다가 젖은 로브를 벗었다. 비에 젖은 로브가 발에 엉켜 달리기가 너무 불편했기 때문이다.

젖은 로브를 안고 달렸다. 달리고 또 달려도 도착하지 못할 것 같은 기분이 들었다. 도중에 지나치는 학생과 교사 모두 경악하는 표정을 지으며 빈센트를 쳐다봤다. 지금까지 복도는 커녕 학교 안뜰에서도 달려본 적 없는 빈센트가 뛰고 있다는 사실에 놀라움을 금치 못했을 것이다.

젖은 신발 때문에 미끄러졌다. 넘어지지 않게 조심하며 달리고 있는데 정면에서 고성이 들려왔다.

"페르베일라, 탄자인?! 지금 이게 무슨 짓인가요!"

흠뻑 젖은 차림으로 복도를 뛰어다니는 두 사람을 향해 월튼이 눈을 치켜세웠다. 월튼이 빈센트의 몸을 꽉 붙잡았다.

"너만은 이런 행동을 하지 않을 거라고 믿었는데!"

실망이 가득한 월튼을 밀치더라도 앞으로 나아가고 싶었다.

그 순간, 그런 생각으로 가득하던 빈센트의 몸이 갑자기 가벼워졌다.

"가!"

미겔이 빈센트에게서 윌튼의 몸을 떼어내고 있었다. 그리고 그대로 윌튼의 몸을 두 팔로 잡아 저지했다.

"이, 이봐요! 페르베일라?! 이게 대체 무슨 짓인가요!"

"괜찮으니까, 얼른 가!"

미겔이 빈센트의 등을 밀었다. 윌튼은 학생의 예의범절에 까다로웠다. 설교가 시작되면 약 한 시간은 못 빠져나오리라.

빈센트는 말없이 다시 달리기 시작했다. 뒤에서 윌튼이 큰 소리로 화내는 소리가 들려왔다.

'아아, 미겔.'

여기까지 함께 달려와 준 미겔의 격한 목소리를 듣고 빈센트는 자연스럽게 이해했다.

'너는 알고 있었던 거야?'

큰 보폭으로 복도를 내달렸다.

'전부 다 알고 지켜보고 있었던 거야?'

빈센트는 숨을 헐떡이며 나아갔다. 비에 젖은 시야가 번졌다.

'미겔…… 미겔. 그럼 너는 지금 몇 번째 인생을 사는 거야?'

∴ ∵ ∴ ∵

'나는 내 친구를 일곱 번 죽인 적이 있다.'

봄의 중간 달 17일. 마지막 수업이 끝나고 미겔은 입안에 막대사탕을 넣었다.

이날에 이런 행동을 하는 건 이걸로 네 번째였다.

입에 넣은 오렌지맛 사탕이 다 녹기 전에 미겔의 오랜 친구인 빈센트와 그의 연인인 올리아나는 늘 죽고 말았다. 그것이 미겔이 반복하고 있는 지옥 속에서 알게 된 사실이었다.

미겔은 여덟 번의 인생, 그 전부를 기억한다.

때때로 기억을 지닌 채로 인생을 다시 시작하는 두 사람과 달리 미겔은 항상 반복된 인생의 모든 기억을 가지고 있었다. 다시 살아날 때마다 두 사람이 눈앞에서 차가운 시체가 되는 기억이 늘었다.

자기에게는 모든 기억이 주어졌으니 행복한 것이라고 스스로를 타일렀지만 아무것도 모르고 그저 해맑게 웃는 두 사람이 눈부셔서 부러워 견딜 수가 없었다.

떠올려 줘.

이쪽을 봐 줘.

'다시 셋이서 함께 웃고 싶어.'

올리아나 에르샤와 먼저 안 건 미겔이었다.

발이 넓은 미겔은 누구와도 쉽게 친해졌다. 그 첫 번째 인생에서 올리아나를 알게 되었을 때도 쉽게 친해질 수 있었다.

올리아나는 수많은 친구 중 하나였다.

그런 별다를 것 없는 친구 하나를 그저 소꿉친구에게 소개했을 뿐인 그 순간, 소꿉친구가 사랑에 빠졌다는 걸 알았다.

'사람이 사랑에 빠지는 순간은 처음 봤다.'

그리고 그 후로 몇 번이나 반복된 인생에서 빈센트는 미겔의 눈앞에서 몇 번이고 사랑에 빠졌다.

몇 번이고, 몇 번이고.

어떤 인생에서도 그 두 사람은 서로에게 이끌렸고 반드시 사랑을 했다.

연인 역할과 하치류의 심판.

전 료쿠류 공작의 이야기를 듣고 알았다.

용이 원래는 연인 중 남자 역할로 미겔을 골랐음을.

하지만 올리아나와 빈센트는 신이 정한 운명보다 훨씬 더 강한 힘으로 서로에게 이끌렸다.

정당한 하치류의 피를 이어받은 계승자로서 심판 역할에 뽑혔을 빈센트가 '용의 심판'이 이뤄지는 도중에 연인 자리를 얻을 정도로 두 사람의 마음은 강했다.

어처구니없게도 연인의 자리에서 밀려난 미겔에게도 역시 하치류의 피가 흘렀다. 미겔의 어머니는 세이류 공작의 여동생이었던 것이다.

그리고 미겔은 남은 용의 대리인이라는 자리를 손에 넣었다.

'용 따위, 모든 걸 틀리기만 하는 망할 놈이야.'

용의 의도와는 다른 남자가 연인이 되어서 그런 것일까. 졌다는 걸 인정하기 싫어서 장난으로 빈센트와 올리아나에게도 기억을 심어 준 것일까.

아니면 하치류의 피를 이은 남자가 두 명 있었던 탓에 판이 틀어졌는지도 모른다.

어찌 됐든 두 사람은 본래라면 없었을 기억을 애매하게 가진 채로 인생을 다시 살았다. 그 후에 다시 반복되는 인생 속에서 고통받았다.

'두 사람은 언제나 열심히 힘을 냈고 괴로워하다가 봄의 중간 달 17일에는 죽었다.'

미겔은 항상 죽음으로 향하는 두 사람을 돕지 못했다.

그리고 항상 서로 끌어안고 깊은 잠에 든 둘의 주검을 눈앞에 두고 형태가 남은 오렌지맛 사탕을 혀로 느끼며 홀로 죽어갔다.

미겔만이 몇십 년에 걸친 시간을 기억했다.

아무리 다시 살아나며 같은 나이에 깨어난다 해도 더 이상 대등한 친구라고 여기기는 어려웠다.

그렇지만 아무리 삐딱한 마음이 들어도 미겔에게 두 사람은 소중했다.

어떻게든 두 사람이 살아남을 수 있게 가능한 노력을 다했다.

그렇지만 미겔이 움직일수록 사태는 더욱 악화될 뿐이었다.

미겔이 방관자로 있었던 인생에서 빈센트와 올리아나는 가장 긴 봄의 중간 달 17일까지 살아남았다. 그러나 미겔이 용목에 관여해 뭔가 손을 쓰려고 하면 두 사람은 그보다 더 빨리 죽음을 맞이했다.

그때 미겔은 용목을 '용의 심판' 과 연결 지어 생각하지 못해서 심판 역할을 맡은 자가 관여하면 용신이 부정행위로 간주한다는 것을 알지 못했다.

그래서 미겔은 자기의 헌신이 악영향을 미친다고 깨닫기 전까지 빈센트와 올리아나를 다섯 번 죽이고 말았다.

빈센트가 어처구니없게도 첫 번째라고 부르는, 미겔에게 여섯 번째인 인생에서 미겔은 방관으로 일관했다.

빈센트, 올리아나와 우정을 쌓으면서도 절대로 이 뫼비우스의 띠와 관련된 도움은 주지 않았다.

아무것도 모르는 척하며, 아무것도 눈치채지 못한 것처럼 불안, 감정, 조언 같은 것을 모두 사탕과 함께 깊은 마음속으로 삼키면서 지내니, 봄까지 셋이서 함께 있을 수 있었다.

그런데 전 료쿠류 공작에게 '연인 역할인 두 사람에게 여덟 번째란 없다.' 고 들은 순간 미겔은 두려움에 움츠러들었다.

이번 인생에서도 그저 흘러가는 대로 몸을 맡기고 봄의 중간 달 17일까지 살면 된다고 여겼기 때문이다.

'다음에 죽으면 더 이상 빈센트랑 올리아나를 만날 수 없어.'

그것은 상상을 초월하는 공포였다.

'그래서 도와준 거야. 참견하고 만 거야.'

어차피 끝날 것이라면 심판 따위 알 바 아니라고. 이번 삶의 빈센트와 올리아나에게 도움을 주겠다고 각오했다.

그렇게 결심했지만 연금술학 교실에 있는 벽난로에 용목 가지를 던져놨다고 들은 순간 미겔은 절망했다.

전 료쿠류 공작과 만나는 자리에 따라가지 않았다면, 빈센트와 용목을 감시하러 가지 않았다면, 지금까지 했던 대로 방관자로 있었다면, 연금술학 교실에 용목이 던져지는 일은 없었을 것이라고, 이제 두 번 다시 그들을 볼 수 없을지도 모른다고 생각하며 절망했다.

'별똥별 따위에 기도하는 게 아니었어. 꿈 같은 건 꾸는 게 아니었어. 희망 같은 건 필요 없었는데. 하지만…….'

아무리 달관한 척 해도 포기할 수 없었다.

올리아나, 빈센트와 셋이서 봄의 중간 달 18일을 맞이한다는 희망을.

33장 하얀 하늘에 걸린 다리

미겔과 헤어진 빈센트가 연금술학 교실에 뛰어 들어가자 평화로운 광경이 펼쳐졌다.

"어? 빈센트! 볼일은 다 마친 거야?"

콘스탄체, 하이데마리와 함께 열심히 쿠키 반죽을 늘리던 올리아나가 고개를 들어 웃는 얼굴을 보였다. 최악의 사태를 상정했던 빈센트는 올리아나가 무사해서 진심으로 안도했다.

빈센트는 성큼성큼 벽난로로 향했다. 다른 테이블에서 휴식을 취하던 야나와 아즈라크도 빈센트가 교실에 들어오자 가까이 다가왔다.

"어……? 왜 그렇게 흠뻑 젖어서……."

옆을 지나칠 때 올리아나가 의아한 듯이 빈센트에게 물었다. 그러나 대답할 겨를도 없어 벽난로에 다가가 문을 열었다.

벽난로 안에는 불이 들어와 있었다. 타들어 가는 장작 가운데 하나만 이질적일 만큼 붉은 마그마처럼 보이는 게 있었다.

맡아 본 적이 있는, 당장에라도 힘이 풀려 주저앉을 것 같은 달콤한 향이 피어올랐다. 빈센트는 바로 벽난로 문을 닫았다.

"다들 숨 참고 교실에서 나가!"

빈센트도 숨을 멈췄다. 그러나 큰 소리로 외친 탓에 단숨에 향을 들이마시고 말았으리라. 몸이 흔들렸다.

세면대를 향하며 곁눈질하니 빈센트의 다급한 외침에서 긴급함을 느낀 아즈라크가 올리아나와 야나의 손을 끌어 복도에 내보내고 있었다. 콘스탄체는 에다를 감싸듯 끌어안고 문 쪽으로 향했다. 하이데마리도 입가를 로브 자락으로 누른 채, 콘스탄체의 뒤를 따랐다.

빈센트는 세면대에 도착해 수도꼭지를 틀었다. 하지만 아무리 마법 도구라 해도 마법 수도에서 꽤나 멀리 떨어진 벽난로까지 물을 보낼 힘은 없었다.

주변을 살폈지만 한 번에 대량의 물을 퍼 나를 조리기구도 양동이도 보이지 않았다.

빈센트는 로브 옷자락에서 마법 종이를 꺼내 폭포{瀧, 롱}라고 진을 그렸다. 학과 과정에서 안 배우는 복잡한 마법진이다.

마법 도구를 개발하면서 그토록 많은 마법진을 단번에 그려왔지만 서두른 탓에 선이 흔들려 마법진이 흐트러졌다.

빈센트는 수도꼭지에 붙은 마법 종이 위에 폭포{瀧, 롱}라고 쓴 마법 종이를 붙이고 마력을 불어넣었다. 서투른 마법진이었지만 세면대에서 흘러넘칠 정도의 물이 쏟아져 나왔다.

벽난로 문을 열자 정신이 혼미해졌다. 부지깽이로 용목 가지를 끌어내려고 했지만 현기증이 밀려와 도구를 잘 다룰 수가 없었다. 빈센트는 더는 시간을 지체할 수 없어 벽난로 안으로 손을 집어넣었다.

"빈센트!"

교실 문 쪽에서 비명이 터졌다. 뒤돌아볼 여유도 없었다. 빈센트는 올리아나의 목소리가 가까워지지 않는 것으로 보아, 분명 아즈라크가 붙잡고 있을 거라며 아즈라크를 믿었다.

빈센트가 불 속에서 마그마처럼 타오르는 용목 가지를 잡았다. 치이익, 하고 손이 타는 소리가 났다.

"크악!"

손끝이 타고 손바닥이 녹았다. 뜨겁고 고통스러워서 꽉 깨문 잇새로 비명이 새어 나왔다.

"빈센트, 빈센트!"

손에 쥔 가지를 가까스로 끄집어냈다. 불타는 용목가지는 검은 연기를 내뿜고 있었다. 향기와 함께 연기를 들이마신 빈센트는 뒤엉키는 발걸음으로 겨우 움직여서 물이 넘치는 세면대에 가지를 붙잡은 팔을 밀어 넣었다.

"윽!"

칼로 찌르는 듯한 격통이 온몸을 관통하며 몸이 크게 떨렸다.

물에 담근 용목에서 돌풍이 일었다. 마치 눈에 보이지 않는 거대한 날개가 날갯짓하는 듯한 풍압이었다. 손발에 힘을 주지 않으면 소용돌이치는 바람에 날아갈 것 같았다.

소용돌이치는 바람이 한 번 지나가고 난 뒤, 흔들리는 시야와 통증 때문에 빈센트는 몸을 휘청였다. 세면대에서 흘러나온 물 때문에 젖은 바닥에 미끄러져 체중을 지탱하지 못하고 세면대 위로 쓰러졌다. 빈센트는 세면대에 고인 물속으로 얼굴부터 처박혔다.

"빈센트!"

두 팔이 잡혀서 몸이 끌어 올려졌다.

빈센트는 바닥에 쭈그려 앉았다. 물을 들이켠 탓에 기침이 났다. 입에서 물이 나오고 콧속부터 뇌까지 찡하게 아려왔다.

빈센트가 눈을 뜨니 올리아나와 미겔이 곁에 있었다. 두 사람 모두 떨리는 손으로 빈센트의 양팔을 끌어안고 있었다.

"무, 무, 무, 무슨 짓을 하는 거야!"

올리아나가 눈썹을 치켜 올리고 눈물을 글썽이며 빈센트를 향해 소리쳤다. 주저앉은 올리아나의 하반신이 세면대에서 흘러넘친 물에 젖어있었다.

"손, 손! 손 보여줘!"

말이 잘 안 나오나 보다. 올리아나는 빈센트의 오른손을 잡았다. 올리아나의 손도 목소리도 가여울 정도로 떨리고 있었다.

"화상……은 아니야……?"

빈센트의 오른손 손바닥을 보고 올리아나는 입을 다물지 못했다. 거기에 이끌려 빈센트도 자기 손바닥을 봤다. 조금 전까지 극심했던 통증이 어느새 사라졌음을 깨달았다.

그 대신 검은 얼룩 같은 것이 손바닥에 퍼져 있었다. 그것은 날개를 펼친 용 같은 모양을 하고 있었다.

'용의 재앙 아니 자애인가?'

최초의 첫 번째 인생에서 잃었을 빈센트와 올리아나, 미겔의 목숨. 반복되는 몇 번의 심판을 뛰어넘어 비로소 이번 삶에서 용신을 생명의 이치에 개입시킬 수 있는 조건이 충족됐음을, 가슴속에 퍼지는 말로 표현 못할 행복감에서 느낄 수 있었다.

'하인츠 선생님 말씀대로 다시 시작할 기회였던 건가…….'

용신이라 한들 여덟 번 밖에 목숨을 되살릴 수 없다.

하치류가 관여해야만 발현되는 '용의 심판'은 아무리 용신이라 하더라도 과거에 용의 수호를 받았던 하치류의 핏줄을 통해야만 구원할 길이 생기는 이치이다.

이 얼룩은 분명 그 대가이자 증명 같은 것.

타들어 가는 용목에서 나던 냄새는 조금 전 불었던 바람 때문에 날아간 듯했다.

용목이 가라앉은 물 위로 떠오른 '폭포'라고 그려진 마법 종이를 멍하니 쳐다보던 빈센트의 귀에 갈라진 목소리가 닿았다.

"하핫……."

어느새 일어나 세면대 안쪽을 들여다보던 미겔이 웃음을 터뜨렸다. 빈센트도 벌떡 일어나려고 했지만 계속 현기증이 일어서 다리에 힘이 들어가지 않았다.

미겔이 세면대에 손을 넣어 물속에서 용목 가지를 꺼냈다. 조금 전에 섬뜩할 정도로 붉게 빛나던 가지가 숯덩이 같았다.

미겔은 용목 가지를 빈센트에게 보여주고 다시 물속으로 떨어뜨렸다. 그리고 주저앉은 채로 있던 빈센트와 올리아나를 양손으로 안았다.

"살아있어, 살아있어……!"

미겔의 목소리도 몸도 떨렸다. 미겔의 입에서 사탕의 막대가 떨어졌다. 바닥을 구르는 막대기에는 더 이상 사탕이 없었다.

빈센트는 떨리는 손으로 미겔의 몸을 끌어안았다.

'살아있어. 나도 올리아나도 미겔도.'

빈센트는 이 세상에 이렇게 고귀한 온기가 있는 줄 몰랐다. 미겔의 로브에 빈센트의 눈물이 스며들었다.

"사, 살아있는 게 당연하지!"

얌전히 미겔에게 안겨 있던 올리아나가 큰 목소리로 말했다.

"그보다 죽으려고 했던 건 빈센트였잖아! 정말이지, 진짜! 불속에 손을 집어넣다니……! 진짜 무슨 생각을 하는 거야!"

올리아나는 화가 잔뜩 난 목소리로 소리쳤다. 그런 목소리조차 사랑스러워서, 빈센트는 눈물이 뒤섞인 미소를 지으며 미겔과 함께 올리아나를 끌어안았다.

빈센트에게 안긴 올리아나가 갑자기 입을 다물자, 열려있던 교실의 문이 덜컹거렸다.

"하아. 너희…… 하아, 하아…… 무……무사하냐!"

숨이 너무 차서 뭐라고 말하는지 모를 목소리가 들려왔다.

셋이서 문 쪽을 바라보자 당장에라도 죽을 것처럼 축 늘어진 하인츠가 문에 기대어 있었다. 아즈라크가 팔을 받쳐주었지만 그 손을 놓으면 하인츠는 그대로 바닥에 쓰러질 것이다.

"어……어떻, 게……!"

"불은 무사히 껐습니다."

"그, 그, 그러냐……."

하인츠는 그러냐고 세 번이나 말한 뒤, 복도에 쓰러져 뒹굴었다. 팔다리를 활짝 벌리고 누워서 거칠게 호흡을 가다듬고 있었다. 분명 여기까지 전력으로 달려왔으리라.

그 옆으로 콘스탄체가 무릎을 꿇고 손수건으로 하인츠의 땀을 닦아주었다.

“어머! 이, 이번엔, 이건 또 무슨 일이에요!”

교실 문 뒤쪽에서 빈센트 쪽을 보던 하이데마리와 야나 뒤로 윌튼이 나타났다. 핏기를 잃은 창백한 얼굴로 연금술학 교실의 참상에 탄식했다.

“대체 뭘 어떻게 해야 이런…… 복도는 물바다가 됐고 테이블 위는 가루투성이에 조리기구는 흩어져 있고 세면대에는 홍수가 나 있네요! 탄자인! 페르베일라! 당신들, 무슨 생각으로……!”

“저기요. 저기, 윌튼 선생님. 이 일은 다 제 감독하에…….”

“하인츠 선생님! 당신까지 이 소란에 가담한 겁니까? 대체 무슨 일인가요! 납득이 갈 때까지 설명하셔야 할 겁니다!”

윌튼이 하인츠를 다그치자 에다와 하이데마리도 뒤에서 손을 올렸다.

“하인츠 선생님~.”

“우리가 만들다 만 쿠키도…….”

“아, 알았어, 알겠다고! 미안! 전부 내가 책임질게! 알겠냐!”

하인츠가 교실 문 앞에서 사과하고 있을 때, 빈센트와 올리아나는 미겔의 손에 이끌려 반대쪽 문을 통해 복도로 나왔다.

그리고 미겔이 지금까지 본 적 없는 어린아이 같은 얼굴로 찡긋 웃었다.

"내일은 함께 있어 줘. 난 셋이 같이 있는 게 정말 좋거든."

미겔이 등을 떠밀었다. 조금 전 복도에서 빈센트에게 소리치며 등을 밀었던 것과 같은 행동이었지만 미겔의 표정은 그때와 정반대였다.

빈센트는 올리아나의 손을 잡고 몰래 연금술학 교실을 빠져나갔다.

어느새 비가 그치고 창밖에는 커다란 무지개가 걸려 있었다.

종장 프롤로그

몰래 연금술학 교실에서 빠져나온 빈센트와 올리아나는 동관 휴게실로 향했다.

온몸이 흠뻑 젖은 빈센트가 걱정됐는지 올리아나가 벽난로에 불을 붙이려고 해서 빈센트는 다급히 올리아나를 말렸다. 그리고 벽난로 안에 고개를 밀어 넣고 구석구석 확인했다.

"뭐 하는 거야?"

"이제 다 끝났다고 생각하고 싶지만 혹시 모르니 주의를 기울여야겠다 싶어서."

용목은 없다고 판단한 빈센트가 벽난로에 불을 피웠다.

올리아나가 지팡이를 휘두르는 빈센트의 손을 꼭 잡았다. 그리고 손가락을 하나씩 펼쳤다.

"다행이야……. 그런 짓을 하고…… 손에 화상을 입으면 어쩔 뻔했어……."

빈센트의 손바닥에 화상 자국이 없는지 다시 한번 확인하고 싶었던 모양이다. 화상 대신에 올라온 자국을 보며 올리아나의 얼굴이 슬픔으로 일그러졌다.

"진짜 하나하나 다 설명해 줘야 해!"

융으로 된 원단이 깔린 소파에 빈센트를 앉히고 올리아나가 자기 로브를 벗어 그걸로 빈센트의 젖은 몸을 닦았다.

그 눈은 지금 화났다고 말하는 것처럼 빈센트를 뚫어지게 쳐다봤다. 그런 시선마저 사랑스러워서 바닥에 무릎을 꿇고 빈센트의 몸을 닦는 올리아나의 입술에 자기 입술을 포갰다.

"얼버무리기 금지야."

"난 단 한 번도 뭔가 얼버무리려고 너한테 키스한 적이 없어."

"아, 진짜!"

솔직한 마음을 전하자 올리아나는 새빨개진 얼굴로 열받아서 발을 구르며 분해했다.

부끄러워하는 올리아나가 귀여웠지만, 빈센트는 올리아나의 손을 끌어당겨 자기 옆에 앉혔다.

올리아나에게 로브를 돌려주고 두른 뒤 다짜고짜 끌어안았다. 올리아나와 빈센트의 몸이 한 치의 틈도 허락하지 않으려는 듯이 딱 맞닿았다. 평소와는 다른 빈센트의 대담한 접촉에 올리아나의 몸이 굳는 게 느껴졌다. 하지만 조금은 그걸 견뎌주길 바랐다.

지금은 그저 이 온기와 닿고 싶으니까.

"내가 두 번째 인생에 관해 말한 적이 있었지?"

"어? 응."

"그건 정말 있었던 일이야."

올리아나가 되묻고 빈센트를 바라봤다. 빈센트는 진지한 눈으로 올리아나를 바라보고 있었다.

"난 이전 인생에서도 널 사랑했어."

올리아나는 계속 빈센트에게 눈을 두고 작게 중얼거렸다.

"그건, 놀랍네."

"믿어주는 거야?"

"나한테는 거짓말 안 하기로 했다며?"

웃으며 말하는 올리아나를 보며 빈센트의 얼굴이 살짝 일그러졌다. 이럴 때 빈센트는 올리아나에 대한 사랑을 새삼 깨닫는다.

능숙하게 웃지 못하는 빈센트에게 올리아나는 부드러운 미소로 답했다.

"나도 너도 아까 그 용목 때문에 죽었어."

아무리 그래도 이 얘기는 예상 못했는지 올리아나가 눈을 크게 떴다.

"그리고 용신에게 다시 시작할 기회를 받았어."

빈센트가 용목이나 '용의 심판'에 관해 머뭇거리면서 이야기하자 올리아나는 진지한 얼굴로 들어줬다.

죽어서 인생을 되돌아가는 현상에 관해서도 대강 설명을 마친 빈센트는 서투른 미소를 짓고 올리아나를 바라봤다.

"지금이라면 나도 알아. 네가 얼마나 고독했는지. 깊은 불안 속에서 네가 얼마나 필사적으로 앞을 향해 나아갔는지. 그런데도 나는 널 다정하게 대하지 못했어. 네게 아무것도 주지 못했어. 나는 이전 삶의 네가 가진 고독도 절망도 다 안다고 여겼지만 실은 아무것도 몰랐던 거야."

"그럴까."

올리아나의 대답이 믿을 수 없으리만큼 가벼워 빈센트의 눈이 휘둥그레졌다.

올리아나가 고개를 갸웃거리며 빈센트에게 물었다.

"이전 인생에서도 나는 나였던 거잖아?"

빈센트는 저도 모르게 고개를 끄덕였다.

"그럼 빈센트가 있어 주는 것만으로도 난 괜찮았을 거라고 생각해. 분명 행복했을 거라고 단언할 수 있어."

태연하게 말하는 올리아나를 보고 빈센트는 생각하기에 앞서 몸이 먼저 움직여 올리아나를 끌어안고 있었다. 흠뻑 젖은 빈센트의 옷이 올리아나의 옷에 달라붙어 물기가 퍼져나갔다.

"올리아나."

"응."

"올리아나."

"응……."

몸을 꽉 끌어안는 빈센트의 등을 올리아나가 천천히 쓰다듬었다.

"빈센트, 열심히 노력해 줘서 고마워. 항상 날 지켜줘서 고마워. 하지만 이제 괜찮아. 이제 괜찮아."

괜찮아. 그렇게 말하고 올리아나도 똑같이 빈센트의 몸을 끌어안았다.

빈센트는 뼈가 부러질 만큼 강하게 올리아나를 끌어안으며 13년 전, 이곳에서 잃은 영혼을 애도했다.

∴ ∵ ∴ ∵

잠시 후, 빈센트는 천천히 팔에서 힘을 풀었다. 올리아나는 그 틈을 놓치지 않고 빈센트의 얼굴을 들여다봤다. 빈센트는 평소보다 조금 어려 보이는 얼굴을 하고 올리아나를 바라보고 있었다. 빨개진 코끝과 눈가가 진심으로 귀여웠다.

"이전 인생에서 우리는 어떤 느낌이었어?"

조금 전에 들은 충격적인 사실을 올리아나는 놀라우리만큼 쉽게 믿었다.

일단 믿는다면 얘기는 간단했다.

빈센트가 말하는 좋아하는 인물상도, 한 번 떨어졌다는 얘기도, 레몬 머핀에 관해 쓴 편지도 전부 올리아나의 얘기였던 것이다.

빈센트는 자조가 서린 미소를 띠었다.

"난 무척 한심한 놈이었어. 한심한 짓만 하는 귀찮은 놈이었어."

"아, 뭐야. 지금이랑 별로 안 다르잖아."

"뭐?"

"미안합니다."

올리아나에게만 보인 한심하고 귀찮은 면. 올리아나는 오히려 그런 면이 좋았지만 빈센트는 그게 불만스러운 모양이었다. 올리아나는 바로 사과했다. 이렇게 곧장 사과하는 점은 올리아나의 장점 중 하나였다.

사과했지만 히죽거리는 올리아나를 보며 빈센트는 반격하듯 입을 열었다.

"넌 항상 뻔뻔하게 내 옆에 있었어."

"뻔뻔하게……?"

"그리고 항상 나한테 좋아한다고 말했고."

"빈센트는 듣고 싶었던 게, 맞는 거지?"

"맞아."

빈센트가 무척이나 뾰로통한 말투로 대답하자, 올리아나는 크게 웃으며 빈센트가 바라는 말을 바쳤다.

"빈센트, 정말 좋아해."

올리아나가 너무 쉽게 고백해서 그런지, 빈센트는 한쪽 눈썹을 치켜세우고 올리아나의 몸을 감싸안았다.

시더우드 향기가 포근하게 올리아나를 휘감았다.

"이전 인생에서 기억하는 건 좋은 추억뿐이고 다 너에 관한 거야."

"그럼 앞으로 이전 인생에 지지 않을 추억도 만들어야겠네."

일단 그 첫걸음으로 다시 한번 나와 사랑이라도 시작해 볼래?

그렇게 말하며 웃는 올리아나를 보는 빈센트의 눈이 커지며 떨렸다.

"왜 그래?"

"예전의 너도 비슷한 말을 한 것 같아서."

"어쩔 수 없잖아. 똑같은 올리아나인걸."

올리아나는 웃었다.

이전 인생까지 포함해서 빈센트가 가장 사랑스럽다고 여길 만한 미소를 얼굴 가득 머금고.

"일단 자기소개부터 하자. 난 올리아나 에르샤. 겨울의 첫 달 5일에 태어났고, 키는 157cm에 몸무게는 비밀. 좋아하는 건 면 요리고 요즘엔 레몬도 마음에 들어. 빈센트라는 꽤 멋진 남자 친구랑 많은 친구가 있고 지금이 내 인생에서 제일 행복해."

올리아나의 자기소개를 듣고 빈센트는 행복하게 웃으며 입을 열었다.

두 사람은 자연스럽게 손을 잡았다.

"나는 빈센트 탄자인. 나이는 열일곱 살. 생일은 봄의 끝 달 30일. 좋아하는 아이는……."

〈끝〉

번외편 ⟡ 불투명한 내일의 우리

“쭉 좋아했어. 이거 받아주지 않을래.”

내민 것은 달 듯한 과자였다.

‘아…… 이건.’

조금 떨리는 손끝. 새빨개진 귀. 가지런한 발 모양새.

‘거절하면 이제 두 번 다시 말도 안 걸 느낌이다.’

친구니까 금방 알 수 있었다. 평소의 똑 부러진 목소리가 애처로울 정도로 떨렸다.

여름 끝 무렵의 조금 선선해진 바람이 두 사람 사이를 스쳐 지나갔다. 벽돌로 포장된 길에 늘어진 그림자는 짧았다.

고개를 숙인 탓에 상대방의 표정은 보이지 않았다. 어깨선을 따라 가지런히 자른 짙은 금발이 살랑거리며 얼굴을 더욱 숨겨 줬다.

카이는 손을 내밀어 파운드케이크를 받아들었다.

“좋아. 사귈까?”

“어?”

하이데마리는 반사적으로 고개를 들었다. 그 표정에는 기쁨보다 당혹감이 서려있어서, 카이는 조금이지만 열받았다.

'뭐야. 멀어질 셈으로 고백한 거야?'

하이데마리가 할 만한 생각이라면 잘 알았다. 겉멋으로 4년이나 친구로 지낸 게 아니다. 지금까지 카이에게 하이데마리란 스스럼없이 대하는 친구였지만, 자기를 좋아한다는 사실이 싫지 않았다. 고백받으면 사귀는 건 충분히 가능한 쪽이었다.

"돌아가서 먹을게. 땡큐~."

"응."

하이데마리가 고개를 끄덕였다. 조금 부루퉁하면서도 민망한 듯한 표정이었다. 하지만 붉게 물든 뺨이 하이데마리가 지금까지 숨겨온 마음을 전하는 것 같아서 카이도 똑같이 민망했다.

"그럼 간다."

카이는 이 이상 무슨 얘기를 하면 좋을지 몰라서 퉁명스럽게 말하고 발길을 돌렸다.

"카이!"

카이는 하이데마리를 뒤로하고 걷기 시작했다. 그러자 하이데마리가 불러 세웠다.

"왜."

"앞으로 잘 부탁해……!"

"응."

똑같이 잘 부탁한다고 말하며 한 손을 흔들었다.

그저 그것뿐이었는데 하이데마리는 얼굴을 찡긋하고 웃더니 기뻐하며 손을 흔들었다.

∴ ∵ ∴ ∵

카이 펠러는 대단히 인기가 많지는 않았지만 아예 없는 것도 아니었다.

중성적이고 반듯하며 고운 외모 때문인지 말을 거는 여자애가 비교적 많았다. 체격은 평균이었지만 큰 체구의 아즈라크가 같이 있는 탓에 다른 애들보다 몸집이 초라해 보인다는 것은 자각했다.

지금까지 두 명의 연인이 있었다.

두 사람과 몇 달은 관계가 지속됐지만 교제 중에 서로에게 불만이 쌓여 헤어졌다. 아직 타인을 소중히 여길 만큼 자기가 어른이 아님을 통감한 유치한 교제였다.

'하이데마리와도 몇 개월 가고 헤어지려나.'

가능하면 하이데마리와는 오래도록 친구로 남고 싶었다. 여자애임에도 서로 할 말은 하는 귀중한 친구였기 때문이다. 하지만 고백을 거절하면 자존심 강한 하이데마리가 자기와의 관계를 끊을 거라는 건 쉽게 예상할 수 있었다.

그럴 거라면——언젠가 헤어진다고 하더라도——그 이별을 미루기 위해 사귀어도 나쁜 선택은 아니겠다 싶었다. 그만큼 하이데마리는 카이가 마음에 들어하는 친구였다.

"하이데마리. 오늘 기숙사까지 데려다줄게."

고백받은 바로 다음 날. 쉬는 시간에 여자애들과 웃고 떠드는 하이데마리 옆을 지나치며 카이가 말을 걸었다.

그때까지는 주변 애들이 질색할 만큼 큰 목소리로 떠들던 하이데마리가 순식간에 말을 삼켰다. 거기에 그치지 않고 몸짓과 손짓도 완전히 멈추고 말았다.

카이는 대답이 없는 게 의아해서 미간을 찌푸리고 하이데마리를 돌아봤다.

'응? 뭐야.'

눈앞의 에다와 시선을 맞춘 채 하이데마리는 얼굴이 새빨개져 굳어 있었다.

'갑자기 왜 그렇게 귀여워진 거야.'

평소의 하이데마리와는 너무나도 다른 태도에 카이는 멈칫했다. 자기가 말을 건 것만으로도 그 하이데마리가 얼굴이 새빨개져 어떠한 반응도 못할 줄은 상상도 못 했다.

카이는 지금까지 하이데마리를 연애대상으로 본 적은 없었지만, 자기의 행동 하나하나를 이렇게까지 의식하자 어지러울 정도로 마음이 흔들렸다.

"어. 잠깐, 하이데마리……?"

하이데마리 앞자리에 앉아 있던 에다가 하이데마리와 카이를 번갈아 보고는 식은땀을 흘렸다.

"어제 파운드케이크를 갖다준 사람이……."

올리아나가 눈을 반짝거리며 입을 틀어막았다. 여자애들끼리 그런 얘기를 했나 싶어 민망해졌다.

하이데마리가 이쪽을 쳐다보지도 못하고 굳은 걸 보면 카이와 사귄다는 건 아무에게도 말하지 않은 모양이다. 에다 옆에 앉은 콘스탄체도 경악한 얼굴로 카이를 바라봤다.

하이데마리는 책상 위에 올린 양손을 꽉 쥔 채 새빨간 얼굴을 하고 그대로 움직이지 않았다. 질문에 대한 답을 듣기 위해 카이는 다시 한번 하이데마리에게 물었다.

"알았어?"

"아, 알았어."

여자애들의 따가운 시선을 애써 무시하며 하이데마리에게 묻자, 평소의 몇 배쯤 퉁명스러운 목소리로 답하더니 고개를 끄덕였다. 너무 얌전한 척하는 거 아닌가 하고 생각하며 카이는 그대로 교실을 나섰다.

올리아나와 야나가 손을 맞잡고 기뻐서 비명을 질렀다.

"카이! 어디가!"

"화장실 간다."

"잠깐만! 나도 갈래!"

루시안이 소란을 떨며 따라왔다. 카이는 남자들끼리 굳이 이런 얘기는 나누고 싶지 않았다. 루시안이 따라와도 간단한 보고 정도밖에 안 하겠지만 카이는 달려오는 루시안을 조용히 기다렸다.

교실을 나섰을 때 콘스탄체가 "어떡해, 거짓말이야. 믿고 싶지 않아……. 절대로 듣고 싶지 않은 이야기일 것 같은데……!" 하고 울부짖는 소리가 복도까지 들려왔다.

∴ ∵ ∴ ∵

하이데마리와 사귀는 건 생각보다도 훨씬 순조로웠다.

다만 지금까지는 도대체 어떻게 자기와 그저 친구로 지내왔는지 신기할 정도로 하이데마리는 연인이 된 카이 앞에서 태도가 확연히 달랐다.

카이가 인사만 해도, 이동수업 시간에 옆에서 걷기만 해도, 무거워 보이는 짐을 들어주기만 해도 하이데마리는 얼굴이 새빨개져서 마치 삐진 것 같은 표정을 지었다.

그 표정을 보고 예전에는 그저 좋아하는 감정을 숨겼을 뿐임을 실감해서 카이는 아무 말도 할 수 없었다.

루시안처럼 놀리고 말 정도로 어린애도 아니고, 아즈라크만큼 아무렇지 않은 표정으로 다 받아줄 만큼 어른도 아니었다.

카이와 하이데마리의 관계도 의식도 지금까지와는 다르지만 어째선지 불쾌하지는 않았다.

열매날에 루시안과 마을로 외출했을 때 카이는 발걸음을 멈췄다.

노점에 진열된 장신구 사이에서 큼지막한 귀걸이 하나가 시선을 사로잡았기 때문이었다. 카이가 걸음을 멈추고 노점 진열대를 들여다보고 있으니, 신나서 떠들며 걷던 루시안이 당황해서 되돌아왔다.

"뭐야! 멈출 거면 말을 해! 모르는 사람한테 말 걸었잖아!"
카이는 옆에서 씩씩거리는 루시안을 무시하며 귀걸이를 바라봤다.
"네가 귀를 뚫었었나?"
루시안이 자기 마음대로 카이의 귓불을 손가락으로 잡고 귀를 뚫었는지 확인했다. 카이는 그 기분 나쁜 손을 뿌리쳤다.
"안 뚫었어."
"엥, 보고 있던 거 귀걸이 아니었어?"
"귀걸이를 보고 있었던 게 맞아."
"뭐야."
루시안이 웃으며 말했지만 대답도 없이 카이는 귀걸이를 집어 들었다. 놋쇠로 만들어진 심플한 링 귀걸이였다. 귀에 걸기만 하면 되는 간단한 구조의 귀걸이는 언밸런스한 원을 그렸다.
"오, 형씨. 그건 우리 수습생이 만든 거니까 싸게 줄게."
노점상이 히죽 웃으며 시세보다 싼 금액을 제시했다.
애초에 가격이 문제가 아니었다. 하지만 그것이 등을 떠민 격이 되어 더 마음 편히 살 수 있었다. 여자애에게 무언가를 사 준 건 처음이었다. 카이는 남몰래 긴장되는 마음으로 지갑을 열어 노점상이 제시한 금액대로 동전을 냈다.

카이는 주머니 속에 넣어둔 귀걸이를 건넬 순간을 상상하는 것만으로도 들떴다.

귀걸이를 처음 본 순간부터 하이데마리에게 잘 어울릴 것 같았다. 하이데마리의 평소 이미지는 걸걸했지만 휴일에 입는 사복을 보면 여성스러운 옷도 좋아하는 게 분명했다. 그리고 부드러워 보이는 귓불에는 항상 귀걸이를 했다. 작은 귀걸이가 많긴 했지만 어른스러운 하이데마리에게는 큼지막한 귀걸이도 분명 잘 어울릴 것 같다고 늘 생각했다.

친구였을 때는 참견하지도 못했고 선물을 주는 것은 더더욱 불가능했지만 지금은 달랐다.

카이는 아직 자기가 하이데마리를 좋아하는지 아닌지 잘 몰랐다. 하지만 자기의 행동 하나하나에 그토록 전혀 다른 반응을 보이는 하이데마리를 보는 건 즐거웠다.

다음에는 뭘 해 줄까. 어떡하면 기뻐할까.

'뭘 해도 기뻐하겠지만.'

친구 사이부터 시작했기 때문인지 지금까지 사귀었던 여자친구들에게 느꼈던 감정과는 다른 친밀감도 있었다.

"하아. 젠장."

"야~ 부정 탄다~."

주머니 속 귀걸이를 손가락으로 쓸다가 입가가 느슨하게 풀린 모양이었다. 루시안이 얼굴을 찡그리고 카이를 쳐다봤다.

"자기가 잘 안 된다고 비꼬지 마라."

"잘 안 되는 건 아니거든!"

루시안은 진심으로 부정했지만 잘되어간다고는 할 수 없을 것 같았다. 하이데마리가 카이에게 준 파운드케이크와 똑같은 걸 루시안도 마리나에게 줬다고 들었지만 그 이후로 좋은 소식이 아직 들려오지 않았으니 말이다.

"근데 의외이긴 하다."

"뭐가."

루시안이 나른하게 교과서를 어깨에 얹고 비틀거리며 복도를 걸었다.

"카이랑 하이데마리가 사귈 줄은 몰랐어. 그럴 것 같은 분위기가 전혀 없었잖아?"

"아……. 나도 몰랐으니까 뭐."

루시안은 늘 삐딱한 카이가 솔직하게 대화를 나누는 유일한 동성 친구였다.

"몰랐어? 뭘?"

"하이데마리가 날 좋아한다는 걸."

"뭐? 그랬어? 아니 그보다 하이데마리가 먼저 좋아했다고?"

"응."

여기서 거짓말을 하는 것도 이상한 듯해서 카이는 솔직하게 수긍했다.

"그래서 그런지 아직 내가 걔를 좋아하는지 아닌지도 잘 모르겠더라."

"흐음……. 근데 얼마 안 있으면 알 것 같은데?"

"뭐?"

좋아한다고 당당히 말할 수 없는 자신이 용서받은 것 같아서 카이는 또 주머니 속 귀걸이를 손가락으로 만지작거렸다.

∴ ∵ ∴ ∵

'아니 괜찮아! 그럴 줄 알았어. 다 알고 있었잖아!'

하이데마리는 화장실 칸에 들어가서 벽에 기대 거의 울 것 같은 눈으로 자기에게 되뇌었다. 어깨를 들썩이며 숨을 고르는 이유는 여기까지 전력 질주했기 때문이다.

이런 장소에서도 수업 시작을 알리는 종소리가 울려 퍼졌다. 하이데마리는 이 기분 그대로 잠들면 어떨까 싶어서 벽에 몸을 기댄 채로 눈을 감았다.

처음 보건실에 가게 된 계기를 떠올렸다.

카이와 루시안을 발견해서 달려가려던 찰나에 두 사람의 대화를 엿듣게 된 것이다. 왜 하이데마리한테만 남자 친구가 생기냐는 둥 한탄하며 뒤따라 걸어온 콘스탄체와 에다에게 새파래진 자기 얼굴을 들켜서 친구들에게 이끌려 보건실까지 갔다.

카이와 사귄 뒤로 하이데마리는 꿈같은 나날을 보냈다.

남몰래 쭉 좋아했던 카이가 자기 마음을 받아줬다.

친구와는 다른 거리감으로 곁에 있다. 다들 놀랄 정도로 평소와 다른 태도로 행동해도, 카이가 질색하는 것 같지 않아서 구원받은 기분이었다.

곁에서 함께 지내다보니 카이가 왠지 그냥 좋아졌다.

자기의 감정을 깨닫자, 오히려 카이를 특별 취급 안 하기가 힘들었고, 어쩌면 카이가 자기도 특별 취급해 주지 않을까 기대할 때마다 괴로웠다. 하지만 모두가 사이좋은 2반에서 고백을 했다가 불편한 분위기를 만들 용기는 없었다.

끝까지 말할 생각이 없었던 감정을 파운드케이크와 함께 전한 건, 완전히 분위기에 휩쓸려서 튀어나온 행동이었다. 지금이라면 절대로 말할 수 없으리라.

『아직 내가 걔를 좋아하는지 아닌지도 잘 모르겠더라.』

머릿속에 떠오르는 카이의 말. 조금 곤란하다는 듯한 그 목소리를 듣자 자기 앞에서는 내보이지 못한 카이의 솔직한 속마음을 들여다본 것 같았다.

'좋아한다고 말하고 받아줬으니까. 그걸로 충분하잖아.'

분명 사귐이란 서로 좋아해서 시작하는 것보다 이렇게 애매한 감정에서 시작되는 경우가 더 많을 것이다.

'이건 아니야. 너무 많은 걸 바라는 거야.'

자기를 받아주리라고 생각도 못했지만 지금은 옆에서 웃어준다. 그거면 됐다. 그렇다. 이게 맞는 것이다.

'젠장. 울지 마.'

꽉 감은 눈꺼풀 틈으로 어느새 흐르기 시작한 눈물을 로브 소매로 꾹 눌러서 훔쳤다.

∴ ∵ ∴ ∵

"손잡을래?"

방과 후에 여자기숙사로 가는 길.
자기에게 내민 손과 조금 붉게 물든 눈가를 보며 하이데마리는 5초 정도 호흡을 멈췄다.
그리고 미간을 구기며 카이가 내민 손을 노려봤다.
"왜 그렇게 위협적이야?"
과하게 강한 눈빛으로 바라보는 하이데마리에게, 카이는 코웃음치듯이 어이없다는 투로 웃었다.
'웃었다……. 이런 얼굴이 너무 좋아…….'
"아니, 위협하는 건 아닌……."
"째려보는 건가 싶었어."
카이가 또 웃었다. 카이는 무표정하지는 않았지만, 같은 남자끼리 있을 때가 아니면 잘 웃지 않았다. 여자애들과 함께 있을 때는 필요 이상으로 차가운 태도를 보이며 상대방을 내려다보는 듯한 투로 말하곤 했다.
'하지만 나한테는 마치 공범이라도 된 것처럼 웃어주는 점이 좋아.'
함께 루시안이나 다른 애들을 지키는 입장이기 때문에 그러는 건 알았지만 이런 소소한 특별 취급마저도 하이데마리는 기뻤다.
'그러는 것만으로도 기쁜데 손을 잡자니. 요즘에 카이는 너무 적극적이야.'
학교 건물에서 여자기숙사까지 데려다주지, 옆에서 걸어 주지, 같이 저녁을 먹어 주지, 짐을 대신 들어 주지……. 그렇게 무척 정석적인 남자 친구처럼 대범하게 행동했다.

'대단해. 지금까지 카이한테 여자 친구가 몇 명 있었다는 건 알지만, 남자 친구가 되면 원래 이렇게 잘해 주는 거였어……?'

평소의 카이를 아는 만큼 이렇게 될 거라고는 전혀 상상도 못했던 것이다.

지금까지 카이의 전 여자 친구는 다들 하이데마리와 정반대로 온화하고 부드러워 보이는 여자애였다.

전 여자 친구와 함께 있는 정석적인 남자 친구 같은 카이를 상상했다. 그리고 그들을 질투할 수준에도 미치지 못한다는 사실에 하이데마리는 우울해졌다.

"하이데마리?"

카이의 손을 바라본 채 생각에 빠진 하이데마리에게 카이가 말을 걸었다. 얼굴을 드니 바로 앞에 카이의 얼굴이 있었다. 언제 가까이 다가왔을까. 카이와 하이데마리의 키 차이는 5cm 정도 됐기에 살짝 다가선 것만으로도 코앞에 얼굴이 다가왔다.

막연히 우울해진 참에 급격히 거리가 가까워져서 하이데마리의 마음은 엉망이 되어 버렸다. 온몸에 땀이 배어 나왔다. 가까이에서 걷는 게 부끄럽고 땀이 난 손을 카이가 잡는 게 싫어서 하이데마리는 짐을 양손으로 들어 올리며 힘차게 고개를 저었다.

"오늘은 짐이 많으니까 괜찮아!"

"어? 내가 들게."

카이가 무슨 소리를 하냐는 식으로 말하자, 하이데마리는 당황해서 말을 뱉었다.

"이 정도는 스스로 들 수 있어!"

하이데마리는 양손으로 짐을 단단히 쥐었다. 얼마나 세게 쥐었는지 마치 손에 난 땀을 교과서로 닦는 듯한 수준이었다.

"그, 그래?"

하이데마리의 패기에 눌렸는지 카이는 약간 무안한 듯 손을 거뒀다.

"그럼, 이거 받아."

카이는 무뚝뚝한 목소리를 감추려는 것처럼 조금 퉁명스럽게 말하더니 하이데마리의 짐 위에 주머니에서 꺼낸 무언가를 올려놨다. 두 개의 원 모양이 뒤엉켜서 마치 지혜의 고리처럼 보였다.

"이게 뭐야."

"귀걸이."

"어? 네가 귀를 뚫었었나?"

"왜 루시안이랑 똑같은 소릴 하냐고."

하이데마리는 웃는 카이의 귓가로 시선을 향했다. 제대로 보라는 듯, 카이가 얼굴을 들이밀며 귀를 보였다. 얼굴을 돌려가며 양쪽 귀를 다 보여줬지만 어느 쪽도 안 뚫은 상태였다.

"그럼 뭐야. 주운 거야? 내 건 아닌데."

귀걸이를 돌려주려고 하자 카이가 시무룩한 표정을 지었다.

"왜 얘기가 그렇게 되는 거야. 누가 봐도 남친이 여친한테 주는 선물이잖아."

누가 봐도 선물은 아닌 것처럼 볼 것 같았다.

포장도 안 됐고 리본도 없었다. 하이데마리는 손바닥 위에 달랑 놓인 귀걸이를 3초는 바라보다가 빠른 속도로 얼굴에 피가 몰리는 느낌이 들었다.

"아, 그, 그래?"

평정심을 유지하려고 할수록 얼굴이 뜨거워졌다.

'어떡해. 기뻐. 심장아 조용히 해라……. 평소처럼, 카이처럼, 평소대로, 침착하게, 고맙다고…….'

말하려고 했지만 말문이 막혔다. 확실히 조용해지긴 했다.

일희일비하는 하이데마리와는 다르게 카이는 항상 평소대로였다.

'그러는 게 당연하지. 왜냐면 카이는 날 아직 안 좋아하니까.'

선물하는 게 그냥 익숙한 건 아닐까. 손에 난 땀이 신경 쓰여서 허둥대는 자기와는 애초부터 수준이 다른 것이다.

"아아~. 미안! 고마워. 뭘 선물까지. 무리해서 그러지 않아도 되는데."

'무리하게 했다가 친구보다 못한 사이가 되긴 싫어.'

좋아하지도 않는 사람에게 줄 선물 같은 건 고민하기 귀찮았을지도 모른다.

하이데마리는 그렇게 생각하니까 슬퍼져서 친구였을 때 그러던 것처럼 최대한 씩씩한 척하며 말했다.

∴ ∵ ∴ ∵

그날 밤, 자기 방 침대에 누워서 카이는 천장을 바라봤다.

방과 후부터 왠지 마음이 어수선했다. 평소와 다른 점은 아무것도 없었다.

몸을 계속 뒤척였다. 카이의 검은 머리카락이 흘러내려 뺨을 간질였다. 그것마저도 울적해서 손으로 쳐내자 귀에 손끝이 닿았다.

오늘 드디어 그 귀걸이를 하이데마리에게 선물했다.

처음 사 본 선물을 언제 줄지 고민하는 동안 카이는 내내 꽤나 즐거운 시간을 보냈다. 선물을 주면 더 즐거울 거라고 생각했는데 왜 그런지 기분이 칙칙해졌다.

하이데마리는 카이에게 고맙다고 했다. 배려심까지 보인 그 아이를 보며 내심 늘 하이데마리를 신뢰할 수 있는 사람이라고 여긴 자기의 감정은 역시 틀리지 않았다 싶었다.

그런데 왜 기분이 칙칙한 걸까.

'뭔가 좀 아니야.'

그렇다. 뭔가 좀 아니다. 카이는 선물을 주며 하이데마리에게 무언가를 기대한 것이다. 그것은 배려심도 감사 인사도 아니었으리라. 계속 뒤척이며 팔로 눈을 가리고 한동안 계속 생각했다.

"아."

'기뻐하지 않았어.'

생각한 끝에 도달한 답에 납득하며 카이는 혼잣말을 중얼거리던 입을 손가락으로 막았다.

'내가 다정하게 대했는데.'

삐진 것 같은 표정을 지어도 하이데마리가 기뻐할 때는 바로 알 수 있었다. 부끄러움을 숨기려고 할 때면 알아챌 정도로 오래 함께 지냈다.

그런 하이데마리가 카이에게 차갑게 반응했다.

'어라. 왜지. 역시 커다란 귀걸이를 안 좋아하나? 아니면 장신구 같은 건 스스로 사는 걸 좋아하나?'

선물하면 어떤 것이든 좋아해 주리라는 자기의 자만을 깨닫고 카이는 두 손으로 얼굴을 가리고 반성에 들어갔다.

∴ ∵ ∴ ∵

하이데마리는 식당에서 리포트를 작성하고 있었다.

평소에 가던 휴게실에서는 언제나처럼 에다와 콘스탄체가 떠들다 보니 리포트를 쓰는 데 적합한 장소라고 할 수 없었다. 그렇다고 굳이 도서실까지 몸을 이끌고 가는 것도 귀찮아서 조금만 더 하면 된다고 되뇌며 식사를 마치고 그대로 식당에 눌러앉은 것이다.

그런 애들이 적은 것도 아니었다. 식당 테이블이 크다 보니 리포트를 펼쳐 놓기 좋았고, 학생을 위해 식당 카운터에 음료를 담은 유리병도 마련되어 있었다.

하이데마리도 조금 전에 마실 걸 받아오긴 했지만 컵 안의 음료는 전혀 줄지 않았다.

테이블 위에 놓인 컵에 들은 것은 카페오레였다. 밀크티와 착각해서 따른 것이었다.

원래 똑 부러진 하이데마리는 이런 실수를 잘 안 한다. 그러다가 가끔 실수를 저지르면 우울해진다. 실패라는 게 익숙하지 않은 것이다.

한 모금 마시고 나서야 카페오레임을 깨달은 하이데마리는 그 뒤로 뭔가 두려워 컵으로 쳐다 볼 생각조차 못했다. 커피를 마신 뒤 입안의 텁텁한 느낌은 아무리 지나도 좋아지지 않았다. 하지만 한 번 입 댄 거라 돌려주지도 못하고 버리지도 못한 채 어떻게 할지 생각에 잠겼다.

그러다가 일단 카페오레 생각은 접어둔 채 리포트를 마무리하려고 안간힘을 쓰는 상태였다.

"어? 네가 카페오레도 마셔?"

리포트에 집중하던 하이데마리 뒤에 카이가 서 있었다. 교과서를 든 걸 보면 카이도 여기에서 리포트를 쓰려고 한 듯했다.

"아, 아니……."

"그렇지?"

그렇게 말하고 카이는 하이데마리 옆자리에 교과서를 내려놨다. 어리둥절해서 올려다보니 카이가 "아." 하고 입을 열었다.

"귀걸이."

"응?"

"안 했잖아."

"어? 했는데."

왜. 어째서. 하이데마리는 무심코 자기 귀를 만졌다. 그곳에는 카이가 준 귀걸이가 달려 있었다.

"아침에 보니까 안 했길래."

"그걸 봐, 봤어?"

"선물한 다음 날이니까 당연히 보지."

'으아아아아. 다시 귀걸이를 하러 다녀와서 다행이다.'

카이가 하루 종일 평소처럼 행동해서 그런 걸 체크했을 줄 전혀 몰랐다. 하이데마리는 빨개진 얼굴을 숨기려고 바닥을 바라봤다.

"수업시간에 선생님한테 들켜서 압수당하기는 싫으니까."

라겐 마법학교는 학생이 외관상 개성을 추구하는 걸 제한하지 않지만, 어떤 차림이 모범적인지 정의하는 규칙이 존재한다. 극히 드물지만 교사가 기분에 따라 트집을 잡을 때도 있었다.

"왜? 귀걸이는 늘 하잖아."

"아니, 이건 늘 하는 거랑은 다르잖아."

"크니까?"

카이의 목소리가 평소보다 조금 더 낮았다.

하이데마리가 얼굴을 숙였는데도 카이는 아랑곳하지 않고 하이데마리의 귀를 만졌다. 정확히는 귀 아래에서 흔들리는 귀걸이를 만진 거였지만 한순간 손가락이 귀에도 닿은 걸 확실히 느꼈다.

“마, 맞아. 크니까 들키기도 쉬운 데다가 압수당하면 엄청 우울할 테고.”

동요한 탓에 할 말 못 할 말 다 하고 말았다. 그렇게까지 솔직하게 얘기할 필요는 없었거늘, 하이데마리는 자기 스스로 멱살을 잡아주고 싶었다.

“아, 그래?”

카이가 하이데마리의 귀걸이를 한 번 쓰다듬었다. 그런 카이의 목소리에 안심한 듯한 느낌이 담겨서 하이데마리는 무심코 카이에게로 얼굴을 돌렸다. 하지만 카이는 벌써 자리를 뜬 뒤라 뒷모습밖에 안 보였다. 아마 마실 걸 가지러 간 듯했다.

‘여기서 리포트를 쓰려나 보지?’

연인이 된 두 사람이 서로 떨어져서 과제를 하는 게 오히려 이상할지도 모른다. 하지만 지금까지였다면 앞자리에 앉을 카이가 하이데마리의 옆자리를 선택했다. 옆자리에 놔둔 교과서를 바라보는 하이데마리에게 뭐라고 정의할 수 없는 쑥스러움과 기쁨이 밀려왔다.

‘근데 대충 보고도 용케 카페오레랑 밀크티가 다른 걸 알았네…….’

하이데마리는 계속 안 보이는 척하던 컵을 봤다. 뚫어지게 쳐다봐도 겉보기로는 전혀 차이를 알 수가 없었다.

“여기.”

돌아온 카이가 컵을 내밀었다. 반사적으로 받아들자, 카이가 하이데마리 옆에 앉았다. 그리고 하이데마리가 어떻게 해야 할지 몰라 덩그러니 놓았던 카페오레 컵을 자기 자리로 끌어당겼다.

"아, 고마……."

고마워, 라고 미처 말하지 못하고 문득 깨달았다. 하이데마리는 카이가 우유가 들어간 커피를 마시는 걸 한 번도 본 적 없었다. 애초에 자기가 안 마시는 걸 남에게 넘겨주는 건 못 할 짓이 아닌가 싶어서 눈앞이 빙글빙글 돌았다.

"아니, 괜찮아……! 오늘은 카페오레를 마시고 싶었을 뿐이거든!"

"아, 그래? 이런. 민망하네."

카이가 조그맣게 중얼거리고 손등으로 입가를 가렸다.

"응? 쪽팔려? 왜?"

"하이데마리가 착각해서 카페오레를 가져왔구나 했거든."

"아니, 실은 내가 착각한 게 맞는데."

"어? 그럼 아까 왜 그렇게 대답한 거야?"

"음…… 카이, 카페오레 마셔?"

"뭐, 마실 수는 있는데."

카이가 한쪽 눈썹을 끌어올리며 말하는 걸 보면 좋아서 카페오레를 마시고 싶어 하는 걸로는 안 보였다.

'내가 착각했구나 싶었다고?'

하이데마리는 그제야 카이가 일부러 밀크티를 가지러 갔던 거라고 깨달았다.

"어…… 왜 그렇게 다정한데? 카이는 원래 그렇게까지 해 주는 편인가?"

"뭐? 남자 친구니까 다정한 게 당연하지."

'어떡해. 내가 당해낼 수가 없잖아.'

하이데마리는 동요하며 밀크티를 들고 고개를 숙였다.

"어, 그럼 내가 마실게."

"대체 뭐 하는 거야."

차가운 목소리와는 반대로 카이는 눈썹을 누그러뜨리며 이상한 일도 다 있다는 듯이 웃었다.

문득, 카이가 자기를 위해 밀크티를 가져왔다는 것이 실감나서 얼굴이 뜨거워졌다.

'카이가 아직 날 안 좋아해도…… 괜찮아. 지금 카이가 이렇게 대하는 건 분명 나쁜일 테니까.'

화끈거리는 얼굴을 식히려고 차가운 밀크티 컵을 새빨간 볼에 갖다 댔다.

"오늘 덥네……."

"그러게."

제법 선선해진 가을의 첫[9월] 달 밤에 그렇게 말했지만, 어째선지 카이가 만족스럽게 웃어서 하이데마리는 왠지 약이 올라 테이블 밑으로 카이의 다리를 툭 찼다.

번외편 조건이 좋은 연인

——이것은 아직 무도회가 열리기 2개월 전.

겨울의 끝 달(2월), 어느 날 밤에 있었던 이야기.

탁, 하는 소리가 울리며 식당 테이블이 흔들렸다. 테이블과 함께 음식이 담긴 식기도 흔들렸다. 미소라멘 국물이 상판 위로 튀었다.

미소라멘의 면을 입에 물고 있던 데릭은 눈동자만 돌려 앞을 바라봤다. 데릭이 식사하는 테이블 위에 맨다리가 적나라하게 올라가 있었다.

깜짝 놀란 데릭은 천천히 시선을 위로 들었다. 조심스럽게 올려다본 시선 앞에 굳센 눈빛을 한 여자애가 테이블 위에 걸터앉아 데릭을 내려다보고 있었다.

"데릭 타키 군."

"네엡!"

데릭은 면이 볼에 붙은 꼴로 겨우 대답했다. 맞은편에 앉은 친구들은 눈이 휘둥그레져서 데릭과 여자애를 번갈아 봤다.

여자애는 허벅지가 다 드러날 정도로 짧은 치마를 입었다.

하지만 그런 것은 전혀 개의치 않아 하는 눈치였다. 데릭은 살집이 매력적인 맨다리에 시선이 가지 않게 조심하며 여자애의 얼굴로 시선을 돌렸다.

여자아이는 데릭에게 얼굴을 들이밀었다.

마치 데릭을 노려보는 것처럼 똑바로 바라보는 동그란 눈동자에 빛이 스쳤다.

"처녀랑 경험자. 어느 쪽이 좋아?"

데릭은 면을 뿜었다.

"무도회 파트너가 되는 걸 필수 조건으로, 결혼을 전제로 한 남녀교제를 제안하려고 왔어. 지금이라면 처녀든 경험자든 네 취향인 쪽에 맞춰줄 수 있으니까. 물어봐 두려고 했지."

에다 길레센이라고 이름을 밝힌 여자애를 의자에 앉히며 그 아이가 하는 얘기를 듣는 데릭의 머릿속에 의문이 가득했다.

데릭은 라겐 마법학교에서 5년 내내 특별반에 재학하며 마지막 학년에는 기숙사 감독생도 맡을 정도로 우수한 학생이라고 자부했지만, 지금은 에다가 하는 말의 8할을 이해할 수 없었다.

'아니다. 날 과대평가 했어. 사실 9할은 이해가 안 돼.'

"잠깐 기다려. 내가 정리할 시간을 주면 좋겠는데……."

음식은 옆으로 밀고 일단 식사를 멈추기로 했다. 함께 밥을 먹던 친구가 자리를 비켜주는가 싶었는데 오히려 눈을 빛내고 이쪽을 관전하고 있었다. 완전히 관객 같았다.

"내가 고백받은 거라고, 생각해도 되는 걸까?"

자기가 들은 말이 너무 어처구니없어서 자신이 없어도 너무 없었다. 하지만 에다는 확실히 고개를 끄덕였다.

"맞아. 성적이 좋고 다정하다는 평판이고, 마리나도 착한 애라고 말했고, 감독생이고, 얼굴도 그럭저럭 내 취향이니까 붙잡아두려고."

마리나 를르와의 이름이 나오자 당황스러웠다. 마리나는 지금까지 5년 동안 데릭과 같이 특별반인 여자애였다. 그래서 2반인 에다와 교류가 있을 줄은 몰랐다.

데릭은 팔짱을 끼고 신음하며 고민했다.

"음. 내가 남자 친구야? 아니면 어장 관리하는 거야?"

"당연히 남친이지! 나아가서는 남편이고!"

조그맣고 몸 선이 가느다란 에다가 주먹을 꽉 쥐고 선언했다. 데릭은 반짝거리는 에다의 눈이 예뻐서 조금 고민한 뒤에 고개를 끄덕였다.

"알았어. 고백을 받아들일게."

"앗싸!"

에다가 일어나더니 양손을 번쩍 들고 기뻐했다. 아까 같은 학년이라고 했으니, 꽤나 어린애처럼 감정을 표현하는 아이인 듯하다. 하지만 그만큼 솔직하고 알기 쉬울 터. 여자애와 사귀는 건 처음인 데릭에게 딱 좋은 인연일지도 모른다.

데릭 스스로 이렇게 말하는 것도 조금 그렇지만, 성적 이외의 모든 것이 무척 평범했다. 라겐 마법학교에서 통계를 낸다면 키도 몸무게도 외모도 딱 중간일 만큼 말이다.

데릭은 여자애 앞에서 허세를 부릴 정도의 자신감이 없었다. 반면에 사춘기가 그다지 세게 오지 않아서 남녀 할 것 없이 누구에게나 최대한 착하게 행동하며 생활하는 데 지장 없이 살아갈 뿐인 온순한 남자였다.

이 기회를 놓치면 이런 귀여운 여자애에게 고백받을 기회 같은 건 두 번 다시 없을 것이 분명했다.

"그리고 아까 말했던 그 선택지…… 어느 쪽도 가능하다는 건 아직이라는 거지."

이렇게 많은 사람 앞에서 여자애와 이런 얘기를 한 적이 없었던 데릭은 조마조마해하며 물었다. 에다는 번쩍 들어 올렸던 팔을 내린 뒤 그렇다고 말하며 태연한 얼굴로 고개를 끄덕였다.

'그렇다는 건 내가 경험자가 좋다고 말하면 누구랑 하고 올 셈이었다는 건가……?'

질투가 샘솟을 만큼의 관심과 호감은 아직 없었다. 그저 자기 여자 친구로 삼은 여자애의 가치관이 자기와는 어처구니없을 정도로 다르다는 것만큼은 실감했다.

"벌써 끝냈다면 참견하지 않으려고 했지만 아직이라면 다른 애와 하지 않았으면 좋겠어."

"알았어. 처녀 쪽이 취향인 거네. 다른 조건은 어때?"

자기 딴에는 용기를 내서 말했지만 예상 못한 대답을 듣고 데릭은 조금 얼떨떨했다. 데릭의 당혹감을 꿰뚫어 본 친구가 앞자리에서 숨죽이고 웃었다.

"그게 아니고…… 아니, 그래. 아직 너에 관해 잘 모르니까 널 잘 아는 게 조건일까."

"어……?"

에다가 이해할 수 없다는 듯한 표정을 지었다.

"에다, 라고 부른다?"

"응. 뭐 달링이라고 불러도 되고."

"그 호칭은 아직 나한테 이른 것 같아."

"그럼 나도 데릭이라고 부를게."

"마음대로 불러. 그나저나 에다는 나를 좋아하지는 않지?"

데릭이 재차 확인하자 에다는 가볍게 고개를 끄덕였다.

"연애니 사랑이니 하는 건 눈에 보이지 않으니까 난 잘 모르겠거든. 하지만 조건은 눈에 보이잖아? 데릭은 좋은 조건을 많이 갖고 있지만, 나는 일단 가슴이 작으니까."

"으응?"

자기 가슴을 양손으로 누르며 말하는 에다를 목격한 데릭의 눈알이 튀어나올 뻔했다. 테이블 맞은편에 앉아 있던 친구도 똑같은 표정으로 에다를 쳐다봤다. 친구의 시선 끝을 의식한 데릭은 테이블 밑으로 친구의 다리를 찼다.

'야, 가슴 보지 마.'

조금 전까지 이름도 몰랐던 생판 남이었는데 연인이 되자마자 에다를 보며 지켜줘야겠다고 생각하는 걸 보면 연인이라는 말의 힘이 보통 대단한 게 아니다.

"가슴이 작으니까 내 쪽의 조건 하나가 안 좋은 거잖아? 그러니까 다른 무언가로 보충할까 싶어서."

"아니아니아니, 잠깐만. 나는 그다지 그, 신체적 개성에 좋고 나쁨을 따질 생각이 없어."

"뭐어? 거짓말! 상상 이상으로 펑펑한데?"

에다가 큰 소리로 말하며 자기 가슴에 양손을 올리고 위아래로 쓸었다. 걸리는 구간 없이 배까지 매끈하게 내려가는 손을 보며 데릭은 경악했다. 가슴 크기가 문제가 아니라 굴곡진 몸을 쓸어내리는 그 동작이 에다가 여자라는 점을 상기시켰기 때문이다.

"에다. 잠깐 자리를 옮길까."

데릭은 도저히 참지 못하고 자리에서 일어났다. 힐끗 주변을 둘러보니 이목이 꽤 이쪽에 집중되어 있었다.

"접시는 내가 치워 줄게."

히죽거리며 말하는 친구에게 데릭은 머리를 쥐어뜯으며 말했다.

"아까 그건 잊어 줘."

"뭐어~?"

"잊어 줘."

"알았다, 알았어."

자기랑 똑같이 인기가 없는 친구의 눈에는 조금 전 에다의 몸짓이 똑똑히 새겨졌을 것이다.

데릭은 친구의 대답을 듣고 에다를 데리고 나갔다. 밖은 제법 어두웠다. 둘은 식당 건물 뒤로 숨듯이 이동했다.

겨울밤은 춥다. 옆에서 보니 작은 에다가 가녀린 몸을 부들부들 떨고 있었다. 손에 든 목도리를 어떻게 건네줄까 망설였다.

'남자 친구니까 내가 둘러줘야 하나?'

하지만 그런 연애 상급자나 할 법한 짓을 할 수 있을 리가 없었다. 데릭은 두르기 편하게 목도리를 펼쳐서 건넸다.

"이거 써."

"그래도 돼? 고마워!"

활짝 웃은 에다는 목도리를 거의 어깨까지 돌돌 감았다. 에다의 가느다란 목이 더 가늘게 강조되어 보였다.

"아까 하던 얘기 말인데, 앞으로 가능하면 다른 남자 앞에서 그런 말은 안 하면 좋을 것 같아. 누가 뭐래도 다른 남자가 내 여자 친구를 두고 무례한 상상을 하는 건 싫으니까."

"그런 말이라니?"

"미안. 일단 내가 말하겠지만 그 처녀니 가슴이니 그런 거."

"데릭은 걱정이 많은 성격이구나~? 어떤 남자가 나를 갖고 상상하더라도 실물은 그것보다 가슴이 작다니까."

"크기가 어떻든 상상하는 게 싫어."

쓴웃음을 지으며 말하자, 에다는 신음하더니 고개를 작게 끄덕였다. 그리고 한 번 더 끄덕였다.

"알았어. 그렇게 해 보지."

전혀 납득하지 못하겠다는 표정이었다. 하지만 데릭이 그 말을 싫어한다는 걸 알고 최대한 그 의견을 들어주려고 노력하는 것임을 알 수 있었다.

"고마워. 나는 에다의 그런 점이 아주 좋아."
"그래? 맡겨만 둬! 조건이 있다면 더 말해!"
"이게 조건……이 될까? 에다도 나한테 싫은 게 있으면 말해 줘. 함께 생각하고 맞춰나가면 좋을 것 같아."
"응."
연인 사이의 달콤한 대화는 아니었다.
애초에 에다와 데릭은 가치관이 무척 달랐다. 그럼에도 데릭은 서로가 싫어하는 점과 좋아하는 점을 이렇게 솔직히 얘기해 나간다면 의외로 잘될 수 있지 않을까 하고 짐작했다.
"근데 진짜 두근거려. 이것 봐."
에다는 그렇게 말하고 데릭의 손목을 잡아당겨 자기 가슴팍에 갖다 댔다.
데릭의 눈알이 튀어나오려 했다. 데릭의 손바닥 안에는 에다의 가슴이 있었다.
"에다!"
"엄마야! 놀랐잖아! 왜!"
'왜' 가 아니지!'
왜냐고 해야 하는 건 누가 봐도 데릭이었다.
데릭은 새빨개진 얼굴로 땀을 뻘뻘 흘리며 손을 뿌리쳤다.
난생처음 만져 본 여자애의 가슴이었지만 여러 충격을 받고 혼란스러워서 어떻다고 표현할 수 없었다.
"이런 행동을 쉽게 하면 별로 좋지 않은 것 같은데?!"
평소의 데릭으로 치면 꽤나 거친 말투였다. 그만큼 마음이 혼란스러웠다. 지금까지 여자애들이랑 얘기할 때는 필요한 것 이외에는 딱히 대화를 나눠본 적 없었던 순수한 모태솔로를 과대평가 하지 말기 바란다.

"쉽게 하다니. 데릭은 내 남친이잖아?"

"아니, 그렇다고 해도……."

"어? 남친이니까 난 진짜 괜찮은데."

괜찮은데.

'괜찮은데, 라니 도대체 뭐가.'

기대하게 되는 본능과 안 된다고 억제하는 이성이 맞붙었다.

에다는 팔짱을 끼고 경직된 데릭을 올려다봤다. 고민스러운 표정을 한 걸 보면 에다도 뭔가 진지하게 생각하는 것 같았다. 안타깝게도 지금 데릭은 그걸 신경 쓸 여유가 없었다.

"데릭. 그 방면은 생각 못했나 보네. 나중에 가서 싫다고 해도 곤란하니까, 지금 확인해 둬."

뭘 생각 못했다는 거냐고 미처 묻기도 전에 에다가 데릭의 로브를 잡았다. 로브가 아래로 잡아당겨짐과 동시에 데릭의 몸이 구부려졌다.

가까이에 있는 에다의 얼굴을 보고 지금 자기네가 뭘 할 상황에 처했는지 직감적으로 깨달은 데릭은 황급히 에다의 입에 손바닥을 댔다.

에다의 커다란 눈이 크게 깜빡였다.

여자한테 유혹당하고 그걸 거절하다니, 여자 친구를 크게 상처 입히는 꼴이 될지 모르지만 데릭의 이성이 본능을 이겼다.

"이런 건 아직 하지 말자."

"어?"

에다가 손바닥을 입에 댄 채 말하자, 손바닥에서부터 저릿한 감각이 뻗어 나갔다. 데릭은 화들짝 놀라서 에다의 입술에 댔던 손을 떼고 자세를 바로잡았다.

"넌 나를 좋아하는 게 아니고, 나도 아직 널 좋아하지 않아. 이 상태에서 이런 행동을 하는 건 우리에게 그다지 좋은 결과를 가져다주지 않을 거야."

잔뜩 웅크리고 앉아 에다의 얼굴을 정면으로 바라보니, 에다도 동그랗고 큼지막한 눈으로 데릭을 쳐다봤다.

"에다는 나와 결혼까지 생각하는 거지?"

"맞아."

"그렇다면 서두르고 싶지 않아. 그럼 안 될까? 나는 에다를 소중히 하고 싶고, 에다도 날 소중하게 여기기를 바라. 천천히 해도 좋으니까 나를 사랑해 봐. 나도 노력할게."

'우리는 아직 사랑을 몰라.'

이런 연애 초심자끼리 어떻게 되긴 할까 싶어 불안하지만 한 걸음씩 나아가다 보면 분명 도달할 수 있을 것 같았다.

"으음…… 근데 사랑이라는 게 알 수가 없잖아. 언제 이게 사랑이구나 하고 알게 되는 건데?"

오늘 본 것 중에 가장 고민하는 얼굴이었다. 일단 말을 뱉긴 했지만 데릭도 이런 얘기에는 밝지 않았다. 데릭도 에다처럼 팔짱을 끼고 신음하며 머리를 기울였다.

"나도 이런 데 밝지가 않아서…… 아, 그래!"
"뭔가 떠올랐어?"
"어쩌면 키스하기 부끄러울 때가 아닐까?"
데릭에게는 지금도 부끄러운 일이었지만 그건 단순히 에다가 여자애이기 때문이다. 이 나이대 남자에게 여자와의 성적인 접촉은 부끄러움, 흥미, 흥분을 불러일으키는 것이 당연하지만 그게 아직 '에다이기 때문' 이라서는 아니었다.
"분명 그때가 네가 날 좋아하게 되는 날일 거야."
데릭의 제안에 에다는 눈썹이 살짝 처졌다.
"흐음~? 그런 날이 올까~? 난 원래부터 부끄러움 같은 게 별로 없어서…… 내 시험점수처럼 낙제점일지도."
"하하핫. 그럼 내가 노력할게. 일단 난 아직까지 낙제점을 받은 적은 없으니까."
잘 부탁해, 에다.
웃으며 그렇게 말하자 에다의 눈썹이 씩씩하게 올라갔다. 그러더니 아주 활짝 웃었다.
"잘 부탁해, 데릭!"
작은 손이 데릭의 손을 잡고 손바닥을 꼭 쥐었다. 데릭은 머쓱해하면서도 맞댄 에다의 손을 잡았다.

∴ ∵ ∴ ∵

"올리아나 말이야, 엄청 알기 쉽잖아?"

연금술학 교실에서 하이데마리와 콘스탄체가 과자를 만드는 동안, 에다는 의자 등받이에 턱을 걸치고 앉아있었다.
"무슨 얘기 해?"
반죽 작업처럼 힘쓰는 일은 콘스탄체의 역할이었다. 힘을 넣어 위에서 꾹꾹 누르듯이 반죽을 치대며 콘스탄체가 에다에게 답했다.
"탄자인 앞에서 보이는 태도."
"아~ 확실히 올리아나는 탄자인한테만 깜짝 놀랄 만큼 빛나는 미소를 짓지."
"그래?"
사랑 얘기에는 남들보다 배로 민감하면서 미묘한 낌새를 느끼는 데에는 제일 둔감한 콘스탄체가 하이데마리를 보며 고개를 천천히 끄덕였다. 반죽을 누를 때마다 콘스탄체의 커다란 가슴도 흔들렸다. 그건 반죽보다 부드러워 보였다. 여기에 남자애가 있었다면 무척 쳐다봤을 것이다. 에다는 부러워서 괜히 열받았다.
연금술학 교실에서 진행되는 과자 만들기는 어쩌다 보니 첫날에 빈센트 탄자인이 고구마 껍질을 벗긴 탓에, 어느새 여자애들 사이에서 알게 모르게 유행했다. 지금도 다른 테이블의 아이들이 과자를 만들고 있었다. 오븐이 달린 벽난로는 하나뿐이어서 순서대로 사용했다.
"탄자인은 잘도 그런 미소를 태연하게 보네."
벌써 친구로 지낸 지 오래된 에다도 다른 친구들도 올리아나가 그러는 걸 본 적이 없었다. 그런데도 빈센트는 마치 익숙하다는 듯이 올리아나를 대했다.

그 두 사람이 아직 사귀지 않는 것이 에다에겐 무엇보다도 이상했다. 에다는 연애니 사랑이니 하는 건 잘 몰랐지만, 그럼에도 그 두 사람이 서로를 얼마나 특별하게 여기는지는 분명했기 때문이다.

"연애 경험이 풍부하기라도 한 걸까?"

"하지만 그런 소문은 한 번도 들은 적 없는데."

"그럼 올리아나가 자기한테 그렇게 웃어 주는 걸 당연하게 여기는 걸지도?"

콘스탄체, 하이데마리와 함께 에다도 신음하며 고민했다.

의자의 등받이 쪽에 달린 다리로 균형을 잡고 덜컹거리는 소리를 내며 의자를 흔들었다.

"에다, 한가하면 너도 도와."

"엥. 난 과자 같은 거 만드는 사람이 아닌데~. 귀찮은데~."

에다가 의자를 더욱 흔들며 떼썼다.

"근데 탄자인은 기본적으로 올리아나한테만 관심이 있어."

에다가 말하자, 하이데마리가 어이없다는 듯 웃었다.

"진짜 공감해. 올리아나의 친구니까 우리와도 잘 지내 준다는 느낌이야."

"그런 이득은 환영합니다~."

"하아. 근데 요즘 팔불출 탄자인을 전혀 못 본다고. 진짜 재미없어."

특별반인 빈센트가 2반에 자주 오는 게 올리아나 때문이라는 건 다들 아는 사실이었다.

그런 빈센트가 최근에는 얼굴을 비치지 않았다. 무도회와 시험 전이기도 하니 바쁠 것이다. 올리아나는 올리아나대로 남자애들이 쫓아다니는 바람에 정신이 없는 상황이라 둘 다 시간을 내지 못하는 것 같았다.

오늘은 친구들과 함께 그런 올리아나에게 줄 쿠키를 만들기로 한 것이다.

에다는 의자 등받이에 양팔을 걸치고 앞으로 쭉 뻗었다.

"댄스 레슨 때문에 쫓기고 있다는 얘기도 있으니까."

"그래. 그것도 의외야. 올리아나와 관련된 일이 아닌데도 그렇게 기를 쓰고 매달리다니."

"그게, 댄스 레슨의 발안자이기도 하고 올리아나도 그걸 도왔던 것 같더라고."

"아, 그래서 그런가."

납득했다고 말하고 똑바로 돌아앉은 에다의 눈앞에 하이데마리의 고민스러운 얼굴이 있었다.

"그치만…… 아무리 그래도 이렇게 못 만나는 건 너무 이상해. 탄자인 쪽을 한 번 조사해 볼까……. 그건 그렇고 에다는 어때?"

"나?"

하이데마리는 앞치마를 두른 채 에다를 내려다봤다.

"타키는 어때?"

"진짜 착해. 날 좋아하기 위해 노력한다고 했고, 내가 자기를 좋아하게 만들겠다고 그러더라."

"그런 말도 안 되는 방식으로 고백을 했는데? 와, 걔는 뭐 신이야?"

이제 막 사귀기 시작한 데릭은 에다의 생각에 진지하게 마주하려고 했다. 에다는 생각지도 못했던 발상이었다.

에다는 깊이 감탄했다.

언니, 오빠와는 달리 과학자의 딸이면서 머리가 나쁘고 요령도 없는 에다는 어릴 때부터 남이 자기를 막 대하는 데 익숙했다. 자기는 원래 그렇다고 여겼고 그만큼 자유롭게 내버려 두는 부모님께 오히려 감사했기에 불만은 없었다.

하지만 데릭을 마주했을 때 처음으로 누군가가 자기를 소중히 해 준다는 감각을 알게 된 듯했다.

아버지, 어머니가 에다를 소중히 여기지 않은 게 아니다. 하지만 누군가가 자기를 소중히 하고 싶다는 태도로 다가와 준다는 것이 이렇게 자기에게 자신감을 심어 주고 상냥해지게 만들 줄은 전혀 몰랐다.

"좋아하게 만들게! 좋아하게 만든다니! 꺄! 미쳤나 봐! 진짜 부럽잖아! 멋진 고백 멘트야!"

콘스탄체는 얼굴이 상기되고 눈동자까지 촉촉해져서 열광했다. 콘스탄체가 자기의 자랑스러운 근육으로 뭉친 반죽을 강하게 때렸다.

"하아…… 청춘이네. 나도 그런 멋진 청춘을 만끽하고 싶어…….”
“콘스탄체, 서둘러야지. 올해 졸업인데.”
“힝. 왜 나한텐 멋진 연인이 안 생기는 거야!”
콘스탄체는 다시 반죽을 엄청난 힘으로 때렸다.
콘스탄체는 2반에서 야나 다음 갈 정도의 미인이었지만, 이런 성격과 괴력 탓에 남자애들이 다소 멀리하려고 했다. 음흉한 목적으로 손이라도 대면 파괴적인 연애감정과 정열적인 괴력 때문에 물리적 파멸을 부를 것 같다며 두려움의 대상이 되었다.
“콘스탄체는 무도회 페르베일라랑 가는 거지?”
“맞아. 그냥 한 번 물어본 건데 의외로 승낙했어.”
너무나 의외로 콘스탄체의 파트너는 그 페르베일라가 됐다.
빈센트와 함께 올리아나를 만나러 오는 페르베일라는 2반 애들 다수와 친분이 있었다. 빈센트와 마찬가지로 미겔과 페어가 되려는 사람끼리 기 싸움이 대단했을 텐데, 에다가 모르는 사이에 콘스탄체는 야무지게 그 자리를 손에 넣었다.
“한 번의 권유로 페르베일라와 페어를 짜다니 콘스탄체는 대단해…….”
“그냥 운이 좋았지~.”
하이데마리가 놀라움과 어이없음이 뒤섞인 목소리로 말하자 콘스탄체가 헤실헤실 웃었다.
“사귀어 줬으면 한다고도 말했는데 바로 거절당했어요.”
“뭐? 너무 빠르지 않아?!”

“아버지가 쇠뿔도 단김에 빼라고 항상 말씀하셨으니까.”

친구가 자기도 모르는 새에 고백하고 차였다는 사실에 하이데마리는 적잖게 놀랐다. 차인 장본인보다도 더 큰 충격을 받은 하이데마리를 보며 콘스탄체가 또 웃었다.

“그…… 콘스탄체.”

“네에?”

“콘스탄체는 페르베일라를 좋아해서 고백한 거야?”

“야, 에다!”

하이데마리가 에다에게 눈치를 줬다. 고백했으니까 좋아하는 게 당연하다고 생각하는 하이데마리와 반대로, 에다는 고백했다고 해서 꼭 좋아하는 거라고 단정할 수 없다는 입장이었다. 에다 본인이 그랬기 때문이다.

하지만 혹시 정말로 좋아한다면 어떡해야 ‘좋아’ 하게 될 수 있는지 묻고 싶었지만, 콘스탄체는 웃은 채로 굳어 버렸다.

콘스탄체는 잠시 굳어 있다가 작업대로 시선을 돌렸다.

“너희한테는 거짓말하고 싶지 않아.”

뭔가 다른 생각에 빠진 듯한 그 목소리는 평소에 밝은 콘스탄체의 목소리와는 뭔가 달랐다.

“좋아하게 된 건 아니었어.”

콘스탄체는 너무 세게 치다 보니 잔뜩 늘어진 반죽을 다시 한 덩어리로 모으고 다시 손을 움직이기 시작했다.

“하지만 좋아하게 되고 싶었어. 페르베일라는 분명 내가 진심이 아니었다는 것 정도는 다 꿰뚫어 봤을 거야. 그러니까 바로 거절당한 거겠지. 내가 갤 좋아했다면 몇 초 정도는 기다려줬을 테니까."

하이데마리가 미간에 주름을 잡았다. 무슨 말을 해야 할지 망설이는 것 같았다.

"그랬구나. 그럼 콘스탄체도 아직 좋아하는 사람이 없네."

에다의 말에 콘스탄체는 곤란한 표정을 지었다. 아니라고 했지만 목소리가 갈라졌다.

"좋아하는 사람은 있어. 그 사람을 안심시키려고 다른 남자를 좋아하고 싶은 거야."

에다는 거의 5년을 함께 동고동락했지만 방금 처음으로 콘스탄체의 연애 사정에 관해 알았다. 에다는 복잡한 표정을 한 하이데마리를 눈치채지 못한 채 고개를 갸웃했다.

"엉? 그게 무슨 소리야? 뭐라는지 전혀 모르겠는데. 그럼 파트너로 그쪽을 초대하면 되는 거 아니야?"

"내가 날 갖다 바쳐도 와 줄 분이 아닌걸."

"그치만 좋아하잖아? 고백하면 안 돼? 남친이 되면 와 줄지도 모르고."

"내가 마음을 고백하는 것만으로도 곤란해지는 분이야."

그 말은 데릭과는 반대로 '그분'은 콘스탄체의 연인으로서 조건이 맞지 않는 남자라는 얘기였다. 콘스탄체의 교우 관계를 떠올리고 에다는 흥분하기 시작했다.

"누구? 누구야? 페르베일라마저 좋아할 수 없었다면 무척 멋진 남자인 거지? 귀족? 아니면 벌써 누군가의 남친이라거나?"

에다가 의자에서 일어나 콘스탄체에게 다가가려 하자 하이데마리가 두 손을 내밀었다. 그 손은 밀가루가 묻어 새하얗게 변했다.

깨끗한 상태였던 에다는 소리를 지르며 얼굴을 찡그리고 멈춰 섰다.

"자, 자. 오븐을 쓸 차례가 온 것 같으니까 우리 거 굽는다!"

"네~에."

"쳇."

어느새 다른 팀 애들이 오븐을 다 쓴 모양이었다.

에다는 다시 자리에 앉았다. 그리고 마치 조금 전 얘기는 벌써 다 잊은 듯 평소와 다름없는 뚱한 표정으로 반죽을 펴는 콘스탄체를 바라봤다.

점심시간에 구운 쿠키를 방과 후에 가지러 갔다. 바싹 구워진 쿠키를 하이데마리가 소분해서 종이로 포장했다. 마지막 뒷정리를 끝내고 에다는 친구들과 연금술학 교실을 나섰다.

쿠키를 전하려고 올리아나를 찾다가 비명을 지르는 소란스러운 무리를 발견했다. 에다가 시선을 돌리니 그곳엔 카이와 루시안이 있었다. 여자애들 여럿과 얘기를 나누는 루시안의 입이 귀까지 걸려있었다.

"좀 전에 다 같이 만들었어요. 괜찮으면 받아주실래요?"

여자애들이 예쁘게 포장된 과자를 카이와 루시안에게 내밀었다.

잘 보니 점심시간에 연금술학 교실에 함께 있었던 애들이었다. 존댓말을 쓰는 걸 보면 후배인 모양이다. 루시안은 기뻐하며 과자를 받아들었다.

에다 옆에 선 하이데마리는 지긋이 저쪽 무리를 바라보고 있었다. 그 시선을 눈치챘는지 카이가 이쪽을 바라봤다. 그리고 카이는 턱을 짚었다. 하이데마리는 작게 고개를 저었다.

하이데마리에게 한 번 고개를 까딱하고 카이는 여자애들에게 "미안하지만." 하고 운을 뗐다.

"이런 건 여자 친구한테만 받고 싶거든."

후배들이 충격받은 사이, 카이는 휙 빠져나와 하이데마리 옆으로 왔다.

"거절했어."

카이가 나 잘했지, 하는 표정으로 말하는 걸 보며 하이데마리는 얼굴을 찌푸렸다. 손을 쫙 펴고 손바닥으로 카이의 어깨를 탁 쳤다. 속 시원한 소리가 났다. 카이는 아프다고 하면서도 웃고 있었다.

"말한 대로 했잖아."

"말한 대로 한 게 문제야. 그걸 꼭 말해야 알아?"

"난 뭐 이러나저러나 상관없었으니까."

"난 상관있었어."

"응. 그러니까 거절했지."

하이데마리는 얼굴이 새빨개져서는 다시 한번 카이의 등짝을 때렸다. 이번에는 조금 전보다 큰 소리가 났다. 누가 봐도 부끄러워서 저러는 거라고 알 것이다.

쿠키는 동물 사료로도 못 쓸 퀄리티여서 에다와 콘스탄체는 하이데마리에게서 조용히 멀어져 루시안에게 갔다.

후배들은 카이의 여자 친구가 눈앞에 있는 상황이 불편했는지 벌써 사라지고 없었다.

루시안은 아까 그렇게나 기뻐했으면서 지금은 비장한 기운을 뿜고 있었다.

"어라…… 내가 거절했어야 하는 거야……?"

"카이 말로는 사람에 따라 다르다는 것 같던데?"

"하이데마리가 한 말에 따르면 그걸 물어보는 것 자체가 말이 안 되고 무조건 거절해야 한다는 것 같은데."

질문에 답하자 루시안의 얼굴이 새파랗게 질렸다.

"마리나가 알면 어떡해!"

"마리나랑은 아직 사귀는 것도 아니니까 괜찮지."

"내가 아무한테나 막 좋다고 하면서 따라가는 남자라고 여길 거 아냐?!"

"실제로 그렇잖아."

"이러면 안 된다고 알았으면 나도 거절했을 거란 말이야……. 난 연애 스킬이 너무 부족해서……."

연애 스킬이 부족하다는 얘기는 최근에 에다도 화제에 올렸던 얘기였다.

"어쩔 수 없네~. 내가 같이 먹어 줄게! 그럼 죄책감이 좀 줄어들 거 아냐?"

"에다! 나는 네가 좋은 녀석인 걸 진작에 알고 있었어!"
"어머 루시안도 참. 넉살 좋기로는 세계 제일이라니까."
콘스탄체가 루시안을 보며 웃었다. 세 사람은 예쁜 포장지를 뜯어 그 안에 들어있던 예쁜 머랭쿠키를 집어 들었다.

조금 전에 먹은 머랭쿠키를 또다시 보게 될 줄이야. 에다는 상상도 하지 못했다.
"이거……."
"에다, 안 먹을 거야? 아까 하급생한테 받았어. 난 단거 좋아하니까 공부하는 틈틈이 먹으려고 했거든."
방과 후의 휴게실에서 데릭이 테이블 위에 과제를 펼치며 말했다.
2반과 특별반은 과제의 양이 너무 달랐다. 그렇다 보니 에다와 데릭의 평일 방과 후 데이트는 기본적으로 데릭이 공부할 때 에다가 옆에 있어주는 식이 되었다.
그건 전혀 문제 될 게 없었다.
문제는 조금 전에 먹은 머랭쿠키를 연인이 갖고 있었다는 데에 있었다.
'받았구나…….'
하이데마리에게 일단 질문하고 본 카이를 떠올렸다. 데릭이 과자를 받았을 때 에다는 그 자리에 없었다. 그러니까 에다에게 물어볼 수도 없었던 것이다.
'카이가 배려심이 많은 것뿐이야.'

"우와! 고마워!"

에다는 쿠키 하나를 집어 입으로 던져 넣었다.

아까 먹었을 때는 파는 것처럼 맛있었는데 방금 먹은 머랭쿠키는 놀랄 정도로 맛이 없었다.

그날 밤, 에다는 같은 기숙사에 사는 하이데마리의 방문 앞에 서 있었다. 노크하니 잠옷을 걸친 하이데마리가 얼굴을 내밀었다. 완벽하게 단장한 모습으로 학교에 오는 하이데마리의 평소 모습과는 전혀 다르게 대충 머리를 묶은 모습이었다.

"무슨 일이야. 어쩌다 그렇게……."

앞머리를 깔끔히 넘기고 있었던 머리띠를 빼며 하이데마리는 의아한 얼굴로 에다를 쳐다봤다.

에다는 재라도 뒤집어썼는지 온몸이 가루로 덮여 있었다.

"하이데마리. 과자 만드는 법 알려줘."

하이데마리의 발 쪽으로 시선을 내린 채 입을 삐쭉거리며 에다가 말했다. 항상 낙천적인 에다의 얼굴에는 드물게도 고민하는 듯한 표정이 떠올라 있었다.

"이게 무슨 심경의 변화야? 넌 맨날 그런 데 관심 없다면서 손도 안 대잖아."

문간에 기대 히죽 웃는 하이데마리를 보며 에다는 수줍어하는 얼굴이 되었다.

조금 전, 기숙사 관리인에게 재료를 받아 기숙사 휴게실에서 혼자 만들려고 했지만, 잘 안 된 모양이다. 불이 나오는 거면 어떤 도구를 써도 상관없다고 판단했는지 벽난로에서 과자를 구우려다가 재가 다 날아가서 한바탕 소동이 일었다.

"이유 정도는 알려줘야지."

"데릭한테 줄 거야……."

에다가 볼을 부풀린 채 미간을 한껏 찡그리고 있었다. 도저히 남한테 부탁하는 태도가 아니었지만 하이데마리는 싱긋 웃으며 문간에 기댄 몸을 세웠다.

∴ ∵ ∴ ∵

"데릭!"

에다는 손에 과자를 감싸들고 특별반 교실 문 앞에서 손을 흔들었다.

수업이 끝나서 옆자리 친구와 얘기를 나누던 데릭은 놀란 얼굴이 되었다가 금세 수줍어하는 표정을 지었다. 옆에 있던 남자애는 데릭의 팔을 잡고 움직이지 못하게 방해했지만, 데릭은 손을 흔들어 뿌리치고 쫓아오는 남자애를 떨어뜨린 뒤 에다에게 왔다.

"에다, 무슨 일이야."

"과자를 만들었어."

곧장 오늘 점심시간에 하이데마리와 함께 만든 고구마 디저트를 건넸다. 데릭은 기뻐 보였다.

"대단하다. 과자도 만드는구나."

"사실 거의 내 친구 하이데마리가 만든 거긴 해."
"하하. 랜드하임에게도 오늘 중으로 고맙다고 전할게."
"응."
고구마 디저트를 받아든 데릭은 눈앞에서 조마조마해하는 에다를 보며 눈이 기분 좋게 가늘어졌다.
"고마워. 요즘 정말 과자 만들기가 유행하나 봐."
"유행이라면 유행이긴 한데, 그걸 어떻게 알아?"
"몇 개 받았거든."
"뭐?! 몇 개?!"
데릭은 몇 개였지 하며 고개를 갸웃했다. 젠장. 에다는 데릭의 발을 콱 밟고 싶은 기분이었다.
"하지만 이걸 받은 게 제일 기뻐."
당연히 그래야지. 에다는 미간에 깊게 주름을 잡았다.
"데릭도 이런 쪽으론 낙제생이네."
"어어?"
깜짝 놀라는 데릭을 보며 한숨을 한 번 쉬고 용서하기로 했다. 자기가 얼마나 착해졌는가 싶어서 스스로에게 감탄했다.
"저기, 에다. 지금 시간 있어? 안뜰에서 같이 먹을까?"
기분을 풀어주려고 그러는지 데릭이 고구마 디저트를 기분 좋게 바라보며 말해서, 에다도 덩달아 웃었다.
"응, 있지! 먹자!"
에다는 한쪽 다리를 축으로 제자리에서 한 바퀴 돌았다. 에다의 이런 행동에 처음에는 많이 놀랐던 데릭이었지만, 이제는 꽤 익숙해졌는지 그저 에다의 머리를 토닥일 뿐이었다.

"귀엽긴. 그럼 잠깐 기다려. 내 물건 좀 가지고 나올게."

"네~엡."

데릭이 자기 책상으로 짐을 챙기러 가자, 조금 전에 데릭을 방해했던 친구가 또 귀찮게 하기 시작했다. 데릭은 교과서를 끌어안고 짐을 빼앗기지 않으려고 안간힘을 썼다.

어이없는 표정으로 친구를 바라보는 데릭의 허를 찌르고 그 친구가 에다에게 달려갔다.

"에다~ 내 건 없어?!"

데릭의 친구가 기세 좋게 달려와 그대로 에다에게 다가와 물었다. 그리고 여자애가 만든 과자를 달라며 핏발 선 눈으로 말했다.

"없어."

"왜? 왜 나한테 줄 건 없는 거야……. 부스러기라도 좋아…… 정말 조금만 줘도 되니까……."

"내 남자 친구는 데릭이라서~. 미안해."

그렇게 사과하자 데릭의 친구는 눈썹이 축 처져서 교실로 돌아갔다. 데릭은 교과서를 들고 도망친 친구를 다급히 쫓아가서 교과서를 다시 빼앗아 에다에게로 돌아왔다.

"미안해. 정신이 없네."

"특별반에도 저런 애가 있구나."

특별반 학생은 모두 얌전하고 착하고 어른스러운 데릭 같은 사람일 거라고 생각한 에다는 진심으로 감탄하며 말했다.

"저기, 에다."

"왜?"

안뜰로 걸어가기 시작한 데릭은 에다를 내려다봤다.

"난 에다의 남자 친구인거야?"

"응."

"요즘 종종 과자를 받다 보니까……."

"그렇지."

"혹시 아까 말한 낙제생이라는 게……."

친구와 에다의 대화를 듣고 데릭은 뭔가 깨달은 모양이었다.

"역시 특별반이야!"

"아아. 아…… 역시……. 미안해. 그런 쪽엔 둔해서……. 뭔가 있으면 주저하지 말고 말해줘."

분명 착각이 아닐 것이다. 여자 친구가 있으면 과자를 받아서는 안 된다는 규칙은 아마네셀 왕국에도 라겐 마법학교에도 없었다.

카이는 신경 쓰지 않는다고 했다. 하이데마리는 신경 쓰는 것 같았다. 루시안은 데릭과 마찬가지로 모르고 있었다. 마리나는 어떨까. 신경 썼을까.

에다는 신경 쓰이긴 했다.

하지만 데릭이 사과했고 시무룩한 모습을 보여서 놀랄 만큼 마음이 산뜻해졌다.

"과자는 좋아하지만 만드는 건 딱히…… 아니지. 전혀 안 좋아하거든."

"응."
"그러니까 이게 처음이자 마지막으로 주는 게 될지도 모르니까 감사하는 마음으로 먹도록 해~."
"네."
"그리고 데릭이 받은 건 지금부터 같이 먹자."
"응. 알았어."
데릭은 고맙다고 말하고 에다의 머리를 부드럽게 쓰다듬었다. 에다는 또 한 바퀴 돌았다.

데릭과 함께 안뜰로 나왔을 때, 재빠르게 과자를 발견한 루시안이 달려왔다.
"에다! 그거 하이데마리가 만든 거지? 언제 받았어?"
에다가 과자를 만들 리 없다고 생각한 루시안은 어제 그런 일이 있었으면서 질리지도 않고 또 과자를 받길 원했다. 친구인 하이데마리에게 받는 건 괜찮다고 여기는 모양이었다.
"미안하지만 이건 내가 만든 거야."
"뭐? 아니, 그런 건 됐고 빨리 말해. 다 없어질지도 모르잖아."
루시안이 얄밉게 말하자, 에다의 이마에 핏대가 섰다.
"진짜 너 짜증 나! 그러니까 계속 모……."
계속 모태솔로지, 하고 말하려다 에다는 입을 닫았다.
『앞으로 가능하면 다른 남자 앞에서 그런 말은 안 하면 좋을 것 같아. 누가 뭐래도 다른 남자가 내 여자 친구를 두고 무례한 상상을 하는 건 싫으니까.』

『그런 말이라니?』

『미안. 일단 내가 말하겠지만 그 처녀니 가슴이니 그런 거.』

전에 데릭이 말한 조건이 떠올랐다.

'처녀랑 가슴이라는 말을 해선 안 된다면 모태솔로란 말도 하면 안 될 것 같아.'

에다는 안 돌아가는 머리를 굴리며 어떻게든 말을 쥐어짰다.

"모……기."

"에엥?"

그러니까 '모기' 라는, 뜻을 전혀 모르겠는 욕을 듣고 루시안은 어리둥절했다. 에다는 정강이를 걷어차고 싶었지만 참았다.

잘 참아낸 에다의 머리에 따뜻한 온기가 느껴졌다. 고개를 들어보니 데릭이 부드러운 미소로 웃고 있었다.

"참 잘했어요."

연신 잘했다고 말하며 쓰다듬는 손길에 가라앉았던 에다의 기분이 다시 좋아졌다. 이제 루시안 따위는 아무 상관없었다.

"아, 이 왈가닥을 길들였다고……?!"

얼굴을 마주하고 함께 웃는 에다와 데릭을 보며 루시안은 얼굴이 창백해져 소리치며 안뜰에서 도망쳤다.

∴ ∵ ∴ ∵

무도회 당일. 에다는 남자기숙사 앞에서 데릭을 놀라게 할 셈으로 기다렸다.

남자기숙사 앞까지 온 여자는 에다밖에 없었다. 기숙사에서 나온 남자애들은 예상 못한 에다의 등장에 놀라며, 앞머리나 앞섶을 정리하며 수줍은 듯 도망쳤다.

그런 남자애들에게 눈길 한 번 안 주며, 에다는 남자기숙사 앞 화단에 앉아 기다렸다. 얼마 전에 데릭이 바닥에 앉을 때 손수건을 깔아 줘서 에다도 그렇게 하게 되었다.

"에다?"

정장을 갖춰 입은 데릭은 놀란 얼굴로 기숙사에서 나왔다. 에다는 방긋 웃으며 일어났다.

"데릭, 마중 나왔어."

"내가 가려고 했는데."

웃으며 말하는 데릭을 바라보자, 에다의 눈썹이 축 처졌다.

"내가 데릭의 입장을 난처하게 만든 거야?"

"아니. 마중 나와 줘서 기뻤어. 다음에는 내가 널 마중하러 가게 해 줘."

데릭의 상냥함에 마음속이 몽글몽글해진 에다는 "응!" 하고 고개를 끄덕였다.

"그럼, 여기."

데릭은 부끄러운 눈치로 팔꿈치를 내밀었다. 에스코트 같은 건 서민 태생인 에다와 데릭에게 익숙지 않은 매너였다. 에다는 수줍어하며 데릭의 팔꿈치에 자기 팔을 감았다,

"으앗!"

“가라! 가라!”
“이러고 걷는 건 조금 무리일 것 같은데……?!”
그렇게 말하면서도 데릭은 걸음을 내디뎠다. 에다를 끌고 가는 모양새로 한 걸음씩 천천히 걸음을 옮겼다.
두 사람은 딱 달라붙어서 마치 이족보행을 하는 뚱뚱한 하마처럼 뒤뚱거리며 볼품없이 걷기 시작했다.
“에다, 정말 귀엽다.”
“고마워. 데릭도 남자다워!”
“에다가 날 칭찬하는 날도 다 오는구나.”
이렇게 날숨이 다 느껴지는 거리에서 그런 말을 하니까.
에다는 “정말, 그러니까 말이야.”라고는 말하지 못하고 그저 팔에 힘을 주며 기댔다.

“하아~! 잘 먹었다, 춤 잘 췄다!”
무도회장에서 나온 에다는 고개를 까딱거렸다. 무도회장에서 새어 나온 빛이 닿는 곳에 데릭과 함께 앉아 바람을 쐬고 있었다. 무도회장 안은 공기 순환이 잘되는 구조라 쾌적했지만 무도회 특유의 열기가 심해서 잠시 쉬러 나온 것이었다.
앉은 곳은 타일이 깔린 바닥으로 치마를 통해 차가운 기운이 올라왔다. 에다가 몸을 떠는 걸 알아챘는지, 데릭이 겉옷을 벗어 에다의 어깨에 걸쳐 줬다.
아마 거의 모든 학생에게 평생 한 번뿐일 무도회는 대단히 성황이었다.

아즈라크와 야나는 교복보다 정장 쪽이 훨씬 익숙하다는 얼굴을 하고 넘치는 행복을 흩뿌리고 다녔다. 야나는 운동신경이 절망적으로 나빠서 사전에 댄스 레슨에 참여했다고 생각하지 못할 정도로 어설픈 스텝으로 춤췄다. 아즈라크는 힘 좋게 리드하면서도 상대에게 무리를 주는 느낌 없이, 발을 연신 밟는 야나를 녹아내릴 듯한 눈빛으로 바라보고 있었다. 그 두 사람은 부부여서 한 곡이 끝날 때마다 파트너를 바꾸는 친구들과는 달리 빙글빙글 돌면서 계속 즐겁게 함께 춤췄다.

모두의 이목이 집중된 커플인 빈센트와 올리아나는 불참했지만 대신에 그 하인츠가 수염을 밀고 매력적인 웨이터 차림으로 서빙을 하는 바람에 무도회장은 열띤 소란에 휩싸였다. 여학생들은 파트너를 내버려 두고 멍하니 시선을 하인츠에게 고정시켰고, 남학생들은 하인츠가 부모의 원수라도 되는 것처럼 바라봤으니 그렇게 소란스러운 것도 당연했다.

“오늘은 수고 많았어.”

“수고 많았어.”

나란히 앉아 들고 나온 샴페인 잔을 부딪쳤다. 팅, 하고 듣기 좋은 소리가 울렸다. 기대앉은 벽 너머로 무도회장의 들뜬 목소리가 들려왔다.

“아아. 드레스 더러워졌다.”

“어디?”

“여기.”

치맛자락에 음식이 튄 자국이 있었다. 에다가 걸어가면서 진열되어 있던 요리를 먹다가 곡 시작에 맞춰 춤추러 가지 못했어도 데릭은 화내지 않고 기분 나빠하지도 않은 채 그저 뒤에서 싱글벙글 웃으며 에다를 지켜봤다.

"그 정도는 지울 수 있어. 나중에 물 있는 데로 가자."

"우와! 고마워. 살았다. 난 드레스가 이것밖에 없거든."

그마저도 딱히 고급 드레스도 아니었다. 올리아나처럼 재단사가 직접 제작한 게 아니라 기성품 드레스였다.

"높으신 분들께서 지원해 주고 계시지만 우리 아빠가 하는 연구는 돈이 많이 들거든."

에다의 아버지는 연구에 들어가면 금전 감각이 둔해지기 때문에 에다네는 항상 돈에 쪼들렸다.

어머니는 아이들에게 검소하게 생활하라고 했지만 공부하는 데만큼은 돈을 쓰셨다. 어머니는 아버지와 아버지를 형성하는 학문이라는 것을 존경했기 때문이다.

"애인의 조건에 부자라는 항목은 안 넣은 거야?"

조금 불편한 기색을 띠며 데릭이 말했다. 데릭의 집안이 딱히 부자가 아니라는 건 진작 알았던 에다는 어리둥절해서 물었다.

"딱히 사치 부리고 싶은 것도 아니고 돈이라면 졸업하고 직접 벌 거니까 괜찮아."

"취직하려고?"

"라겐 마법학교를 졸업한 여자 중에 취직을 안 하는 사람은 없어. 모처럼 학교에 보내줬는데 굳이 좁은 우물 안으로 되돌아갈 리 없잖아."

에다가 씩씩하게 말하자 데릭은 따뜻하게 웃었다.

"그럼 나도 최대한 돈을 잘 벌도록 노력할게."

"믿는다! 달링!"

데릭의 이런 당연하다는 것처럼 함께할 미래를 그려주는 면이 참 좋았다. 갑작스러운 고백을 해도 바보 취급하지 않고 진지하게 고민해 줬다. 그리고 누구보다도 에다를 소중히 여겨주려 했다.

무릎을 세우고 그 위에 양손으로 잡은 샴페인 잔을 올린 채 에다는 데릭에게 기댔다. 그리고 데릭의 어깨에 머리를 툭 얹었다.

그리고 어리광부리는 목소리를 냈다.

"있잖아, 나 취했어."

"에고."

"취했다고."

"응."

"그러니까."

"응."

"키스해도 돼?"

"안 돼."

에다는 충격을 받았다.

에다가 하는 말은 무슨 말이든 들어주는 데릭이니까 이런 흐름이라면 '응.' 이라고 대답하지 않을까 싶었기 때문이다. 하지만 데릭은 처음부터 자기만의 선이 확실해서 스스로 납득하지 못하면 에다가 무슨 말을 해도 긍정적인 대답을 하지 않는 사람이라고 새삼 떠올렸다.

'모처럼 용기 낸 건데.'

입을 삐쭉 내밀고 샴페인 잔을 만지작거리고 있으니 데릭이 낮게 가라앉은 목소리로 말했다.

"나도 하고 싶어졌으니까 지금 당장 술 깨."

"……깼는데요."

"정말?"

"정말. 완전히 깼어. 말끔 상쾌해."

"말끔 상쾌하다니 뭐야."

데릭이 에다가 잡고 있었던 샴페인 잔으로 손을 뻗었다. 에다가 손가락 힘을 조금 풀어서 자연스럽게 샴페인 잔을 건네자, 데릭은 그것을 천천히 자기 옆 타일 위에 내려놨다.

에다의 어깨에 데릭이 손을 얹었다. 샴페인 때문에 조금 붉게 달아오른 두 사람의 얼굴에 붉은빛이 더욱 강해졌다.

지금 함께 부끄러워하는 게 느껴져서 에다는 이제야 진지하게 납득했다.

'아아, 그렇구나.'

『어쩌면 키스하기 부끄러울 때가 아닐까? 분명 그때가 네가 날 좋아하게 되는 날일 거야.』

"데릭."

"왜, 에다?"

"나 지금 부끄러워."

데릭이 기쁘다는 듯 웃었다.

"나도."

데릭이 그렇게 말한 뒤, 무도회장의 빛을 받은 두 사람의 그림자가 겹쳤다.

번외편 — 그러니까 좋아하는 게 아니야

——누구든 멋지다고 납득할 연인을 원한다.
——누구도 뭐라고 하지 않을 완벽한 남자 친구를 원한다.
——누구도 손가락질하지 않을 사람을 원한다.

콘스탄체 베르츠는 마법약학 수업이 싫었다.

몸의 방향을 한 번 바꿀 때, 목을 한 번 까딱할 때, 시선을 향할 때.

흐트러진 머리카락 하나에, 앉아있을 때의 발끝 하나에, 웃을 때 올라가는 입꼬리의 각도 하나에, 목소리의 높낮이 하나에, 눈을 내리깔 때 깜박이는 속눈썹 하나에. 그 모든 것을 신경 쓸 수밖에 없기 때문이다.

유리로 덮인 식물 온실은 마법으로 여름과 겨울에도 쾌적한 온도를 유지한다. 천장에서 쏟아지는 햇빛이 온실에 설치된 작은 교탁에 선 하인츠를 비췄다.

'아, 흰머리다.'

요즘 늘어났다고 수업시간에 불평했던 그 흰머리가 햇빛에 반짝거려 눈에 띄었다. 발견한 것은 자기만이 아니겠지만, 콘스탄체는 만족스럽게 눈꼬리를 내렸다.

하인츠 아들룽.

옆에 앉은 동급생이 하인츠를 처음 안 건 입학식에서였지만 콘스탄체는 달랐다.

콘스탄체의 아버지는 기사다. 기사인 아버지는 콘스탄체가 어릴 적부터 숙직과 원정이 잦아 집을 비우기 일쑤였다.

그런 아버지에게 정나미가 떨어진 어머니가 집을 나간 것은 콘스탄체가 세 살 때였다. 가정부를 고용해도 됐지만, 낯가림이 심한 콘스탄체는 늘 잘 따르던 이웃집 부인에게 맡겨졌다.

그 이웃집이 아들룽 가문이었다.

콘스탄체가 세 살 때, 아들룽 가문의 아들인 하인츠는 열아홉 살이었다. 라겐 마법학교를 갓 졸업한 그는 연구기관에서 근무했기에 아버지처럼 숙직할 때가 많았다. 그러나 하인츠는 휴일에는 언제나 집으로 돌아왔다.

조금 헐렁한 구석이 있지만 콘스탄체는 무조건적으로 자기를 사랑해 주고 모든 어리광을 받아주는 하인츠를 정말 좋아했다.

하인츠는 콘스탄체가 무슨 짓을 해도 화내는 법인 없었다. 하인츠의 눈가에 낙서해도, 잠자는 하인츠의 바지 속에 개구리를 넣어도, 나무를 타고 올라가 제일 높은 곳에서 뛰어내려도, 목검으로 동네 남자아이를 때려눕혀도, 언제나 어쩔 수 없다고 웃으며 머리를 쓰다듬었다.

하인츠가 라겐 마법학교의 교사로 취직한 것은 콘스탄체가 열 살, 그가 스물여섯 살 때 일이었다. 전임자의 퇴직으로 자리가 빈 마법약학 교사 자리는 경쟁률이 대단했는지 염원하던 교사가 된 하인츠는 정말로 기뻐했다.

하지만 콘스탄체는 전혀 기쁘지 않았다. 그전까지는 잘하면 한 달에 다섯 번 정도는 함께 놀 수 있었는데, 라겐 마법학교에 가고부터는 방학에만 집에 돌아왔기 때문이다.

삐져서 툴툴대는 콘스탄체를 보며 하인츠는 웃는 얼굴로 달랬다. 콘스탄체는 그런 하인츠가 참을 수 없을 만큼 얄미웠다.

하인츠는 방학이 되면 울면서도 작별 인사를 해 준 착한아이인 콘스탄체를 위해 들고 오기 힘들 정도로 선물을 한가득 사서 돌아왔다.

콘스탄체는 커다란 곰 인형을 안고 돌아온 하인츠를 부둥켜안고 얼굴을 문대며 고마움을 전했다.

하인츠는 방학 동안에 쭉 콘스탄체의 곁에 있었다. 콘스탄체를 위해 벽난로에 불을 지피고, 스튜를 만들고, 콧노래를 부르고, 실없는 농담을 하며 따뜻하게 감싸주고 돌봤다.

일 년 중 가장 추운 계절이면서 가장 따뜻하기도 했다.

3년이 지나고 이번에는 콘스탄체가 마법학교에 입학해서 집에 있을 때보다 훨씬 만날 기회가 늘어났다.

하지만 하인츠와의 거리는 집에 있을 때보다 무척 멀어졌다.

하인츠는 교사고, 콘스탄체는 학생이었다.

그건 도저히 어떻게 할 도리가 없는 큰 벽이 되어 콘스탄체와 하인츠 사이를 가로막았다.

콘스탄체는 더 이상 하인츠의 무릎에 앉아 그림책을 읽어 줄 수도, 과자를 서로 먹여 줄 수도, 막 자다가 일어난 하인츠의 짧은 수염을 만지며 놀 수도 없게 되었다.

특이한 점은 거리가 생기자 콘스탄체의 마음속에서 하인츠를 보는 관점이 바뀌었다는 것이다.

학교에 있을 땐 왜 그런지 덥수룩한 머리에 수북하게 수염을 기르는 하인츠.

콘스탄체는 언제부터인가 그런 하인츠를 똑바로 바라볼 수 없었다.

처음에는 집에서와는 다른 학교에서의 모습을 보고 당황한 거라고만 여겼다. 혹은 언제나 독차지했던 하인츠가 자기만의 것이 아닌 모두의 선생님이라는 점에 소외감을 맛본 것이라고.

하지만 콘스탄체가 조그만 1학년 시절에 자기 몸보다 훨씬 큰 로브를 질질 끌고 다닐 때, 키가 훤칠한 상급생 여자가 하인츠의 옆에 있는 걸 본 순간, 자기가 느낀 감정은 그것이 아니었다고 깨달았다.

콘스탄체가 열세 살. 상급생은 열일곱 살 정도였을 것이다. 하인츠는 스물아홉이었다.

딱 보기에도 어린애일 뿐인 자기와는 달리 상급생은 이미 어른으로 보였다.

어른인 하인츠에게 어른 여자가 달라붙어 있는 것을 보고, 콘스탄체는 가슴에 강한 통증을 느꼈다.

"그러니까, 아니. 선생님! 제 말 듣고 있어요?"

"야, 야. 너무 들러붙지 마. 가슴이 닿잖아."

하인츠가 살며시 여학생을 떼어냈다. 하지만 여학생은 더욱 강하게 하인츠를 끌어안으며 활짝 웃었다.

"일부러 닿는 건데요."

"고맙지만 말이다. 이런 건 말이야, 네 동급생한테나 해. 그럼 아마 좋아 죽을 거다."

"내가 좋아 죽었으면 하는 사람은 하인츠 선생님인데요."

"농담 말아라. 애들은 좀 애들끼리 놀아. 너희들끼리 청춘을 즐겨."

"우리보다 조금 더 어른이라고 진짜."

여학생이 입을 삐쭉거리며 툴툴대자 하인츠는 덥수룩한 수염으로 둘러싸인 입을 일그러뜨리며 웃었다.

"선생님이니까 어른이지. 그리고 내가 선생이 아니었으면 여기에 있지도 않았을 거고. 네가 이런 짓을 하면 나는 선생도 아니게 된다."

이제 떨어지라고 하며 하인츠가 여학생의 가슴을 가리켰다. 여학생은 억울한 듯 얼굴을 찡그리면서도 마지못해 하인츠의 팔을 놓았다.

"오오! 무슨 일이냐, 베르츠."

멀리서 바라보던 콘스탄체를 발견한 하인츠가 반갑게 웃었다.

생소한 목소리 톤. 아직 이렇게 불리는 데 익숙하지 않은 이름. 그리고 다른 학생에게 고백받고 곤란해하던 하인츠가 이제야 살았다는 것처럼 무심코 웃을 정도로 연애대상과는 거리가 먼 땅딸보 꼬맹이 같은 자신.

콘스탄체는 팔을 뻗어 자주 만졌던 그 수염을 만져 볼까 생각했다.

손목에 점이 두 개 있다는 것을, 목 뒤를 만지면 이상한 소리를 낸다는 것을, 귀 청소는 오른쪽부터 해 주는 걸 좋아한다는 것을, 아침에 일어날 때 꼭 오른쪽으로 두 번, 왼쪽으로 한 번 기지개를 켠다는 것을, 그 모든 것을 직접 떠벌리고 싶었다.

하지만 콘스탄체는 가슴에 스친 분노와 아픔을 전부 모르는 척하기로 했다.

"다 봤어……요. 하인츠 선생님이 학생의 가슴을 만지고 좋아했다고 교장 선생님한테 다 불어 버릴 거예요."

"야, 그러지 마. 고향에 계신 어머니가 슬퍼하잖아."

'그렇게 얘기하면 내가 넘어갈 것 같은가 보지.'

콘스탄체는 고향에 어머니가 계신다는, 둘이서만 공유하는 비밀을 슬쩍 흘리면 자기가 만족할 거라 여긴 하인츠를 약 올리고 싶었다. 최근에 배우기 시작한 서투른 존댓말을 사용해서 하인츠와 자기 사이에 벽을 세웠다.

"정말 효자시네요. 어머님을 잘 돌보시기 바라요. 그럼 이만."

"그래."

콘스탄체는 교사와 학생 사이에 걸맞은 거리감을 유지하고 하인츠와 헤어졌다.

콘스탄체는 곧바로 자신이 해야 할 일을 깨달았다.

'누군가를, 좋아해야 해.'

지금 자기에게 필요한 것은 좋아하는 남자라고 생각했다.

누구나 납득하고, 누구도 별말 안 할, 누구도 손가락질하지 않을 그런 남자를 좋아해야 할 필요가 있었다.

'하지만 누가 날 좋아하지는 않았으면 좋겠어.'

같은 마음을 돌려줄 수 있을 리 없었다. 누군가의 순수한 감정을 갖고 놀 수도 없다. 콘스탄체는 이루어지지 않는 사랑의 괴로움을 지금 막 깨달은 참이었다.

'난 청춘을, 그 사람이 바라는 미래를 손에 넣어야 해.'

∴ ∵ ∴ ∵

그때부터 콘스탄체는 바보처럼 떠들고 소란스럽게 행동하며 사랑만 갈구하는 바보 같은 여자처럼 보이게 행동했다.

자기 같은 여자애에게 마음이 흔들리는 남자는 바보라는 인식을 심어주기 위해서였다. 자존심밖에 없는 사춘기 남자애가 만에 하나라도 반했다거나 동경한다고 말할 루트를 차단하기 위해서였다.

남자에게 무척 관심이 많은 척했지만 실은 어떤 남자에게도 마음이 움직이지 않았다.

하지만 아무리 콘스탄체가 종잡을 수 없는 아이라 해도, 하인츠는 급격하게 이성을 의식하기 시작한 콘스탄체가 걱정됐던 모양이다.

1학년 때의 어느 날, 콘스탄체는 마법약학 수업이 끝나고 불려갔다.

"베르츠. 리포트 건으로 할 얘기가 있으니까 잠시 남으렴."

반 친구들이 연민하는 눈빛을 보내며 떠났다. 식물이 우거진 온실 속에 남겨진 것은 콘스탄체와 하인츠뿐이었다.

백의 차림을 한 하인츠는 이쪽으로 오라고 가볍게 손짓하며 다정한 목소리로 말했다.

"이봐. 코니. 요즘 왜 그래."

콘스탄체가 '헤인' 이라고 부르던 때와 똑같은 목소리와 시선에 콘스탄체의 입술이 떨렸다.

'하면 안 되는 걸 시작했다고 나도 알고 있어.'

그저 계속해서 이 마음을 감추면 될 뿐이다. 하지만 이런 애정이 가득 담긴 특별대우를 잘 흘려 넘길 수 있었다면 애초에 그런 바보 같은 행동도 안 했을 것이다.

늘 그랬듯이 말없이 입을 꾹 다문 콘스탄체를 다정하게 달래줄 셈이었으리라. 하인츠는 콘스탄체의 팔을 당겨서 자기 무릎 위에 앉히려고 했지만 그런 손길을 콘스탄체가 뿌리쳤다.

'혹시 그러는 걸…… 누가 보기라도 한다면.'

『나는 선생도 아니게 된다.』

그것은 절대로 해서는 안 되는 일이었다. 하인츠가 마법약학 교사가 되었을 때 얼마나 기뻐했는지 콘스탄체는 이 학교에 있는 누구보다도 잘 알았다. 기뻐하던 그 모습을 소중히 여길 권리만은 포기하고 싶지 않았다.

"선생님. 전 친구를 사귈 거예요. 멋지고 돈 많은 다정한 연인도 만들 예정이에요. 선생님이 걱정하지 않으셔도 스스로 잘 해나갈 거예요."

콘스탄체가 분명하게 거절하자 하인츠는 눈을 크게 떴다.

"그러니까 잘 지켜봐 주세요."

분명 그것은 이별의 말이었다.

그 일 이후로 콘스탄체는 특별한 시선으로 하인츠를 보지 않으려고 더욱 철저하게 행동했다. 하인츠 역시 남들의 시선이 없는 곳이라고 해도 콘스탄체에게 각별한 태도를 보이지 않았다.

대화는 했지만 교사와 학생의 선을 넘지 않았다.

표면적인 대화에 숨겨져 있던 둘만이 공유하는 화제 같은 것도 이 일이 있고 난 뒤로는 언급한 적이 없었다.

방학에는 각자의 집으로 돌아가서 따로 시간을 보냈다.

하인츠가 다 들지도 못할 만큼 선물을 한가득 갖고 콘스탄체네 집 문을 두드리는 일도 사라졌다.

∴ ∵ ∴ ∵

점점 키가 자라고 가슴도 커진 콘스탄체는 그것만으로도 이성의 관심을 끌었다.

3학년이 되었을 즈음엔 남자애들의 시선이 얼굴보다 가슴을 먼저 향했다.

점점 늘어나기만 하는 남학생들의 무례한 시선에 비례하듯, 콘스탄체는 검술 훈련 시간을 늘렸다.

검 실력을 연마하고 연애 얘기만 나오면 소란을 떠는 콘스탄체는 바람대로 남자애들이 그저 멀리서만 바라보는 존재가 되었다.

그 와중에도 소중한 친구가 생겼다. 루시안과 카이처럼 콘스탄체를 친구로 받아주는 남자애도 있었다. 아즈라크는 때때로 검술 연습 상대가 돼 주기도 했다.

콘스탄체는 그것만으로 충분했다.

시간이 지나도 존댓말은 능숙해지지 않았다. 형식만 적당히 따른 존댓말은 콘스탄체에게 있어 남학생을 피하기 위한 무기 중 하나였다.

'많은 친구를 사귀고 다양하게 많은 사랑을 하며 항상 웃는 얼굴로 있는 나를 봐 줬으면.'

이것이 하인츠가 바라던 것이었는지는 모르지만, 콘스탄체에게 지금의 자신은 반짝이는 청춘 속에 있었다.

이걸 청춘이라고 하지 않으면 뭐라 부르겠는가.

함께 낙제해서 울고, 안뜰에서 공을 쫓으며 달리거나, 무도회를 위해 함께 댄스연습을 하고, 과자를 함께 만드는 친구가 있는 자기를 제발 봐 주길 바랐다.

마지막 학년에 열리는 무도회의 파트너로 미겔 페르베일라를 초대한 건 뜻밖의 행운이었다.

라겐 마법학교에서 1, 2위를 다투는 멋진 남자가 콘스탄체의 파트너라는 사실을 하인츠는 특히 기뻐하리라.
그러는 얼굴을 보고 싶다. 하지만 눈에 담고 싶지는 않았다.
'당신을 안심시키기 위해 좋아하는 남자가 생겼으면 좋겠어.'
좋아하는 사람이 따로 있는 콘스탄체라면 하인츠의 곁에 다가가도 용서받을 수 있을 것 같았다. 하인츠 따위 교사 따위 연애대상이 아니라고 라겐 마법학교의 모든 사람에게 알리고 싶었다.
누구에게도 들킬 수 없다.
누구도 하인츠가 학생을 꼬드기는 부정한 교사라고 생각해서는 안 됐다.
그러니까.
'좋아하는 게 아니야.'

∴ ∵ ∴ ∵

콘스탄체는 어안이 벙벙했다.
무도회장의 반짝이는 불빛 아래에서 본 광경이 거짓말이라고, 제발 누군가 그렇게 말해 주기를 바랐다.

"이 세상에서 제일 바보 멍청이인 사람이 여기 있나요?!"
식물 온실의 문을 경첩이 빠질 정도로 세게 열었다.
안에서 느슨하게 넥타이를 풀고 있던 하인츠는 눈을 크게 뜨고 이쪽을 쳐다봤다.
"너 정말…… 큰 소리를 내는 건 자제하자?"
"할 말이 너무 많아서 그래요!"
이렇게 사적인 태도로 말을 건 것이 거의 4년 만에 처음 있는 일인데도 목소리 크기 따위나 신경 쓰고 주의를 주는 하인츠에게 콘스탄체는 다시 소리쳤다.
온실 문을 쾅 닫았다. 온실 전체가 살짝 흔들렸다.
머메이드 드레스에 들어간 기다란 슬릿 틈으로 평소에는 감추고 있는 자랑스러운 허벅지를 드러내고 일부러 과시했다.
늘씬한 다리를 움직이며 콘스탄체는 성큼성큼 걸었다. 하인츠의 시선이 느껴졌다. 경박스럽다고 화라도 내려는 것이리라. 더욱 분노를 담은 발소리가 또각거리는 구두 소리가 되어 온실 속에 울렸다.
하인츠는 콘스탄체의 박력에 압도됐는지 손가락으로 넥타이를 잡은 모습 그대로 움직이지 않았다.
허리까지 내려오는 긴 머리를 묶고, 화장하고, 새까만 드레스를 입은 콘스탄체는 아름다웠다. 화려한 얼굴과 늘씬하게 쭉 뻗은 다리, 크고 모양이 예쁜 가슴은 무도회장 남학생들의 시선을 단번에 집중시켰다. 그래. 단번은 말이다.
오늘은 콘스탄체보다 더 주목을 받은 사람이 있었다.
"왜 그런 모습으로 무도회에 온 거예요!"
콘스탄체가 하인츠의 멱살을 잡더니 그대로 넥타이를 쭉 잡아당겼다. 풀린 넥타이를 집어 던지고 왁스로 깔끔히 정돈된

머리카락에 손을 집어넣어 마구 헝클어뜨렸다.

이런 일을 당해도 하인츠는 불평 한마디 없이 콘스탄체를 보기만 했다.

한 번 왁스를 발라 정돈했던 탓인지, 평소보다 더 부스스해진 머리에도 아랑곳하지 않고 하인츠가 말했다.

"왜 그래, 공주님. 기분이 언짢으신가?"

"먼저 질문한 건 나예요!"

마치 코니 시절로 돌아간 것 같았다. 금방이라도 울음을 터트릴 것 같이 얼굴이 일그러졌다.

하인츠는 오늘 무도회에 참석했다. 파트너를 동반하는 초대 손님이 아니라 스태프로.

봄의 중간 달이 될 때마다 교사 중에 나이가 가장 어린 하인츠가 학교 안을 이리저리 뛰어다니는 걸 본 적이 있었다.

그렇지만 지금까지 하인츠가 수염을 밀고, 머리를 정리하고, 말끔하게 몸을 단장하고 무도회 당일에 무도회장에 나타났다는 얘기는 한 번도 들어 본 적이 없었다.

오늘 하인츠는 믿을 수 없을 정도로 멋있었다.

평소에는 어딜 묶었는지도 알 수 없는 부스스하고 덥수룩한 머리를 오늘은 깔끔하게 묶어서 뒷머리가 단정하게 정리되어 있었다. 깨끗하고 품위 있는 셔츠와 조끼를 입고 눈썹과 수염도 다듬어 늠름한 표정을 지은 하인츠의 등장에 무도회장에 있던 모든 여자가 넋을 잃고 그를 바라봤다.

"안 왔으면 좋았잖아!"

콘스탄체는 걸치고 있던 숄을 집어 던졌다. 던진 숄에 얼굴을 맞은 하인츠는 쓴웃음을 지으며 바닥에 떨어진 얇은 숄을 주웠다.

"기뻐할 줄 알았는데."

울컥했다. 아니, 단순히 그런 정도가 아니었다. 빠직, 하고 뭔가가 깨진 것 같았다. 그런 표현도 부족한 느낌이었다. 속이 활활 불타는 것 같았다.

"애가 이렇게 까다로워서야. 옛날에는 곰 인형만 받아도 기뻐했는데."

"옛날에 내가 기뻐했던 게 곰 인형을 받아서가 아니라는 것쯤은 알라고요!"

콘스탄체는 언제나 곰 인형 너머에 있는 하인츠를 보고 기뻐했던 것이다.

이렇게 아름답게 차려입은 날에, 모든 남자의 시선을 빼앗은 날에…… 곰 인형 얘기를 꺼내는 하인츠가 너무 얄미워서 돌아버릴 것 같았다.

"이런 모습을 했다고 내가 기뻐할 리가 없잖아! 얼마나 많은 애들이 봤을 것 같아? 나 말고 얼마나 많은 애들이 좋아했는데! 나만 알고 있던 모습이었는데! 내가, 내가…… 얼마나 많이 참았는데!"

"네가 보고 싶었어."

하인츠가 손을 뻗었다.

그리고 소리를 지르며 굵은 눈물방울을 흘리는 콘스탄체의 손을 잡았다. 거절하려고 해도 웬만한 힘으로는 뿌리칠 수 없게 단단하게 꽉.

하인츠는 콘스탄체의 손을 이끌어 식물이 우거진 온실 한쪽 구석으로 이동했다. 어지간히 유심히 들여다보지 않는 이상 사람이 있다는 것조차 알 수 없는 곳이었다.

"나 좀 그만 밀어내."

하인츠가 콘스탄체를 끌어안았다. 깜짝 놀란 콘스탄체의 눈이 커지고, 그 순간 또 눈물이 왈칵 쏟아졌다.

"올해 졸업하잖아. 마지막에 네 멋진 모습을 보러 가는 게 뭐가 잘못이야."

눈물이 멈추지 않았다. 하인츠의 풀 먹인 셔츠를 꽉 쥐었다.

"왜 그랬어요……. 도대체 왜 수염까지 밀고……."

"너. 내가 몇 살인지 알아?"

예상치 못한 말을 듣고 콘스탄체는 숨을 삼켰다. 너무 놀라서 눈물이 쏙 들어갔다.

"바보 아니야?"

너무나 좋은 쪽으로 해석하려는 자기에게 콘스탄체가 중얼거렸다.

"바보입니다. 남자는 몇 살을 먹어도 바보입니다."

콘스탄체는 두 손을 꼭 쥐고 하인츠의 가슴을 눌렀다.

'그럴 리가 없어. 하인츠는 선생님이고 헤인은 나보다 열여섯 살이나 연상이고.'

그러니까 조금이라도 콘스탄체와 잘 어울리는 모습이고 싶어서 수염을 깎고 나타났다고 말하는 거라고. 그런 바보 같은 짓을 한 이유가 자기가 안고 있는 마음과 같다고. 하지만 그럴 리가 없다.

가슴을 밀쳤지만 조금도 움직이지 않았다. 손에 살짝 힘이 들어간 정도의 약한 저항은 하인츠가 끌어안는 팔의 힘에 묻혔다.

"내가 상상했던 것보다 몇 배나 아름다워."

콘스탄체의 피부로 스며드는 것 같은 낮은 목소리가 부드럽게 마음속에 울렸다.

모든 남자의 눈에 매력적인 여자로 비친 오늘 밤, 지금 이 순간에도 콘스탄체는 '그저 어린애' 취급을 받는 것이 아니었다.

하인츠가 콘스탄체의 머리에서 리본을 풀었다. 어른스러운 드레스에 어울리지 않는 검은색 벨벳 리본은 콘스탄체가 열 살 때 하인츠가 사 준 것이었다.

곱게 땋아 올렸던 머리카락이 콘스탄체의 등에 펼쳐졌다.

"상상, 했어……?"

"당연히 했지."

하인츠가 웃을 때마다 눈앞에 있는 목울대가 떨렸다.

리본에 입을 맞추면서 당연하다는 듯 수긍했다.

'어린애로밖에 안 보는 줄 알았는데.'

머리에 묶인 리본을 풀면서 드레스를 입은 모습을 상상했다고 자백하는 남자에게 콘스탄체가 뭘 기대하는지, 하인츠는 똑바로 알고 있었다.

하인츠는 콘스탄체의 손을 잡아 그 손바닥을 자기 볼에 갖다 댔다.

오랜만에 닿은 하인츠의 피부는 말라 있었다. 저녁에도 면도했는지 피부 아래로 수염이 있는 건 느껴지지만 손가락에 걸릴 정도는 아니었다. 그리운 감촉이었다.

하인츠의 볼을 정신없이 어루만졌다. 하인츠가 검 연습을 하느라 굳은살이 가득한 콘스탄체의 손을 붙잡았다. 그리고 커다란 손바닥으로 콘스탄체의 손을 감쌌다.

그대로 콘스탄체의 손바닥을 자기 입술에 갖다 댔다.

저항 따위는 하나도 하지 않았다. 콘스탄체의 손바닥에 입을 맞춘 하인츠가 콘스탄체의 모든 것을 사로잡으려는 것처럼 뚫어지게 바라봤다.

"1학년 때. 네 스스로 친구를 많이 사귀고 멋진 연인을 만들겠다고 큰소리쳤지. 생각대로 잘됐어?"

"잘해 왔어요."

"연인은?"

생겼을 리가 없다.

만약 멋진 남학생에게 고백받았다고 하더라도 정말 받아들였을지 의문이다.

그 이유는 콘스탄체보다 하인츠 쪽이 더 잘 알 것 같은 기분이 들었다.

어렸을 때, 몇 번이나 하인츠의 연인을 본 적이 있었다. 쉴 틈 없이 교제한 하인츠가 연애에 관해서 둔감할 리가 없었다.

콘스탄체가 갑자기 이성에 관심이 생겼다고 큰소리를 치며 하인츠를 뿌리치듯 도망친 이유도 당연히 눈치챘을 것이다.

그래서 방학에도 굳이 베르츠네를 찾아가지 않았던 것이다.

『진짜 착해. 날 좋아하기 위해 노력한다고 했고, 내가 자기를 좋아하게 만들겠다고 그러더라.』

에다에게 데릭 얘기를 들었을 때 부러워서 눈물이 나올 것 같았다.

눈물을 감추려고 평소보다 더 과장되게 행동했다.

하인츠는 콘스탄체의 이런 마음을 부정하지 않는 대신, 받아들이지도 않았다.

좋아해도 괜찮다는 허락조차 받을 수 없었다.

하인츠는 절대로 콘스탄체를 행복하게 할 수 없다.

데릭이 대수롭지 않다는 듯이 에다에게 해 준 말은, 콘스탄체가 그 어떤 것보다도 간절히 원했던 말이었다.

하인츠의 대응은 어른으로서 당연한 것이었고 그게 하인츠의 대답이라고 여겼다.

그랬는데.

"졸업할 때까지 연인은 필요 없어."

"알았어."

대체 뭘 알았다는 말인가.

'정말 알았다고 한들 내가 원하는 걸 주기라도 하겠다는 말인 거야?'

하인츠가 어금니를 깨물고 있는 콘스탄체를 꽉 끌어안았다.

그 팔에 실린 다부진 힘을 느끼고 반발심이 아주 쉽게 사그라졌다. 콘스탄체의 몸이 파르르 떨렸다.

"바람대로 열심히 했지? 친구들이랑 웃고 즐거운 청춘을 보내고…… 당신이 바라던 이상적인 학창시절을 보냈어."

콘스탄체가 오기를 부린 이유는 하인츠에게 폐를 끼치지 않으려던 것이 전부가 아니었다.

하인츠는 분명 콘스탄체가 자기 나이에 걸맞은 경험을 하기를 바랐다. 친구를 사귀고, 공부에 정진하고, 때때로 장난도 치며 자기 나이에 걸맞은 경험을 하기를 연장자로서, 교사로서, 1학년 때 봤던 그 상급생에게 권하고 있었다.

"그러게. 정말 잘했지. 바보는 나였어. 웃는 너를 볼 때마다 내가 열여섯 번 정도 유급했으면 좋았을 거라고 진심으로 생각했거든."

"여기에서는 3번까지만 유급할 수 있어요."

"그러니까 바보라는 거라고."

콘스탄체가 계속 몰래 바라보던 하인츠의 얼굴이 이렇게나 가까이에 있었다.

톡, 하고 이마와 이마를 부딪치자 하인츠가 낮은 목소리로 말했다.

"저기, 진지하게 대답해."

불안해질 만큼 의미심장한 목소리에 콘스탄체는 하인츠를 바라보고 눈을 깜빡이며 눈빛만으로 대답했다.

"네가 페르베일라한테 고백했다고 들었어. 준비실에 말이다, 남자의 그걸 한 1년 정도는 못쓸 물건으로 만드는 약이 있거든. 그걸 페르베일라한테 먹여야 할까?"

콘스탄체는 소리 높여 웃었다. 서로 이마를 붙인 상태라서 하인츠의 몸까지 흔들릴 정도로 크게 웃었다.

눈물이 날 정도로 크게 웃은 콘스탄체는 눈물을 닦으며 지금까지 계속 참아왔던 미소를 얼굴 가득 띠고 말했다.

"그럴 필요 없어. 근데 내가 졸업할 때까지 한눈팔지 않게 헤인이 마시는 건 어때?"

하인츠는 어이가 없다는 표정으로 콘스탄체를 끌어안았다.

∴ ∵ ∴ ∵

"루시안! 공, 그쪽으로 갔어!"

2층 복도를 걷던 하인츠는 어린 학생들의 목소리가 들려서 문득 걸음을 멈췄다. 아래층 마당에서 이제 막 2학년이 된 콘스탄체가 반 친구들과 함께 마법구 놀이를 하고 있었다.

콘스탄체는 밖에서 얘기할 때 목소리가 조금 높았다.

자기 앞에서는 의도적으로 낮게 말하는 콘스탄체의 마음을 모를 정도로 눈치가 없지는 않았다.

창틀에 기대어 콘스탄체의 웃는 얼굴을 훔쳐봤다. 자신이 보고 있다고 눈치채면 저 자연스러운 미소가 하인츠에게 보여주기 위한 과장된 미소로 덧칠되려나.

'그런 행동 안 해도 네 마음을 들춰내지는 않을 거다.'

태어났을 때부터 지켜봤던 이웃집 콘스탄체는 눈에 넣어도 아프지 않을 만큼 귀여웠다.

나이가 열여섯 살이나 차이 나면 화를 낼만한 일이 거의 없다. 동생이 없는 하인츠에게 작은 몸으로 필사적으로 자기를 쫓아오고 매달리는 콘스탄체는 천사나 다름없었다.

모든 일로부터 지키고 귀여워하고 가르치고 타이르며 이끌었다.

언제까지나 그렇게 지내도 되리라고 여겼다. 물론 콘스탄체가 결혼할 때는 남편에게 자기가 지금까지 맡았던 역할과 함께 그녀를 넘겨줘야겠지만 결혼하지 않고 평생 독신으로 산다면 계속 지금처럼 곁에서 손을 이끌어 주며 살아가도 되지 않을까. 그런 생각마저 했다.

그런 콘스탄체가 라겐 마법학교에 입학하고 얼마 지나지 않아 갑자기 하인츠에게서 멀어졌다.

하인츠에게 있어서는 갑작스러운 일이었다. 학생과 교사 사이가 된 뒤에도 그전까지는 눈빛에 친밀감이 있었다. 절도를 지키면서도 두 사람만이 아는 비밀 얘기에 목을 울리며 조용히 웃는 얼굴이 보고 싶어서 늘 비밀 암호 얘기 같은 걸 하면 하인츠의 계획대로 웃는 모습을 볼 수 있었다.

그런 콘스탄체가 하인츠의 손을 뿌리쳤다.

'코니가 멀어진 이유는 역시 착각이 아니겠지.'

두 사람이 설 자리가 바뀌고, 두 사람의 관계가 바뀌고, 타인의 평가를 받으며 보는 눈이 바뀐다. 그런 건 흔히 있는 일이다.

흔히 있는 일이고 스쳐 지나가듯 금방 끝날 일이기도 하다.
'네가 그러는 것도 금방 지나갈 거야.'
담배를 피우려고 흰 가운 주머니에 손을 넣었지만 담배가 떨어진 것을 깨닫고 머리를 긁적이며 창가에서 멀어졌다.
창밖에서는 큰 소리를 내며 콘스탄체가 뛰어다녔다. 하인츠는 벌써 오랫동안 콘스탄체의 저 미소를 직접 보지 못했다.
모처럼 1년 내내 함께 지낼 수 있게 됐다 싶었는데 지금은 누구보다도 멀었다.
'그런 감정은 빨리 버려라.'
멋대로 바보 같은 감정을 느끼기 시작한 콘스탄체에게 부아가 치밀었다.
귀엽고 사랑스러워서 하루라도 빨리 콘스탄체의 어리광을 받아주고 싶었다.
'나의 귀여운 코니를 돌려줘.'

∴ ∵ ∴ ∵

하인츠는 머리를 싸매고 끙끙댔다.
해를 거듭할수록 조숙한 콘스탄체의 체형이 너무나 훌륭하게 성장했기 때문이다.
'말도 안 돼.'
어린애라고만 여겼던 콘스탄체의 외형적 변화에 하인츠는 적잖게 당황했다.

그러나 여유 부리면서 '당황했다' 고 표현하는 건 하인츠 정도로, 콘스탄체 또래의 남자애들은 숨기지도 않고 호색한 시선으로 콘스탄체를 바라봤다.

"진짜 딱 한 번만이라도 좋으니까 상대해 달라고 하고 싶다니까."

"그래도 성격이 저러면……."

"이러쿵저러쿵 말이 많지만 그냥 겁먹은 거 아니냐?"

"만족 못 시키면 거기를 찌부러트릴지도."

"근데 저런 분위기로 신음하면 진짜 식을 것 같아."

'죽여 버린다.'

하인츠는 오빠 역할을 대신해서 자기가 저 학생들을 죽여도 용서받을 거라고 생각했다.

남학생들이 저질스러운 얘기를 할 때면 꼭 한 번은 콘스탄체의 이름이 올랐다.

그전까지 음담패설을 한다고 설교한 적은 없었지만 남학생들이 콘스탄체를 그런 눈으로 보기 시작한 뒤부터는 그 학생들을 혼내는 쪽으로 입장을 바꿨다.

'장난하지 마. 손가락 하나 못 대게 할 거다.'

오빠 대신이니까 이렇게 초조한 것이다.

그 학생들이 상상하는 것마저도 열받았다. 이 세상의 모든 오빠는 그럴 것이다. 용케 상대 남자를 안 죽이고 넘어가는구나 싶어서 전 세계에 있는 오빠들에게 존경심이 생겼다.

'저건 내 거야.'

자기가 생각하고도 한순간 경악했다. 그것은 인식과 너무나도 동떨어진 감정이었다.

'코니. 한여름에 걸리는 감기 같은 그 바보 같은 감정은 빨리 끝내 줘.'

가슴이 쑤시고 목구멍으로 갈증이 밀려왔다.

애가 타서 콘스탄체에게 간절히 빌었다.

'계속 이대로 있다가는 정말로 내 거라고 여기고 만다고.'

∴ ∵ ∴ ∵

마법약학 수업 중에는 학생이 밭을 일구는 것도 있다.

물론 그 또래 아이들이 모여서 묵묵히 밭을 갈 리가 없다.

여기저기서 들려오는 외침과 웃음소리가 마법약학 시설에 울려 퍼졌다. 여기저기 뛰어다니며 흙투성이가 되는 수업이다 보니 다른 교사들 눈에는 노는 걸로 밖에 안 보이는지 교무실에서의 평판은 그다지 좋지 않았다. 하인츠는 항상 눈썹을 치켜올린 월튼에게 혼나곤 했다. 학창시절에 혼났던 것이 떠올라, 월튼 앞에서는 항상 몸이 움츠러들었다.

한 남학생이 진흙을 동그랗게 뭉쳐 여학생의 엉덩이에 던졌다. 엉덩이에 흙구슬을 맞은 여학생이 남학생이 만든 것의 세 배는 되어 보이는 흙구슬을 만들어 던졌다.

그런 상황에서 하인츠는 주의를 주지도 않고 그저 바라보기만 했다.

진흙 대신 지렁이나 뱀을 던지려 한 남학생을 2반의 여학생들이 다 같이 비난했다. 오전에 수업이 있었던 특별반에서는 절대로 있을 수 없는 광경이다.

여학생들의 감시하에 지렁이를 땅에 묻는 남학생을 보며 '걔는 이런 일은 평생 안 당하겠지.' 하고 특별반에서 특히 긴밀하게 주시하는 누군가를 떠올렸다.

『내가 요즘 허리가 아파서 말이다. 밭을 가느라 고생하고 있어. 그게 교섭 조건이다. 그 대신 용목을 조사해 주지.』

인생을 반복해서 사는 빈센트 탄자인. 그 아이가 1학년 무렵에 굳이 물건을 잃어버렸다는 핑계 같은 걸 대지 않아도 자기를 만나러 올 수 있게 구실을 만들었다.

용목을 잘 아는 하인츠 앞에서라면 약한 소리도 하겠다는 생각에서였다. 얘기하고 싶지 않을 때라도, 만약 불안해지면 마법진을 연구한다는 구실로 오면 된다.

빈센트에게 마법 도구 개발을 맡길 때는 정말로 그렇게 생각했다. 실험 그 자체는 진행되든 진행되지 않든 상관없었지만, 빈센트라면 정말 마법 도구를 만들 것 같았다. 그것은 그것대로 매우 반가운 오산이었다. 하인츠의 마음은 기대감으로 들썩였다.

이렇게 학생들에게 경작을 시키기도 하지만 기본적으로 밭을 관리하는 것은 하인츠였다. 일을 편하게 하기 위한 도구는 눈에 불을 켜고 찾고 싶을 만큼 간절히 원했다.

"이제 그만 진지하게 해라."

"네~에."

"죄송합니다~."

꽤 떠들고 놀면서 만족했는지 애들은 각자 맡은 작업으로 돌아갔다. 이 아이들은 벌써 5학년. 머지않아 라겐 마법학교라는 요람을 졸업하고 사회에 나가게 된다. 이 아이들 스스로 시간을 분배하는 감각을 몸에 익혀야 하는 시기였다.

자기에게 있어 그런 시기는 바로 얼마 전이었던 것 같기도 하고 아주 먼 옛날의 일이었던 것처럼 느껴지기도 했다.

교사가 되고 나서는 학생들끼리 서로 웃고 지내는 모습이 까마득하게 느껴졌다. 또래 친구들과 마지막으로 저렇게 함께 웃었던 게 언제였을까. 라겐 마법학교의 교사로 재직한 이후로 친구들과의 술자리도 선뜻 마련할 수 없었다.

"아 진짜, 혼났잖아요. 미래의 멋진 연인이 나를 낮게 평가하면 어쩔 거예요."

"그래, 그래. 미래의 멋진 연인이 봐 주면 좋겠네."

"진짜! 루시안, 너는 좀 닥쳐 줄래!"

"콘스탄체! 루시안! 손을 움직여!"

"네~~에."

하이데마리의 호령에 루시안과 콘스탄체는 동시에 고분고분 대답했다. 그리고 얌전히 괭이를 움직이기 시작했다.

'내가 동갑이었다면 저런 소리는 안 했을 텐데.'

어떻게 해도 하인츠는 동갑이 될 수 없다.

콘스탄체가 '멋진 연인'에 집착하는 이유를 하인츠는 대충 파악하고 있었다.

기특하게도 저 어린애가 배려해 주는 것이다. 어른인 하인츠에게 폐를 끼치지 않게 말이다.

콘스탄체가 우스꽝스럽게 연인을 원한다는 티를 낼 때마다 이제 바보 같은 짓 하지 말라며 어깨를 붙잡고 흔들고 싶었다.

'내 감정도 말할 수 없게 말이야.'

하인츠가 동갑이었다면 억지로 다른 남자를 좋아하려고 노력할 필요도 없다. 하인츠를 향한 콘스탄체의 마음을 자기에게는 숨기더라도 다른 애들에게 숨길 필요 없었을 것이다.

흰 가운 차림인 자기와 실습복 차림의 콘스탄체.

걸어서 몇 걸음이면 닿을 거리에 있었다.

"베르츠, 거기는 다른 반 밭이다."

"어머나! 미안해요! 착각했어요!"

하지만 무엇보다도 멀었다.

'어떻게 하면 더 가까이 다가갈 수 있을까.'

하인츠는 빛나는 금발을 휘날리며 괭이를 휘두르는 콘스탄체를 보고 문득 스친 생각을 황급히 부인했다.

'아니야.'

그리고 흰 가운 주머니 속에서 주먹을 불끈 쥐었다.

∴ ∵ ∴ ∵

"헤인. 무릎에 앉을래."

마법약학 수업 준비실에 앉아 있던 하인츠의 무릎에 콘스탄체가 옛날처럼 불쑥 다가왔다. 어디 하나 빠지는 데 없이 매력적으로 성장한 콘스탄체가 달콤한 얼굴을 하고 이제는 부르지 않는 이름으로 자기를 불렀다.

어릴 때처럼 그림책을 읽어 주려고 온 것이 아님은 위태롭게 반짝이는 눈동자를 보면 알 수 있었다.

"내가 매달려도 돼?"

옛날부터 사랑스러웠던 얼굴을 지금은 위태로운 색기를 띠었다. 눈꼬리를 붉게 물들이고 벌어진 로브 틈으로 삐져나온 부드러워 보이는 가슴을 들이밀며 콘스탄체가 하인츠의 눈을 들여다봤다.

"나는 학생이랑은 안 해."

"내가 학생으로 보여?"

편리하게도 갑자기 주위의 경치가 변했다.

콘스탄체는 라겐 마법학교 학생의 증명이기도 한 새까만 로브를 벗어 던지고 네글리제를 몸에 걸치고 있었다. 장소는 마법약학 준비실에서 자기 방으로 바뀌어 있다.

'뭐야.'

"그럼 괜찮겠지 뭐."

하인츠는 콘스탄체의 어깨를 뒤로 밀었다. 때마침 나타난 침대에 두 사람의 몸이 쓰러졌다. 목에 코끝을 갖다 대자 달콤한 신음소리와 함께 희고 긴 콘스탄체의 목이 젖혀졌다. 콘스탄체의 머리에 입술을 맞췄다.

그리고 계속 깊이 갈망해 온 것처럼 자극을 받아 소름이 돋은 콘스탄체의 피부를 맛보았다.

잠에서 깨 머리를 짚었다.
아무리 꿈속이었다지만 콘스탄체를 넘어뜨린 사실에는 변함이 없었다.
'말이 돼? 열여섯 살이나 어리다고.'
하인츠의 상식에서는 말이 안 되는 일이었다.
만약 농담으로라도 주변에 괜찮겠다고 말하는 어른이 있다면 경멸의 대상이 되었을 것이다. 아이들이 갖고 있는 미지의 미래를, 빛나는 미숙함을 곁에서 지켜보는 입장이기 때문이다.
'말도 안 돼.'
지금까지 어떤 학생이 꿈에 나타난다 한들, 성욕의 대상이 되는 일은 절대로 없었다. 또한, 꿈속이라고 해도 미성년자인 학생을 자기 욕구의 지배하에 두는 일은 절대로 하지 않을 자제력도 있었다.
그런데도 제일 그러면 안 되는 사람에게 손을 대는 행동의 의미를 하인츠는 알고 싶지 않았다.

∴ ∵ ∴ ∵

"페르베일라의 무도회 파트너가 정해졌대."
"뭐어?! 누구? 누구야?"

"알아. 베르츠잖아?"
귀가 움찔거렸다.
안뜰 벤치에 앉아 있던 여학생들이 즐거운 듯이 이야기꽃을 피우고 있었다.
그냥 지나가려던 하인츠였지만 정신을 차려보니 걸음을 멈추고 있었다.
"우와, 의외네."
"솔직히 나도 귀를 의심했어. 평민인 데다가 2반이잖아? 언동도 개방적이고 품위도 없고…… 파트너로 선택한 페르베일라의 수준마저 의심스러워."
"으음. 그런가? 난 두 사람이 함께 서 있는 걸 본 적이 있는데 무척 잘 어울렸거든."
귀를 기울이던 하인츠는 콧대가 높아져서 고개를 끄덕였다.
'그건 그렇지. 누가 뭐래도 우리 코니니까 말이야.'
콘스탄체는 미인이다.
반듯한 이목구비, 작은 머리, 늘씬하게 뻗은 팔다리에 아름다운 목소리. 반듯하고 깔끔한 자세에 앞을 주시하는 강한 눈동자, 오뚝한 코. 이 학교에 빈센트 탄자인에 뒤지지 않는 미남인 미겔과 잘 어울린다고 언급되는 여학생은 얼마 없을 것이다.
'그런데 페르베일라라니 좋은 남자를 잡았군.'
외모뿐만 아니라 신분과 성적을 따져도 최상위급 남자였다. 그야말로 평소 콘스탄체가 허구한 날 말하던 '멋진 남자 친구' 의 조건을 모두 뛰어넘는 상대이리라.

"난공불락이던 페르베일라가 사귀기 시작한 것도 납득이 가더라고."

'뭐?'

"뭐? 그 페르베일라가?! 우와. 엄청 충격이야……. 그런 빈틈이 있는 줄 알았으면 나도 고백해 볼 걸……."

"말도 안 돼! 나는 베르츠가 고백했지만 거절당했다고 들었다고!"

"엥? 어느 쪽이 맞는 거야?"

"글쎄? 나도 들은 얘기라서……."

여학생들은 애매한 대답으로 대화를 마치고 벤치에서 일어나 장소를 옮기려고 했다.

'야야, 어느 쪽이 맞는 거야.'

하인츠는 초조했다. 씁쓸함이 올라왔다. 어느 쪽 말이 맞는지 신경 쓰여 미칠 것 같았다.

'난 아버지 대신이기도 하잖아? 그럼 물어보러 가도 괜찮아. 페르베일라랑 사귀기 시작했다는 건 드디어 나를 시원하게 떨쳐냈다는 거야.'

그것은 하인츠가 마음 깊이 바랐던 바다. 어서 빨리 콘스탄체와 옛날처럼 함께 웃고 싶었다. 콘스탄체를 잔뜩 귀여워하고 싶었다.

'그런데 뭘 두려워하는 거냐고.'

만약 진짜로 콘스탄체가 미겔과 사귀기 시작했다고, 미겔을 좋아한다고 듣는다면 과연 웃으며 축하한다고 말할 수 있을까. 하인츠는 확신할 수 없었다.

그리고 그렇게 생각하는 시점에 결과는 이미 불 보듯 뻔했다.

∴ ∵ ∴ ∵

'진짜 촌스럽네.'

무도회 당일. 하인츠는 거울 속에 비친 모습을 보고 마음이 꺾일 것 같았다.

거울 속 자신은 정성스레 다림질한 셔츠를 입고, 왁스로 머리를 단정하게 정리하고, 여학생들의 접근을 막기 위해 기르던 수염을 깨끗이 민 상태였다. 매일 눈치 없이 불어나는 기미와 다크서클은 지슬레인을 위해 만들었던 마법 성분이 가득 든 미용 앰플 덕분에 꽤 좋아졌다.

평소의 모습밖에 모르는 사람 눈에는 180도 달라진 것처럼 보이리라.

이렇게까지 하지 않아도 최소한의 청결함만 갖추면 무도회에 설 수 있었다. 그럼에도 최대한 노력해서 꾸미고 치장한 것은 또래 남자애들에게 둘러싸인 콘스탄체를 의식했다는 것 말고 다른 이유가 없었다.

'조금이라도 어려 보이고 싶어서 이런 차림까지 하고 애들 노는 자리에 끼어들겠다고……. 진짜 뭘 어쩌려는 거냐.'

이런 행동을 하는 자신의 유치함을 자각할 때마다 당장에라도 마법약을 삼키고 죽고 싶었다.

하지만 하인츠는 이제 마음을 다잡고 밀어붙일 수밖에 없었다. 밀어 버린 수염은 돌아오지 않는다. 그리고 한번 발을 들여놓은 이 마음도 마찬가지다.

'이 세상에는 정말 온갖 것들이 온갖 어리석은 짓을 하면서 살아간다고. 그러니까 어쩔 수 없잖아.'

무도회장에 들어가기 전, 한바탕 다른 교사들에게 놀림받았다. 나이 많은 교사들 사이에서 하인츠는 놀리기 좋은 장난감과 같았다.

"처음 부임했을 때가 생각나는군요."

생글거리면서 빛나는 아름다움을 자랑하는 지슬레인은 실은 라겐 마법학교에서 두 번째로 나이가 많았다. 하인츠보다 스무 살 이상 나이가 많다는 사실은 학생들에게는 영원히 비밀이었다.

"지슬레인 선생님보다는 다리나 허리가 튼튼하니 안에서 돌아보겠습니다."

"얼른 가."

이마에 핏대를 세운 지슬레인이 부채로 하인츠를 살짝 때리며 말했다.

홀 스태프로서 회장에 들어가자, 학생들이 어리둥절한 얼굴로 이쪽을 쳐다봤다.

"누구야……?"

"저 사람, 누구지……?"

“저런 사람이 있었나?”
“아니, 모르겠는데…… 누구지?”
한동안 어리둥절한 채로 있다가, 하인츠임을 눈치챈 여학생들이 놀라서 소리 질렀다. 서빙할 때마다 사람들에게 둘러싸여 누가 함께 춤을 추자고 조르면 “오늘만이야.”라고 웃으며 대답했다.
서빙하거나 춤을 추면서도 눈은 계속 한 사람만을 찾았다.
콘스탄체.
정말 아름다웠다. 미겔 옆에서 도도하게 서 있었다. 콘스탄체의 완벽한 몸매가 유감없이 발휘되는 드레스를 입고 누구보다도 아름답게 올곧은 자세로 서 있었다.
그런 콘스탄체가 하인츠를 몰라봤을 리 없었다. 그러나 콘스탄체는 한 번도 하인츠에게 다가오지 않았다. 이렇게 오늘의 주역처럼 존재감을 뽐내는 하인츠에게 시선 한 번 주지 않는 건 분명 부자연스러웠다.
콘스탄체는 지금 진심으로 화가 난 거야.
한심하지만 왜 콘스탄체가 화났는지 전혀 몰랐다.
‘콘스탄체는 절도를 지키는데, 내가 자중하지 못해서일까?’
하지만 콘스탄체에게는 아직 아무런 짓도 하지 않았다. 그렇게나 화를 낼 일 같지는 않았다.
‘벌써 페르베일라를 선택한 뒤라 그런가? 지금까지 속마음은 한마디도 못 털어놓게 한 내가 이제 와서 미련이 넘치는 마음으로 쫓아와서?’

그렇지만 오늘은 무슨 일이 있어도 콘스탄체를 보고 싶었다.
그리고 단 한 번이라도 좋으니까 콘스탄체와 같은 장소에 서고 싶었다.

기분은 최고였다고도 최악이었다고도 할 수 있었다.
드레스를 갖춰 입은 콘스탄체는 눈부실 정도로 아름다웠다. 모두가 콘스탄체에게 반해 넋을 잃고 바라보고 있었다.
그런 아름다운 콘스탄체의 옆에는 계속 미겔이 있었다.
잘 어울렸다. 무서울 정도로 두 사람은 잘 어울렸다. 다른 건 둘째 치고 미겔은 열여섯 번 유급하지 않아도 콘스탄체의 옆에 설 수 있다.
그것을 똑똑히 보았을 뿐이다.
갸륵하게도 그런 모습을 굳이 보러 가서 볼품없는 모습을 드러냈을 뿐.
하인츠는 한숨을 내쉬었다. 무도회의 열기가 시들해질 시간이었고 학생도 상당히 빠졌다. 하인츠는 갑갑한 조끼를 벗고, 신발을 갈아 신고, 뒷정리를 하기 위해 온실로 향했다.
'사랑은 타이밍이야.'
상대방이 자가를 좋아할 때, 자기도 상대방을 좋아하지 않으면 사랑은 이루어지지 않는다.
자기가 상대방을 좋아하면 허락된 시간 안에 상대방도 자기를 좋아하게 만들어야 한다.
'이 나이에 이런 거창한 짓이나 하는 꼴이라니.'

나잇값도 못하고 들뜬 어리석음. 이제 두 번 다시 가질 수 없는 청춘을 기구하게도 한 번 더 손에 넣은 자기에게 씁쓸한 헛웃음이 나왔다.

'부디 단 한 번도 구름 낀 날 없이 행복한 길을 걷길 바란다.'

콘스탄체가 아주 어릴 때부터 늘 생각했던 마음에 거짓은 없다. 그런 마음에 아주 조금 사악한 생각이 섞였을 뿐.

'페르베일라를 선택했다면 그걸로 된 거야.'

이 나이가 되면 마음을 정리하는 방법 정도는 싫어도 알게 된다. 지금은 마음에 그을음 같은 미련이 남았어도 콘스탄체의 행복을 마음 깊이 축복할 수 있을 것이다.

'그러니까 좋아하는 게 아니야.'

콘스탄체의 행복을 바란다면 그렇게 자신을 달래는 것쯤은 별 대수로운 일도 아니었다.

그리고 온실의 문이 열렸다.

"이 세상에서 제일 바보 멍청이인 사람이 여기 있나요?!"

후일담 ⸺ 봄의 중간 달(4월) 18일

――타다다다다다다다다다닷. 드르륵, 쾅.

"올리아나!"

폭풍 같은 발소리와 함께 찾아온 미겔이 2반 교실의 문을 힘차게 열었다.

큰 소리로 호명 당했을 때, 이미 올리아나의 눈앞에 미겔이 있었다. 2반 교실에 있던 올리아나는 그저 눈을 깜빡거린 채서 있었다.

"무슨 일이야, 미겔!"

미겔이 함박웃음을 지으며 올리아나를 내려다봤다. 미겔의 얼굴을 보기 위해 고개를 뒤로 젖혀야 할 만큼 미겔이 가까이 있었다.

주변에 있는 아이들이 웅성거렸다. 그리고 호기심 가득한 눈동자로 이쪽을 바라보았다.

"미게……."

말을 마치기도 전에 미겔은 올리아나의 옆구리에 손을 끼워 넣었다.

"응?"

그리고 그대로 올리아나를 번쩍 들어 올리더니 위로 던졌다.
"에에에엥?"
키가 190cm인 남자가 위로 던져서 공중에 몸이 뜬 올리아나는 얼굴이 창백해져서 비명을 질렀다.
커다랗게 뜬 눈앞에는 교실 천장에 매달린 마법 등이 있었다.
'미쳤어. 몸이 떠 있잖아!'
부유감 때문에 기분 나쁜 소름과 간지러운 느낌이 등줄기를 타고 엉덩이까지 내달렸다. 면회실 창문에서 억지로 뛰어내렸을 때 야나가 펑펑 울었다고 들었는데 그러는 것도 어쩔 수 없었겠다고 뼈저리게 공감했다.
'이러면 눈물 난다고. 너무 무섭잖아!'
어쩌면 미겔이 잘 받아내지 못할지도 모른다. 그렇게 머리를 스친 불안 때문에 더욱 무서웠다. 하지만 미겔은 겁먹은 올리아나를 안전하게 받아냈다. 책상과 정면충돌하는 건 어떻게든 면했다.
안심할 틈도 없이 미겔은 다시 올리아나를 하늘로 던졌다.
"으아아아!"
올리아나는 문득 어떤 생각이 들었다.
'아, 이거 '날아라 날아라' 같은 거구나.'
왜 갑자기 '날아라 날아라'를 해 주는지 도무지 영문을 알 수 없었던 올리아나는 공중에서 눈이 핑핑 돌았다. 멀리서 질겁한 채 이쪽을 보는 주변 애들에게 도움을 청할 여유도 없어서 거듭되는 간지럽고 소름 돋는 감각에 그저 계속 비명만 질렀다.

"허어어억! 꺄아아아……!"

끊임없이 비명을 지른 올리아나의 목이 다 갈라졌을 때가 되어서야 미겔은 만족한 것 같았다. 마지막으로 받아낸 미겔이 올리아나를 지면에 내려놨다.

"으……으으……아아……."

올리아나의 입에서 아기가 태어나서 처음 뱉은 말처럼 단어라고 부를 수도 없는 소리가 흘러나왔다.

'다리가 덜덜 떨려.'

어릴 적엔 아빠나 사용인에게 먼저 "날아라 날아라 해 줘!" 하며 떼를 쓰곤 했지만 지금, 이 나이에 그걸 하자니 그저 공포스러울 따름이라고 올리아나는 깨달았다.

"올리아나."

"왜왜왜왜, 왜?"

기분 내키는 대로 행동하는 면도 있지만 기본적으로 자기 기분은 스스로 푸는 미겔이다 보니, 미겔에게 휘둘렸던 기억은 없었다. 처음이라고도 할 수 있는 미겔의 영문 모를 행동을 마주하자, 올리아나의 마음속에서 마치 미지의 생명체와 대면한 듯한 공포가 일었다.

"오늘이 며칠이야?"

"응……?"

다짜고짜 지옥에 빠뜨렸던 남자가 할 말 같지는 않았다. 하지만 미겔은 싱글벙글했다. 그저 싱글벙글하며 입이 찢어질 것 같은 미소를 띠었다.

"봄의 중간 달 18일……?"

"응. 맞아."

올리아나가 의리로 대답하자 미겔은 고개를 크게 끄덕였다.

그리고 다시 이름을 불렀다.

"올리아나."

"왜?"

"오늘이 며칠?"

"어어? 봄의 중간 달 18일이라니까?"

올리아나가 날짜를 착각했을 리는 없다. 올리아나는 아침에 반장이 오늘 날짜를 말한 걸 똑똑히 들었다.

그럼에도 미겔은 계속 웃으며 그렇다고 하고는 올리아나의 이름을 불렀다.

"올리아나."

"왜~?"

"오늘은~."

"봄의 중간 달 18일!"

싱글벙글, 싱글벙글.

고양이처럼 입꼬리를 끌어 올리며 짓는 평소의 미소와는 달랐다. 무구하고 천진난만한, 가슴 저 밑바닥에서부터 흘러넘치는 기쁨을 주체하지 못하겠다는 듯한 미소였다.

'왠지 모르지만 행복한 것 같으니 됐나.'

방긋 웃는 미겔의 팔을 잡아당겨서 갑작스러운 미겔의 기행에 다들 질겁한 싸한 분위기에 휩싸인 교실을 나섰다. 아마 나중에 하이데마리나 에다에게 추궁당할 것이다.

"올리아나."

"봄의 중간 달 18일."

이제 끝까지 듣지 않아도 대답할 지경에 이르렀다.

올리아나는 웃는 미겔을 뒤에 거느리고 안뜰로 나갔다. 그리고 미겔을 잔디에 앉히고 싱글벙글 웃는 얼굴 옆으로 자기도 앉았다.

"설교를 들으러 불려갔다던데 기분이 좋네."

"어떻게 잘도 알았네."

특별 교실 건물의 복도를 달리고 연금술학 교실을 처참하게 더럽힌 일로 빈센트와 미겔은 아침 일찍부터 교무실로 불려갔다.

우등생인 빈센트 탄자인이 교무실로 불려갔다는 소식은 어제의 그 천둥소리보다도 빠르게 라겐 마법학교 구석구석까지 퍼져나가서, 올리아나도 반은 다르지만 당연히 알고 있었다.

"이제 설교는 끝난 거야? 빈센트는 어디 있어?"

"주범이잖아. 더 쥐어짜이고 있지."

"정상참작의 여지는 없는 걸까……."

올리아나는 교무실에서 쥐어짜이는 빈센트를 상상하며 양손을 맞댔다. 어쩌면 빈센트의 인생에서 선생님께 혼나는 건 처음 있는 일이 아닐까.

'미겔은 어디까지 알고 있는 거지.'

빈센트는 선생님들께 용목 얘기를 하겠다고 말했다. 올리아나는 당사자이긴 했지만 그날의 기억이 전혀 없는 데다가 빈센트에게 협력하지도 않아서 사정 청취에 불려가진 않았다. 부른다면 가겠지만 역시 유익한 정보를 알려줄 수 없을 것임은 분명했다.

그 장소에 미겔도 불려간 것이다.

전혀 관련이 없다고 생각하는 건 말도 안 되리라.

『내일은 함께 있어 줘. 난 셋이 같이 있는 게 정말 좋거든.』

그러고 보니 어제, 내일 함께 있어 달라고 했다. 어제 시점에서 내일이라는 건 물론 오늘을 뜻한다.

——봄의 중간 달 18일.

오늘은 미겔에게 특별한 의미가 있는 날일까.

미겔을 빤히 바라보니, 미겔도 올리아나를 바라봤다. 웃는 얼굴의 미겔은 무척 귀여웠지만 제멋대로 미겔의 마음을 떠보려고 한 게 미안해서 올리아나는 급히 입을 열었다.

"미겔이랑 빈센트는 둘이 있을 때 무슨 얘기 해?"

"응~? 올리아나 얘기 같은 걸 하지."

"꺄아! 어떤 얘기? 어떤 얘기인데?"

"음…… 빈센트가 참 귀찮은 놈이라든지."

"놀라운데. 시작부터 제 얘기가 아닌데요. 그건 빈센트 얘긴데요."

"하지만 올리아나 얘기가 맞아."

"응? 그래?"

올리아나는 웃으며 미겔을 봤다. 그때 뭔가가 번뜩였다.

미겔의 입가에 늘 물고 있던 사탕이 없었다.

"미겔 얘기는……?"

"응?"

"미겔 얘기는 안 해?"

"……."

미겔은 갑자기 조용해졌다.

여태껏 미겔과 대화하면서 이런 식으로 마치 허를 찔린 것 같은 얼굴을 한 채 말문이 막힌 모습은 처음 봤다.

미겔은 입가에 손을 가져갔다. 사탕을 물지 않았다는 걸 몰랐는지 미겔은 난처한 표정을 지었다.

"올리아나. 난 말이지."

"응."

"계속 빈센트랑 올리아나를 지켜봐 왔어."

이 '계속'이란 분명 올리아나가 미겔과 빈센트를 봐 온 것보다도 훨씬 길었던 '계속'이리라. 그것이 애처롭게 갈라져 쉿소리가 나는 목소리에서 전해졌다.

"응."

"너희 둘은 항상 노력하고 서로를 생각했어. 나는 어떤 삶의 너희도……. 그런 너희 둘을 정말 좋아했어."

"응."

올리아나는 눈물이 샘솟으려 했지만 고개를 푹 숙이고 땅을 바라보며 참았다.

'어떤 삶의 너희도.'

단어 하나하나에서, 그 틈 하나하나에서 미겔이 지금까지 어떤 심정으로 살아왔는지 전해졌다.

하지만 아무것도 경험하지 못한 올리아나는 그 심정을 진정으로 이해하는 것도 함께 고통을 나누는 것도 할 수 없다.

'빈센트가 말했던 이전 삶의 나라면 알았을까.'

자신이 두 번의 인생을 살았고 그 빈센트 탄자인을 쫓아다녔다는 것도 사실 상상이 잘 안 갔다.

그리고 마찬가지로, 아니 그 이상으로 미겔의 아픔도 갈등도 상상조차 할 수 없었다.

올리아나는 그저 올리아나일 수밖에 없으니까.

'하지만 모든 게 용신님의 뜻이라면 분명 이걸로 된 거야.'

"미겔."

"응?"

"또 파자마 파티를 할까?"

미겔이 눈을 동그랗게 뜨고 올리아나를 봤다.

"내가 기억해내지는 못하겠지만 파자마 파티는 또 할 수 있어. 미겔이 하고 싶은 얘기가 있으면 뭐든 들어줄게. 전부 다 듣고 싶어."

"백 년 정도 걸릴지도 모르는데……?"

"오래 살 거니까 괜찮아!"

미겔이 숨을 멈추고 올리아나를 바라봤다.

"백 년 동안 얘기를 들어줄 테니까 셋이서 같이 할아버지 할머니가 되자.”

올리아나가 씩 웃자, 미겔은 아무 말 없이 커다란 손으로 자기 얼굴을 감쌌다.

몇 초 뒤에 평소의 히죽거리는 미소를 띠고 미겔이 올리아나를 내려다봤다.

“나중에 날 너무 예뻐하면 질투심 많은 할배가 삐질지도 모르는데?”

“그때는 미겔도 같이 기분을 풀어주러 와야지~.”

올리아나가 미겔만 믿는다고 부탁하자, 미겔은 또 한 손으로 자기 얼굴을 감쌌다.

“응…….”

어린애 같은, 너무나도 작고 가냘픈 미겔의 대답에 올리아나는 가슴이 벅차올랐다.

“응.”

그래서 올리아나는 활짝 미소 짓고 미겔의 등에 손을 뻗었다. 그리고 괜찮다고 말하며 자기가 담을 수 있는 최대한의 다정함을 담아 그 커다랗고 넓고 둥글게 말린 등을 쓰다듬었다.

“뭐 하는 거야.”

빈센트가 얼굴을 움찔거리며 두 사람을 내려다봤다.

빈센트가 내려다보자 그 두 사람은 겨우 교무실에서 풀려난 빈센트를 올려다보며 “안녕!” 하고 손바닥을 보이며 다소곳이 인사했다.

"너희, 좀 작아졌는데?"

"지금 포옹하고 있거든."

"……."

빈센트는 눈을 반 정도만 뜨고 올리아나와 미겔을 매섭게 노려봤다.

올리아나는 빈센트를 보고 헤실거렸다.

안뜰 한쪽에서 올리아나와 미겔은 앞뒤로 나란히 앉아있었다. 올리아나가 뒤에, 그 앞에 미겔이 있었다.

올리아나는 낯뜨겁게 다리를 쩍 벌리고 앉아 있었고, 그 안에 미겔이 몸을 웅크리고 앉아있었다. 다리 사이에 연인을 앉히고 뒤에서 끌어안아 주는 것 같은 광경이었지만 두 사람은 조심스럽게 서로의 몸에 닿지 않으려고 애썼다.

"미겔이 꽉 끌어안는 건 안 된다고 하니까."

"무슨 소리야. 안 되는 게 당연하지."

"그러니까 투명 포옹을 하고 있어."

빈센트는 한 손으로 얼굴을 가리고 탄식했다.

올리아나의 눈앞에서 무릎을 끌어안고 최대한 작아지려고 노력하는 190cm의 거구를 보며 올리아나가 웃었다.

"오늘 올리아나는 삼분의 일 크기가 됐거든."

올리아나가 "오늘만 그런 거지?" 하고 미겔을 들여다보자, 미겔도 "그치~?"라고 말하며 빈센트에게 시선을 돌렸다.

그런 모습을 보고 왠지 마음이 찡해졌는지, 빈센트는 씁쓸한 표정을 지으면서도 다정한 목소리로 말했다.

"그럼, 나도 오늘만……."

그렇게 말하고 빈센트는 올리아나와 미겔 사이에 끼어들어 막무가내로 앉았다.

"이거라면 용서하지."

빈센트도 미겔보다는 작았지만 장신이었다. 몸이 밀린 올리아나는 자세가 뒤로 기울었지만, 눈앞의 매력적인 등판에 이끌리듯 그대로 몸을 앞으로 기대어 눕혔다.

"에헤헤헤."

허락은 받았다. 올리아나는 빈센트의 등에 딱 달라붙어 빈센트의 로브에 볼을 문댔다.

"아. 지금은 올리아나가 삼분의 일 크기가 아닌 것 같아."

"그럴 리가 없어. 그럴 리가 없다고요. 미겔 씨."

올리아나는 다급히 동작을 멈추고 빈센트의 등에 턱을 얹었다. 그리고 빈센트를 안은 채로 미겔까지 끌어안으려고 손을 뻗었다. 그러다가 겨우 미겔의 로브 자락을 잡고 웃으며 두 사람을 한 번에 꽉 끌어안았다.

"이게 뭐야."

미겔도 웃고, 빈센트도 어이없다는 듯이 미소를 띠었다.

"올리아나, 너무 당기면 미겔의 목이 막힐 거야. 위험해."

"앗, 미안!"

올리아나는 미겔의 로브에서 손을 뗐다.

"왜 내 목이 막혀?"

"사탕을 물고 있을 거 아니야."

너무나 당연하다는 듯 미겔 얼굴을 들여다본 빈센트가 눈을 가늘게 떴다.

"사탕은 어쨌어?"

항상 사탕을 물고 있던 미겔이 입에 아무것도 안 물고 있다는 걸 알자, 빈센트가 매우 놀랐다.

"이제 필요 없으니까."

"뭐?"

그렇게 늘 물고 있던 게 필요 없어질 리가 있겠냐며 빈센트는 가감 없이 불신을 표현했다. 의아해하는 빈센트 너머로 미겔은 올리아나를 바라봤다. 올리아나도 마찬가지로 미겔과 눈을 맞췄다.

올리아나는 예전에 미겔이 사탕을 좋아하는 건 아니라고 하는 걸 들은 적이 있다.

좋아하지도 않는 사탕을 왜 항상 물고 있었는지는 언젠가 알려줄 수도, 어쩌면 알려주지 않을지도 모른다.

파자마 파티도, 백 년에 걸쳐 들어야 할 미겔의 추억과 기억 얘기도, 사탕의 비밀도……. 미겔이 꼭 자기한테 얘기하지 않더라도 언젠가 그런 얘기를 할 사람을 찾았으면 좋겠다고 생각했다.

"아무튼 목 안 막히니까 그냥 힘껏 당겨도 돼!"

"넵, 알겠습니다!"

올리아나는 미겔의 로브를 꽉 잡았다. 행복하게 웃는 미겔을 보며 올리아나도 똑같은 미소로 답했다.

세 사람이 눈사람 같은 형태가 되어 아옹다옹하는 모습을, 2반 아이들이 교실 창가에 모여 창틀에 몸을 걸치고 내다보고 있었다.

후일담 쭉 뻗은 길 끝에 피는 꽃

"여기에 불려온 이유는 알고 있지?"

서재의 의자에 앉아있는 아버지는 반년 전에도 만났지만 지금은 10~20년은 늙은 것처럼 보였다.

툭 떨어트린 반지 낀 손가락 아래에는 편지지 몇 장이 있었다. 편지지 가장자리에 그려진 문양을 보고 빈센트는 그것이 라겐 마법학교에서 보낸 편지임을 파악했다.

"아버지께는 제가 직접 말씀드리려고 했습니다."

"그렇게 뻔뻔스러운 말도 할 줄 알고. 이 아비는 슬프구나."

얼마 전에 빈센트는 라겐 마법학교 교직원에게 용목에 관해 아는 것 전부를 얘기했다. 학교는 이 사실을 무겁게 받아들였고 최소한 학교에 있는 용목만은 엄중히 지키겠다고 약속했다.

현재로서는 용목 주변에 울타리를 칠 계획이었지만 용목은 거대하다. 하늘까지 닿을 듯 뻗은 용목의 가지까지 포함해, 나무 전체에 두를 울타리를 만들기까지 얼마나 많은 시간이 걸릴지 불분명했다. 하지만 미래를 위해 내디딘 첫걸음이 분명했다.

"그 얘기를 하시려는 거라면 사람을 하나 더 불러주셨으면

합니다."

사람을 다 쫓아낸 방에는 평소라면 항상 벽 쪽에 서 있을 사용인이 한 명도 없었다. 아버지는 부드럽게 고개를 저었다.

"엄마한테는 알리지 말자. 분명 견디지 못할 거야."

자기 아들이 괴롭게 죽어 고통 속에서 몸부림치며 살아왔다는 사실을 알면 어머니는 기절할지도 모른다. 어머니께 말씀드리지 말자는 의견에는 빈센트도 동의하며 고개를 끄덕였다.

"어머니가 아닙니다."

"그럼 누구니?"

"마르셀입니다."

빈센트가 말하자 아버지는 자리에서 벌떡 일어났다. 그리고 직접 서재 문을 열고 복도에서 대기하던 사용인에게 마르셀을 불러오라고 지시했다.

"옛날부터 집안의 비밀은 당주보다도 마르셀이 훨씬 더 잘 알고 있었지."

"아버지 대에도 그랬나요?"

"당연한 거 아니겠니."

아버지는 빈센트를 돌아보며 입꼬리를 끌어올렸다.

잠시 후 마르셀이 왔다. 이렇게 금방 온 걸 보니 꽤나 걸음을 재촉한 모양이었다. 이마에 땀이 송골송골 맺혀 있었지만 고도로 숙련된 집사는 머리카락 한 올도 호흡도 전혀 흐트러지지 않았다. 집사는 천천히 고개를 숙였다.

"부르셨다고 들었습니다."

“들어와. 오랜만에 작당모의를 하려고 하는데 거들어 주면 좋겠어.”

“허허. 이것 참 오랜만입니다.”

마르셀은 표정을 풀고 서재로 들어왔다.

딸깍. 문이 닫히는 소리가 났다.

서재에 들어온 마르셀에게 아버지가 편지지를 건넸다. 그걸 양손으로 받아 든 마르셀은 불안한 표정으로 아버지를 바라봤다.

이 저택에서 받아보는 모든 편지는 아버지보다도 먼저 마르셀이 훑어보고 관리한다. 하지만 라겐 마법학교에서 보낸 이 편지를 마르셀은 처음 보는 모양이다. 그 정도로 이 편지는 비밀스럽게 아버지에게 도착한 편지였던 것이다.

“읽겠습니다.”

마르셀은 공손히 편지를 읽기 시작했다. 가끔 문장을 거슬러 올라가서 읽기도 한다는 걸 눈동자의 움직임으로 알 수 있었다. 얼마 지나지 않아 마르셀은 아버지에게 편지를 돌려줬다.

“믿기 힘든 이야기지.”

“네.”

“나도 아무렴 자기 아들이 한 번 죽었을 거라고는 생각해 본 적 없었으니까.”

편지에는 빈센트가 선생님들께 얘기한 내용이 적혀 있었나 보다. 학교에서 일어난 불상사를 보호자에게 설명하는 건 학교의 의무이니 당연했다.

"도저히 믿기 힘들지만 라겐이 움직였다는 건 이것이 사실이라는 얘기겠지. 하지만 이미 빈센트가 살아남은 지금에 와서 내가 움직인다고 딱히 이점은 없을 것 같단 말이야."

아버지 말씀에 따르면 편지에는 용목 보호에 협력을 구한다는 내용이 쓰여 있었는지도 모른다. 빈센트는 "그렇다면."이라는 말로 입을 열었다.

"제가 힘써 보겠습니다."

"용목에 참견하면 신전이 가만히 있지 않을 거야."

용목을 관리하는 건 용신을 숭상하는 신전이다. 라겐 마법학교는 신전에 허락을 받아 용목 주변에 학교를 세운 것에 불과했다.

하인츠도 말했지만 신전을 적으로 돌리는 건 상책이라고 할 수 없다. 종교는 신앙심에서 비롯된다. 그리고 신앙심은 돈으로도 권력으로도 움직이지 않을 뿐만 아니라, 돈이나 권력과는 별개의 다른 연줄을 갖는다. 빈센트가 후작이 되어도 언젠가 공작위를 물려받더라도 용목에 취할 수 있는 조치는 한정적일 것이다.

"그렇다고 아무도 움직이지 않으면 그 무엇도 시작되지 않습니다."

빈센트가 똑바로 말하자, 아버지는 의자 등받이에 기대었다. 자신을 의욕만 앞서는 애송이라고 여긴다는 것을 분위기로 알 수 있었지만, 빈센트는 아버지에게서 시선을 돌리지 않았다.

"네 두 번째 인생이 시작한 건 네 살 때였니?"

"어떻게 아시는 거죠."

"그야 당연히 알지. 내 자식 일이잖니."

눈이 휘둥그레진 빈센트는 영지 관리나 귀족위원의 업무로 바빴던 아버지의 자식을 생각하는 일면을 보고 가슴이 찌릿했다.

"그때부터 종종 네가 '뭐야, 이 한심한 아버지는.' 하고 말하는 듯한 눈빛을 했으니까."

잠시 가슴이 찌릿했다는 말을 취소하고 싶었다. 빈센트는 온화한 시선을 보냈다.

"왜 아빠한테 말하지 않았어?"

"말씀드리면 절 학교에 보내지 않으시리라 판단했기 때문입니다."

"당연하지. 그러면 살 수 있잖냐."

"하지만."

"빈센트. 부모한테는 말이다. 자식의 안전이 그 무엇보다도 소중하단다."

빈센트는 표정을 바꾸지 않았다. 그렇다. 아버지는 선인이 아니지만 악인도 아닌 것이다.

"저 혼자 살아남아도 의미가 없습니다."

"시련의 그 연인 역할이라는 아이 말이니. 그 아이는 전생의 기억이 없다던데 어떤 애니? 나도 한번 만나보고 싶구나."

아버지는 가벼운 투로 말했다. 연인 역할의 소녀가 실제로 빈센트의 연인이라고는 전혀 염두에 두지 않은 듯한 말투였다.

하지만 빈센트는 그것이 겉치레로 하는 말임을 알고 있었다.

아버지는 빈센트에게 귀족의 의무를 상기시키려고 일말의 기대조차 품지 않게 저런 말투로 말한 것이었다.

빈센트가 소파에서 일어났다.

"설교는 끝나신 것 같으니, 전 이만 가 보겠습니다."

"이놈아."

내 말을 못 알아들은 건 아니겠지. 그렇게 말하고 싶은 듯한 아버지를 보며 빈센트는 아버지를 똑 닮은 얼굴로 능숙하게 진심이 담기지 않은 미소를 지었다.

"다음 시험이 끝나면 데려오겠습니다."

천연덕스럽게 말하는 빈센트를 보며 아버지는 이해할 수 없다는 듯이 한쪽 눈썹을 치켜올렸다. 그리고 방금 한 말의 의미를 깨달은 모양이었다. 눈이 서서히 크게 떠지더니 어이가 없다는 표정을 지었다.

"혹시……."

"저는 이만."

"빈센트, 기다려 보……."

말이 채 다 끝나기 전에 빈센트는 서재를 뒤로했다. 한시라도 빨리 돌아가 마지막 시험을 위해 공부해야 했기 때문이다.

∴ ∵ ∴ ∵

"정말 다 크셨군요."

"갑자기 너무 커 버려서 문제야."

근 몇 년 동안 한 번도 본 적 없었던 삐져서 새침한 표정으로 공작이 말했다.

일찍이 아버지를 여읜 탓에 젊은 나이에 공작위를 물려받은 그를 마르셀은 어릴 적부터 지켜봐 왔다. 그리고 그의 아들인 빈센트 역시도.

"어린애라고 얕보면 안 됐어."

공작은 방금 마르셀에게 관리를 맡긴 서장을 떠올린 것이 분명했다. 공작의 후회는 정확히 들어맞았다.

당시 어린애라며 조그만 빈센트를 얕보지 않은 사람은 에르샤 가문의 당주뿐이었다.

마르셀조차 저택을 빠져나가고 싶다고 말한 다섯 살 빈센트를 얕봤다. 그저 소년 특유의 밤에 하는 모험에 살짝 어울려 줄 뿐이라고 믿었던 마르셀은 에르샤 저택에 도착했을 때 간담이 서늘해졌다.

에르샤 가문의 당주가 빈센트를 얕보지 않은 건, 비록 어린애일지라도 귀족인 빈센트가 가진 권력에 복종했기 때문일지도 모른다. 어찌 보면 어린애여서 어른보다도 훨씬 조심스럽게 대해야 하는 성가신 존재였을지도 모른다.

하지만 자기 대에 왕도에 대저택을 세운 걸 보면 보통 감이 아닌 게 틀림없었다.

"설마 일곱 살의 부탁이 이렇게 커질 거라고는 생각 못 하는 게 당연하잖아?"

입을 작게 벌리고 웃으며 고개를 끄덕이는 마르셀을 보자 공작은 어안이 벙벙해져 시선을 보냈다.

"마르셀…… 너 알고 있었구나?"

"도련님이라면 아시지 않습니까. 이 저택에서 제가 모르는 건 없습니다."

"당했다."

공작이 자리에서 일어나 책상에 손을 얹었다. 브랜디와 잔 두 개를 들고 설렁거리면서 브랜디를 글라스에 따랐다. 그리고 잔 하나를 마르셀에게 건넸다.

마르셀은 고개를 숙이고 공손히 잔을 받아 들어 브랜디를 입에 머금었다.

"빈센트는 자기편으로 좋은 사람을 골랐군."

"작은 도련님의 혜안은 도련님께 물려받은 것입니다."

"도련님이라고 하지 마……."

최근에는 들어본 적 없었던 나약한 목소리였다. 어릴 적의 공작을 떠올리고 마르셀은 희미하게 웃었다.

"어느 집 딸내미지? 지금이라면 그쪽에 압력을 넣을 수 있을지도 몰라."

"부자 사이에 돌이킬 수 없는 금이 갑니다. 그리고 사모님도 원치 않으실 테고요."

"왜지? 오히려 온 힘을 다해 응원할 것 같은데?"

공작 부인은 젊었을 적, 신분 차이 때문에 극심하게 고생한 장본인이었다. 장차 아들의 아내가 될 사람이 그런 처지에 놓이지 않길 바라는 게 당연하리라.

하지만 그것까지 꿰뚫어 보고 빈센트는 고작 다섯 살이었던 그날 밤, 에르샤 가문에 방문한 것임을 마르셀은 알고 있었다.

공작 부인이 가장 아끼던 목걸이. 지금은 세상을 떠나신 전 공작 부인이 남기신 가장 아끼던 그 목걸이를 되찾아준 은인에게 도리에 어긋나는 행동을 했다가는 공작 부인이 용서할 리가 없었다.

"계략을 꾸미는 솜씨도 물려받으신 것 같아서 도련님의 어릴 적이 떠올랐지 뭡니까."

공작은 언뜻 여성 편력이 높은 사람처럼 보이지만 지금의 아내가 된 여성을 한결같이 사랑한 남자다. 신분 차이를 이유로 구혼을 몇 번이나 거절당해도 포기하지 않고 사랑을 이루었다. 그때 길잡이를 해 준 자 역시 마르셀이었다.

"빈센트가 그 정도로 홀딱 반한 거야? 그 애가?"

공작은 그렇게 말하며 눈을 동그랗게 뜨고 잔을 기울였다.

표면적으로는 두 사람이 각각 정반대인 바람둥이와 일편단심으로 보였지만, 마르셀에겐 그 근본이 되는 부분이 완전히 똑같아 보였다.

"하…… 화내겠지. 어떡해야 기분을 풀어줄 수 있을까……."

공작 부인을 생각하나 보다. 공작은 사랑하는 아내 앞에서는 무척 나약했다. 마르셀은 주인의 약한 소리를 못 들은 척하며 브랜디를 입에 머금고 잔 바닥을 바라봤다.

올리아나 에르샤.

빈센트가 그저 똑바로 앞만 바라보며 걸어온 쭉 뻗은 길 끝에 피는 그 꽃을, 마르셀은 하루빨리 보고 싶어서 애가 탈 지경이었다.

후일담 우리에게 펼쳐진 기적

"죽고 싶지…… 않아요……."

지옥 밑바닥에서 기어 나오는 망자가 내는 듯한 비장한 목소리가 여자기숙사의 어느 한 방에 울려 퍼졌다.

"안 돼…… 머릿속에 집어넣는 순간 바로 입으로 나올 거라고. 난 알아…… 안 돼……."

사각거리는 기분 나쁜 소리는 고양이가 손톱을 가는 소리와 비슷했다. 잉크가 다 떨어진 펜촉이 리포트 용지를 대충 긁는 소리였다.

"그러니까 우리가 같이하는 거잖아."

하이데마리가 우는소리를 하는 콘스탄체의 이마를 리포트 용지를 말아서 만든 두루마리로 때렸다. 아프다고 항의할 기운조차 잃은 콘스탄체는 눈물을 흘리며 고개를 들고 끙끙거리며 교과서를 마주했다. 그런 두 사람을 보며 야나는 싱긋 웃었다.

"그래야 착한 아이지. 끝나면 상을 줘야겠어."

시간은 밤. 그리고 이곳은 올리아나와 야나의 방이었다. 야나가 요가를 하려고 바닥에 깔아놓은 카펫 위에는 교과서나

전에 봤던 시험지들이 어지럽게 널브러져 있었다.
"자, 일단 여기까지 하자, 알겠지?"
엎드려 누워서 양 팔꿈치로 몸을 지탱하던 올리아나가 옆에 있는 에다에게 몸을 기대며 말을 걸었다. 에다도 응석 부리듯 올리아나에게 체중을 실었다. 그리고 짧은 머리카락을 흔들며 울 것 같이 잔뜩 찡그린 얼굴로 고개를 끄덕였다.
문구류와 자료가 정신없이 널브러진 방에 사람이 앉을 자리라고는 없어 보였다. 하지만 콘스탄체, 에다, 하이데마리, 올리아나에 야나까지 다섯 사람은 널브러진 종이 사이에 틈을 찾아 어떻게든 몸을 끼워 넣고 엎드려 공부하고 있었다. 이층 침대, 의자, 테이블, 옷장만 있는 이 좁은 방과는 어울리지 않는 인구밀도였다.
5학년 여름. 이들은 이번 주말에 열리는 마지막 정기 시험을 앞두고 있었다. 졸업 한 달 전에 있는 이 시험은 정기 시험인 동시에 마지막 학년에게만 해당되는 졸업시험이기도 했다.
라겐 마법학교에서 배운 모든 것이 응축된 이 시험은 학생들 사이에서 은밀히 '어둠의 시험' 이라고 불릴 정도로 대단했다. 출제범위가 미칠 듯이 넓은 것은 말할 것도 없고 이 최종 시험 중 네 과목에서 낙제점을 받으면 유급한다.
"아빠의 실험체가 되는 건…… 아빠의 실험체가 되는 것만은 싫어……."
"진짜 나는 왜 이렇게 돌머리냐고! 졸업 못하면…… 졸업 못하면…… 아버지가 내 몸을 벨지도 몰라!"

단골 낙제생 에다와 콘스탄체가 눈물로 카펫을 적셨다. 두 사람이 보고 있는 것은 2학년 칸 문자학 교과서였다. 1학년 때부터 썼던 교과서를 다 잘 보관하고 있던 하이데마리에게 두 사람은 감사해야만 했다.

에다와 콘스탄체를 무사히 졸업시키기 위해 올리아나를 포함해 안정권인 친구들도 한마음 한뜻으로 매일 밤늦게까지 함께 공부했다.

원칙적으로 정해진 방이 아닌 다른 방에 묵는 것은 금지되어 있었다. 그렇다고는 해도 마지막 점호만 잘 넘기면 그 뒤에는 사감님이 딱히 잔소리를 하시지는 않았다. 올리아나가 마지막 학년이어서 그런 부분을 어느 정도는 눈감아 주셨다. 분명 지금까지 라겐 마법학교에 입학했던 학생이라면 누구나 5학년의 여름을 이런 식으로 보냈을 테니 말이다.

"우는소리 할 시간 있으면 칸 문자 하나라도 더 머릿속에 때려 넣을 생각이나 해!"

하이데마리 선생님의 잔소리가 마구 날아왔다. 콘스탄체와 에다는 하염없이 울며 잉크를 묻히지 않은 펜으로 종이 위에 칸 문자를 쓰는 연습을 계속했다.

——딸그락.

휴게실 옆에 있는 공용주방에서 얼음과 유리잔이 부딪치는 소리가 났다.

한계에 다다른 에다와 콘스탄체가 한숨을 돌릴 수 있게 준비하려고 올리아나와 하이데마리는 주방에 서 있었다. 쟁반 위에 올라간 다섯 개의 유리잔에는 빨간 시럽이 들어있었고 올리아나가 거기에 물을 따랐다. 마법으로 아주 차갑게 만든 사감님의 특제 차조기 주스는 무더운 여름을 나기에 딱 좋았다.

"어? 취직했다고 안 했나?"

"아직 고민 중이야."

얼음 통을 마법 도구 안으로 밀어 넣으며 하이데마리가 크게 한숨을 내쉬었다.

여름의 절정을 지나려 하는 이 시기에 5학년 대부분은 벌써 구직 활동을 끝낸 상태였다. 남작 영애인 하이데마리도 예외는 아니었다.

마법 대국인 아마네셀은 다른 나라와 비교해 여성의 취업률이 현저히 높았다. 하지만 귀족 영애가 직업을 가지는 건 아직 드물었다. 하지만 타국 학생이긴 하지만 전 왕녀 신분으로 아마네셀 왕국에서 직장을 찾은 전대미문의 학생도 있었으니, 시골 귀족의 딸이 구직 활동을 하는 건 딱히 놀라운 일이 아니다.

"지슬레인 선생님이 자기 조수가 되면 어떻겠냐고 제안하셨거든. 점성술 쪽은 제자로 들어가도 생계형 취업이고……."

"뭐? 대단하잖아! 그럼 라겐 마법학교의 선생님이 될 수 있는 거야?"

올리아나는 눈을 빛내며 하이데마리를 바라봤다. 라겐 마법학교의 정확한 교직원 수는 모르지만 교과목 수와 학생 수에 따라 달라진다는 건 올리아나도 알고 있었다. 그런 한정된 자리에 뽑혔다는 건 그야말로 대단한 일이었다.

하이데마리는 입도 행실도 거칠었지만 남을 잘 돌본다. 아마 시험 때마다 온 힘을 다해 공부했다면 1반은 물론 특별반까지도 갈 실력을 지녔을 것이다.

특히 남을 가르치는 데에 있어서는 단골 낙제생의 추가시험 점수를 합격점까지 끌어올릴 정도로 능숙했다. 올리아나는 지슬레인을 매일 아침 숙취 때문에 괴로워하며 나타나는 타락한 마녀 같다고만 생각했는데 학생을 제대로 보고 있는 교사인 모양이다. 졸업이 얼마 남지 않은 이런 시기에서야 올리아나는 지슬레인을 다시 봤다.

"될 수 있는지 어떨지 아직 잘 모르겠어. 날 눈여겨보고 제안하신 것 같지만……. 수행 기간이 최소 10년은 된다더라고."

대부분의 교사는 고령을 이유로 퇴직하지만 지슬레인은 아직 젊었다. 결혼이라도 해서 갑자기 퇴직하나 싶었던 올리아나에게 하이데마리는 떨떠름한 표정으로 말했다.

"라겐 마법학교는 교직원도 기숙사 생활을 해야 하고 학생이나 교사가 방학일 대도 제자는 방학 같은 게 없을 거 아냐? 난 분명 10년은 꼼짝없이 여기 묶여 있어야 할 것 같거든……."

10년. 아직 열여덟 살인 하이데마리나 올리아나에게 있어 그건 인생의 절반보다 긴 시간이었다. 무언가에 선뜻 바칠 수 있는 시간이 아니었다.

"카이랑은 얘기해 봤어?"

하이데마리는 바닥을 바라보며 고개를 끄덕였다. 카이는 졸업 후에 아버지 밑에서 경영을 배우기로 했다. 어리고 미숙한 카이는 전국 방방곡곡을 돌아다닐 거라고 했다. 그렇다고 해도 거점은 왕도다. 하이데마리만 왕도에 남아 있다면 만날 기회를 만들 수 있는 것이다.

"카이는 뭐래?"

"내가 정하래."

'이 둘은 좋은 의미로도 나쁜 의미로도 자립한 상태네.'

표정을 숨기는 올리아나를 보며 하이데마리는 살짝 웃었다.

"올리아나는 본가로 돌아간다고 했나?"

"응. 한동안은 집을 정리할 거야."

올리아나도 몇 달 뒤면 열여덟 살이 된다. 졸업 후에는 돌아가신 어머니를 대신해서 에르샤 저택의 여주인으로서 항상 바쁜 아버지를 지탱할 셈이었다.

하지만 올리아나는 아직도 졸업 이후의 두 사람의 장래에 관해 빈센트와 얘기를 나눈 적이 없었다.

빈센트가 그런 화제를 꺼낼 분위기를 풍기면 올리아나가 화제를 바꿔 도망쳤기 때문이다. 빈센트는 몇 번의 시도 끝에 올리아나와 졸업 이후에 관해 얘기를 나누는 건 포기하기로 한 모양이었다.

'하지만 정말 아무 생각 없이 그저 곁에 있고 싶은걸.'

올리아나는 언젠가 들이닥칠 이별을 예고하고 싶지 않았다.

"다들 계속 함께 있을 수는 없는 거네."

하이데마리 입에서 한숨 섞인 말이 흘러나왔다. 이 시기가 되면 누구나 감성적이 된다. 평소에는 약한 소리를 하지 않는 하이데마리가 무심코 내뱉은 쓸쓸한 목소리에 올리아나는 천천히 몸을 기댔다. 하이데마리의 측면에 제 어깨를 기대며 지그시 체중을 실었다.

"야, 하지 마. 음료를 흘리겠어."

"힝. 나 외로워."

초등학교에 다니지 않은 올리아나는 이것이 처음 맞는 '졸업' 이었다. 돈독히 쌓은 우정 때문에 다가오는 이별의 날의 쓸쓸함은 더욱 깊어졌다.

"평생 이별하는 건 아닐 테니까 기운 내야지."

"그건 그렇지만…… 그건 그렇지만……."

"그렇지만 뭐."

"하이데마리랑 10년이나 못 만나는 건 싫어."

끝으로 힘껏 체중을 싣자 하이데마리가 휘청거렸다. 하이데마리도 복수하려고 올리아나의 몸을 밀었다.

"고마워. 그래도 중요한 말은 나한테 할 게 아니라 정말로 해야 할 사람한테 제대로 해."

하이데마리에게 그런 말은 한 적 없었지만, 분명 올리아나가 빈센트와 제대로 대화를 나누지 않았다는 걸 눈치챈 듯했다.

"시험이 끝나면 제대로 얘기해 볼……."

올리아나는 얼굴의 주름이란 주름을 미간으로 집중시켰다. 그렇다. 올리아나도 시험 때까지는 공부에 집중해야 했다. 게다가 빈센트는 올리아나보다도 훨씬 진지하게 시험에 임한다. 대화를 나눌 기회 자체가 없다는 것을 이유로 올리아나는 자기 자신을 용서했다.

하이데마리가 코웃음을 쳤다.

"졸업하기 전에 책임지겠다고 말하면서 손대려고 해도 휩쓸리면 안 돼."

빈센트와 연인이 된 뒤로 올리아나는 에다, 하이데마리, 콘스탄체와 함께 야나에게 '밤'에 관한 특별 레슨을 받고 있었다. 쉽게 말하면 결혼한 뒤 부부가 된 남녀에게 허락되는 이렇고 저렇고 그런 것에 관해서였다. 지식이 없으면 눈물을 빼는 건 여자라며 열린 이 수업은 올리아나의 상상을 아득히 뛰어넘는 내용이 담겨 있었다. 그 뒤로 한동안 올리아나는 아즈라크의 얼굴도 똑바로 바라볼 수 없었다.

그렇기에 올리아나는 '손대려고 한다'는 말의 의미를 제대로 이해하고 있었다.

"있잖아, 하이데마리."

"응?"

"휩쓸리지만 않으면 된다고 들리는데?"

어깨를 맞대고 걸으며 하이데마리는 씩 웃었다.

"그야, 두 사람의 문제니까!"

이래서 자립한 여자란. 올리아나는 다시 한번 강하게 하이데마리의 어깨를 밀었다.

"많이 기다렸지!"

차조기 주스와 학생들이 자유롭게 나눠 먹게 주방에 비치된 과자를 얹은 쟁반을 들고 올리아나와 하이데마리가 방으로 돌아왔다. 드러누워 올리아나의 로맨스 소설을 읽던 에다의 눈이 빛났다.

“이렇게 좋은 걸 다 가져오고!”

“머리에 당분 좀 채워. 그쪽 좀 치워 봐.”

“완전 찬성!”

“야나는 말린 바나나면 되지?”

“응. 고마워.”

기출문제를 방 한구석으로 휙 밀어 버린 에다에게 하이데마리가 화내는 소리를 들으며 올리아나는 카펫 위에 주스 잔과 과자를 내려놨다. 빈센트가 그렇게 특별히 여기는 그 파자마 파티를 요즘에는 이렇게 공부하는 틈틈이 연일 열고 있었다.

“요즘 늘 우리랑 지내는데 아즈라크는 내버려 둬도 괜찮아?”

“당연하지. 다 함께 있는 것도 이제 곧 마지막인 걸……. 그리고 바보 같은 남편답지 않게 공부하기 싫다면서도 책상에 붙어 있는 모양이야.”

“그 아즈라크가?”

받아쓰기 백 번을 체벌로 여길 만큼 공부하는 걸 싫어하는 남자다. 올리아나는 놀라 눈을 동그랗게 떴다.

“지금쯤이면 카이랑 루시안이랑 같이 공부할 것 같아.”

야나가 키득거렸다. “근데 루시안 말이 나왔으니 말인데.” 하며 에다가 말했다.

"결국 마리나와는 어떻게 된 거야?"
"아직 무슨 진전이 있다는 얘기는 못 들었지."
"엥~. 뭐야, 그놈은…… 남자다운 모습 좀 보여주지."
에다가 깨가 들어간 비스킷을 와작거리며 먹었다.
"졸업식에 남자다운 모습을 보여주려나."
"루시안은 고향으로 돌아가지? 마리나를 데리고 갈 건가?
"영주의 영식이긴 하니까 이미 결혼 상대가 있을지도?"
"아니. 있다면 분명 자랑했을걸. 걔한텐 없을 거라고 내가 단언할 수 있어."
하이데마리의 폭언에 모두가 일제히 공감하며 고개를 끄덕였다. 다들 그렇듯 시험공부에 쫓기는 루시안은 지금쯤 남자 기숙사에서 귀가 간지러워 긁고 있을지도 모른다.
"근데 요즘 콘스탄체도 청춘을 즐기고 싶다고 하지 않았나?"
"어머, 청춘이라면 지금 완전히 즐기고 있잖아."
"그러고 보니 남친을 갖고 싶다는 얘기를 안 하는 것 같은데."
에다와 하이데마리가 무서운 기세로 콘스탄체를 째려봤다.
"……."
"……."
"콘스탄체……?"
"이 말린 바나나, 진짜 맛있네요~?"
야나가 웃으며 콘스탄체가 집기 쉽게 말린 바나나를 옮겼다.
"그러고 보니 에다는 어떻게 되어가요?"
"응? 우리? 졸업하면 혼인신고하고 데릭이랑 같이 살 거야."

"뭐?! 항상 생각하지만 그쪽은 전개가 진짜 빠른데?"

"하지만 각자 집을 빌리려면 돈이 들고."

"돈 문제였어?"

"중요한 문제잖아. 하여간 이 부자들은 진짜."

"넵. 죄송합니다."

"그리고 혼인신고해 두면 무슨 일이 생겨도 문제없을 테고."

"무, 무슨 일이 생겨도 라니……."

그 '무슨 일'이 조금 전 하이데마리에게 들었던 말과 일맥상통하는 것 같아서 올리아나는 참지 못하고 얼굴이 새빨개져서 말을 더듬었다.

"아무튼 좋은 소식이네. 잘 처리되면 축하하게 해 줘."

"아싸! 고마워 야나! 야나랑 아즈라크는 사절단이었나?"

"응. 아마네셀 왕도에 거처를 마련할 거야."

"좋았어. 야나를 데려갈 만한 맛있는 식당을 찾아놓을게."

에다가 씩 웃었다. 에다는 왕도에 있는 마선로 역의 매표소에 취직했다. 역의 인기 직원으로서 씩씩하게 일하는 모습이 벌써부터 눈에 선했다.

"결혼식은 금방 올릴 거야?"

"응. 졸업하고 초대장을 보낼 테니까 다들 주소 알려줘. 맞다~ 야나 결혼식에도 가 보고 싶었는데. 뭐, 갔다고 한들 신부는 못 봤겠지만."

에다는 콘스탄체에게 답하고 입을 삐쭉 내밀었다.

야나는 약 1년 전에 에테 카리마 왕국에서 결혼식을 올렸다.

성대한 결혼식에서 사람들은 축하하고, 노래하고, 춤을 췄고, 꽃잎이 끊임없이 흩날렸다고 한다. 그건 거국적으로 성대한 결혼식이었던 것 같았다. 하지만 신성한 맹세를 올리는 신전에는 아마네셀 왕국과 마찬가지로 제한된 인원만 들어갈 수 있었으리라.

"아니야. 가마를 타고 도시를 한 바퀴 돌았어."

"우와! 가마라니 대단해! 거리에서도 다들 축하해 준 거야?"

"맞아. 사흘 밤낮으로 잠도 안 자고 계속 축하해 줘. 왕궁에서 술이나 식사를 대접하고 누군가 잠들면 주변에 있는 징을 울리고 축사를 올리면서 사람을 깨우는 거야. 그러니까 사흘 내내 왕궁 주변에서 징이 울리는 바람에 우리에게도 끊임없이 축하하는 소리가 들려왔거든."

야나는 희미하게 볼을 붉게 물들이고 말했다. 그 뺨의 붉은 기운을 보고 올리아나는 우울해졌다.

'이제 징을 울리는 이유를 나도 알고 말았네…….'

그리고 야나가 얼굴을 붉히는 이유도.

신부와 신랑이 어디에 있어도 국민이 축하하는 소리를 들을 수 있게 징을 울리는 것이다. 야나는 침실에서 사흘 내내 징 소리를 들은 게 분명했다. 올리아나는 야나를 뚫어지게 쳐다봤다. 야나는 올리아나 쪽을 보지 않으려고 무척 주의를 기울이는 것처럼 보였다.

에테 카리마 왕국에서도 야나의 시련은 유명했는지 5년이라는 긴 시간에 걸쳐 왕녀를 지켜온 호위인 아즈라크를 민중이 영웅으로 떠받들었나 보다. 야나와 아즈라크의 애절한 사랑 얘기는 금방 극으로 쓰여, 엄청난 인기를 모으는 연극이 되었다고 한다. 극의 절정에서 비겁한 도전자와 목숨을 걸고 싸워 왕녀를 지킨 아즈라크가 하늘에서 내려온 로크의 축복을 받아 왕녀와 맺어지는, 눈물 없이는 볼 수 없는 감동적인 명장면이 되었다고 들었다.

'실제로는 대걸레로 대결했지만.'

그 현장을 본 얼마 안 되는 당사자인 올리아나는 목숨을 건 쪽은 미겔이었고, 결혼을 승낙한 건 로크가 아닌 오라버니 왕자였다는 걸 알았다. 여담이지만 올리아나는 미래에 '이 할머니가 젊었을 적에는 참 미인이었어. 그 대단한 에테 카리마의 왕자님이 내게 청혼한 적도 있단다.' 하고 손주들에게 자랑하는 게 꿈이 되었다.

"근데 정말 다행이다. 아즈라크. 왕께 무사히 결혼을 허락받아서."

"신분을 뛰어넘은 비밀스러운 사랑이라니 대단한 로맨스야."

에다와 콘스탄체가 애절한 목소리로 말했다. 에다, 하이데마리, 콘스탄체에게는 야나가 직접 실제 상황을 말해 주었다. 하지만 에테 카리마에서 시련을 중지했다는 걸 대대적으로 인정했다고 공표할 수는 없어서 세 사람은 단단히 입막음을 당했다.

"야나의 신부가 된 모습은 정말 아름다웠겠지. 나도 보고 싶었는데."

무도회 날의 야나를 떠올리며 올리아나는 무심코 황홀하게 중얼거렸다. 동의하며 고개를 끄덕이는 친구들 사이에 낀 야나가 작게 중얼거렸다.

"맞아. 나도 너희에게 보여주고 싶었어."

정말 작은 목소리였다. 하지만 그 목소리를 흘려 넘긴 사람은 없었고 다들 일제히 야나를 쳐다봤다.

시선이 몰리자 자기가 내뱉은 말을 의식했는지 야나가 헉, 하고 작은 입가를 손으로 가렸다.

"이제 밤이 늦었어. 난 먼저 쉴래."

야나는 자기가 한 실언에서 도망치려는 듯 잘 자라고 하고는 이층침대 위층으로 올라가 숨었다.

야나가 사라진 카펫 위에서 네 사람은 서로 얼굴을 번갈아 보며 시선을 교환했다.

∴ ∵ ∴ ∵

"잘 살아남았다……."

"고생했어…… 진짜 고생했다, 우리……."

성적 순위표 앞에서 올리아나는 하이데마리를 끌어안았다. 정기 시험 중에도 계속 함께 모여 공부해서 그런지 후줄근했다. 하이데마리 옆에서 조금 핼쑥해진 카이도 안심했는지 한숨을 내쉬었다.

"이걸로…… 이걸로 졸업이다……!"

"지옥 같은 나날이여, 이제 안녕이다!"

"바보라서 유급하는 건 면했어……! 아빠의 실험재료에서 벗어났어!"

단골 낙제생인 루시안, 콘스탄체, 에다가 바닥에 주저앉아 흐느꼈다. 환희의 눈물에 젖은 외침이 회랑에 울려 퍼졌다. 조금 전에 돌려받은 답안 용지에 각각 빨간 점이 세 개밖에 안 찍혀 있었다. 입학 이래 최대의 쾌거였다.

힘겨운 나날이었지만 졸업 전에 청춘의 추억을 만들었다. 무엇보다도 이번 청춘의 추억에는 유급이라는 딱지가 붙지 않았다는 것이 제일 좋았다.

"근데 아즈라크는 진짜 놀랐어……. 낙제점은 당연히 안 받겠거니 했지만."

올리아나가 순위표를 보니 아즈라크의 이름은 꽤 위쪽에 있었다. 특별반과 1반 학생 사이에 있었다. 지금까지 이런 점수를 못 받은 건 아마 야나와 함께 2반에 있으려고 일부러 그런 것이라고 추측될 만한 점수였다.

"바보 같은 남편은 싫다는 소리를 들었거든."

"그렇다고 해도 이렇게 등수를 올리는 건 아니지."

미간에 주름을 잡으며 노려보는 야나를 아즈라크가 입꼬리를 끌어올리며 내려다봤다. 그 시선의 달콤함에 올리아나는 절로 고산지대에 산다는 모래여우 같은 허탈한 표정을 지었다.

"카이 덕분이야. 너는 좋은 지도자가 될 거야."

"아즈라크는 자기가 거의 알아서 했지만."

"카이~! 내 진정한 친구여!"

"시끄러워…… 좀 떨어져."

카이는 아즈라크와 루시안의 뒤치다꺼리를 도왔다. 항상 '개인 책임' 이라며 방임으로 일관하는 카이였지만 아무래도 졸업은 함께 하고 싶었던 모양이다. 루시안이 허리를 끌어안으며 고맙다고 말했다.

"올리아나!"

달라붙는 루시안을 떼어놓으려고 애쓰는 카이를 흐뭇한 표정으로 바라보던 올리아나는 갑자기 이름이 불려 뒤돌아봤다.

그곳에는 무척 특별하고 각별하게 잘생기고 멋있는 올리아나의 남친인 빈센트가 있었다. 올리아나는 달려오는 빈센트를 향해 양팔을 활짝 벌렸다. 어쩌면 만에 하나의 확률로 잘하면 이대로 빈센트가 안아줄지도 모른다고 기대했다.

부끄럼 많은 연인인 빈센트가 사람들 앞에서 올리아나를 끌어안을 일은 없겠지. 그렇게 생각했지만 놀랍게도 빈센트는 올리아나의 겨드랑이 아래쪽으로 몸을 두르고 끌어안았다.

"헉."

그리고 빈센트가 올리아나를 번쩍 들어 올렸다. 놀라서 눈이 휘둥그레진 올리아나를 안아든 빈센트는 함박웃음을 짓고 있었다.

"1등 했어!"

"추, 축, 축하해!"

번쩍 들어 올려진 올리아나는 빈센트를 내려다보며 연신 고개를 끄덕였다. 빈센트가 1등을 하는 건 반은 기정사실이었기 때문에 루시안, 에다, 콘스탄체의 등수에만 정신이 팔려 빈센트의 등수를 확인하는 건 완전히 잊고 있었다.

이걸로 올리아나의 학년에선 빈센트가 5년간 모든 시험에서 전부 1등을 차지했다. 2등은 꽤나 억울할 것이다.

당황해서 축하 인사를 올린 올리아나를 향해 빈센트가 녹아내릴 듯한 미소를 지었다.

그걸 직시한 올리아나는 큰일이었다. 마치 심장을 두들겨 맞은 것 같았다. 순위표를 보러 온 다른 학생도 불시에 공격받고 말았다. 여학생들이 차례차례 무너져 내렸다. 올리아나는 그 아이들의 마음을 뼈저리게 이해할 수 있었다.

활짝 웃는 빈센트가 올리아나를 들어 올린 채 빙글빙글 돌기 시작했다. 도저히 빈센트가 할 행동이라고는 생각할 수 없어서 경악하면서도 이 웃는 얼굴이 무척 귀여워서 아무것도 신경 쓰이지 않았다. 부디 이토록 귀여운 빈센트를 아무도 보지 말았으면 했다.

"올리아나!"

"왜~?"

올리아나는 활짝 웃는 빈센트를 내려다봤다. 빈센트는 올리아나를 끌어안고 두 다리를 번쩍 들어 올려 공주님을 안는 자세로 안아 들었다.

"결혼하자!"

"어? 그건 안 돼."

진지한 얼굴로 대답한 올리아나를 보며 빈센트는 망연자실한 표정을 지었다.

너무 갑작스러운 프러포즈에 반사적으로 그렇게 대답한 올리아나는 파문이 일기 시작한 것 같은 주위의 동요에 식은땀을 흘렸다.

"듣고 말았어. 전부 다 들었어."

"도대체 뭘 들었다는 건데?"

"올리아나가 빈센트의 프러포즈를 단칼에 거절했다고 들었지."

"잠깐. 아니야. 오해야."

올리아나는 눈가를 손으로 누르며 다른 한 손을 앞으로 내밀었다. 올리아나가 내민 손바닥을 검지로 쿡쿡 찌른 건 미겔이었다.

"뭐가 아닌데? 모든 사람 앞에서 빈센트의 청혼을 마지못해 거절한 올리아나."

"잠깐! 그 호칭 같은 건 뭐야!"

완전히 놀리려고 하는 미겔을 보고 올리아나는 거의 울먹이고 있었다.

"근데 어떻게 아는 거야? 미겔은 좀 전에 거기에 없었지?"

"응. 하지만 이미 이 학교에서 그걸 모르는 애는 없지 않을까?"

"으흑…… 빈센트 탄자인과 관련된 정보는 매번 쏜살같이 퍼져…… 흑……."

대단한 남자 친구를 가졌구나 싶어서 올리아나는 몸을 떨었다.

"그래서 빈센트는 어디 갔어?"

"아까 교무실로 끌려갔어."

모든 시험에서 1등을 차지했다는 전무후무한 일로 불려간 것이다. 올리아나에게 차여 멍한 상태가 된 빈센트는 흐느적거리며 윌튼 선생님이 이끄는 대로 교무실로 향했다.

"아~ 1등 해서 그런 거야? 그러면 이번 시험으로 게임이 끝났네. 대단하다, 진짜."

미겔이 목 뒤로 손을 넘겨 엮었다. 늘 그곳에 있던 긴 땋은 머리가 이제는 없었다. 계속 기르던 머리를 싹둑 자르겠다고 말했을 때는 놀랐지만, 지금 보니 참 잘 어울렸다. 뭐, 옥신각신한 끝에 머리를 잘라 준 건 올리아나였지만.

"그러니까……. 수많은 노력 끝에 1등을 노렸으니까……."

"근데 빈센트도 참, 보답받지 못하고…… 겨우 쭉 1등을 유지했는데 말이야."

대수롭지 않다는 태연한 표정으로 내뱉은 미겔의 말을 듣고 올리아나는 깜짝 놀라 눈을 크게 떴다.

"어……? 미겔이 전에 빈센트가 계속 1위를 노리는 이유는 모른다고 하지 않았어?"

"음~. 엄밀히 말하자면 모르는데 대충 짐작이 가니까."

"……."

미겔은 여유로운 태도로 대답했다. 올리아나는 아무 말이 없었다.

"응? 왜 그래?"

"열받아. 뭔가 엄청 열받아."

입을 꾹 다물고 입술에 힘을 준 올리아나를 보며 미겔이 씩 웃었다.

"이 미겔 님은 빈센트의 절친이니까~."

"저기, 올리아나 님은 빈센트의 연인인데요?!"

"하지만 아내가 되기는 싫었나 보네~."

"아니, 그게 아니라니까!"

올리아나가 해명할 기회를 달라며 미겔의 로브 자락을 잡았다. 그대로 로브를 마구 흔들며 항의하는데 학교 건물 쪽에서 빈센트가 걸어왔다.

"또 영문 모를 장난을 치고 있구나."

"아, 빈센트! 어서 와!"

"얘기는 끝났냐?"

"그래."

너무 칭찬받는 것도 독이 됐는지 빈센트는 핼쑥해진 채로 돌아와서 말했다.

"수고했어~. 그렇게 엄청난 위업을 달성한 거지. 훈장이라도 받는 거 아니야?"

"받는다는 것 같은데."

"근데 별로 안 기뻐 보여."

올리아나가 웃으며 말하자 빈센트의 입꼬리가 살짝 처졌다.

"내가 원한 건 그런 게 아니니까."

빈센트가 올리아나를 뚫어지게 내려다보며 그렇게 말했다. 그 강한 시선에 올리아나는 가슴이 철렁했다. 어쩔 수 없이 고개를 숙인 올리아나를 빈센트가 조용한 목소리로 불렀다.

"올리아나. 지금 잠깐만 시간을 내줄 수 있어?"

"아, 미안해! 그건 좀! 조금 바쁘거든~. 아니 근데 반대로 미겔이랑 빈센트는 혹시 지금 시간 있어?"

올리아나가 초조한 투로 말하자 빈센트와 미겔은 똑같은 타이밍에 눈을 깜빡였다.

∴ ∵ ∴ ∵

노을이 질 무렵, 동관의 작은 휴게실로 두 학생이 억지로 떠밀려 들어왔다.

휴게실에 들어와 어쩔 줄 모르는 야나의 머리 위에 에다가 재빨리 새하얀 천을 얹고, 올리아나는 차분하게 이쪽을 보는 아즈라크의 시선을 피하며 그의 가슴에 꽃을 꽂았다.

당혹감을 감추지 못하는 두 사람을 남기고 촛불 하나만이 빛을 내는 어두운 휴게실에서 올리아나와 에다가 쏜살같이 달려 나왔다. 문을 닫고 안쪽의 낌새를 살폈지만 두 사람은 가만히 있었다. 지금은 남편이 되었지만 여전히 야나의 호위이기도 한 아즈라크의 손에 죽지는 않을지 조마조마했던 올리아나는 일단 경과를 지켜보기로 했는지, 아즈라크의 행동에 안도의 한숨을 내쉬었다.

올리아나가 뒤돌아서 고개를 끄덕이자 하이데마리가 불이 붙지 않은 양초를 세운 촛대를 건넸다. 마법 등을 주로 사용하는 라겐 마법학교에서 촛불은 보기 드문 물건이었다. 모두가 촛불을 하나씩 든 걸 확인한 뒤, 콘스탄체와 미겔이 휴게실 문을 열었다.

모두가 촛불을 든 채 천천히 휴게실로 들어갔다. 휴게실 곳곳이 꽃, 리본, 천으로 꾸며져 있었다.

이곳에서 유일하게 불이 붙은 양초 앞에 있는 소파에 앉은 야나와 아즈라크가 이상한 낌새를 눈치채고 자리에서 일어났다.

올리아나 일행은 남녀가 따로 줄을 섰다.

여자는 올리아나를 선두로, 하이데마리, 에다, 콘스탄체 순서로.

남자는 카이, 루시안, 미겔, 빈센트로 줄지어 있었다.

"자, 손에 드세요."

올리아나가 눈짓으로 야나와 아즈라크에게 테이블 위에 둔 촛불을 가리켰다. 두 사람은 당황하면서도 굵은 촛불 하나를 바라봤다.

야나와 아즈라크가 바라보는 촛불에는 마법으로 불을 붙인 파란 불꽃이 빛나고 있었다.

당연하다는 것처럼 아즈라크 혼자 촛대를 들어서, 올리아나는 조용히 속삭였다.

"둘이서 들어."

연출하려고던 엄숙한 분위기가 한순간 흐트러졌지만, 아즈라크와 야나는 올리아나의 지시에 따라 둘이서 촛대를 들었다.

올리아나가 헛기침하고 한 발짝 앞으로 걸음을 내디뎠다.

"우리는 당신의 몸을 아껴 주리라."

두 사람이 든 촛불에서 자기가 든 양초로 올리아나가 푸른 불씨를 옮겨 붙였다. 올리아나가 조금 전에 서 있었던 자리로 돌아오자 그 옆에 있던 하이데마리가 발걸음을 옮겼다.

"우리는 당신의 배를 채워 주리라."

조금 전과 같이 불씨를 자기 양초로 옮겨 붙인 하이데마리가 자기 자리로 돌아오자, 에다, 콘스탄체도 차례차례 그 행동을 이어나갔다.

"우리는 당신의 주거를 지켜 주리라."

"우리는 당신의 액을 물리치리라."

콘스탄체가 자리로 돌아온 뒤엔 남자들이 마찬가지로 이어나갔다.

"우리는 당신의 인연을 도우리라."

"우리는 당신의 재산을 지탱하리라."

"우리는 당신의 사랑을 믿으리라."

"우리는 당신의 미래를 사랑하리라."

마지막 한 사람의 양초에 불이 붙고 여덟 명이 모두 제자리로 돌아왔다. 마지막 차례였던 빈센트가 진지한 목소리를 냈다.

"우리가……."

"당신들이 진정한 부부임을 선언합니다."

신랑, 신부와 친한 여덟 사람을 하치류의 대리인으로 내세우는 아마네셀 왕국에선 일반적인 결혼 서약을 마친 후 하이데마리가 "자, 하나, 둘!" 하고 큰 목소리로 말했다.

"야나, 아즈라크 결혼 축하해!"

여덟 명의 목소리가 겹쳤다. 불이 붙은 아홉 개의 촛불이 실내를 밝히고 여덟 명의 웃는 얼굴을 부드럽게 비췄다.

머리 위로 하얀 베일을 쓴 야나가 푸른 촛불 빛을 받으며 눈에서 커다란 눈물방울을 떨어뜨리기 시작했다.

올리아나와 다른 친구들은 모두 깜짝 놀라 황급히 촛불을 테이블에 올려두고 야나에게로 달려갔다.

"어떡해, 나."

걱정스러워선 어깨를 감싸안는 친구들에게 야나는 힘차게 고개를 저으며 말했다.

"난 여기에 시련 때문에 온 거였어."

마선로에 처음 올라탔을 때, 야나의 가방 속에는 왕녀의 의지와 기품밖에 없었다.

"설마 이런 친구들이 생길 줄은…… 꿈에도 몰랐어. 얼마나 복받은 건지."

하지만 라겐을 떠나는 야나의 가방 속에는 그녀가 에테 카리마 왕국에서 손에 넣을 수 없었던 것이 가득 들어있을 게 분명했다.

세상에서 제일간다고 불러도 좋을 만큼 호화로운 결혼식을 올린 야나가 이런 초라한 예식장에서, 구겨진 하얀 베일 속에서 떨리는 목소리로 울었다.

콘스탄체는, 통곡했고 올리아나와 하이데마리는 눈물이 그렁그렁했고, 에다는 그저 웃으며 다 함께 야나를 끌어안았다.

즉석 결혼식은 다 함께 공부할 때 야나가 진심을 담아 조용히 뱉은 한마디인 '맞아. 나도 너희에게 보여주고 싶었어.' 라는 말을 듣고 나서 올리아나의 주도하에 급히 계획된 것이었다.

졸업까지 얼마 안 남기도 했지만, 시험이 끝나면 다들 작장에 연수를 받으러 가거나 이사 준비에 쫓기는 등 일정을 맞추기가 어려워지기 때문에 오늘이 마지막 기회였다. 시험공부와 병행해서 준비하는 건 큰일이었지만 고생한 것 이상의 성과를 손에 넣었다.

큰 키의 미겔과 빈센트가 도와준 덕에 난항일 거라 예상했던 높은 곳에 장식을 다는 것도 큰 어려움 없이 끝냈다. 올리아나가 그대로 둘을 붙잡아 결혼식에서 하치류 역할을 맡지 않겠냐고 묻자, 두 사람은 부탁을 흔쾌히 수락했다. 원래는 한가한 선생님께 부탁하려고 했지만 빈센트와 미겔이 와 주는 편이 야나도 더 기뻐했을 게 분명했다.

마법으로 불을 켜겠다는 허락을 받으러 교무실에 간 올리아나는 두 사람의 결혼을 축하하고 싶다고 솔직히 이유를 설명했다. 윌튼 선생님은 눈물이 맺혀 촉촉해진 눈으로 흔쾌히 양초에 불을 붙여줬다. 게다가 그때 교무실에 있던 선생님 모두가 지팡이를 흔들어 야나와 아즈라크를 위한 푸른 촛불에 축복이라는 주문을 불어넣었다.

한동안 실컷 운 뒤에 올리아나가 야나의 머리를 땋아 줬다. 모두가 다 같이 따와서 방을 장식했던 꽃을 머리 사이사이에 꽂았더니, 야나는 정말이지 호화로운 신부가 되었다.

야나와 에다가 즐겁게 이야기를 나누는 동안 올리아나는 아즈라크를 힐끗 올려다봤다. 아즈라크는 파란 불씨가 일렁이는 촛대를 소중하게 든 채로 남자애들과 함께 서서 얘기를 나누고 있었다.

올리아나의 시선을 느꼈는지 아즈라크가 이쪽을 바라봤다. 그리고 올리아나에게 고마움과 기쁨이 뒤섞인 부드러운 미소를 지었다.

올리아나는 왠지 눈물이 나올 것 같아서 동지에게 입 모양만으로 축하한다고 다시 한번 마음을 전했다.

∴ ∵ ∴ ∵

"올리아나."

자기 이름을 부르는 소리에 가만히 소파에 앉아있던 올리아나는 깜짝 놀라 몸을 세웠다.

야나와 아즈라크의 행복한 모습을 보는 사이, 계속 쌓인 피로 때문에 멍하니 있었던 모양이다. 어느새 휴게실에는 올리아나와 빈센트 이외에는 아무도 남아 있지 않았다.

"미안. 어…… 방금 무슨 상황이었지. 왜 아무도 없어?"

"뒷정리는 나랑 네가 하겠다고 말했더니 다른 애들이 배려해서 자리를 비켜줬어."

배려해서 자리를 비켜줘? 뒷정리라면 다 같이 하는 편이 빠르다. 그런 생각을 한 올리아나의 얼굴이 천천히 붉은 기운을 띠었다. 이미 밝게 불을 켠 휴게실에서 그 얼굴색은 한눈에 보였을 것이다. 옆에 앉은 빈센트가 올리아나의 뺨에 손등을 댔다.

"느긋하게 얘기하는 건 오랜만이네."

"그러게. 진짜다."

순식간에 달콤한 분위기가 밀려왔다. 올리아나는 쭈뼛거리면서도 빈센트가 이끄는 대로 얼굴을 내밀었다. 친구들이 배려해서 자리를 비켜주어 두 사람은 이 즉석 결혼식장에 단둘이 남아 있었다.

"멋진 결혼식이었지."

"멋있었어. 갑작스러웠을 텐데 도와줘서 고마워."

"나야말로 초대해 줘서 기뻤어. 고마워."

"응."

"넌 어때. 너도 하고 싶어졌어?"

뭘, 누구와 하고 싶냐고 묻는 건지는 굳이 되묻지 않아도 알 수 있었다.

올리아나는 얼굴을 찡그리며 웃었다.

"너무해."

그 미소가 무척 애틋하게 비쳤는지, 빈센트는 황급히 올리아나를 끌어안았다.

"미안. 방금은 너무 못됐다."

빈센트는 손으로 올리아나의 뺨을 감싸안고 눈동자를 들여다봤다. 눈물을 한 방울이라도 흘릴까 봐 조마조마해서 지켜보는 것 같았다. 볼이 아플 만큼 힘이 들어간 빈센트의 손길을 느끼고 얼마나 빈센트에게 여유가 없는지가 엿보여서 마음이 풀렸다.

"나한테 못되게 굴기나 하고."

"용서해 줘."

"싫어. 용서 안 해."

그렇게 세게 얼굴을 감싸고 있었으면서, 올리아나가 조금 몸을 움직이자 그 손은 쉽사리 풀렸다. 빈센트의 어깨에 얼굴을 기댄 올리아나를 빈센트는 자연스럽게 받아들였다. 허리를 끌어안고 남은 한 손으로 올리아나의 손을 감쌌다.

빈센트의 손안에서 올리아나의 손이 움직여 형태를 바꿨다. 빈센트의 긴 손가락이 올리아나의 가느다란 손가락을 한 번은 쓰다듬었다가 어루만졌다가 쥐기를 반복했다. 말과는 달리 올리아나가 이미 진작에 빈센트를 용서했다고 다 알아챈 것이 분명했다.

하지만 말을 꺼내기는 힘든지 빈센트는 올리아나의 손을 그저 계속 만지작거렸다. 올리아나는 자기 손을 장난감처럼 만지작거리는 손을 조용히 지켜봤다.

'졸업하기 전에 장래에 관해 얘기해야겠다…… 싶었어.'

그때가 바로 지금이리라. 올리아나는 살짝 눈을 감았다. 빈센트는 무슨 말을 할까. 난 뭐라 대답할까.

올리아나도 계속 생각은 하고 있었다. 하지만 확실한 답 같은 건 낼 수 없어서, 계속 같은 고민을 반복했다.

'어떡해야 계속 빈센트와 함께할 수 있을까.'

올리아나는 평민이고 빈센트는 귀족이다. 그것도, 장차 아마네셀 왕국을 대표하는 하치류가 될 몸이다. 두 사람의 미래의 결정권은 빈센트가 갖고 있는 것이다.

계속 곁에 있는다면 잘해 봐야 애첩이 되리라. 빈센트에게 사랑을 바치는 대가로 보살핌과 거처를 받는 존재. 어쩌면 공공연히 사교장에 출입할 권한도 받을지 모른다.

'그러면 지금 손을 써야 해. 아빠가 울어도, 빈센트 미래의 사모님께 원망받아도, 스스로 자랑스럽지 못하더라도 빈센트의 곁에 있지 못하는 것보다는 낫잖아.'

그렇게 생각했지만 만약 빈센트에게 애첩이 되어 달라는 말을 듣는다면 솔직히 기뻐할 자신이 없었다.

'그런데도 빈센트는 천진난만하게 결혼하자는 소리를…… 그렇게 막 하고.'

그 제안에 반사적으로 안 된다고 대답했던 것은 분명 올리아나가 무심코 내뱉은 보복성 발언이었을 것이다.

빈센트는 올리아나에게 거짓말은 하지 않는다. 그래서 더더욱 너무하다고 여겼다.

절대로 올리아나 쪽에서 먼저 바라지 못할 선물을, 줄 수도 없는 주제에 눈앞에서 대롱대롱 흔들어 보이는 것 같은 행태였다.

"점심에 있었던 일도 미안해."

말을 꺼내기가 어려웠는지 천천히 입을 연 빈센트를 보며 올리아나의 마음이 심장 저 밑바닥까지 싸늘하게 식었다. 살짝 감았던 눈꺼풀이 움찔거리며 경련했다.

'너무하다고 생각했으면서 막상 사과를 받으니까 이렇게 서글프다니.'

올리아나의 입이 일그러졌다. 아랫입술을 꽉 깨물었다.

"너한텐 갑작스러웠을 텐데 마냥 들떠서 그 장소에서 그런 말을 하다니. 그저 내 마음이 그렇다는 건 꼭 알아줬으면 했어."

"뭐?"

올리아나는 눈을 떴다. 꽉 깨물고 있던 입술이 풀렸다.

"다시 한번 잘 고민해 주면 좋겠어. 내가 이러는 건 허세일 수도 있지만 물론 거절해도 괜찮아."

아직도 머리가 잘 돌아가지 않는 올리아나가 조심스럽게 빈센트의 눈을 바라보니, 빈센트는 희미하게 미소 지으며 올리아나의 이마에 자기 이마를 맞댔다.

"하지만 올리아나. 공작 부인이 될지 말지는 둘째 치고 내 아내가 되는 건 할 수 있잖아."

빈센트의 목소리에는 평소답지 않게 힘이 없었다.

이곳에는 자신이 없어서 두려워하며 청혼하는 한 소년이 있을 뿐이었다.

"나랑 함께할지 말지를 정하는 건 너야."

'설마 진심으로 하는 소리야?'

치사한 남자다. 올리아나가 허락하지 않았던 모든 것을, 빈센트는 올리아나에게 허락한 것이다.

'이러면 울 수밖에 없잖아.'

『공작 부인이 될지 말지는 둘째 치고.』

빈센트와의 미래를 생각할 때마다, 귀족의 피가 흐르면 좋겠다고 바랄 때마다, 빈센트가 귀족이 아니었다면 좋겠다고 생각했다. 올리아나에게 중요한 건 사교계의 일원이 되는 것도, 귀족의 인맥을 갖는 것도, 왕족을 알현할 권리를 갖는 것도, 많은 영민을 거느리는 것도 아닌 그저 빈센트 곁에 있는 것뿐이었으니까.

그리고 모든 주도권을 쥔 건 빈센트라고 여겼는데, 그것마저 올리아나에게 있다고 말해 줬다.

올리아나가 참았던 눈물이 흐르지 않게 얼굴에 힘을 주고 억지로 입꼬리를 끌어올렸다.

"더 친밀해지고 싶어서 결혼을 미끼로 눈앞에 흔드는 거야?"

"뭐어?"

빈센트는 어안이 벙벙해서 올리아나의 이마에서 떨어졌다.

"하이데마리가 휩쓸리지 말라고 했어."

"네가 무슨 말을 한 건지 이해 못했지?"

"그럴 리가."

맞닿은 손에서부터 서서히 뜨거운 저릿함이 퍼져나갔다. 그걸 느끼는 건 올리아나뿐만이 아니었다.

"그런 발칙한 짓은 안 해."

"안 할 거야?"

"정말 그게 뭔지 알고 말하는 거야?"

쓰디쓴 약이라도 삼킨 것 같은 얼굴로 똑같은 대사를 한 번 더 읊은 빈센트를 보며 올리아나는 뺨을 붉게 물들이며 고개를 끄덕였다.

"응……."

얼굴을 숨기고 싶지만 들키기는 싫어서 올리아나는 빈센트의 가슴팍에 얼굴을 기댔다. 그러자 빈센트의 몸이 뻣뻣하게 굳었다.

"젠장……!"

온몸에 힘을 단단히 주고 움직임을 억누르듯이 빈센트는 꼼짝도 하지 않았다.

"나는, 해도 돼."

"……."

빈센트는 이제 욕도 뱉지 않았다. 올리아나는 계속 잡고 있었던 빈센트의 손에 다른 한 손을 가져갔다.

"사실은 결혼한 뒤에 하는 거라고 들었는데 난 빈센트랑 결혼할 수 없으니까…… 그럴 바에야……."

"올리아나."

자기를 저지하려는 듯한 빈센트의 목소리를 듣고 올리아나는 고개를 좌우로 작게 흔들었다.

하이데마리가 당부했을 때 불현듯 그냥 휩쓸려 버릴까 싶었다. 여자애도 조금은 격정에 몸을 맡겨도 되지 않을까. 올리아나에게는 빈센트와 함께하는 미래는 쭉 없다고 생각했다.

"그치만 결혼할 수, 있는 거야?"

올리아나의 목소리가 높아졌다.

"헤어지지 않아도, 괜찮아?"

흘러나온 말과 함께 흘러내린 눈물마저 다 받아주려는 것처럼 빈센트가 다정하게 말했다.

"난 너한테 거짓말은 안 해."

숨을 헐떡이는 올리아나의 목에서 오열이 터져 나오기 시작했다.

"비, 센트, 입, 입장이, 난처해, 지잖아……."

"나보다도 네가 훨씬 더 고생할 거야. 하지만 부디 힘내길 바라. 도망쳐도 되고 맞서 싸워도 되고 전혀 다른 식으로 노력해도 돼. 그 모든 길에 나는 네 옆에 있을 거고 가장 든든한 네 편이 될 거야. 맹세할게."

빈센트가 올리아나를 끌어안았다.

"내가 늘 곁에 있을 테니까, 언제든 널 도와줄 테니까, 나와 함께 힘내 주지 않을래?"

올리아나의 눈동자에서 눈물이 샘솟더니 흘러내렸다. 터져 나온 오열 속에서 올리아나는 필사적으로 목소리를 쥐어짰다.

"계속 생각했어. 하지만, 빈센트랑 함께할 수 있는 방법을, 전혀 몰라서."

"그래."

"난 이제 빈센트랑은 함께 있을 수 없겠다고 계속 생각했으니까……."

"그래."

"빈센트……."

올리아나가 빈센트에게 매달렸다. 항상 밝고 활기찬 올리아나와는 거리가 먼 가녀린 포옹이었다.

"믿을 수 없어……."

"믿어 줬으면 좋겠어. 그걸 위해 지금까지 5년 동안 계속 발악한 거니까."

사랑이 묻어나는 빈센트의 목소리를 듣고 올리아나는 얼굴을 들었다.

"그 발악이라는 건 결국 뭐였던 거야?"

"말하기 싫어."

"빈센트."

올리아나가 간청하자 빈센트는 마지못해 입을 열었다.

"5년 동안 계속 1등을 차지하는 게, 아버지에게 너와의 결혼을 승낙받기 위해 내건 조건이었어."

그래서 그 타이밍이었던 것인가. 지금까지 시험 전에는 항상 신경질적이라고 해도 될 정도로 공부에 집중하는 빈센트를 봐 온 올리아나는 여러모로 수긍이 갔다.

"나도 노력하는 빈센트의 가장 든든한 편이 되어 주고 싶었는데……."

작게 흘린 올리아나의 말에 빈센트는 숨을 삼켰다.

"용의 심판 때도 그랬어. 물론, 나로서는 어떤 도움도 안 됐을지 모르지만 너와 같은 마음으로 곁에 있고 싶었어."

"그건 나는 남자니까……."

자기 혼자만 노력하면 된다고 생각하는 빈센트를 보고 올리아나는 울화가 치밀었다. 귀족의 장남인 빈센트가 가진 긍지는 알고 있다. 책임감이 강하고 배려심이 깊다. 올리아나도 그런 면 때문에 좋아한 거니까.

"그래도 아까 빈센트가 정하는 건 나라며……. 하지만 난 여자니까 함께 노력할 수 없는 거야?"

"아니야!"

빈센트가 보기 드물게 소리쳤다.

"내가 남자니까 그렇다고 말한 건……."

벌레라도 씹은 것처럼 잔뜩 찡그린 얼굴로 빈센트는 한 손에 얼굴을 묻었다.

"남자니까 좋아하는 애한테 멋진 모습만 보여주고 싶단 말이야."

손가락 사이로 들여다보이는 빈센트의 얼굴은 새빨갰다.

'빈센트는 치사해.'

이러면 전부 용서할 수밖에 없다. 전부 올리아나를 신용하지 못해서 맡기지 않은 게 아니라, 올리아나에게 멋진 모습만 보여주고 싶어서 노력한 것이라고 생각하니 너무 사랑스러워서 미칠 것 같았다.

"앞으로 우리 둘의 일은 같이 고민하겠다고 약속해 줄래?"

"약속하면 결혼할 거야?"

"약속 안 하면 결혼 같은 건 못해."

"알았어. 약속할게."

빈센트는 즉답했다. 방금 너무나도 중대한 사안이 결정된 것 같았다. 휘몰아치는 전개를 따라가기가 버거운 올리아나의 손을 빈센트가 살며시 들어 올렸다.

"나도 한마디 하게 해 줘. 너도 네 혼자만의 생각으로 멋대로 결론 내지 마. 졸업하면 헤어지려고 했을 줄은 전혀 몰랐어."

빈센트가 자조적으로 웃었다. 올리아나는 미안해서 시선을 피했다.

"그리고 열이라도 나야 나에게 진심을 말하는 점도."

"뭐, 뭐야 그게……."

도대체 무슨 말인지 감을 못 잡겠어서 올리아나는 얼굴이 창백해졌다.

"무도회 날 밤에 넌 계속 함께 있고 싶다고 울면서 나한테 매달렸어."

올리아나는 다급히 빈센트의 입을 양손으로 막았다.

"뭐야! 잊어버려! 제발 잊어주세요!"

평소에는 자제하는 진심이 다 흘러나왔다니. 민망함과 수치심으로 올리아나의 얼굴이 벌겋게 달아올랐다. 빈센트는 올리아나의 손을 잡고 부드럽게 입에서 떼어냈다.

"잊을 리가 없잖아. 드디어 네가 날 의지했는데."

어서 열이 안 날 때도 나한테 응석 부려 줘.

그런 말을 하며 빈센트가 끌어안아서 올리아나는 부드럽게 온몸을 타고 흐르는 달콤한 자극에 몸을 맡기고 빈센트의 입술에 자기 입술을 포갤 수밖에 없었다.

같은 움직임을 반복하는 사이 더욱 짙어지는 입맞춤에 몸을 맡겼다. 몽글몽글하고 따뜻하면서도 저릿한 감각에 애가 탔다. 모든 것이 채워지고 있음에도 뭔가 부족해서 올리아나는 빈센트의 목덜미를 확 끌어안았다.

"있잖아, 빈센트."

"왜."

눈을 가늘게 뜨고 키스를 돌려주는 빈센트에게서 입술을 뗐다.

"정말로 휩쓸려 볼까?"

올리아나는 빈센트의 목에 두 팔을 두른 채 고개를 살짝 기울였다. 빈센트는 잠시 넋이 나가서 멍하니 있다가 목덜미까지 새빨갛게 달아올라 눈을 부릅떴다.

"너 정말……."

빈센트가 화내기 전에 올리아나는 빈센트에게 키스했다. 둘 다 여유가 없어서 치아와 치아가 부딪혔다. 어렴풋한 통증에 얼굴을 찡그리며 올리아나가 웃었다.

"헤헤헤."

올리아나는 농담이니까 웃지 말라고는 절대로 말하고 싶지 않았다. 충분히 웃어서 얼버무릴 수 있을 텐데도 쑥스러워서 얼굴을 제대로 보여줄 수도 없었다.

"하아…… 젠장!"

아무도 없는 작은 휴게실에 빈센트의 거친 목소리가 달콤하게 울려 퍼졌다. 빈센트가 올리아나를 소파에 넘어뜨렸다. 곧장 들이대고 문지르는 빈센트의 입술에는 여유가 없었다. 볼을 감싸는 거친 손끝도 흐트러진 호흡도 뜨거운 날숨도 그 모든 것이 기뻐서 올리아나는 빈센트 몸에 자기 몸을 붙였다.

올리아나는 몸을 일으켜 빈센트의 귓가로 입술을 가져갔다.

"빈센트."

빈센트가 올리아나의 등에 팔을 둘러 한 번 더 강하게 끌어안으며 입술을 문질렀다. 올리아나가 눈을 아주 가늘게 뜨고 빈센트를 바라보니, 빈센트 역시 올리아나를 뚫어지게 바라보고 있었다. 초점이 흐트러졌다. 행복감에 눈물이 맺혔다.

"빈센트."

마치 그것이 사랑의 언어라도 되는 것처럼 빈센트의 이름을 속삭이는 올리아나를, 빈센트는 온몸의 힘을 끌어모아서 떼어냈다.

"여기까지만이야."

"빈센트."

"안 돼."

"빈센트."

올리아나는 촉촉한 눈망울로 빈센트를 바라봤다. 맥없이 몸의 힘이 풀려서 목소리가 떨리고 있었다. 더 깊이 닿고 싶었다. 더 몸을 맞대고 싶어서 애가 탔다. 올리아나를 밀어내던 빈센트의 팔은 금세 힘을 잃어버렸다.

"올리아나……."

쉿소리가 나는 갈라진 목소리로 빈센트가 올리아나의 이름을 불렀다. 뺨을 감싸는 빈센트의 손에 올리아나가 얼굴을 문댔다. 빈센트는 열에 들뜬 얼굴로 올리아나를 바라봤다. 그리고 천천히 아까보다도 더 얼굴을 가까이했다.

――똑똑.

입술이 다시 포개지기 직전에 누가 휴게실 문을 두드렸다. 깜짝 놀라서 한순간 몸이 뻣뻣하게 굳었다. 빈센트는 올리아나의 얼굴을 자기 쪽으로 돌렸다. 그리고 손수건을 꺼내 올리아나의 눈물과 볼까지 다 번진 연지를 닦았다.

그 행동으로 이성이 돌아온 올리아나는 얼굴을 붉히며 양손으로 볼을 눌렀다. 올리아나가 등을 돌리고 앉은 사이에 자기 입가도 닦아낸 빈센트가 살았다고 작은 목소리를 흘리는 걸 올리아나는 똑똑히 들었다.

"야. 내가 방해했어?"

의문문이었지만 방해했다고 확신한 듯한 말투였다.

"뭐야~? 뒷정리 전혀 안 되지 않았어?"

미겔이 휴게실을 둘러보며 말하자, 빈센트가 대답했다.

"대화를 나누고 있었어."

"호오……."

"진짜야. 진짜, 진짜로 대화는 나눴어!"

미겔이 수상하다는 눈초리를 보내기 시작해서 올리아나는 황급히 빈센트를 엄호했다. 빈센트가 이마를 짚었다. 그 옆에서 미겔이 히죽거리며 웃었다. 짧게 자른 머리카락이 흔들렸다.

"뭐, 정리나 할까."

꽃병과 천을 모아 휴게실 정리가 일단락되었을 때 빈센트가 미겔에게 물었다.

"그러고 보니 무슨 일로 왔어? 설마 진짜로 정리를 도와주러 온 건 아닐 거 아니야."

"아, 까먹고 있었네. 사이러스 선생님이 이걸 주러 오셨거든. 너희 아버지가 보내셨어."

미겔이 로브를 뒤적여 편지 한 통을 빈센트에게 건넸다. 빈센트는 순간적으로 미간에 주름을 잡았다. 봉투를 열어 편지를 읽는 동안 그 얼굴은 점점 진지해졌다.

"뭐라셔?"

"시험 결과를 보고하러 집에 오라고 적혀 있어."

"오호라?"

"올리아나를 데리고 오라는 얘기인 거지. 전에 마지막 시험이 끝나면 데려가겠다고 했으니까."

"뭐?!"

갑자기 대화에 불쑥 나타난 자기 이름을 듣고 벽난로 위로 촛대를 정리하던 올리아나가 휙 뒤돌아봤다.

"왜 나까지?!"

"내가 너랑 결혼하길 원하니까."

놀라는 올리아나에게 빈센트는 태연하게 말했다. 얼굴을 붉히는 올리아나 옆에서 미겔은 한쪽 눈썹을 올리며 씩 웃었다.

"차였는데?"

"안 차였어."

"차였잖아."

"차이지 않았어."

"어어? 정말?"

그렇게 물으며 미겔이 올리아나에게로 시선을 옮겼다. 미겔이 고양이 같은 입꼬리를 하고 올리아나를 바라보는 듯했지만 올리아나는 완강히 미겔 쪽을 보길 거부했다.

"아버지의 말에 따를 필요는 없다고 말하고 싶긴 한데 좋은 기회일지도 몰라. 올리아나. 너만 괜찮다면 초대하고 싶어."

"그, 으음…… 근데 어디에?"

올리아나는 마지막 발악으로 눈을 깜빡이며 최대한 귀여운 표정을 짓고 말했다. 빈센트는 전혀 넘어오지 않았지만 무척 미안한 듯한 표정으로 올리아나에게 말했다.

"우리 집에."

∴ ∵ ∴ ∵

주말. 올리아나는 아침 일찍 집에 돌아와 의상실을 다 헤집어 놓은 뒤에야 겨우 연인의 집에 방문할 때 입을 의상을 정했다. 하지만 상상도 못한 광경에 할 말을 잃은 에르샤 저택의 사용인들을 앞에 두고 눈앞이 새하얘졌다.

"아니……."

네 마리 말이 이끄는 고급스러운 마차 안에서, 현관 앞에 선 채 움직이지 않는 올리아나에게 상냥하게 웃어준 건 빈센트……의 아버지인 시류 공작이었다.

올리아나는 최대한 정신을 차리고 황급히 무릎을 구부렸다.

"이번에 초대해 주셔서 진심으로 감사드립니다."

"숙녀를 세워둔 채 얘기를 나누는 것도 성미에 안 맞아서 말이지. 타렴."

공작이 계속 미소 지으며 타인에게 명령하는 게 익숙한 듯한 목소리로 말했다. 올리아나는 갑작스럽게 하치류가 등장해서 기겁하는 사용인에게 인사한 뒤, 사지로 끌려 나가는 전사 같은 표정으로 마차에 올라탔다.

그리고 공작과 대각선으로 마주 보는 창가 자리에 앉았다. 표면이 벨벳 원단으로 덮인 의자는 충격 완화 기능이 마련돼 있었다. 올리아나가 자리에 앉았다고 짐작했는지 마차 바퀴가 돌며 움직이기 시작했다.

작게 난 차창 너머로 보이는 경치가 스쳐 지나가며 변화했다.

'왜 공작님이 오셨지……? 빈센트가 마중 나온다고 했는데 설마 이럴 셈으로 그렇게 말한 건가? 아니야. 그건 아닌 것 같아…….'

당주, 그것도 하치류의 지위를 가진 공작이 아들의 초대 손님을 직접 마중 나간다는 건 말도 안 되는 소리였다. 빈센트는 예의를 꽤나 중요시하는 편이라 분명 빈센트에게 있어서도 예상하지 못한 사태였을 것이다.

올리아나는 공작을 바라봤다. 예전에 딱 한 번 오페라 극장에서 만났을 때, 아빠의 소개로 인사를 드린 적이 있다. 마흔을 훌쩍 넘겼다고는 생각 못할 정도로 젊은 외모였다. 그때도 빈센트를 쏙 빼닮은 외모에 당황했지만 아무리 생각해도 몇 번을 봐도 정말 아름다웠다.

올리아나가 속으로 공작의 아름다움에 감사하자, 비스듬히 앉아있던 공작이 미소 지었다.

"너였군."

미소를 유지하고 있었지만 가늘게 뜬 눈은 빈틈없이 빛나고 있었다. 그 말에는 여러 의미가 담긴 것처럼 들렸지만 올리아나는 그러는 이유를 알 수 없었다.

"설마 각하께서 와 주실 줄 몰라서…… 먼 길까지 찾아와 주셔서 황공합니다. 감사합니다."

저택으로 향하는 동안 공작과 대면할 각오를 다질 셈이었는데 그런 시간마저 허락되지 않았다. 올리아나는 실례가 되는 행동은 절대로 해서는 안 된다고 다짐하고 조심스럽게 묵례했다.

"조그만 문제가 생겼는데 아내의 기분을 풀어주고 싶어서 말이지. 꽃다발이라도 사러 나가려던 참에 들른 거란다."

그 '조그만 문제' 가 올리아나와는 무관하다고 누군가가 이 자리에서 단언해 줬으면 좋겠다.

"너라면 어떤 꽃다발이 좋을 것 같니?"

공작이 매력적으로 웃으며 질문했다. 빈센트와 똑같은 눈꼬리에 주름이 졌다. 빈센트가 앞으로 스무 살 더 나이를 먹으면 분명 이런 모습이리라. 그렇게 생각한 순간 올리아나의 뺨에 붉은 기운이 올라왔다.

"저는 직접 따서 만든 꽃다발을 좋아해요."

"그럴 것 같긴 했어."

공작의 눈에 다시금 불온한 빛이 스쳤다. 공작은 천장에 지팡이를 대고 마부에게 신호를 보냈다. 곧장 마부 쪽 창이 열리자, 작은 목소리로 목적지를 말했다.

마차가 향한 곳은 왕도에 있는 거대한 왕립공원이었다. 라겐 마법학교보다도 광대한 이 공원에는 숲과 호수가 있었고 물길에는 다리도 놓여있었다. 마차나 말이 달릴 수 있게 길이 포장된 공원은 귀족이나 상류층 인사의 사교장으로서 개방되어 있었다.

마차에서 내릴 때 공작이 손을 내밀었다. 이렇게 공작의 손을 잡을 날이 올 줄은 상상도 못한 올리아나는 쭈뼛거리면서 장갑을 낀 공작의 손에 가볍게 손끝을 얹었다.

올리아나가 내려오자 마차는 다시 달리기 시작했다. 공작의 볼일이 끝날 때까지 다른 곳을 돌 것이다.

"그럼 어디쯤에 꽃이 피어있으려나."

지팡이를 휙 돌리면서 말하는 공작의 목소리는 태연하면서도 어딘가 들뜬 것처럼 들렸다. 분명 직접 꽃을 따는 건 인생에서 처음 겪는 일이리라.

'이렇게 아름답게 관리되는 공원의 꽃을 막 따도 되는 걸까…….'

그런 올리아나의 불안은 아쉽게도 입 밖에 낼 수 없었다. 감히 의견을 내세울 용기가 없었고 만약 안 된다고 해도 공작은 전혀 신경 안 쓸 것이 분명했기 때문이다.

휴일의 공원은 붐볐다. 어째서인지 상류층 사람들을 스쳐 지나가자 그들이 기겁하는 표정을 지었다. 그리고 노골적으로 못 본 척을 하며 자리에서 멀어졌다.

"그럼 교수님께 부탁해 볼까."

올리아나가 상류층 사람들이 왜 그러는지 고민하다 보니, 어느새 공원 안쪽에 있는 연못에 도착해 있었다. 화단에 핀 꽃보다는 야생화라고 주장할 수 있을 만한 꽃이 흔들리고 있었다.

빈센트에게 꽃다발을 받기만 해서 올리아나가 직접 만드는 것은 처음이었다. 올리아나는 중심이 될 꽃을 정한 뒤 속으로 미안하다고 중얼거리며 꽃을 꺾었다. 그 꽃 주변을 둘러싸듯 풀이나 작은 꽃을 엮었다. 어느 정도 모양이 잡혔을 때, 가늘고 부드러운 풀로 가지를 묶었다.

"능숙하구나. 자, 이제 내 차례겠군."

공작이 진지한 표정으로 꽃을 바라봤다. 그 표정이 빈센트와 똑같아서 올리아나는 왠지 마음이 간질거렸다.

"이럴 때는 어떡해야 할까?"
"이렇게 해 보시면 어떨까요?"
둘이서 나란히 꽃 앞에 쭈그리고 앉아, 이러니저러니 하며 꽃다발을 만졌다. 공작의 장갑은 손가락 쪽에 풀에서 나온 즙이 묻어 초록색 얼룩이 생겼다.
그 상태에서 더 시간을 들여 겨우 제대로 모양을 잡았다. 하지만 보기 좋다고 말하기는 어려운 꽃다발을 눈앞에 두고 공작은 쓴웃음을 지었다.
"비교적 뭐든 잘 해내는 편인 줄 알았는데 말이지. 최고급만 걸치는 그 사람이 과연 이런 걸 좋아해 줄지 어떨는지."
자조적으로 말하는 공작을 보며 올리아나는 조심스럽게 입을 열었다.
"저라면 분명 자지러질 만큼 기뻐할 거예요."
"지금 뭐라고? 자지러진다고 했니?"
"말이 헛나왔습니다. 날아갈 듯 기뻐할 겁니다."
만약 빈센트가 이렇게 서투른 꽃다발을 가져왔다면 올리아나는 분명 무릎이 풀려 주저앉아 기뻐하겠지만 보통 사람은 아무리 감정이 폭발해도 무릎이 풀려서 주저앉지는 않을 것이다.
"이런 걸 받고?"
"익숙하지 않은 거니까 오히려 더 그럴 겁니다. 저를 위해 노력한 그 마음보다도 더 기쁜 게 달리 있을까요."
생일에 받았던 꽃다발을 떠올리며 올리아나는 자기가 만든 꽃다발을 내려다봤다. 그러자 공작이 올리아나의 옆얼굴을 보며 입을 열었다.

"난 빈센트에게 여기에서 보이는 모든 것을 합친다 한들 발끝에도 미치지 못할 거대한 것을 주려고 한다."

공원에서는 광대한 공원 말고도 공원을 가로질러 흐르는 운하와 왕도에 세워진 크고 웅장한 건축물과 높은 산봉우리가 보였다.

"그런 그 아이에게 넌 뭘 해 줄 수 있니?"

공작이 '이런 것' 이라고 표현한 꽃다발을 받고 올리아나는 무엇보다도 기뻐할 것이라 말했다. 그런 올리아나가 빈센트에게 줄 수 있는 건 굳이 시류 영지와 비교할 필요도 없이 분명 '이런 것' 에 속하는 것뿐이리라.

올리아나는 선조 대대로 지켜온 영지도, 물려받은 고귀한 피도, 모두가 놀라 납작 엎드릴만한 마력도 없었다.

하지만 당당히 내세울 수 있는 것이라면 잔뜩 있었다.

"저는 빈센트에게…… 사소한 일을 하게 할 수 있어요."

"엉?"

"그리고 몇 번을 죽어도 변하지 않는 전심전력의 사랑도 줄 수 있어요."

올리아나가 각오를 다지고 공작의 눈을 바라봤다. 빈센트와 똑같으면서도 별개의 인물인 공작의 얼굴을.

"각하. 그런 일을 할 수 있는 건 이 세상에서 오직 저 한 사람뿐이랍니다."

당연히 공작은 모르는 사실이겠지만 이것이 진실이었다.
올리아나는 긴장하면서도 가슴을 펴고 단호하게 말했다. 공작은 평소보다 살짝 크게 뜬 눈을 휘어 보였다.
"그건 강력하구나."
공작은 그렇게 말하고 구부리고 있던 무릎을 펴 올리아나에게 손을 뻗었다.
"그럼 슬슬 가 볼까, 올리아나. 우리 장남이 목이 빠지게 기다릴 테니 말이다."

공작 저택에 도착한 올리아나는 완전히 정색했다. 문을 지나자 나타난 드넓은 정원은 정원이라도 불러도 될지 고민하게 될 정도로 광활했다. 게다가 두 건물이 서로 마주 보게 세워진 U자 구조의 건물 두 개는 눈이 휘둥그레질 만큼 거대했다. 라겐 마법학교 건물을 뛰어넘는 크기였다.
기둥과 지붕에 조각과 호화로운 장식이 가득한 저택 앞에는 같은 복장을 입은 사용인이 죽 늘어서 있었다. 이렇게 넓은 현관 마당에서는 여유롭게 마법구 경기를 할 수 있으리라. 네 마리 말이 이끄는 마차가 서서히 속도를 낮췄다.
"올리아나!"
올리아나는 공작의 손을 빌려 마차에서 내리다가 빈센트가 팔을 잡아당기는 바람에 무작정 이끌려 빈센트의 등 뒤에 숨겨졌다. 드디어 아는 얼굴을 만나서 안심하는 올리아나와는 반대로 빈센트는 무척이나 초조하고 화난 것 같았다.

"무슨 속셈이십니까."

공작가 적남에 걸맞은 사복을 몸에 걸친 빈센트는 어처구니 없을 정도로 멋있었지만 그렇다고 입 밖에 낼만한 분위기가 아니었다.

"아이고~ 무서워라 무서워. 그런 무서운 얼굴 하지 마. 자 봐라. 네 여자 친구가 지금 떨고 있잖아?"

올리아나는 어리둥절해서 어쩔 줄을 몰랐다. 공작의 말투가 급변했기 때문이다.

빈센트는 올리아나에게 미안하다고 말하며 눈썹을 축 늘어뜨렸다.

"잠깐 눈을 뗀 사이에 이상한 짓은 안 당했어?"

"아들의 여자 친구한테 이상한 짓을 하다니. 아빠를 변태로 만들지 말아 줄래?"

"아버지는 조용히 해 주세요."

빈센트는 공작 쪽으로는 눈길도 안 주고 올리아나에게 시선을 고정시킨 채 말했다. 올리아나는 여러모로 상황을 따라가지 못하고 간신히 고개만 끄덕였다.

"나는 말이다. 내가 처음 아버지가 된 그날 바로 맹세했어. 설교나 늘어놓는 아버지는 안 되겠다고 말이다."

공작이 하인에게 지팡이를 건네며 말하기 시작했다.

"그러니까 하나만 묻자. 넌 어머니를 울릴 셈이냐?"

공작은 능글맞은 표정을 지우고 매서운 눈초리로 빈센트를 바라봤다. 심장이 싸늘하게 식을 만큼 차가운 눈빛에 빈센트는 정면으로 맞섰다.

"올리아나는 칭찬과 경의를 받아 마땅한 사람입니다. 그러니까 어머니가 우실 필요는 없습니다."

공작은 빈센트의 의지를 확인했는지 한숨을 내쉬고 어깨를 들썩인 뒤 저택 안으로 향했다. 빈센트와 올리아나도 그 뒤를 따랐다.

"저 아이의 이름을 적은 건 어떻게 해명할 셈이었지?"

"마르셀에게 맡긴 종이를 훔쳐보셨군요. 노인이 되면 참을성이 없어진다는 말을 들었는데, 설마 사실일 줄이야. 앞으로의 배움에 도움이 되도록 소문에도 귀를 기울이겠습니다."

"아~ 싫다 싫어. 한마디도 안 지는 입만 산 놈이 되어서는 말이야."

공작 저택의 거대한 현관홀을 보자 올리아나의 눈이 또 핑핑 돌았다. 수많은 관객이 몰려드는 오페라 극장만큼이나 훌륭한 이 홀을 이용하는 게 오직 세 사람이라는 현실을 따라갈 수가 없었다.

대리석 계단을 오르며 도저히 부모 자식이 하는 걸로는 들리지 않는 대화가 이어졌다. 올리아나는 지금 미소를 유지하는 것만으로도 자기를 칭찬해 주고 싶었다.

"그래서 그 사건 뒤에 나타난 저 아이의 아버지와 네 관계는 어떻지? 상황에 따라서는 두 사람 다 사건에 연루됐다고 의심을 받아도 어쩔 수 없거든."

"흐음. 저는 아무것도 모르는데요."

"또 그렇게 이 아비처럼 말하는 거니!"

공작이 새침한 얼굴로 평소답지 않게 말하는 빈센트를 보고 우는 흉내를 내며 지적했다. 올리아나네와는 가풍이 꽤나 다르고 올리아나가 상상했던 공작과 적남의 느낌과도 달랐지만 왠지 두 사람이 훈훈해 보였다.

"즐거워 보이네."

공작이 살롱에 발을 들여놓자, 샹들리에 아래에 한 여성이 서 있었다. 천장까지 닿는 커다란 창문으로 햇빛이 찬란하게 들어왔다. 찬란한 빛을 받고 기품이 느껴지는 여성은 누가 소개하지 않아도 이 저택의 여주인임을 바로 알 수 있었다. 올리아나는 허리를 숙여 인사했다. 졸업하기 전에 다시 한번 매너 강습시간을 마련해 주신 윌튼 선생님께 이토록 감사한 적이 없었다.

"내 사랑. 내가 외롭게 만든 건 아니지?"

공작이 한걸음에 공작 부인에게 달려가 쭉 손에 들고 있었던 꽃을 내밀었다.

그 달콤한 목소리를 듣고 올리아나는 저도 모르게 숨을 삼켰다. 올리아나의 아버지는 어머니가 돌아가신 뒤로 집에 여성을 들이신 적이 없다. 이런 식으로 성인 남자가 사랑하는 사람을 부르는 목소리는 들어본 적이 없었다.

"어머, 이렇게 센스 있는 선물을 다 가져오고."

공작 부인이 손을 뻗어 이제는 더더욱 꽃다발이라고 부를 수 없는, 그저 꽃을 모아놓은 모양새가 된 꽃들을 받아 들었다.

그저 그뿐인데도 공작은 얼굴을 밝게 빛내며 기뻐했다.
"설마 당신이 직접 받아 줄 줄이야!"
"이런 당장에라도 망가져 버릴 것 같은 꽃다발을 다른 사람이 받게 하는 것도 미안하잖아."
공작 부인이 그렇게 말하고 방 한쪽 구석에 서 있던 시녀에게 눈짓했다. 시녀는 조용히 고개를 숙이고 방에서 나갔다. 아마 꽃병을 가지러 갔으리라.
"그럼 오늘부터 매일 이 꽃다발을 선물할게."
"방학 때 집에 올 때마다 정원을 거닐던 아들 흉내라도 낼 참이야?"
올리아나의 옆에 선 빈센트의 얼굴에 희미하게 붉은빛이 올라왔다. 생각지도 못하게 올리아나의 생일에 보냈던 꽃다발의 꽃을 어디서 마련했는지 알고 올리아나는 입꼬리가 풀어지지 않게 필사적으로 힘을 주고 있었다.
공작 부인은 시녀가 가져온 꽃병에 꽃을 꽂고 나서야 올리아나와 얼굴을 마주했다.
"오느라 고생했어요. 오늘 손님이 오신다고 들었습니다."
하지만 그저 그뿐이라는 듯 부인은 유연하게 미소 지었다.
"아쉽지만 이제 곧 라겐 마법학교의 통금시간이죠. 바로 마차를 부를게요."
통금까지는 아직 시간이 남아 있었다. 자기소개할 틈도 안 주는 건 성급히 올리아나를 내쫓으려 한다는 뜻이리라. 올리아나는 환영받지 못한다고 깨닫자 어쩔 줄 몰랐다. 올리아나 옆에서 빈센트가 한 걸음 앞으로 나섰다.

"어머니, 저의 소중한 사람인 올리아나입니다."

"처음 뵙겠습니다. 올리아나 에르샤라고 합니다."

막무가내로 소개를 끝낸 빈센트를 보며 얼굴을 찡그린 부인은 올리아나의 이름을 듣자, 눈을 크게 뜨고 "에르샤?" 하고 되뇌었다. 어쩌면 최근에 귀족 저택에 출입하는 아버지를 아는 걸지도 모른다.

"네. 아버지는 에르샤 상회의 대표입니다."

"아, 그래."

함축적인 의미가 담긴 대답을 하고 부인은 열려있는 문으로 시선을 돌렸다.

"감사드립니다. 오늘은 만나 봬서 큰 영광이었습니다."

지금은 물러날 때라고 깨달은 올리아나가 차분히 예의 바르게 인사를 올리자, 부인은 빈센트에게도 시선을 보냈다.

"뭐 하는 거니? 너도 가야지."

"네."

어머니가 딱 잘라 말하자, 어떻게 대응할까 고민했는지 빈센트가 신중히 답했다. 그런 빈센트와 올리아나의 얼굴을 번갈아 보고 공작 부인은 한숨을 내쉬었다.

"에르샤 님께는 신세를 졌습니다. 빈센트."

"네."

한 줄기 희망을 엿본 빈센트가 밝게 대답하니, 부인은 어이가 없다는 듯한 눈초리로 아들을 바라봤다.

"졸업도 안 한 숙녀를 이렇게 막무가내로 데리고 돌아다니는 짓은 신사가 할 행동이 아니에요. 당신과 아버지한테는 크게 실망했어요."

빈센트가 어깨를 움츠리고, 오늘 처음으로 부인 앞에서 아들다운 표정을 지었다. 그 순간, 부인의 등 뒤에서 웃고 있던 공작의 얼굴도 굳었다.

"빈센트. 분수에 맞게 행동하는 걸 항상 명심하세요. 학생이 무슨 행동을 하고 돌아다니는 거죠. 당신이 물려받을 작위에 얼마나 큰 책임이 따르는지 침착하게 다시 생각하기 위해서라도 학교를 1년 더 다니는 게 좋지 않을까요?"

전에 없이 5년간 수석을 유지해서 훈장까지 받을 빈센트에게 어머니는 오히려 유급을 권했다.

"에르샤 양, 당신도예요. 우리 아들이 하는 말이면 뭐든 좋다고 들어주면 안 됩니다. 공작가에 정식으로 소개되는 순간, 당신은 도망갈 곳을 잃는 거예요."

생각지도 못한 공작 부인의 배려에 올리아나는 흠칫하고 숨을 삼켰다.

"그리고 만약 정말로 아들과 미래를 함께하고 싶다면 일단 본인의 아버지와 먼저 상담하는 게 올바른 순서이지 않을까요?"

"옳은 말씀이십니다."

아마네셀 왕국에서 귀족이 결혼하려면 꼭 가족을 통해야 한다. 일단 집안의 가장에게 결혼하겠다고 전하는 것이 도리이다.

"도리에 맞게 행동하고 절차를 따르세요. 선조가 지켜온 예의에 따르세요. 빈센트, 사람과 인연이란 당신이 생각하는 것 보다 훨씬 귀합니다."

부인이 어머니로서 하는 말의 무게를 절절히 실감한 듯, 빈센트는 입술을 깨물고 자기가 어리석었다며 머리를 숙였다. 부인은 빈센트를 보고 아름다운 얼굴을 일그러뜨렸다.

"그렇게 다른 건 다 제쳐두고 들이대는 방식이 어디의 누구와 꼭 닮아서 소름이 돋았어요."

"이런 내 사랑. 설마 날 말하는 건 아니지? 그렇지? 에이 설마. 아니지?"

공작이 애교스럽게 물어봤지만 부인은 일체 무시했다. 그리고 기품 있게 등을 펴고 정면에서 올리아나를 바라봤다.

도도하고 강인하면서도 상냥한 시선에 올리아나는 자연스럽게 등을 폈다.

"그럼 당신과는 언젠가 다시 만나기를 기원하겠어요."

덜컹거리는 소리를 내며 마차가 흔들렸다. 줄곧 이어졌던 극도의 긴장 상태에서 해방된 올리아나는 집으로 돌아가는 마차 안에서 멍하니 넋을 놓고 있었다.

"오늘 일은 정말 모든 게 다 미안해."

창밖을 보던 올리아나에게 빈센트가 말을 걸었다.

"난 빈센트의 어머니가 좋아……."

올리아나는 어릴 적에 어머니를 여의었다. 어머니를 대신한 메이드장이 아무리 가까운 존재가 되었어도 사용인이라는 점은 변함없었다. 아까처럼 엄하게 혼난 적은 한 번도 없었다.

"어머니는 결혼하셨을 때 다툼이 생겨서 사교계에서 배척당하신 적이 있어. 나고 자란 세상에서 거부당하는 건 어머니가 견디기 힘든 굴욕이었어. 올리아나가 그때의 자기와 같은 심정을 느끼지 않았으면 하셨겠지."

"분명 내가 아니었어도…… 빈센트가 결정한 사람이라면 분명 부인께서 똑같은 말씀을 하셨을 것 같아."

에르샤라는 이름을 듣고 한순간 반응하긴 했지만 올리아나를 돌려보내려는 입장은 계속 고수했다. 올리아나가 에르샤 가문의 딸이라서가 아니라 빈센트가 집에 데려온 여자애니까 부인은 선택지를 남겨주려고 한 것이 분명했다.

옆에 앉은 빈센트의 어깨에 올리아나가 머리를 기대고 나서야 빈센트는 안심했는지 몸의 힘을 풀었다.

"아버지랑은 어디에 갔어?"

"왕립공원."

"……."

올리아나가 대답하자 빈센트는 침묵했다. 공원에서 받았던 사람들의 시선을 떠올리고 올리아나는 이제야 놀라며 등받이에 기댄 몸을 일으켜 세웠다.

"혹시 그러면 안 됐나?"

"아니, 안 되긴커녕…… 나한테는 반가운 오산이랄까."

기분 좋아 보이는 표정을 지었던 빈센트가 표정을 바꿔 조금 민망한 듯 올리아나를 살짝 쳐다봤다.

"벌써 사교계에는 시류 공작이 어린 여자랑 공원을 거닐었다는 소문이 자자할 거야. 애처가인 시류 공작한테 애첩이 생겼다고."

"뭐?!"

"그게 아니면 미래의 며느리 후보일 거라고."

깜짝 놀라서 눈이 튀어나올 뻔한 올리아나는 이제야 왜 빈센트가 민망한 표정을 지었는지 이해했다.

"공작 부인께서 하신 말씀을 신경 쓰는 거구나?"

"당연히 신경 쓰이지. 설마 아버지와 똑같은 짓을 하고 있었다니……. 그리고 다른 걸 다 제쳐두고 들이댈 셈도 아니었어……."

사교계에 소문을 퍼뜨리는 건 말 그대로 다른 건 제쳐둔 채 들이대고 보는 행동이라고 할 수 있었다. 빈센트가 기가 죽어서 팔꿈치를 무릎에 걸친 채 몸을 푹 수그리자, 그 등에 올리아나가 얼굴을 기댔다.

"다 알아. 빈센트는 빈센트가 할 수 있는 걸 그저 정직하게 열심히 했을 뿐이라고."

빈센트가 등을 세웠다. 그리고 얼굴을 들어 어리광부리듯 올리아나의 머리에 기댔다.

"정말 넌 당해낼 수가 없어."

"에헴!"

올리아나가 허세를 부리자, 둘이서 함께 키득키득 웃었다. 그리고 흔들리는 마차 안에서 손을 잡았다.

"집에 데려가기 전부터 아버지는 올리아나를 인정했던 것 같아. 저래 보여도 약속을 어길 사람은 아니야."

빈센트는 아무래도 여느 사춘기 남자애들처럼 아버지와 약간 불화가 있는 모양이었다. 공작을 '저래 보여도' 라고 평가하는 빈센트를 보며 저택에서 오갔던 대화를 떠올렸다.

"그렇게 여겼지만 불안했어. 아버지가 집에 없다고 알았을 때 혹시라도 네가 상처받지 않을까 싶어서."

그래서 그렇게 초조해하며 마차에서 내린 올리아나의 곁으로 곧장 달려왔던 건가. 빈센트의 애정을 느끼고 올리아나의 마음이 꽉 조여 왔다.

"그리고 지금도 그래. 혹시 네가 이런 골치 아픈 가족이 딸려 온다면 결혼은 사양하겠다고 하면서 도망가는 건 아닐까 계속 조마조마하고 불안해."

"어휴, 정말 또 그런다."

올리아나가 얼마나 빈센트를 좋아하는지 잘 아는 사람은 빈센트 외에 달리 없을 것이다. 올리아나가 그렇게 생각하며 웃는데, 옆에서 빈센트는 떨떠름한 얼굴로 입을 꾹 다물었다.

"……."

"응? 진짜로 그래?"

"당연하지. 좋아하는 애한테 미움받을까 봐 불안해하지 않은 남자는 이 세상에 없을 거다."

올리아나는 놀라서 입을 못 다물고 빈센트를 바라봤다. 얼굴이 새빨개진 빈센트만큼 자기 얼굴도 새빨개졌음을 화끈거리는 얼굴에서 알 수 있었다. 올리아나는 빈센트의 손을 감싸서 자기 뺨을 감싸안게 끌어당겼다.

"뭐야. 그러는 거 너무 좋아……."

"나도 알아."

빈센트는 부끄러움을 감출 때 삐진 듯이 흥, 하고 콧소리를 낸다. 올리아나는 쿡쿡 웃으며 빈센트의 팔에 기댔다.

그리고 빈센트의 손바닥을 펼쳐서 자기 손바닥 위에 맞대어 포갰다. 빈센트와 올리아나의 손가락 길이는 손가락 마디 하나 이상으로 차이가 났다.

올리아나는 빈센트의 손바닥을 마음대로 만지작거리며 입을 열었다.

"난 결혼 생각 같은 건 없었거든."

빈센트와 함께하는 미래가 존재할 거라고 생각해 본 적 없었다. 갑자기 결혼이라는 것에 현실감이 생길 리가 없었다. 올리아나는 기세에 휩쓸려 공작 저택까지 오긴 했지만 공작 부인과 얘기를 나눴을 때야 비로소 자기가 어떤 각오도 하지 않았다고 깨달았다.

올리아나의 말에 빈센트의 몸이 뻣뻣하게 굳었다. 올리아나는 빈센트를 안심시키기 위해 손바닥을 문질렀다.

"하지만 오늘 두 분을 만나서 다행이었어."

"정말이야?"

"응. 공작 각하랑 공작 부인을 보고 언젠가 내가 어른이 되면 저 두 분처럼 되고 싶다고 생각했어."

물론 다른 한쪽은 빈센트이길 원했다.
올리아나는 양손으로 빈센트의 손을 잡고 눈을 바라봤다.
"빈센트. 계속 1등 해 줘서 고마워."
빈센트가 숨을 멈췄다. 그리고 얼굴을 살짝 일그러뜨리며 웃은 순간, 보라색 눈을 총명하게 반짝였다.
"그건 합의한다는 말이지?"
"응? 뭘?"
"뭘? 하, 젠장! 난 그때부터 잠도 제대로 못 잤단 말이야!"
정말 무슨 소리인지 모르겠어서 올리아나는 고개를 갸웃했다. 그런 올리아나를 보며 빈센트가 부들거렸다.
"올리아나, 너 진짜!"
빈센트가 목소리를 높였다.
"내 프러포즈에 아직도 답하지 않았어!"
올리아나는 눈을 깜빡일 뿐이었다.
"그렇지만 내가 여기까지 왔잖아……?!"
휩쓸렸다는 자각은 있었지만 의지가 없었다면 애초에 이런 곳까지 올 리 없지 않은가. 정말로 놀라는 올리아나에게서 시선을 떼며 퉁명스러운 목소리로 말했다.
"듣고 싶어."
"그치만."
"이번엔 또 뭔데."
"공작 부인께 혼나는 거 아니야?"
어린애들이 무슨 소리를 하냐고 혼난 게 조금 전 일이다. 빈센트도 찔리긴 했는지 입을 다물었다.

"비밀로 하자."

그 빈센트 탄자인이 이런 어린애 같은 방법을 제안할 줄은 몰랐다. 올리아나는 참지 못하고 미소 지으며 물었다.

"우리 둘만의 비밀이야?"

"우리 둘만의 비밀이야."

말발굽과 마차의 바퀴 소리가 울리는 단둘만의 공간에서 두 사람은 얼굴을 마주 보고 웃었다.

"그럼 귀 대 봐."

올리아나의 목소리가 긴장감 때문에 살짝 갈라졌다. 빈센트는 두근거리는 가슴을 안고 올리아나에게 얼굴을 가까이 가져갔다.

∴ ∵ ∴ ∵

——여담이지만 그 뒤로 라겐 마법학교에는 재학 중에 계속 수석을 차지하면 여자 친구에게 청혼을 거절당한다는, 불명예스럽고 불확실한 전설이 전해진다고 한다.

후기

「죽어서 되돌아간 마법학교 생활을, 옛 연인과 프롤로그부터」를 읽어 주셔서 감사합니다. 무츠하나 에이코입니다. 마지막 권까지 함께해 주셔서 진심으로 감사드립니다.

실연에서 시작한 프롤로그가 절망의 프롤로그를 거쳐, 이제 이곳에서 다시 시작하는 마지막 프롤로그로.

올리아나와 빈센트, 그리고 미겔, 야나, 아즈라크, 하이데마리, 에다, 콘스탄체, 루시안, 카이, 샤론, 데릭, 마리나…….
그 외의 많은 캐릭터를 지켜봐 주셔서 감사합니다. 이 책을 출판한 건 한결같이 응원해 주신 독자님들 덕분입니다.

절대로 어중간한 이야기로 게재할 순 없다 싶어 진심을 담아 써 내려간 후일담을 모쪼록 재밌게 읽어 주시길 바랍니다.

이 작품을 최고의 일러스트로 그려주신 아이카 유기리 선생님. 어떤 아이도 어떤 일러스트도 풍부한 표정으로 그려주셔서 진심으로 행복했습니다. 바라보는 시선의 강렬함, 소리는 없지만 마치 들려오는 것 같은 목소리, 닿는 숨결의 뜨거움,

마음에 안고 있는 사랑의 애달픔이 그려주신 그림에서 넘칠 만큼 전해졌습니다. 정말 감사합니다.

항상 정성껏 상담해 주신 두 담당자님. 진심으로 감사드립니다. 번외편을 전부 다 싣고 싶다는 둥, 페이지 수가 꽤 많아지지만 새로 쓴 후일담도 싣고 싶다는 둥, 제 의견만 너무 밀어붙인 것 같아요. 죄송합니다. 두 분은 물론 Earth Star Novel 관계자 여러분 덕에 최고의 형태로 출판할 수 있었습니다. 다시 한번 진심으로 감사드립니다.

세계관을 감수해 주신 Y님, 즐겁게 원고를 검토해 주신 S. 늘 함께 힘내 주신 여러 작가 동료들. 모두가 곁에 계신 덕에 작품을 쓸 수 있었습니다. 항상 감사드립니다. 정말로 고마워요.

제가 작업을 시작하면 조용히 당분 충전용 초콜릿을 사 오는 우리 가족. 언제나 정말 의지가 됩니다. 늘 고마워.

교정자님, 디자이너님, 서점 관계자님, 그리고 그 외에도 이 작품의 출판에 관여해 주신 모든 분들, 진심으로 감사합니다.

거듭 말씀드리지만 이 책을 구매해 주신 독자님들, 또 웹 소설로 공개 연재하던 시절부터 계속 응원해 주신 독자님들께 정말로 감사드립니다.

감사하는 마음을 담아 메인 캐릭터 소개를 추가합니다.

[올리아나 에르샤]

헤헤, 하고 웃는다. 원래부터 단걸 로브 안쪽에 숨기고 다니던 건 미겔이 아닌 올리아나였고 사실 그 간식이란 사탕이 아닌 고구마 스틱이었습니다. 독자님들께서 점점 '올리아나가' 아닌 '올리아나짱' 이라고 부르시는 걸 보고 올리아나를 정말 친구처럼 여겨 주시는 듯해서 무척 기뻤답니다.

[빈센트 탄자인]

싱긋 웃는다. 어휘력은 좋지만 올리아나가 귀여울 때는 머릿속에서 '귀여워' 라는 소리밖에 못하게 되곤 한다. 빈센트의 탄생화가 보라색 라일락이란 걸 알고 놀랐는데 그 꽃말이 '싹트는 사랑', '첫사랑' 인 걸 보고 웃을 수밖에 없었습니다. 빈센트만의 언어로 'I love you.' 를 표현한다면 '레몬이 올라가 있었어.' 가 되겠지요.

[미겔 페르베일라]

씩 웃는다. 처음엔 빈센트가 혼자라면 외롭겠구나 싶어 만들었을 뿐인 조연이었는데, 중간부터 완전히 스토리를 휘어잡아서 작가인 저도 진심으로 놀라게 만든 아이입니다. 덕분에 초기 설정을 바꾸는 처지에도 놓였었답니다. 많은 독자님께서 좋아해 주셔서 기뻤어요. 이야기가 완결된 이후에는 자기가 먹고 싶을 때만 사탕을 먹게 됐답니다.

[야나 노바 마하틴]

부드럽게 미소 짓는다. '조그맣고 호리호리하고 심지가 굳은 공주님' 이라는 작가의 페티시를 공들여 구현한 캐릭터. '사막의 별' 이라는 표현은 '밤이 된 사막에서 혼자 서 있을 때 나침반이 되어주는 별이란, 희망을 발견한 것처럼 아름답겠구나' 하고 생각한 데에서 나왔습니다. 이후에는 에테 카리마 왕국의 첫 마법학교를 창립하고 라겐 마법학교와 교환학생, 유학 제도를 마련하여 사랑하는 남편과 여러 고양이에게 둘러싸여 살아갈 겁니다.

[아즈라크 자레나]

차분하게 웃는다. 작가의 취향에 부합하는 헌신적인 남자. "저는 지난 4년간 총 158명의 도전자를 때려눕혔습니다."와 그에 이어지는 대사에서 시작해 점점 형태를 잡은 캐릭터. 야나에게 받은 귀걸이를 전부 매일 하고 다니려고 귀를 너무 많이 뚫어서, 야나는 더 이상 귀걸이를 선물하지 않게 되었습니다.

어릴 적, 마법사가 나오는 책을 읽을 때는 저도 마법사가 되었습니다.

독자님들께서 한순간이라도 라겐 마법학교의 학생이 되어 주셨다면, 그 이상 가는 기쁨은 없을 것입니다.

그럼 언젠가 다시 만나 뵐 수 있기를 바랍니다.

무츠하나 에이코

지금까지 일러스트를 그리게 해 주셔서
정말 감사합니다!
秋鹿ユギリ.
아이카 유기리

죽어서 되돌아간 마법학교 생활을, 옛 연인과 프롤로그부터 ※단, 호감도는 0 3

2025년 01월 15일 제1판 인쇄
2025년 01월 20일 제1판 발행

지음 무츠하나 에이코
일러스트 아이카 유기리

제작 · 편집 노블엔진 편집부

발행 데이즈엔터(주)
등록번호 제 2023-000035호
주소 07551 서울특별시 강서구 양천로 570 NH서울타워 19층
대표전화 02-2013-5665

ISBN 979-11-380-5613-7
ISBN 979-11-380-5143-9 (세트)

shinimodori no mahou gakkou seikatsu wo motokoibito to
puroroogu kara : tadashi koukando wa zero Vol. 3

Original Japanese edition published in 2022 by Earth Star Entertainment